文春文庫

夢を見るために毎朝僕は目覚めるのです

村上春樹インタビュー集1997–2011

村上春樹

文藝春秋

目次

夢を見るために
毎朝僕は目覚めるのです

村上春樹インタビュー集
1997-2011

アウトサイダー

聞き手　ローラ・ミラー

Salon.com　1997年12月16日付 ／アメリカ

――『ねじまき鳥クロニクル』のアイディアはどのようにして得たのでしょう？

村上　僕がこの小説を書き始めたとき、アイディアはずいぶんささやかなものでした。ただのイメージ、アイディアとも言えないくらいのものだった。主人公は三十歳の男、台所でスパゲティを茹でている。そこに電話が鳴る。それだけです。きわめてシンプルな風景です。でもそこから何か大きなことが始まるんだという予感のようなものがありました。

――あなたが物語を書いているときには、自分も読者の一人になっているように、物語の展開にいつも驚かされますか？　それとも、ある地点からは物語がどうなるのかわかるものでしょうか？

村上　どうなるか僕にも先はわかりません。この角を曲がったらその先に何が待ち受

けているのか、書いていても見当がつきません。本を読んでいて、次に何が起こるのかあなたにはまったく予測できない。そういう種類の本があります。それはとてもスリリングなことですよね。子どもはそういうのが楽しくて、本を読むのが好きになります。すごくわくわくする体験です。それとまったく同じことが、小説を書いているときに僕に起こるんです。

――今回の小説であなたはこれまで取り上げてこなかったトピックを扱っていますね。つまり、登場人物の一人が第二次世界大戦での本当に陰惨な体験を語る部分です。どうしてそれを追求しようと？

村上　僕は戦争みたいなものについて何かを書いてみたいとずっと考えてきました。でもそれは簡単なことではなかった。作家にとってテクニックというのはとても重要なものです。自分に何が書けて、何が書けないかを、その時点その時点できちんと把握していなくてはならない。とくに戦争とか歴史みたいな、大きなものごとについて書く場合には。正直言って、そういうことが正面から描ききれるところまでは、まだいってないかもしれない。しかし遅かれ早かれ書かなくてはならないことです。

僕の中にはタンスのようなものがあって、そこにはたくさんの抽斗（ひきだし）がついています。何百という数の抽斗です。そのような抽斗から、僕は必要に応じて記憶やらイメージや

らを取り出して使います。戦争は僕にとっては、言うなれば大きな抽斗です。ときどきその抽斗を開けて、そこから何かを取り出し、それについて書いてみたくなります。少しずつその大きさを広げている。どうしてだろう。正確な理由はわからない。父親が戦争に行っていたということがひとつの理由としてあるかもしれません。父は兵隊として中国大陸に送られた世代に属しています。そして僕は子どもの頃に何度かその話を聞かされました。父は戦争についてあまり多くを話しはしなかったけれど、いくつかのことは記憶に残っています。父親の世代にどんなことが起こったのかを知りたいという気持ちが、僕にはあります。それはいわば遺産のようなものですね。記憶の遺産。でもこの小説の中に書いたようなことは、あくまで想像で書いたことです。最初から最後まで、事実とは関係ありません。すべて僕がこしらえた話です。

——そうしたセクションについてはかなりの下調べをしたのでしょうか？

村上　リサーチみたいなことはしました。この小説を書いているときに僕はプリンストン大学にいて、大学には大きな図書館がありました。はじめのうちはクラスを持つ必要もなかったので、毎日図書館に行って本を読んでいました。だいたいは歴史の本だった。僕は歴史の本を読むのが好きなんです。一九三〇年代の後半、満州国とモンゴルとの国境地域でどんなことが起こったか、それについて書かれた本がかなり数多くありま

した。そこに書かれていることの多くは、僕がそれまで知らなかったような事実でした。いわゆる「ノモンハン事件」について、日本の人々はその当時多くを知らされませんでした。そしてその結果、今でも多くの人はそれについての知識をほとんど持っていません。それがどれくらい意味のない、残酷で血なまぐさい戦闘だったかを知って、僕はずいぶん驚きました。僕はこの小説を書き終えたあとで、実際に満州地方とモンゴルに行きました。ちょっと変なものですよね。普通の人は本を書く前に、リサーチのために現地に行く。でも僕は逆のことをやったわけです。想像力というのは、僕にとってもっとも重要な資質です。実際にそこに行くことで、想像力をスポイルしたくなかった。

——この小説はより日本的だという感じがします。西欧の読者にとって、あなたの小説には登場人物が西欧人でも違和感がないものもありますから。

村上 そうでしょうか？

——ええ。あなたの登場人物が西欧の文化を好むせいもあるかもしれませんが。そうした物語を読んでいると、日本を舞台にしたストーリーだという気がしないんです。それは西欧の一読者としての感想ですけど。でも、この小説では間違いなく日本に焦点が当てられていますよね。そうしようと決めた理由は何でしょう？

村上　それは僕が、この小説を書いているあいだずっとアメリカに住んでいたからかもしれないですね。一九九一年から一九九五年にかけてです。だから日本という国や日本人というものについて、より意識的になったところはあるかもしれない。それまで日本の中にいて小説を書いているときは、「なんとかここから抜け出したい」と思っていました。でもいったん外国に出ると、「自分は何なのか？　自分は誰なのか？」という命題を自然につきつけられることになります。自分は作家としていったいいかなる存在なのか、と。僕は日本語で小説を書いています。だから当然、日本の作家とカテゴライズされることになります。じゃあ、僕の日本の作家としてのアイデンティティーはどこにあるのか？　僕はアメリカに四年半ほど住んでいる間、だいたいずっとそのことについて考えていました。

戦争について書こうと思ったのは、そのせいもあるだろうと思います。ある意味では僕らは今、途方に暮れているようなところがある。日本人が、ということです。僕らは戦争が終わってからずっと、実に勤勉に働いてきました。脇目もふらず働いた。そして国は復興を遂げ、だんだん豊かになっていった。そして安定した状態に至った。これで一安心。でもそこで僕らは自分自身に問いかけることになりました。さて、我々はどこにたどり着いたのか？　これからどこに行くのか？　我々はいったい何ものなのか？　でもクリアな答えはない。これは一種の自己喪失のようなものです。そして僕自身、こ

の小説を書きながら、小説を書くための理由や動機をあらためて模索していた。これを説明するのはとても難しいな。ひと言では言えないですね。

——遠く離れてみて、あなたの目に日本はどう映りました？

村上（長い沈黙）それを説明するのは難しいです。

——戦後になって、勤勉な日本的資質が支配的になったとおっしゃっていますが、それはあなたの小説の主人公には当てはまりませんよね。たとえば『ねじまき鳥クロニクル』のトオルのように、失業中でもっぱら家にいる登場人物に惹かれるのはなぜでしょう？

村上 僕自身、大学を出てからずっと、どこにも属さず、個人として生きてきました。就職もしなかったし、どのような組織にも属さなかった。日本社会でそうやって生きていくというのは、決して簡単なことではありません。どんな会社に勤めていて、どんな組織に属しているかで、人は評価されるところがあるからです。一般の日本人にとっては、それはとても大きな意味を持つ問題です。そういう意味では、僕は自分をずっとアウトサイダーみたいに感じてきました。もちろん状況的にきつくはあったけれど、僕は

そういう生き方が基本的に自分にあっていると感じていました。最近では、若い世代の人々は生活スタイルをだんだん変えてきたように思います。彼らは以前ほど会社みたいなものを信頼しなくなってきた。十年前なら、たとえば三菱とかそういう大きな会社は、びくともしないくらい大きくて、堅固でした。でも今ではそんなこともなくなってきた。とくにこの数年はそうですね。若い人々はかつての日本人が持っていたような社会に対する信頼感を持ち合わせていないようです。彼らの多くは安定することよりはむしろ、自由になることを望んでいる。しかしこの社会はまだ、そのような人々を有効に受け入れようとはしない。だから彼らはアウトサイダーにならざるを得ません。もし大学を出て、どこにも就職したくなければということですが。

そのような人々の存在が、ひとつの小さくはないグループとして、この社会の中に形成されつつあります。僕にはそういう人たちの気持ちが理解できます。僕はいま四十八歳だけど、ウェブ・ページを持っていて、いろんな人たちとメールの交換をしています。その相手の多くは二十代、三十代です。彼らは僕の書く小説を気に入ってくれている。少なくともそう書いてくる。それは僕にとってはずいぶん不思議なことです。年齢がそんなに違っても、自然にお互いを理解し合えるということが。僕が好きなのは、そういう「自然さ」なんです。社会が少しずつ変化しつつあるんだなということが、肌身に感じられます。

――あなたが描く主人公たちは、独りで仕事をしている点では作家と少し似た生活をしています。日本で作家として生きていくというのは大変なことなのでしょうか？

村上　少なくとも僕にとっては、そんなにきつくはありません。僕はまあ例外的な存在かもしれませんが。日本では多くの作家は、多かれ少なかれ「ソサエティー」みたいなものを作っています。でも僕はそういうのがあまり好きじゃない。だから僕は日本の外に出て生活し、作品を書いてみたいと思ったんです。作家はどこにいても仕事ができます。それは作家であることの大きな特典ですよね。日本には文壇みたいなものがあり、作家それぞれの持ち場みたいなものがある程度自然に決まってきます。そういうシステムができあがっている。そしておそらく作家の九〇パーセントくらいは、東京近辺に住んでいます。そうなると、どうしても作家のあり方が均質的になってしまう。グループが形成されたり、無言の細かいしきたりみたいなものができたりする。しきたりを破ると、いろいろと面倒が生じる。そういうのは僕の考える小説家のあり方とはまったく逆のものです。せっかく作家になったんだもの、自分の好きにやっていけばいいじゃないですか。自由であること、どこにでも行って、何でも好きなことをする――それが僕にとっての最優先事項です。僕が日本からいなくなっても、淋しがったり残念がったりするような人はとくにいないみたいだし。

――他の作家たちはあなたの作品が気に食わないということですか？

村上　僕はポップ・カルチャーみたいなものに心を惹かれるんです。ローリング・ストーンズ、ドアーズ、デイヴィッド・リンチ、ミステリー小説。僕はだいたいにおいてエリーティズムというものが好きじゃないんです。ホラー映画も好きだし、スティーヴン・キングやレイモンド・チャンドラーを読むのも好きです。でも自分でそういう作品を書きたいとは思わない。僕が必要としているのは、そのような物語のストラクチャーなんです。そのような「外枠」の中に、僕自身のものを詰め込んでいきたい。それが僕のやり方であり、僕のスタイルです。だからどちらの側の作家にも、僕は受け入れられないのかもしれない。エンターテインメント的なものを書く作家たちも僕の書くものを気に入らないし、文学系の作家たちも僕の書くものを気に入らない。どちら側にも僕は属することができない。そんなわけで、僕は日本の社会では自分の居場所みたいなものを、うまく見つけることができなかった。でも最近になって、状況みたいなものが少し変わってきたかなという感じがあります。僕の収まることのできる領域が少しずつ増えてきたかな、と。僕はもう十五年ほど小説を書き続けていますが、僕の作品を買って、読み続けてくれる読者を確保しているし、彼らは少なくとも僕を支持してくれている。それは大きいことです。

自分が収まっていられる領域がそのように増加するにつれて、「日本の作家」として

の責任感みたいなものを、僕はより強く感じるようになってきました。今もそれは感じていますし、それは僕が二年前に日本に戻ってきた理由のひとつにもなっています。今春、地下鉄サリン事件を題材にした本（『アンダーグラウンド』）を出しました。一九九五年三月に東京で起こった事件です。その日地下鉄に乗り合わせていて被害にあった人たちを、全部で六十二人インタビューしました。言うなればみんな「普通の人々」です。月曜日の朝に、たまたま地下鉄に乗っていた人々です。八時半かそれくらい、ほとんどは東京の中心地に勤めに向かう人々でした。平均的日本人と言っていいかもしれません。僕はそういう人々の話を直接聞きたかったのです。東京のラッシュアワーのことはご存じでしょう。ほとんど立錐の余地もないような感じです。動くこともうまくできない。こんな風に（肩を小さくすぼめる）。そういう「普通の人々」が通勤途中、出し抜けに致死的なガス攻撃を受けたわけです。よくわけのわからない理由で。本当に意味のない残虐なことです。そして僕は知りたかったんです。そのような人々の身に現実に何が起こったのかということを。そしてまた、彼らがどのような人々であったのかということを僕は知りたかった。だから一年がかりで、一人一人に直接会って話を聞きました。それは僕にとってとても大きな体験だった。

僕はこれまで会社に勤めたこともないし、そういう社会システムをできるだけ遠ざけて生きてきた人間です。でもそれらの一連のインタビューを終えたあとで、僕は彼らに強い共感のようなものを抱くことになりました。正直言って、多くの人々の生活は楽な

ものではありません。都心に通勤するために、朝の五時半に起きなくてはならない人もいます。片道の通勤が二時間かかることもあります。電車はすし詰め状態です。鞄から本を取り出すことさえできない。そういう生活を三十年以上続ける人もいます。それは信じられないような生活です。帰宅するのは夜の十時、その頃にはもう子どもたちは眠ってしまっている。満足に子どもの顔を見られるのは日曜日くらいです。それは僕にはかなり非人間的な生活に思える。でも彼らはとくに愚痴を言うわけでもない。きつくありませんかと僕が尋ねると、「そりゃきついけど、こぼしてどうにかなるものでもないし、それにみんなやってることじゃないですか」と彼らは言います。

——彼らにうらやましがられますか？

村上　いや、誰も僕のことをうらやましがったりはしません。多くの人々はそういう生活をずっと長いあいだ、当然のこととして送ってきた。実際それ以外の生き方を選びようもなくなっている。そういう意味では、勤め人とカルト信者のあいだには、相似性がなくもない——インタビューを始めた最初のうちはそのように考えていました。でも一年かけてたくさんのインタビューを終えた頃には、僕の中では「両者がいかに異なっているか」ということの方が大きな命題になっていました。そのへんのことは簡単には説明できないな。でもあえて簡単に言ってしまえば、僕は彼らを、インタビューした

人々を、好きになっていたんです。個人的に。僕は彼らの個人的な話を聞きました。子ども時代のことからずっと。あなたはどんな子どもでした？　どんな学校に行きました？　どんな相手と結婚したんですか？　彼らの人生にはとてもたくさんの物語が詰まっていました。どんな人の人生にもです。そんな話を聞いているだけで、僕は魅了されてしまいました。今では電車に乗るたびにまわりの乗客の顔を見回します。僕は彼らのことを知らない。でも今では、そんな見知らぬ人々とひとつの車両に乗り合わせていても、漠然とした親近感を抱くことができます。これらの人々もそれぞれの物語を抱えて生きているんだということがわかるからです。これらのインタビューは、そういう意味で僕に良い影響をもたらしたと思います。僕も少しずつ変わり始めているのかもしれない。

——この本への反響はどうでした？

村上　読者からたくさんの手紙をもらいました。読者はこの本から多くのことを感じてくれたみたいです。たくさんの人々がこの本を読んで「元気づけられた」と書いてきてくれました。犯罪を題材にしたノンフィクションにしてはちょっと不思議な反応ですね。多くの人々がこんなにハードに、こんなに誠実に日々を送っているんだということが、読者に自然に伝わったのかもしれません。「勤労は美徳である」というようなこと

ではなく、生きるという営みに対する自然な共感がそこに生まれたのかもしれません。

――教団の信者にはインタビューしましたか？

村上　それはちょうど今やっているところです。一般信者に対しては気の毒に感じるところが少なからずあります。その大半は若く、二十代です。真剣にものを考え、理想主義的なところがあります。世界や価値観についてとても真面目に考えている。それがよくわかる。僕は一九六〇年代の後半に大学に入りました。革命やらカウンター・カルチャーやら、そんなものが溢(あふ)れていた時代です。僕らの世代は当時とても理想主義的だった。でもそれもいつしか消えてしまい、バブル・エコノミーの時代がやってきた。カルトに走る若い人々にも、かつての我々と同じように、理想をまっすぐ追い求めるところがあります。そして彼らは今の時代の体制に馴染むことができない。彼らの理想主義的な側面を受け入れてくれるシステムがどこにも存在しない。有効な対抗価値もない。だから多くの若者がカルトに走るんです。「お金は私にとって重要な問題ではありません」と彼らは言います。自分たちが求めているのは、もっと価値のある、スピリチュアルなものごとなのだと。それは悪い考えではないし、間違った考えでもない。しかし彼らの求めるものごとを、社会は彼らに与えることはできません。それができるのは、あるいはできると主張するのは、カルトの人々です。ただ若い人々には多くの場合、「チ

エッキング・システム」のようなものがまだ具わっていません。ある見解や行動が、客観的に見て正しいか正しくないかを査定するシステムが、彼らの中で定まっていないのです。

そういう「査定基準」みたいなものを彼らに与えるのは、我々小説家のひとつの役目ではないかと僕は考えています。もしその物語が正しいものであれば、それは読者にものごとを判断するためのひとつのシステムを与えることができると僕は考えます。何が間違っていて、何が間違っていないかを認識するシステム。僕は思うんだけど、物語を体験するというのは、他人の靴に足を入れることです。世界には無数の異なった形やサイズの靴があります。そしてその靴に足を入れることによって、あなたは別の誰かの目を通して世界を見ることになる。そのように善き物語を通して、真剣な物語を通して、あなたは世界の中にある何かを徐々に学んでいくことになります。しかしそのような若者たちが実際に与えられたのは、決して「善き物語」ではありませんでした。教祖（グル）である麻原は若者にその物語を与え、彼らはその物語のパワーの中に閉じ込められてしまった。麻原はそういう強い力を持っていたようです。悪しき力を発揮する物語を与える力を。そういう面で、ことの是非はともかく、僕は彼らに同情しないわけにはいかないのです。残念に思わないわけにはいかない。僕らが人々に対して——とくに若い人々に対して——「善き物語」を十分に与えられなかったことについて。

――『ねじまき鳥クロニクル』での、トオルの義理の兄のノボルはとてもユニークな登場人物ですね。テレビに出て政治や経済にコメントをする一方で、自分では何も信じていないメディア専門家です。何もかも戦略にすぎないと言っていますよね。何が彼をそういう風にしたんでしょう?

村上 僕はテレビをほとんど見ませんが、一日かけて朝から晩までテレビを見れば、この手の人物を創り上げるのは簡単なことです。口は達者だが、底は浅い。皮相的です。そういう人物は日本にもたくさんいるし、アメリカにもたくさんいるでしょう。多くの意味合いにおいて危険な連中です。とくにナショナリスティックな色合いを帯びた場合には。笑い飛ばすことはできるが、それだけではすまないこともあります。

――あなたの作品においては想像力がとても重要だとおっしゃっていますね。あなたの小説はとてもリアリスティックなときもあれば、とても……形而上的になるときもある。

村上 僕はweird story(奇妙な物語)を好んで書きます。どうしてかはわからないけれど、そういうweirdnessにとても惹かれるんです。僕個人について言えば、僕はきわめてリアリスティックな人間です。ニューエイジみたいなものにはまったく関心がない

し、輪廻（りんね）にも予知夢にも占いにも星座表にも関心はありません。信じる信じない以前に、関心が持てない。だいたい朝の五時には起きて、夜十時には眠ります。毎日ジョギングをしています。でも風変わりな、奇矯な物語を書くのが好きです。不思議なことですね。真剣にものを書こうとすればするほど、僕の書く物語は現実離れをしたものになっていく。この世界や、この社会のリアリティーを描こうとすればするほど、それは非リアリスティックな物語になっていく。どうしてかと尋ねられても、僕には答えの持ち合わせはありません。さっきも言ったように、『アンダーグラウンド』のために六十二人の人々にインタビューをしたわけですが、彼らはみんな率直で、まともで、きちんと生きている人々でした。でもそれにもかかわらず、彼らの語る物語には、なにかしら奇妙なところが往々にして含まれていました。興味深いことですね。

――主人公のトオルのように、干上がった井戸の底で座ってみたことは？

村上　ありません。でも井戸に心を惹かれることは確かですね。井戸を見かけるたびに、その中をじっとのぞき込んでみたくなります。

――いつか自分でも降りてみようとは思いますか？

村上　まったく思いません。

——怖すぎますか？

村上　それは恐ろしいですよ。実際に井戸の底に落ちた人々が話したり書いたりしたものを何度か読みました。レイモンド・カーヴァーの短編小説に、井戸に落ちて、そこで一日を過ごした人の話が出てきます。いい作品だったな。

——カーヴァーは非常にリアリスティックな作家ですよね。

村上　そのとおりです。とてもリアリスティックだ。でも作家である僕にとって、潜在意識というのはとても重要なものになります。ユングの書いたものを読むことはありませんが、彼の言っていることと、僕の書いているもののあいだにある種の相似性があるということはしばしば言われます。僕にとって潜在意識は「テラ・インコグニタ（未知の大地）」なのです。僕はそれを分析したくはありません。だから意識的にユングとか、そういう分析家の書くものは読まないようにしているわけです。僕としては、そこからいちいち意味を読みとったりはしたくないのです。それをそのまま総体として受容したい。それはweirdなものかもしれません。しかし僕にはそのweirdnessをきちんとう

まく扱えるという確信のようなものがあります。ときとしてその扱いはとても危険なものになります。『ねじまき鳥クロニクル』の中にミステリアスなホテルが出てくるシーンがありますね。僕は昔からオルフェウスの物語が好きなんです。黄泉(よみ)の国に「降りていく」話。あれと同じです。あの話がベースになっている。そこは死の世界であり、あなたは自己責任のもとにそこに入っていかなくてはなりません。僕は小説家だから、それをすることができます。そこに足を踏み入れ、その危険を引き受けることができます。それができるという確信が僕にはあります。

でもいつでもすぐにそれができるというわけではありません。小説を書き出して、毎日毎日休みなくこつこつとそれを書き続けます。するとそのうちに、暗黒のようなものが訪れてきます。そして僕にはその中に入っていく準備ができている。でもそういう段階に達するためには、時間が必要です。今日書き出して、明日にはもうその中にすっと入れるというものではありません。日々の厳しい労働に耐えて、集中力を高めなくてはならない。それは作家にとってもっとも大切な要素だと思います。だから僕は日々走って、身体性を強化しています。身体トレーニングというのは大事なんです。多くの作家はそうは考えていないみたいだけど(笑)。深酒をしたり、煙草を吸ったり、ボヘミアン的な生活を送るのが作家らしいと思われている節があります。もちろんそうしている人を批判するつもりは、僕にはまったくありません。ただ僕にとっては、身体的な強さが不可欠だと言っているだけです。

——そうしたダークなことを書いていると、自分が怖くなってきたりは？

村上　いや、そんなことはまったくありません。

——邪悪な何かがホテルの部屋のドアから入ってきてトオルを襲うときも、あるいは兵士が生きたまま皮を剝がれるときでも？　そういうシーンを書いていて、動揺はしませんか？

村上　そうですね、確かにそれは怖いかな。ある種のおそれを感じるということはあります。何かについて描写するとき、僕は必ずその場に物理的に居合わせます。そこがどんな場所であるのか、僕には手にとるようにわかります。その暗闇を実感もします。そこにある奇妙な匂いを嗅ぐこともできる。もしそういうことができなければ、あなたは作家じゃないということになります。もしあなたが作家であれば、あなたはそれを皮膚に感じることができる。皮剝ぎの場面を書いているときは、僕は……あれは本当に恐ろしかったな。寒気がしました。正直な話、あんなものは書きたくありませんでした。でも書かないわけにはいかなかった。書いていて楽しいわけはありません。でも作品にとって、あれは不可欠な場面だったんです。それを避けて通ることはできなかった。そ

れをうまくリアルに書くことは、作家としての責任のようなものでした。

——何かを書くことが怖いと感じると、あなたはそれを追いかけていくことにするようですね。

村上　そこから逃げ出すわけにはいきません。中国の諺（ことわざ）があります。「虎の穴に入らないことには、虎の子どもを盗み出すことはできない」。

現実の力・現実を超える力

聞き手　洪金珠

時報周刊　1998年8月9日～15日号／台湾

村上春樹は台湾の若者に最も人気のある日本人作家である。中国語版としては初めて台湾で出版された『四月のある晴れた朝に100パーセントの女の子に出会うことについて』(邦題は『カンガルー日和』)は十一万部を超えるベストセラーとなった。今年七月に発売された『アンダーグラウンド』も発売から一カ月で一万部を超える売り上げとなっている。「村上春樹現象」ともいわれるほどのブームを巻き起こした彼の私生活は? 十三作の小説を書いてきた彼が、なぜ地下鉄サリン事件に関心を持ち、被害者へのインタビューをまとめたノンフィクション『アンダーグラウンド』を書いたのか。次回作の展望は?

公の場に出ることを好まず、取材嫌いで有名な村上春樹が、初めて台湾メディアのインタビューに応じ、創作のプロセスを語った。

――大学時代には学生運動を経験しておられるようですが、それも創作活動に影響を与えていらっしゃいますか。

村上　学生運動はその当時とても大きなムーブメントだったし、やはりその影響はあると思います。それは僕に「言葉への信頼の喪失」みたいなものをもたらしたかもしれません。どんなに威勢のよい言葉も、美しい熱情溢れる言葉も、自分の身のうちからしっかり絞り出したものでないかぎり、そんなものはただの言葉に過ぎない。時代と共に過ぎ去って消えていくものです。この経験から僕は「耳に心地よい言葉」はあまり信用しなくなりました。小説を書くにあたっても、人の言葉を借りることはせず、新しい「自前の」語彙を絞り出すように努めてきました。

僕自身が最も理想的だと考える表現は、最も簡単な言葉で最も難解な道理を表現することです。少なからざる人がごく簡単な道理を難解な言葉で表現しようとします。これは馬鹿げているだけではなく、時としてとても危険なことでもあります。オウム真理教の麻原彰晃という人物は人の心理を読むのがうまく、人々に共通の経験を表現することに長けていた。言葉を使うことにも長けていました。だから多くの若い信者が彼の語ることをそのまま信じきってしまったのだと思います。

――連載中の『ポスト・アンダーグラウンド』（単行本タイトル『約束された場所で』）

はオウム真理教の信者へインタビューしたものですね。

村上　そうです。『アンダーグラウンド』と『ポスト・アンダーグラウンド』を書くために多くの方にインタビューしたことで、図らずも僕は「日本人」の本質に気づかされました。もしかすると日本のみならず、広義の意味で地下鉄サリン事件はアジア的と言えるかも知れません。アジアでは、韓国でも台湾でもかつて「家」は重要な存在でした。そして「家」が徐々に解体していったのち、個人が何に頼り、何を信じて生きていくべきか、いまだはっきりしていません。若い人たちが家や制度から離れることは、イコール自由な生活をすることなのですが、ひとたび自由を得たあと、多くの人は人生のよりどころを失い、不安を感じることになります。不安の時代にカルト宗教が介入することは、往々にして危険を伴います。なぜなら彼らは人々の不安をあおり、不安につけいることで勢力を伸ばそうとするからです。何によらずわかりやすく力強いロジックには警戒をしなくてはなりません。

――続けて地下鉄サリン事件を扱ったノンフィクションが発表されたため、台湾のファンはもう以前のような「村上春樹」は戻ってこないのではないかと心配していますが、新作のご予定は？

村上　いま新たな小説の執筆に取り組んでいますが、以前の作品とはまったく異なる小説で、タイトルは未定です。「村上春樹」が戻ってこないという心配は無用です。もうすぐ帰ってきます。僕は小説家だし、小説を書くことが僕の仕事です。書き方は以前と同様ですが、内容はこれまでの作品になかったものです。同じことを書くのはあまり好きではありませんからね、毎回まったく違う題材に挑戦したいのです。

以前は非常に長い小説が多かったのですが、いま書いている恋愛小説は比較的短くて、余分なものを徹底的にそぎ落とし、言葉も簡潔にして、小説自体の緊張感と興奮を高めるようにしています。ちょっと不可思議なところのある奇妙な味わいの小説ですよ（註・『スプートニクの恋人』のこと）。これは来年一月に書き終える予定です。来年の一月十二日は僕の五十回目の誕生日です。この小説が五十歳の記念、僕の文学人生のひとつの里程標になればと願っています。

——台湾にはたくさんの「村上春樹ファン」がおり、カリスマ視する人たちもいます。村上さんの小説の中の言葉が流行語にもなっていますが、ご存じでしょうか。

村上　カリスマと言われてもうまく実感できないですね。ただ僕の小説を読んでくれている若者は、中国人もいれば台湾人、香港人、韓国人もいるわけですが、そういう「東アジア文化圏」の中で、今や国による違いはますます少なくなっているような気が

します。どの国の若者も同じような生活をして、同じような価値観を持ち、同じような悩みを抱えている。共通した心情のようなものが強くなっているのかもしれないですね。

――『アンダーグラウンド』は村上さん初のノンフィクションということで各界から注目されましたが、日本で出版したあと、読者の反響はいかがでしたか。

村上　一般的な注目も浴びましたが、多くの読者から温かい手紙をいただきました。テーマや題材は異なるものであっても、僕の創作の基本的姿勢に変わりはありません。読者の方々も『アンダーグラウンド』を読んでくだされば、このことははっきりわかっていただけると思います。僕がなぜこのように深刻なテーマを選んだのか、読者も最初は驚いたことと思いますが。

小説家としての僕は「人」に最も関心があるのです。サリン事件の際、たまたま同じ電車に乗り合わせた人々が、事件についてどんなことを思い、事件の後の日々をどのように過ごしているのか。被害者の方々にインタビューした経験はとても重く、厳しいものだったけれど、そこに作家として学ぶべきものがあったことも確かです。インタビューを通じて、何よりも被害者とご家族の苦しみ、大切な人を失った悲哀を知って心を打たれ、人の悲しみというものをより深く体感しました。

――サリン事件は不幸な事件でした。インタビューを承諾された方々は、「村上春樹」という名前ゆえに承諾されたのでしょうか。他にも理由はあるのでしょうか。

村上　「村上春樹」という名前によってインタビューに応じてくださった方もおられます。それまでマスコミの取材は一切断り続けてきたが、僕の小説を読んだことがあり、僕の書き方は違うだろうということでインタビューに応じてくださった方もいらっしゃいます。中には純粋に村上春樹に興味があって、インタビューの際には僕に会えるという理由で応じてくださった方もいらっしゃいました。

もちろん逆に、僕だからインタビューを断った、という方も少なからずおられます。僕が被害者の受けた苦しみを自分の小説に書くつもりだと考え、利用されることを嫌ってのことでしょうね。これがアメリカ人であれば、おそらく自分の被害経験を語るのに積極的でしょうが、日本人は普通、自分の受けた被害を隠したがるものです。中には被害を受けたことを「穢(けが)れ」のようにとらえる人もいました。

たとえば、ある若い女性の被害者は、当初、インタビューに応じてくれる予定でしたが、父親が反対し「結婚にさしさわりがあっては困るから」との理由で断ってきました。

――『アンダーグラウンド』出版後、反論や批判はありましたか。

村上　ありました。この本は実際に起きた事件を扱っていますから、感情的な反発や圧力も受けました。僕は被害者の話を聴いて、それを文章の形にするだけで、誰かに替わって判断を下すわけではありません。僕はただ、彼らに自ら語ってもらい、それにできるだけ誠実に耳を澄ませるだけです。耳を澄ませることが僕の仕事だと思っていました。その話がどれくらいの事実的説得力をもつのか、それは読者の判断にゆだねるしかありません。結論を下すのは僕ではないのです。しかし中には、僕がこのように影響の大きな事件を扱うからには、自分で判断し、何らかの結論を読者に提示すべきであると指摘する人たちもいます。

——台湾では災害をテーマにしたルポルタージュが一つのジャンルとして確立していますが日本ではいかがですか。重要視されていますか。

村上　日本でも天災による被害者は少なくありませんが、一つのジャンルとまではなっていません。僕は『アンダーグラウンド』を書いているとき、十八世紀に南米で起きた橋の落下事件を思い出しました。数十人が犠牲になった事故でアメリカの作家ソーントン・ワイルダーがこの事故を題材とした『サン・ルイ・レイの橋』という小説を書いています。あくまでフィクションですが、その橋の上をそのときたまたま歩いていたのはどのような人々だったのか、彼らはどうしてそこにいたのか、ということについて書

いた物語です。三年前の三月二十日、午前八時過ぎに、サリンをまかれた電車に乗り合わせた人々について、僕は知りたかったのです。たまたま同じ電車に乗り合わせた人々は、どんな職業についていてどんな理由からその電車に乗ったのか、この事件に遭遇したことによって、その後の人生にどんな変化が起きたのか。

――『アンダーグラウンド』に取り組み、完成させたプロセスは「村上春樹」自身にどのような意味がありましたか。

村上 どう言えばいいのかな。……一言ではとても言えませんが。僕はこの本の中で、サリン事件が発生したとき自分が日本にいなかったこと、アメリカに長期滞在しており、アメリカ人からいろいろと日本のことを質問されて、自分が日本という国のあり方を十分には把握していなかったことに気付いたと書いています。一九九五年一月に阪神大震災が起きて、続けて地下鉄サリン事件が起きた。当時それらの事件について、僕もテレビなどメディアを通じて情報を得るだけでした。早く日本に戻って自分の国がどうなっているのか、これからどうなっていくのかを知りたいと真剣に考えるようになったのです。これらの事件は僕に、日本というものを見直してその「形」をはっきりさせ、何らかのかたちで僕なりに言語化させたいという思いを抱かせました。そんな経緯があって、帰国後すぐに『アンダーグラウンド』の執筆作業に取り組んだのです。

――世界中の「村上春樹ファン」はみな若い方が多いようですが、村上さんは今の若者をどのように見ていらっしゃいますか。あるいはどうやって若者の心をつかみ続けているのですか。

村上　僕自身不思議なのですが、僕はもうすぐ五十歳になるというのに、僕の小説の読者は若いままなのですね。日本では父と息子、母と娘など、二代にわたって愛読してくださって、親子で「村上春樹ファン」という方もいます。

多くの場合、作者が歳をとればその読者の年齢も上がるものですが、不思議なことに僕の場合、読者層のメインは変わらず二十代、三十代の人が多いです。僕は来年一月に五十歳になりますから、僕の読者はほとんど僕の子供のような年齢です。だんだん年齢差が開いてきます。僕自身、僕のファンにどうして若者が多いのか、その理由はよくわかりません。何が原因なのでしょう。僕自身は特に読者の年齢層を意識して小説を書いているわけではないのですが。

――「規則正しい生活」は、村上さんの創作力、想像力のエネルギー源となっていますか。

村上　小説を書くのは、一般の人が考えるよりはずっと体力を必要とする仕事です。若い人だったらとくに体調のことを気にしなくてもいいのでしょうが、僕はもうそれほど若くはありませんから、健康には十分気を遣っています。作家活動を始めた頃、運動不足から太ったこともあったので、それもあってもう二十年以上、水泳、ジョギング、サイクリングといった運動を毎日欠かさずに続けています。身体を若くしておくのは精神にとって大事なことです。

——『レキシントンの幽霊』の中で、自分の創作は何か特別な発想をしようとして作っているものではない、と書かれていましたが、現在はどうですか。村上さんにとって創作の原動力は結局何なのでしょうか。

村上　現在も僕の創作は、特別な発想によるものではありません。身のまわりに事件が起きたとか、急に奇抜なアイデアがわいたから創作を始めるというのではありません。どんな長い小説でも、最初はいくつかのプロットと、登場人物程度しかありません。いかなる設定も持たずに書き始め、ただただ日々書くことによってストーリーを発展させていく。まわりにあるすべての要素を日々吸い込み、それを自分の中で消化することによってエネルギーを得て、物語を自発的に前に進めていくのです。

人間は誰もが、数十年生きるうちに記憶や心象を積み重ねています。しかし多くの人

はそれを心の抽斗(ひきだし)にでたらめに投げ込んだままにしてしまいます。もし彼らに自分の記憶をきちんと整理するようにと求めても、たぶんどう手をつけたらよいかわからないと思います。でもしかるべきシステムを設定し、自己訓練をすれば、多くの人は自分のイメージをある程度うまく整理できるようになると思いますよ。僕の小説も自分の心の中の抽斗をひとつひとつ開けて、整理すべきものは整理し、人々の共感を呼べるものをひとつひとつ取り出し、文字で表現し、人様に見てもらえるような形にしていくのです。ですから、整理に取りかかった時点では、僕自身抽斗からどんなものが飛び出てくるか、それはわかっていないのです。

——村上さんの風景描写は読者に特に強い印象を与えるようですが、中国語に翻訳されたものも、真に迫った描写が読者の想像をかき立てます。風景描写について何か特別な工夫をされていらっしゃいますか。

村上　「風景描写のために、現場に行って写真撮影などの取材をする。それから写真に基づいて絵を描く」僕はこういうやり方はしません。現実的なものをすべて取り去ったあとに、脳に浮かびあがった記憶だけに頼って、あらためて情景を描写しています。このようにして産みだした情景は、現実に存在しているもの以上に現実性を獲得することができます。もちろん何度も何度も丁寧に綿密に書き直す必要はありますが。

――村上さんの作品にはよく「異界」の描写が出てきて、読者をあたかもその世界に入り込んだような気にさせますが、ご自身はこのような「臨死体験」のようなものをなさったことがあるのでしょうか。

村上　「臨死体験」をしたというようなことはまったくありません。僕はいたって普通の人間ですから。ただそのような世界が、誰の魂の中にも存在するということを理解しているだけです。

――小説にたびたび登場する「双子の女の子」、「僕」、「羊男」たちは、村上さんの心の中から生まれたキャラクターですか。それとも実在のモデルがいるのですか。

村上　よくこの質問を受けますが、答えはイエスとも言えますし、ノーとも言えます。なぜなら僕は自分の一部分を小説に書くこともあれば、身近にいる人のことを書くときもあるし、自分のかなりありのままを書くときもあれば、理想とする自分を書くときもあります。自分が「あるいはこうであったかもしれない」という状況について書くこともあります。まったく存在しないものについて書くこともあります。それらを組み合わせて複合的に書くこともあります。ある人を念頭に置いて書き出したら、結果的にまっ

たく別の人格になってしまったということもあります。だから何がモデルで、何が想像かというのはとても区別がつきにくいのです。でも最も大事なのは、そうして出来上がった登場人物が、どれだけリアリティーを持っていて、読者の生き生きとした共感を呼ぶだろうかということです。

A君という読者が、僕の小説に出て来る「僕」はまるで自分のことを書いたようだと言い、同時にB君という読者からの手紙には、「僕」の性格や感覚は自分に瓜二つだと書いてあったりします。このように「僕」は僕でもあるし、また僕ではないとも言えます。僕が言いたいのは、そのような場合、「僕」と読者の間にたしかな共通の思いがあるということです。物語を通して心が繋がっているということです。それは国籍や世代とはあまり関係のないことのように、僕には思えます。

『スプートニクの恋人』を中心に

聞き手　島森路子

広告批評　1999年10月号／日本

——最新作の『スプートニクの恋人』ですが、五年ぶりの小説ですね。

村上　『アンダーグラウンド』『約束された場所で』と二つの仕事をして、次はその成果としてなにか大きなものが出てくるんじゃないかという期待が、みんなの中にはあったと思うんだけど、でもそこに行くには、もう少し時間がかかります。二年、三年では出てこない。僕はとにかく時間のかかるタイプだから。

『スプートニクの恋人』とか『国境の南、太陽の西』とかは、いろいろ誤解を招きやすい小説なんです。『ねじまき鳥クロニクル』みたいな本は、好き嫌いはあるにしても、骨格そのものがしっかりしてるから、まあ放っておいてもいつかは落ちつくべきところに落ちつく。でも、それに比べると、『スプートニクの恋人』や『国境の南、太陽の西』は小説としての柄が小さい。ただ、僕にとっては、柄が大きい小説も小さい小説も、それぞれの役割があり、それぞれ攻める部分も違って、両方を組み合わせながら書いていくのが大事なことなんです。人はそういう風にはなかなか思ってくれませんけどね。

——骨太というか、なにかガッチリしたものがあった方が、きっとみんな納得するんでしょうね。そういう重しというか核のようなものが、『スプートニクの恋人』の場合はつかまえにくいから、もの足りなく感じるというか、不安になるのかもしれない。

村上 『スプートニクの恋人』は徹底的にネジを締める小説なんですね。あらゆる部品のネジを、ギリギリギリギリ締められるだけ締めていく。『ねじまき鳥クロニクル』の場合は、逆にネジを緩ませて、そこから何が出てくるかを見る。小説というのは呼吸と同じで、吸いこめば吐くし、吐けば吸いこむ。両方必要で、どちらか一つだけやってるわけにはいかないんです。しかも、順番にやらないと、呼吸困難に陥ってしまう。

小説に関して、僕には師と言えるような存在はいないんだけど、ジャズのマイルズ・デイヴィス、彼が僕のロールモデルなんです。彼のやり方は、新しい手法を取り入れると、その都度どんどんどん煮詰めていく。そうやってネジを締めるだけ締めると、またバッと広がって別のシステムに行く。バップを煮詰めるだけ煮詰めると、突然クールにいって、クールを煮詰めると、次はハードバップ。それが終わると、今度はモード、次に新主流派、そして、いくぶん神秘的なところに行ったかと思ったら、あるとき突然エレクトリックに行っちゃう。エレクトリックを煮詰め切ったらヒップホップ。そうやって、一九四五年から八〇年頃までの三十五年間、彼はつねに第一線でやってきた。な

ぜそれができたかと言うと、つねに後ろは振り返らず、新しいものをインテイクし、それを煮詰め、煮詰め切ったところで新しいインテイク、というダイナミズムを維持していたから。マイルズ・デイヴィスの素晴らしさは、新しいものの取り入れ方のダイナミックさとネジの締め方の厳しさ、その二つにあったんです。

小説はどう読んでもいいものだけど、僕から見ると多くの人はこの『スプートニクの恋人』という小説をストーリー中心に読もうとしすぎてるんじゃないかという気がします。これはハッピーエンドなんだろうかとか、「すみれ」はどこに行ってしまったんだろうとか。でも、そういうストーリーで考えていくと、これはどこにも行かない小説なんです。少なくとも僕にとっては、ストーリーはあまりたいした問題じゃなかった。

僕がなぜこういう小説を書いたかと言うと、「22歳の春にすみれは生まれて初めて恋に落ちた。」から始まる、出だしのワン・パラグラフを、あるとき、なんとなく書いちゃったんです、別に小説を書くつもりもなく、スケッチみたいに。で、何かのときに使えるだろうと思ってとっておいたのを、一年くらいたって、そうだ、これの話を書こうと思い立った。だからあのワン・パラグラフは、最初はなんの物語も含んでなかった、ただの言葉だったんです。なぜそんな言葉を書いたかと言うと、そこからなにか面白い世界が広がりそうな感じがしたし、ああいう文章を書いてみたかったから。読んでると、励まされるというか、なにか気持ちが高揚していく響きみたいなのがある。僕は結局文章が好きなんですね。文章を書くのが好きで、自分の文体を使って何が得られるかに、

すごく興味がある。

――自分の文体が好きなんですね。

村上　ええ。自分の字が好きな人っているじゃないですか。同じように、僕は自分の文体が好きなんです（笑）。

――自分の文体は自分の呼吸と合っているものだから、うまくいってるときは、好きなのは当然かもしれないけれど。

村上　しかも、自分の文体を使うと、自分が考えている以上のものが出てくる。そこがまた好きなところで、自分が何を考えてるのか、何を求めてるのかよくわからなくても、文章にするとだんだんわかってくるんです。そのままだと、見分けのつかない、無明の世界だから。

『ねじまき鳥クロニクル』なんかだと、自分自身がその明かりのない世界に入っていって、全力をあげて取っ組み合いをする感じになってくるんだけど、『スプートニクの恋人』の場合は違うフィールドでの取っ組み合いというか、これまで僕が培ってきた文体を、ここで徹底的に検証してみようと思ったわけ。全部隈なくネジを締めてみようと考

えた。

『ねじまき鳥クロニクル』の文章に関しては、正直言って僕は不満があるんです。あれだけ大きくて複雑な物語を一つの世界にまとめるためには、なによりリアルタイムの動き方が大事だった。文章にいちいち引っかかっていたら、話に追いつかなくなるから、あえて文章は締めていない。ストーリーのために文章を犠牲にし、自分の美学みたいなものもある程度あきらめてやってるわけで、たまにパラパラめくると気に入らない文章が目に入るけれど、でも、それはしようがないんですね。

だけど、『スプートニクの恋人』は、とにかく全部ネジを締め、余計なものはすべてはずして、自分が納得いくものだけを文体に詰めこんでみようと思ったんです。だから、最初の何十頁かは、もう文体締めにつぐ文体締め。「ぼく」と「すみれ」と「ミュウ」、とにかくこの三人だけ設定して、何がどんなふうになるかはわからないけれど、とにかく文章コンシャスでもっていく。物語は来るなら来ればいいし、来ないなら来ないでよかったんだけど、一つの文章を書くと、次の文章って来るんです。で、それをキュッキュッと締めると、また次が出てきて、それをまたキュッキュッと締めて、次が来る。そうやって、話は進んでいく。一種の文体のショーケースみたいなものですね。

——三人のキャラクターは、あらかじめ決まっていたんですか。

村上　決まってます。そして、比喩を徹底的に多くしようというのも決まっていた。その上で、文体の隙をなくし、よじれをなくし、たるみをなくす。つまり、文体のフィットネスですね。

そんな風に、僕の場合、小説を書くときのテーマは、その都度はっきりしているんです。『ノルウェイの森』のときは、とにかく全部をリアリズムで書こうとした。だから、非リアルなものは、表面的には入っていない。それから、主人公も含めて誰が死に、誰が生き残るかはわからないけれど、六人の登場人物のうち三人は殺そうというのも決めていた（笑）。

――それは知らなかった（笑）。ともかく、『スプートニクの恋人』は三人がどんなふうに絡んでいくか、最初は何も決まっていなかったんですね。

村上　決まってない。書きながら、僕はレズビアンの人って知らないから、どう書けばいいのか困ったけど、最初のワン・パラグラフに書いちゃったから、変えようがなかったりして（笑）。でも問題は「自分が同性である女性を性的に求めている」という事実を、自らの内なることとして生き生きと感じられるかどうかということなんです。僕の感覚で言えば、『ねじまき鳥クロニクル』が下に降りていきながら書く小説だったとすれば、この小説は地面の上に棒を一本立てて、そこにいろんなものが引っかかってく

るのを、風の強い日に待ってるという感じが強かったんです。文体が物語を引きつけるということも含めて、僕にとっては、すごく面白い小説の書き方だった。
それからもうひとつ、こういう文体の小説は、ひょっとしたらもう今後は書かないんじゃないかという予感もあったのね。もちろん先のことはわからないし、大きなことは言えないんだけど、そういうことはずっと漠然と感じていた。だから、見納めのつもりで、徹底的に書いてやろうという感じもあったんです。

——そうすると、次回作からは、文体がガラリと変わる可能性もあるわけですね。

村上　かもしれません。実際に書いてみないとわからないけれど、最初の頃に比べると、小説の中に出てくるカタカナ言葉も減っている。そうしたことはもう始まっているんだけど、もう一段階、文体の面でさらに離れるかもしれないという気がしているんです。比喩にしても、突飛な比喩というのはもうあまり使う機会もないかもしれないから、とにかく洗いざらい虫干ししてしまおうって（笑）。だから、比喩が多すぎるって文句を言う人もいるかもしれないし、メールでも「これまでの繰り返しに過ぎないんじゃないですか」って意見もあったりするけれど、繰り返しじゃなく、僕としては「見納めだったんだよ」という部分があるんです。

——確かに、前半の三分の一くらいは、比喩の使い方にしろ、これまで村上さんが書かれてきた文章や世界と共通するものが多いけれど、後半は少し違ってくるでしょう。

村上 それはやっぱり、棒を立てていろいろなものが引っかかるのを待ちながら、これまでの虫干しとか総ざらいを一生懸命やってるうちに、少しずつ風向きが変わってきた結果だと思います。でも、そこがまた面白いところで、そこから話は伸びていくんです。あるいは、三分の一くらいは面白がってやっていても、だんだん疲れてくるところもあるのかもしれない、あんまりネジを締め過ぎて（笑）。実際、だんだん緩んでくるんですよ、とくにギリシャに行ったあたりから。

僕がギリシャに住んでいたのは十二年くらい前で、『ノルウェイの森』をギリシャで書き始めたのが三十八歳。以来十年近く、ずっとギリシャのことを書きたいと思いながら、まだ早いまだ早いと思っていたんだけど、面白いもので、十年くらいたつと、ちょうど小説の書き頃になってくるのね。だから、手軽に書いているように思われるかもしれないけれど、僕にしてみれば、十年間待っていた。少しは書いたけど、本格的に書いたことは一度もなかったと思います。この小説のギリシャの描写は、自分で言うのもなんだけど、わりによく書けてると思う（笑）。メールにも「読んでいてギリシャに行きたくなった」みたいな感想があったけど、そういうフィジカルなリアクションを引き起こすには、やっぱり熟成が必要なんです。十年くらい時間を置いて書くと、書いてるう

ちに、風景がどんどん身体の中から染み出してくる。

小説のよさというのは、僕はそういうものだと思うんです。昨日見て今日書けるというものではない。自分の中でいったん沈み切って、もう一回浮かんできたものをすくい上げるのがその素晴らしさで、そういうことができたとき、小説家になってよかったと思う。物語もそこから開けてくるという感覚があるんだけど、でも、僕にとって大事なのは、自分の中で風景が浮かび上がって文章になる過程なんです。物語はむしろその過程の中にくっついてくる。で、そんな風にして、「すみれ」も消えてしまった。

――それも決めていたわけじゃない……。

村上　まったく決めていなかった。どうしようかなとは思っていたんだけど、消えちゃったんです。それは、僕の中でのなにか転換を意味していて、ただ、なんの転換かと聞かれると全然わからない。

――それは小説の何かが変わるのか、それとも村上さん自身の何かが変わるのですか。

村上　僕自身の中の何かです。前半はどんどんどんどん文体を締めていって、次にギリシャに舞台が移ってからは自分の中のギリシャのイメージをすくい取っていった。そ

ういう一種の手仕事、マニュアルワークの中で、物語が勝手に動いていく。なぜ動いていくかと言うと、やってる間に僕の中の何かが変化していくから、その変わり方に合わせて、物語も変わっていくんです。僕にとって大事なのは、物語がどう変わるかではなくて、何もないところからどういうふうにして、物語が付着していくかということ。みんなは物語を追うことを大事にするけれど、本当に大事なのは、物語と物語を生み出す僕との間の相関関係の推移なんですね。

でも、これはなかなか難しいもので、なぜ難しいかというと、物語というのは直線的に動く。それに合わせて僕自身も直線的に動くんだけど、両者の間の相関関係と言うのは、それでもねじれにねじれて、立体的なスリー・ディメンションで動くわけ。それを言葉で説明したり、論理でとらえるのは不可能で、僕が批評に対して不信感を持つのも、批評は小説を論理的、直線的にとらえようとするものだから。でも、僕が考えてる物語の進み方は非論理的であり非直線的なものだから、そこにはどうしてもギャップが生じることになってしまう。例えば「すみれ」はどこに消えたのか、あるいは本当に戻ってきたのかと聞かれても、僕にはそのねじれの連続性の中でしか考えられないんです。

——さらに、そこを起点にねじれたんですね。

村上 そう、ねじれたんです。何かが大きくねじれた。しかも、それが決して単なる

思いつきではないってことも、僕にはわかっている。でも、わかってるんだと言っても、説明はできないわけで、それをどうしてわからせるかといったら、読んだ人たちがヘンだと思わなければ伝わったということなんです。だから、「読んでるときはすらすら読めたけど、読み終わってからなんだろうと思い始めました」という感想は正しい。読んでる途中で「なんだこれ、読めねえよ」って放り出されたら、それは物語として嘘になるわけで、そこには大きな違いがある。もちろん文体が気に入らないって放り出す人はいるだろうけど、それとは別に。

そういえば、「村上春樹本」って、やたらたくさんあるでしょう。僕自身の本より多かったりして。なぜなんだろうと思っていたんだけど、結局、みんな不安なんじゃないかなって、最近、そういう風にちょっと思うようになってきた。

——今は、全部答えを与えてもらうのが当たり前になっているから、物語が完了しない、不安がそのまま残るということに慣れていない。それだけに、登場人物たちがどうなっていくのかわからないまま放り出される村上さんの小説は、取り残された感じになってしまうのかもしれませんね。

村上　マニュアルがないと、不安みたいな。しかも、そのマニュアルも、たいがいがストーリーでものごとを解析していくか、細部にこだわってああだこうだとゲーム的に

これくり回すか、どちらかしかないみたいですね。メールでよく来るんです。「(その手の解説本に)こう書いてあったけど、ほんとですか?」って。そういうのはいささか僕としては虚しいような気がするんだけど。

――ところで、小説の中で人が消えるのは、今回に限らないですね。

村上 そうですね、いつもなんか消えてる。

――その都度消える理由は違うでしょうが、やはりそれは、著者と登場人物の関係の中で起きることなんですか。

村上 そうですね。僕は現実でも、ある日誰かが消えてもおかしくないと思って生きている。人というのは日常的に失われていくものだととらえているんです。猫を飼っているとわかるけど、動物というのは、いついなくなっちゃうかわからない。そういうことって、決して特殊なことではないという気持ちがある。消えなくても、少しずつ失われていくものってあるでしょう。人間関係もそうで、一回会うごとに相手との関係は変質していきますよね。少しずつ好きになる場合もあれば、少しずついやになる場合もあって。

――それは、むしろ特別なテーマというより、普通の生活の中に普通にあるものなんですね。

村上 僕自身だって変わっていくし、マイルズ・デイヴィスじゃないけど、自分が前にやってたことにまったく興味を持てなくなると、スッと別のことにいってしまうこともあるんです。これは性格ですね。今あるものを全部捨てて、新しいことをやりたいっていう気持ちがつねにある。

――小説家ではあり続けるんでしょう?

村上 書くのは好きだから。でも、自分の文体があんまり好きじゃなくなったり、書きたいという自分の中の火種みたいなものがなくなったら、やめて、また店か何かをやるかもしれない。

――『スプートニクの恋人』では、こちら側の世界と向こう側の世界がいつも意識されていますね。村上さん自身が以前どこかで「物語はこの世のものじゃない」という言い方をされていて、そうしたことをどこかで意識しながら書かれたのではないかと思っ

たんですが。

村上 あんまり考えなかったですね。自然にああいう物語になってしまっただけで。

――ストーリーテリングではないと言われたけれど、物語というのはそういうものだということの、なにかひとつの表現にもなっているような気がしたんです。

村上 そうですね。一種の物語論とは言えるかもしれない。フィクションの中のフィクションという感じがするところはありますね。ただ、『ノルウェイの森』でも、向こう側の世界とこちら側の世界があったでしょう。向こう側の世界は京都の山奥にある精神病の施設で、「僕」がいる東京の世界がこちら側の世界。そういう二つの世界の相関関係というのは、僕にとってはすごく大きいテーマで、多かれ少なかれ、どの本にも出てくるんです。『世界の終りとハードボイルド・ワンダーランド』も典型的にそうだし、『ねじまき鳥クロニクル』もそう。『スプートニクの恋人』は小さい本だけに、それがいつもより明確に出てしまったのかもしれない。

――二つの世界が対比的に描かれることと、「地下の底まで潜って汲んでこないと物語は書けない」ということとは、関連していると思いますか。

村上　天才的な作家っていますね。何も考えないでもどんどん着想が湧いてきて、すらすら書けちゃう人。二十歳くらいでデビューする人というのは、たいていそうです。でも、僕はそういうタイプではなくて、自然には湧いてこないから、自分でシャベルを使って井戸を掘りながら書く。だから、デビューしたのも三十歳でちょっと遅かったし、それまで何も書かなかった。僕は、自分の中にも底の底の方で物語が湧いているんだってことを、たまたま偶然見つけた人間だから、その幸運に対して感謝する気持ちがすごくあるんです。大事にしたいという気持ちが強い。もしかしたら見つからないまま、ごく普通の人間として一生を終えていたかもしれないわけですからね。それはそれで悪くなかったけれど、僕の場合は何かの加減でそれが見つかった。自分の中の物語性のようなものは、僕にとっては、これまで生きてきたごく普通の人間としての日常とは別なところで、一種の神秘的なものとして存在しているんです。神秘的ではあるけれど、こんこんと湧いている確かな実感がある。

僕の中にもう一人の僕がいて、その二者の相関関係の中で物語が進んでいく。さらに言えばその進み方によって両者の位置関係が明らかになる。だから、物語を使って何ができるかについては、僕は非常に意識的に考えています。そのために大事なのは、きちんと底まで行って物語を汲んでくることで、物語を頭の中で作るようなことはしない。最初からプロットを組んだりもしないし、書きたくないときは書かない。僕の場合、物

語はつねに自発的でなくてはならないんです。向こう側の世界を描くと言っても、心理学的なものに関心があるわけでもなければ、オカルト的なものに興味を持っているわけでもない。僕が物語を汲み出すという作業の中に、現実をより明確にする超現実、あるいは非現実が浮かんでくるというだけで。『スプートニクの恋人』の場合、そういう方法論がよりはっきりと一つの物語になった、というところがなくはないですけどね。ただ、そういう物語の書き方も、ここらでいったん置きたいという気持ちがあるんです。それもあって、ここでは、とにかく書けることはすべて書いてしまおうとした。終止符というのではないけれど、僕のこれまでの文学的な営みの一つの区切りになるような気がしていたから。

頭の中で物語を作らないということで言えば、この小説の中で、結局「すみれ」は見つからないまま、主人公はギリシャから東京に帰ってくる。そのあとどうなるかについては、自分でも全然わからなかったんです。そしたら、「にんじん」が出てきたんですね。あれは、一種の救いだった。出てきてくれてよかったなあって。

――確かに、「にんじん」は印象的な男の子でした。彼も自然に出てきたんですね。

村上 けっこう試行錯誤でしたけどね。最初はいなかった。いないまま「ぼく」と「ミュウ」との関係性の中で煮詰まって追われてる感じで話が進んでいたんだけど、そ

のまま話を終えたらどこにも行かないような気がしていた。閉じられたまま終わってしまうみたいで、それはやっぱりいけないと感じていて、ホールドしているうちに、「にんじん」と「にんじんのお母さん」がふっと出てきたんです。で、二人を生かすことによって、話にある種の広がりを出すことができたし、これを納得のいく形で収めることができれば、次の本にうまく入っていけるだろうという予感があった。

なんというか、この本のストーリーがつぎはぎだというのではないけれど、書いているうちに、僕の中で小説像というか、パースペクティブがどんどんシフトしていく。それを並べていったらこういうふうな話にならざるを得なかったし、途中から文体も変わっていかざるを得なかったんです。だから、むしろ意識の流れみたいなものをそのまま追った小説だととらえてもらえるといいのかもしれない。そして、そのためには、このくらいの長さがいちばんよかったんです。これ以上長くなると収拾がつかなくなるし、これ以上短くなるとうまくシフトしきれないままに終わってしまう。『国境の南、太陽の西』も自分の中でシフトしながら書いた話で、同じくらいのちょうどいい長さだった。でも、こういう小説って、作品としてなかなか評価されにくいんですよ。

——読者はいわゆる完成したようなものを求めがちだし、そうでない部分を読み取るのはなかなか難しい。

村上 ある意味、わかりにくい話だと思いますね。難解という言い方もできなくはない。難しいからよいというものでは決してないんですが。書いたときは、すごく簡単な話だと思ったんです。意識の流れるまま、ごく自然にすらすら書いちゃったから。自然なものというのは、書くときには簡単なんです。でも、今になって、難しかったかもしれないということがだんだんわかってきた。

――以前話をお聞きしたのは、まだギリシャに行かれる前で、そのあと書いた『ノルウェイの森』が一種の社会現象になって、アメリカに行かれた。あれだけもてはやされているなか、日本から出ていく道を選ぶのは、それはそれで勇気のあることだったかもしれないけれど、私は村上さんが向こうに行ったとき、賢い選択だし正解だろうと思った記憶があるんです。

村上 僕はあまり落ちこんだり、生きていくのがいやになったりはしないんだけど、『ノルウェイの森』があれだけ売れたあとは、一時期本当にいやになってしまった。生きていくのがいやになるくらい、いやになったんです。だって、この僕が、ものが書けなくなっちゃったんですからね。だから、一年くらい、なんにも書かなかった。いちばんいやだったのは、それまでなんでもなくつき合っていた人たちが、何か妙に離れていったり、よそよそしくなったり、あるいは逆のことが起きたり、そういうことがけっこ

うあったこと。そういう人間関係の変質みたいなものが、すごく辛かった。それは、僕にとっては大事なものだったから。

それと、もうひとつ思ったのは、やはりお金がみんなすごく大きいんだなってこと。ただ、お金と言えば、あのときあのことである程度まとまったお金が入ったから、『ねじまき鳥クロニクル』を、僕は五年近くかけて書くことができた。そういう意味で、長編書き下ろしを中心にやる小説家にとっては、お金は現実的に大事なんです。お金を決してバカにしてはいけない。で、お金があれば自由と時間が買えることがよくわかったから、お金ができたら自由と時間を少しでも多く買ってやろうと、今は開き直ってる。まあ、僕の場合、意識的にそういう風に考えることで自分を持ち直しているところもあるんですが。

——それでもあいかわらず注目され続ける作家であることには違いないわけで、きちんとペースを守り続けるのは、それはそれで大変でしょう。

村上 しつこいんですよ、僕、性格が（笑）。走るとなったらエンエン走ってるし、泳ぐとなったらエンエン泳いでる。泳ぎは前から泳いではいたけれど、トライアスロンをやろうと思って真剣に泳ぎ出したのは、この二、三年くらいかな。

——すごいですね、トライアスロンまでやるなんて。

村上 でも、フィジカルなことをやっていると、すごくラクになるんです。体育が嫌いな子供だったから、昔は身体を動かすようなことはあまりしなかったけど、大人になってやると、フィジカルな作用とメンタルな作用がいかに結びついているかがよくわかる。それに、自分の身体に積極的な関心を持つのって、大事なことだと思うんです。ハンサムになることはなかなかできないけれど、身体を引き締めることなら意図的にできるじゃない(笑)。

——それにしても『ノルウェイの森』から、ちょうど十年ですね。

村上 ものを書いていると、十年というのは不思議に節目なんです。三十歳でデビューして、四十歳前に『ノルウェイの森』を書いて、一つの転換期を迎えた。というのは、あの段階ではまだ、僕は純粋なリアリズムの小説というのは一つも書いていなかったんです。だから、リアリズムの小説をここで一本書いておかないとダメだと考えた。そうしないと次の段階に行けないんじゃないかと。

そして、そこからまた十年たって、五十歳前に書いたのが『アンダーグラウンド』であり『スプートニクの恋人』だったんです。この二冊が、セットというとおかしいけれ

ど、僕にとっては転換点になる本だった。

そういう意味でも、次に書くものは必然的にこれまでのものとは変わってくるだろうと思うけれど、とりあえず今年は六月の終わりから八月の初めにかけて、短編を六本書きました。二カ月で短編六本、なかなかすごいでしょう。ある日突然、短編を書こうと思ったんです。

通しタイトルは「地震のあとで」。全部一九九五年の二月に起こった話で、一九九五年二月と言えば、一月の阪神大震災と三月の地下鉄サリン事件に挟まれた、空白の一カ月なんです。僕はこの一カ月に興味があったから、九五年二月に起きたことをフィクションで、全部違うキャラクターで、全部三人称で書こうと決心した。三人称の小説って、僕はほとんど書いたことがなかったから。そして、比喩もかなり少ないです。

——三人称で比喩なしというだけで、みんな何が始まったんだろうと思うかもしれない（笑）。

村上　愕然（がくぜん）としたりして（笑）。でも、今回は三人称以外では考えられなかった。比喩みたいなものももうしばらくは考えたくないやって。で、そのうち五本は雑誌に発表して、一本は書き下ろしみたいな形で入れて、来年の二月くらいに本として出そうと思ってる。これまでとはずいぶん違う筋肉を動かしたなという実感はあります。

来年になったら、大きい長編を書こうと思っているんです(註・これが『海辺のカフカ』になる)。春くらいからかかろうと思っているんだけど、短編六本はそれに行くための前段階で、実際書いてみて、これで行けるという感触をつかんだから、たぶん行くと思う。でも、これもやっぱり、『スプートニクの恋人』を書き切ったから、スッと書けたというところはありますよね。六本とも最初の一行を書いたらそのまま最後まで書けちゃったのは、自分でもいささか驚いたけど、ほんと、何も考えないで文章がすらすら出てきた。

短編というのは三日で書くんです。というか、三日で書かないと意味がない。スコット・フィッツジェラルドはパーティーの合間に二、三日で短編を書いて、今の日本の感覚で言うと百万円くらいの稿料をもらって、また遊んで、その合間にまたすらすらっと短編書いて、また百万円もらって、という生活をしていて、そういうのを読むと前はすごいなあと思っていたけれど、いまになってみると、三日で書けない短編は短編じゃないと思うようになった(笑)。もちろん三日かけて書いたあとは、十回も十五回も、グシャグシャ書き直しますよ、何日もかけて。でも、ファースト・ドラフトは三日間。三日でひと息で書き終わって「よし」と思わないとダメなんです。

——書き直しをずいぶんされるというのは、前にも聞いたことがありますが。

村上 僕は徹底的に書き直します。『スプートニクの恋人』だって、書き上げてから一年以上かけて、何十回か書き直してる。

——そこで行われるのは、おもに文体を整える作業?

村上 そう、ネジ締めです。

——『スプートニクの恋人』で前半と後半のトーンが違うのは、後半を意識して緩くしたところもあるわけですか。

村上 それは自然にそうなった。やっぱりギリシャの風景が入ってきた頃から、自分の心も広がっていったんじゃないかな。だから、小説を書くのは、僕自身にとっても救いなんです。心が固くなるときって、誰にでもあるじゃないですか。そういうのを自分で開いていけるのは、一種の自己治癒でもある。まあ、こういう言い方をすると今は癒しという言葉だけが強調されちゃうから、あまり言いたくはないんだけど、そういうことは少なからずありますね、やっぱり。そういう意味でも、小説を書くのは、僕にとってすごく大事なことなんです。それは自分の作品を生み出すことであると同時に、自分自身を変えていく、自分自身をバージョンアップしていくことでもあるわけだから。

──今回の作品に限らず、村上さんの書く世界は、人間の孤独が前提とされているというか、登場する人物がみな一人で立っている感じがある。そうした世界の中で自分の生き方を迷ったり、限定されて関わり合う人間を見つめていく主人公＝語り手がいて、それが一人称で書かれるところにひとつの特徴があったと思いますが、それが三人称になるというのは、やはり決定的な変化かもしれませんね。

村上 そういうことでもなくて、僕という人間の、パーソナリティーというか存在を分割できるようになったということだと思うんです。これまではまず「僕」という視点があって、その視点を軸にそこからいろいろなものが浮かび上がってくるという物語の運び方だったけれど、そういう単一の視点から離れることもできるようになってきた。つまり、僕の視点をいくつもの別の視点に分割することが可能になった。

そういう意味で、『スプートニクの恋人』の「ぼく」は、これまでの一人称の「僕」の総決算というか、「僕」的なるものの最後になるんじゃないかという気はするんです。だいたい、途中から少しは動き出してくるけれど、最初のうちは、彼は「ミュウ」と「すみれ」の関係を見ているオブザーバーに過ぎない。なぜそうなったかと言うと、すでに僕自身が、「僕」という視点に束縛されることに息苦しさを感じていたからなんじゃないのかな。

——その「僕」は村上春樹自身ですか、それとも小説の中の「僕」ですか。

村上　どちらでもない。フィクショナルな視点としての「僕」です。そして「僕」という視点からも、そろそろ離れる時期が来ているような気がするということなんです。

——ある時期、それは一種の方法というか力になったかもしれないけれど、逆に束縛になる部分も出てくるわけですね。

村上　出てくるんです。ことに、僕がこれから書きたいと思っている小説には、束縛になる要素の方が強くなると思う。だから、書いてみるまではわからないけれど、「僕」的な意味での一人称の視点は、これからはあまり出てこないかもしれない。「僕」的な価値観というのは、僕にとっては『ねじまき鳥クロニクル』の中で検証されつくした感じがするんです。『スプートニクの恋人』ではそれをもう一度文体的にきっちり固めてみたわけで、そういう意味では『スプートニクの恋人』は、僕自身の方向にというか、僕自身の文体に対する一種のラブレターみたいなものだったと言えるのかもしれない。だから、この小説は好きですよ、僕自身は個人的にすごく。それと同時に、これから違った展開になっていくのも、それはそれで楽しみにしているんですけどね。

――村上さんの小説の中の男と女、『スプートニクの恋人』でも、「ぼく」と二人の女性の関係性の中で物語が進んでいくわけですが、それを描くときの感じが、従来の小説のいわゆる男と女の物語とは、何かが違うんですね。どう言ったらいいのか、リアリティーがあるようでないような。

村上 そのあたりは僕もよくわからないんだけれど、たとえば嫉妬の感情って、僕はあまり経験したことがないんです。そのことをホームページで書いたら、「そんなの信じられない。リアリティーがない」ってメールがいっぱい来た。でも、僕にとっては嫉妬という感情がないという状況の方が自然だし、リアリティーがある。その感じをそのまま小説に書くと、「ここには嫉妬の感情がないから嘘だ」と言う人が必ず出てくるんだけど、僕にはそういうことを書かない方が自然だし、だったら、あえて書かないことで違うリアリティー、新しいリアリティーを出したいと思っているんです。小説というのは一種の共感装置だから、ようするに共感を呼べばいい。グチャグチャに嫉妬が入って、人びとの「ああ、気持ちがわかる」という共感を呼ぶ場合もあるだろうけれど、でも、そういうもの抜きでもっと違う共感を生み出すことだってできるかもしれないでしょう。

——それは村上さんにとっては別に無理なことじゃなく、自ずから、そうなってしまうわけですね。

村上　そうなんです。嘘だと言う人にとっては嘘かもしれないけれど、でも、そういう欠落を抱えてリアリティーに挑むという部分が僕にとっての一つの挑戦であったわけです。ただ、そういうことも含めて、「僕」という個人的資質を軸にやっていくことに、そろそろ興味が持てなくなっていたりする。今はもう、「僕」的な価値観は展開しつくしたから、そうじゃないものを僕なりに書いてみたい、新しく挑戦したいという気持ちの方が大きいですね。

——それでもしつこく（笑）。「僕」を村上さん自身と重ねて読んでしまう読者は多いと思いますが、資質的に重なっている部分は多いんじゃないですか。

村上　いつも言うんだけれど、「僕」という小説の中の主人公は、僕の仮説なんですよ。ひょっとしたら、僕がそうなりえていたかもしれないもの、人生のどこかの段階で違う方向に歩んでいたら、そうなっていたかもしれない存在なんです。現実の僕とは違うけれど、進化の枝分かれみたいなものね。それぞれの本によって枝分かれの先端に違う僕がいる。だから、いまの質問の答えはイエスでありノーである。僕は、いろんな状

況にいろんな仮説の僕を放り込むことによって、物語が動いていく様相というのを書きたかったんです。そういう意味で、僕の中には、自分がいくつもの人生を生きているという気分がすごくある。

——一人で生きていくというスタンスを強く持つことと、だれかとつながって生きていくこと、人間が生きていく上でその両方があるとしたら、だれかとつながって生きていくことの意味や価値が、村上さんの中で前よりふくらんできているのかな、という気もしたんです。

村上 そうかもしれない。今、僕に対してインターネットでメールを送ってくる大部分の人たちは二十代から三十代の前半なんだけど、僕が最初に小説を書いた二十年以上前も、読者層はやっぱり二十代から三十代前半だった。不思議なことに、年齢層は変わっていないんです。もちろん読みながら歳をとっている人もいて、四十代五十代の人もいるけれど、コアは二十代から三十代前半。普通読者というのは、作家とともに歳をとっていくことが多いんだけど、僕の場合そうならないのは、僕の書いてることが、その年代の人たちにとって切実なことだからなんじゃないかな。正確にはわからないけれど、それはつまり、人が孤独に、しかも十全に生きていくのはどうすれば可能か、ということだろうと思う。

三十代後半から四十代になれば、普通は結婚して子供もできて、そんなこと考えるひまがなくなる。子どもを学校にやって、住宅ローンを払って、部下も飲みに連れていかなくちゃいけない。女の人も子どもの世話をして、でも、他にもやりたいことがあるしで、自分自身が孤独に生きていくことの価値について、深く考える機会がなくなってくる。でも、十代はもちろん二十代から三十代前半、特に三十歳になる前後というのは迷う頃だし、自分にとって人生の価値とは何なのかを真剣に考える時期で、僕の語る物語を求めるのは、やっぱりそういう人たちなんじゃないかという気がするんです。僕自身にしても、この年になってもそのことはつねに考え続けている。別に若作りをしてるというんじゃなく、それを考えないと、僕にとって小説は書けないものだから。

昔は一種の美学みたいなものがあって、孤独に生きていても、その美学というかスタイルをきちっと守っていればそれなりに十全に生きていけるという、一つのパースペクティブがあったんです。でも、最近少し変わってきたのは、形にならない連帯感と言うのかな、一種の共感状態のようなものが大事なんじゃないか、そういうものがないと、非常に危険な状態になるんじゃないかと思うようになってきた。オウム真理教の麻原彰晃がやったのは、そういうものの掬(すく)い上げと取り入れのマニュアル化だったわけでしょう。僕はいま地下鉄サリン事件の実行犯の裁判に通っているけれど、見ていてきついですね。ああいう人たちに死刑を適用するのが正しいかどうか異論もあると思うけど、今の日本の法律のスタンダードでいけば、やっぱりそうせざるを得ない。彼らがやったこ

とは出どころはともかく、形としては許すことのできないものだから。ああいうケースをこれ以上出さないためにも、何かが必要だと本当に思う。

そうしたときに、僕個人がボランティアとして何かに参加するというようなかたちには限界があるけれど、小説というかたちで少しでもある役割を果たすことは可能なんじゃないかって気がするし、そういうことをやらなきゃいけないという世代的な意識もなくはない。ものを書いて社会的な力を行使しているからには、そういう責任感もある程度引き受けるべきだろうと思うしね。僕は性格的な見地からしても、選挙に立候補することはちょっとできそうにないから(笑)、物語というかたちで、そういうことを少しでも果たしていければと思うんです。

メールを読んでいると、あまりにも選択肢が多すぎて、自信を失っているというか、一本の方向性が見えてこなくて迷っている若い人たちがすごく多い。だから、そこにポロリと方向性を与えられると、スーッと引き寄せられていってしまう。

——若い世代というのは、いつの時代も揺れているものだと思うけれど、今は、何か中心のない揺れになってしまっているような気がするんです。確立した価値観もなく、ある意味ではかつてなく厳しいところに置かれている。そして、そういう若い人たちを、大人たちもまたどうしていいのかわからなくて、放ったままにしている状態で。

村上　僕は六〇年代後半から七〇年にかけての、いわゆる政治運動の時期に若かったわけで、その頃は理想主義みたいなものがしっかりあったわけですね。それが壊されてあっけなく消えてしまった。

でも六〇年代末から三十年たって、時代はある意味一回りしたと思うんです。一巡して、理想主義的なものの再来と言うと図式的に受け取られてしまいそうだけど、もう一度ポジティブなものを築き上げていく時期が来ているような気がする。バブルが崩壊したあとは、ネガティブなものが主流をとっていた。「こいつはバカだ」とか「こいつはダメだ」とか「これはくだらない」とか、今のメディアを見ていると、何か悪口ばかりじゃないですか。でも、そういうものというのは、人びとの心を淋しく虚しくしていくだけだろうという感じがしてならない。ネガティブなことを言ったり書いたりしているのは、簡単だし一見頭がよさそうに見える。実際、今のマスメディアでもてはやされているのは、それに適した頭のよさだったりする傾向があるけれど、僕はやっぱり、そろそろ新しい価値観を作るべき時期だと思うんです。それも、偉そうなものじゃなく、ありきたりのもので作っていく時期が。お総菜のすすめじゃないけれど、冷蔵庫をのぞいてそこにあった材料で、何かおいしいものを作ってしまう。バブルの時期というのは、高級スーパーでプロバンスのなんとかを買ってきてドンペリ開けてとか、そういう感じがあったけれど、そうじゃなくて、とにかく冷蔵庫にあるものでなんとかする。これからはそういう時代だと思うし、僕もそういうことをやっていきたいという気がしている

んです。僕としては小さいものごとを集めることで、大きな物語を作っていきたいと思っています。正面からボンと大きなことを言うんじゃなくて。

——世代論はあまりお好きではないでしょうが、村上さんのように一つの場所でじっと考えながらものごとをやってきた人間が、同じ世代にどれだけいるかと考えると、ちょっと淋しくなる状況かもしれませんね。

村上 ただ、有名でもなんでもなく、世間的にかたちになるようなことはしていなくても、そういうふうに生きている人はきっと少なからずいると思う。だから僕はそんなに悲観的ではないんです。いざとなれば表に出てくる力を持った人はちゃんといるんじゃないのかな。

僕は非常に私的な文学を追求しているわけで、個人的なテーマを、個人的な文体で、個人的な方向で二十年間やってきた。それはそれで正しかったと思うんだけど、ただ、ちょっと問題だと思うのは、周りを見回したときに主流がないんですね。一方に主流があり、もう一方に個人的なものがあって、両方がせめぎ合って文学の流れはできていくはずなのに、ハッと気がつくとメインストリームがない。僕がどうこう言うべきことじゃないんだろうけど、やはり驚かされます。

――『スプートニクの恋人』に話は戻りますが、イメージのコアになっている「スプートニク」はどこから出てきたんですか。

村上 突然出てきたんです、出だしの文章とはまったく別に。『スプートニクの恋人』というタイトルって、わりにカッコいいじゃないですか。だから、題を先に思いついて、『スプートニクの恋人』という小説を書くことにした。僕の小説って、題が決まらないまま書き始めて、最後まで題をどうしようどうしようと悩むタイプと、最初に題があって、この題で小説を書こうというタイプと、両方がある。『ノルウェイの森』なんかは、最後まで題が決まらなくて、あとでさんざん苦労したんです。

――ちなみに、決まってたのは、他にはどんなもの?

村上 『ねじまき鳥クロニクル』は最初から決まっていたかな。『羊をめぐる冒険』も、突然『羊をめぐる冒険』という話を書こうと思って、でも、羊ってどんな顔してたかわからなくて、北海道まで羊を見に行ってきた(笑)。題から始まるものって、楽なんですよ。話をくっつければいいんだから。

――タイトルになる言葉は、ある日浮かぶんですか。

村上 浮くんですよ、パッと浮かぶ。で、頭の中で「スプートニク、スプートニク」ってずっと思ってると、だんだん話が出てくるという。

――『スプートニクの恋人』のときは、「スプートニク」だけじゃなく、「の恋人」まででちゃんとできていた？

村上 できてた。『1973年のピンボール』のときもそう。僕は三題噺とか好きなんです。「お題」を三つもらって、それで話を作ったりするのが。だから、何かポイントになる目じるしがあれば、話はいくらでも作れちゃう。

――スプートニクに乗ったライカ犬の映像がまずあって、そこから書き出そうと思ったとか、そういうことではないわけね。

村上 全然ない。

――でも、そんな風に読む人もいるでしょうね。

村上　無理に意味を見つけたりしてね。僕の頭の中にある日ポッと浮かんだという意味づけはあるんだけど、そこになんの意味を見るかといっても、だれも見ることはできない。僕という存在がいて、僕が創造するという行為の中にしか、意味は見出せないわけで、でも、そんなもの、批評できないじゃないですか（笑）。

――印象的なエピソードの一つに観覧車の話があって、空中を回る観覧車と宇宙空間を飛んでる人工衛星のイメージを、読む方はつい連想したりするけれど。

村上　僕自身はそこまで考えてはいないですね。ただ、いつもいつも言うことだけど、テキストというのは、すべての人に対して平等なんです。たとえば僕が『スプートニクの恋人』という小説を書いたとして、そこに対して僕も含めてあらゆる人が等距離からアクセスできる。それが僕のテキスト観だから、誰が何を考えようと自由で、僕はそれに対して「違いますよ」とか「考えすぎですよ」とケチをつける根拠は実はまったくない。

そんなこともあって、僕は批評に対する批評はしないんです。やっても意味がないから。ただ、僕は実際には批評を読まないけれど、いろいろと話を耳にするとあまりにもひどい批評をあまりにも多くの人が真に受けてる場合があるみたいで、それは、僕だって気持ちはよくないですけどね。僕がいやなのは、批評自体がいやなのではなくて、そ

の批評が力を持って人びとに作用すること。いかにもわかってるような顔をして、偉そうに批評を書く人っているじゃないですか。そういうものが例えば新聞に載ったりすると、「そうか、新聞に書いてあるんだから、そういうものなんだ」と思ってしまう人がずいぶんいる。しかも、「これは私の推測ですが、こう思います」と書くなら、まだいいんです。そうじゃなく、「これはこうだ」となんの根拠もなく断定する。ときには「村上はこういう風に思って書いた」って書いてあったりして（笑）。

メールで寄せられる感想にしても、いかにも何かに影響されてる感じの感想が少ないんです。特に最近の若い人に多いんだけど、業界風というか。「なんとかかんとかで、村上はいま、こういう位置に追いつめられている」とか（笑）。今のメディアのよくある話の持っていき方ってあるじゃないですか。批判するのでも、稚拙でもいいから、自分の感想で言ってくれるとうれしいんだけど、なんかどこかで聞いたような感じでまとめちゃうのね。

――その方が、何かわかったような気分になれるんでしょう。ネガティブな方が頭がよく見えるのと同じように。嫉妬がないという話もあったけれど、今の日本の、特にマスメディアは、嫉妬をエネルギーにして動いているようなところがある。でも、マイナスの力をエネルギーにしていくのは、確かに力を発揮すると思うけれど、何かが気持ち悪いですね。何かが肌に合わない。

村上　ただ人が生き続けていかなくてはならないいきさつみたいなものは、もちろんポジティブなファクターだけでとらえ切れるものではない。闇との間断なき闘いみたいなところはありますよね。『スプートニクの恋人』でも、結論がどうなるかわからないというのは、結局は、そういう暗さをどう処理するかという問題なんです。「ぼく」という主人公も、ある意味ではポジティブに、自分のネガティブな部分は抑えて生きていこうと思っているにもかかわらず、そうしようとすればするほど、逆に絶望や混濁の中に沈んでいくことになる。それをどうするかはなかなか難しくて、そう簡単には処理し切れる問題じゃないんです。

「すみれ」が本当に帰ってきたのか帰ってきていないのかという問題も、同じように簡単に処理してしまえる問題ではなくて、これからの彼は、その暗闇をかき分けつつ、本当はどちらなのかを探していかなくてはならないんです。小説としてはそこから『ねじまき鳥クロニクル』になっていくわけで、『スプートニクの恋人』はそこまで言える小説ではない。むしろ、彼はこれから立ち向かっていかなくてはいけないんだということを、サジェストして終わる。

——彼にとっては、これからが本当の始まりなんですね。

村上 そう思ってもらえるとわかりやすい。と、これは、いまふと思ったんだけど(笑)。そう言えば、観覧車の話はああいう事故が本当にあって、ずっと前に新聞で読んだ記事が記憶のどこかに残っていた。僕らみたいな仕事をしていると、そういう抽斗(ひきだし)がいっぱいあるんですよ。

――普段から強く印象に残ったものは太い活字でインプットされてるとか、なにかそういう感じなんですか。私なんかは、すべて忘れていくんだけど(笑)。

村上 いや、忘れるのはすごくいいんです。でも、忘れてもなおかつ残ってるものもある。人の場合でも、いろんな人に会って印象に残った部分だけを抽斗に入れておくと、それがいくつも組み合わさって一つのキャラクターが立ち上がってきたりする。そういう作業がより立体化し、深まった結果、三人称で書いてみたいという気持ちも出てきたんだと思う。

――それはそうと、『スプートニクの恋人』では、主人公の「ぼく」と村上さん自身の実年齢はかなり離れてますね。

村上 それはやっぱり、小説を書くときの僕の感覚が、今でも小説の中の「僕」の年

齢だからなんですよ。五十歳の人間を主人公に書こうとしてもリアリティーがなくて、二十代半ばから三十歳すぎくらいがちょうどいい。それはさっきの読者の年齢層の話と一緒で、人間が孤独に生きながら、いかに社会との接点を見つけて自分の人生の方向を見出していくかということを、真剣に考える年齢というものに、やっぱり呼応している。個人的な現実のレベルとは別に、僕が小説の中で自分を設定するとしたら、その年代にしているのが一番自然だということなんです。もし僕が今五十歳の男を主人公にして小説を書いたとしたら、みんなリアリティーがないって怒るんじゃないかな。

でも、今回は『スプートニクの恋人』を書きながら、いつまでもそれをやってもいられないだろうという気もした。僕自身の実年齢と、僕が小説に書く「僕」の年齢が乖離しすぎてきて、僕にとってはそれは自然なことなんだけど、乖離が大きくなればなるほど、いずれものごとは変質していくだろうという気がするし、そろそろ新しい方向に進む時期かなと。

——村上さんが「僕」を二十代の青年に設定したほうが違和感がないというのはよくわかるんですが、いまメールを寄せてくる二十代の人たちは、村上さんが「僕」と書くときの二十代と、少し違ってきているということはないですか。

村上 いや、そんなに違うとは思わない。現実に二十二、三歳の女の子とデートした

りつき合ったら、それは違うかもしれない。生活感覚も違えば考えるスピードも違い、パースペクティブも違うんだから、それは無理があるでしょう。渋谷のセンター街なんか通ると、日本とは思えないしね。でも、文章という形で関わる限りは変わりないし、文章というものを通してなら、いろんな人と語り合いわかり合うことができる。時代は変わっても、人間が本当に深いところで悩んだり迷ったりする部分は変わらないんです。ただ、にもかかわらず、それを続けていることは、僕にとってよくないかなという気もする。これをやっていれば、僕は歳をとらないんだとわかってしまうのは、一種のマニュアル化でもあって、それはそれで危険なことだから。だから、何か違うものがやりたい、これまでとは違う自分の部分をこれまでとは違うやり方で動かしてみたいという気が、いますごくしてるんです。

でも、いずれにしろ、文体が力を持たなくなったらダメですね。それは、一種の信用取引みたいなものだから。女の人への口説き文句みたいだけど、とにかく悪いようにはしないからという感じ。安心感があれば読者はついてくる。それが文体なんですよ。小説を書くのは、非常にセクシャルな行為でもあるんです。

――文体が佳境に入ってくるときというのは、書いていても気持ちのいいものなんでしょう?

村上 気持ちいいですよ。あんなに気持ちいいことって、他にないくらい。そこに行くまでは大変だし、それを習慣的な行為にするのはさらに大変なことですけどね。

心を飾らない人

聞き手　林少華

亜洲週刊　2003年3月31日～4月6日号／中国

村上春樹は現在、日本そして世界でも著名な作家である。著名な作家はたいていはっきりした個性があるものだが、村上も例外ではない。たとえば静かに生活することを好み、三十年来テレビに出ず、講演もせず、どのような団体にも入らず、どのような正規の集会にも出席しない。しかもふだんはメディアのインタビューに応じない。東京駐在の中国人記者でなくても日本の記者ですら会うことができない。しかし私には彼に会うことに自信があった。それは私が訳者であって記者ではないからだ。村上本人も翻訳の仕事をやっている。訳者として原作者に会いに行けば、訳者の気持ちも理解できる。もし会えなかったとしても私は残念に思うことはなかっただろう。というのも銭鍾書(せんしょうしょ)先生が私たちにこう教えてくれたからだ。タマゴがおいしかったのならそれでいいではないか。何もタマゴを産んだトリを見ることはない。

この会うことが大変難しい作家に、実際に会うことができた。早春の晴れた日の午後、アポイントをとった彼の事務所を訪問した。彼の事務所は東京都港区南青山の大使館が集まっている閑静なところにある。六階建てのビルの最上階だ。女性の助手が入口で私

を待っていた。事務所はだいたい三部屋からなり、専用の応接室はなかった。靴を脱いで入った部屋は事務所のようでもあり書庫のようでもあった。大きくなく、じゅうたんが敷かれ、パソコンが置いてあるデスクが一つ、書類棚が一つ、本棚が三つ、真ん中に丸テーブルと椅子が二つ、ソファやティーテーブルはない。しつらえはごく普通で、私が借りているマンションと変わらない。

村上はすぐにもう一つの部屋から出てきた。私が想像したのとさほど違わない。グレーのジーンズ、三色の柄のシャツ、中に黒いTシャツを着ていた。袖口をまくり、男の子のような髪型をして、中肉中背。たしかに「永遠の少年」という印象だ。もう若くはない顔に男の子が知らない人に会ったときの緊張感と恥じらいを浮かべていた。

村上が女性の助手（彼はアシスタントといい、秘書ではないと言った）を紹介してくれた。女の子が二人いるのでつい好奇心でよく見てしまった。二人は『風の歌を聴け』のように小指が一本ないわけではないし、『羊をめぐる冒険』のように耳のきれいな「壊れやすい」耳モデルのようでもない。デスクを挟んで話をした。彼に道はどうだったかと聞かれたので、冗談で東京の交通事情はあなたの作品のようにはおもしろくないと答えたら、雰囲気がなごやかになった。

＊

話をしながら村上は正面から相手をまっすぐ見ようとせず、視線を落としてほとんど机を見ていた。声は大きくなく話はテンポがあった。話のしかたや言葉が小説の中の主人公のようだ。同じようにものを思う表情を持っている。笑顔も多くない。彼が大声で笑うところが想像できない。人に与える印象は親しみやすく、自然体だ。大作家の風格というようなものはない。

彼は、十年来、自分の本を二十冊も翻訳してお疲れ様でしたと言ってくれた。私は自分のサインを入れた『ノルウェイの森』と『蛍』の翻訳本を贈った。彼は訳書を手に取り、ページをめくって印刷の質がよい、以前よりよくなったと言ってくれた。それから彼は『海辺のカフカ』上下巻にサインをして印を二つ押してくれた。一つは雪の上のウサギ、もう一つは一対の赤とんぼだった。それを見て、私は、なるほど五十を過ぎた人が『海辺のカフカ』で十五歳の少年をあんなにうまく描けるわけだと思った。このような小さなことから彼が童心を失わずにいることがわかる。また、さっき彼に贈った中国古代の童が戯れる陶片画もよろこんでくれた。

私が『海辺のカフカ』に出てきたいくつかの外来語について尋ねたところ、すぐに英語の原語を書いてくれ、今後何かあったら聞いてくれと、国外によく出かけるが、助手がすぐにメールで連絡をとるからと言った。どうして日本にずっといないのかと聞いた。彼は国内にいるとどうしても面倒なことが多い、電話がかかってきたり、人に会わなくてはならなかったり。だから海外にいた方が創作に専念できるという。

続いて翻訳について話をした。あなたの本を翻訳するのは楽しいと言った。それは感覚的にも心情でも彼と息が通じるものがあり、ウマが合っていると思うからだ。彼は翻訳者として、実にそのとおりだ、原作が自分の気持ちと合わないものを仕事として翻訳するのはとても疲れるし、苦痛以外のなにものでもないと言った。一時間の雑談のあと、いくつかの問題についてインタビューしたいと申し出ると、彼は助手を出て行かせ、真剣に私の質問に答えてくれた。

＊

彼は質問されると、真剣に考えて答えを返す。話していて、新鮮な印象を受ける。いつのまにか三十分あまりの時間がたっていた。最後に、四月末に刊行予定の中国語版『海辺のカフカ』と、中国大陸の読者のために何か書いてほしいとお願いしたところ、快く引き受けてくれた。

私が立ち上がって別れを告げると、ドアまで送ってくれた。何歩か歩いて振り返って彼を見た。村上という人物は決して外見的に目立つ人ではない。背もとくに大きくないし、とくにしゃれた身のこなしをするわけでもない、人の気を引くような話もしない、服装もとてもカジュアルだ（彼は背広を着ない）。中国の田舎町にいてもまず人目をひかないのではないか。しかしその人物が日本のたくさんの女性たち、さらに中国の女性た

ちの心をひきつけているのだ。

この人物は、文学が衰退に向かっている時代に文学の世界を守り、文学の神話を創りだしている。音声と画像の情報があふれるマルチメディア社会に文学の魅力を堅持し、人々が物質生活の輝きに酔いしれているとき、独り心の世界の宝を発掘し、みんながせわしなく前へ向かって道を急いでいるとき、音もなく路傍に捨てられた記憶を拾っている。ときに私たちの気持ちを夕日が森に映える黄昏へ、灯りに照らしだされる小雨降る場へ、霧の立ちこめる草原や森へと引き戻す……。こんな人間が増えると困ったことになる。しかしまったくいなければ、人は悲哀の群となる。

村上は話の中で中国の読者が関心を持っている問題に深く立ち入って答えてくれた。私はできるだけ完全に本誌の読者に伝えたいと思う。メディアとの接触がほとんどないこの現代作家の心、そして創作の秘密をつかんでほしい。以下がインタビューのまとめである。

――『村上春樹文集』全二十巻がさきごろ上海訳文出版社から出そろいました。これは海外では最初のものです。これについて感想をお聞きしたいのですが。

村上　一社からまとめて僕の本が出版されたことはもちろんありがたいですね。日本でもいろんな出版社から出されているし、海外でもばらばらであることが多いし、このようにまとまっていれば中国の読者も買いやすいでしょう。

――長編小説『海辺のカフカ』中国語訳が四月末に大陸で出版されます。中国の読者に向けてこの本の構想や特徴について話して下さい。

村上　この小説の主人公は今までとは違っています。これまでの作品の主人公はおおむね二十代三十代の成人でしたが、『海辺のカフカ』の主人公は、まだ成長過程にある十五歳の少年です。小説のスタイルもこれまでとはかなり違っています。新しい世界を拓くために、僕としても力を入れて書きました。中国の読者に気に入ってもらえたらとてもうれしいですね。

一般的に、主人公の年齢は著者の年齢が上がるとともに、同じように歳をとっていくものです。しかし今回は、主人公の年齢を大幅に下げてみることにしました。新しい視点を取り入れたかったからです。十五歳という年齢には大きな可能性があります。自分をどのように変えることもできる。今まで小説の主人公たちは、人格的にも既にある程度固まっていて、社会との距離や外の世界や他人との交流の方法を、自分で決定することのできる人々でした。

しかし『海辺のカフカ』の主人公にはまだそれが決められない。これからその方法を学ぼうとしている少年です。彼を描くことは僕にとっては一つの挑戦だった。主人公の年齢は自分の子どもにあたります。僕個人には子どもがいません。その意味でカフカという名前の主人公には、僕の分身としての可能性も含まれているかもしれない。主人公が、物語の進行の中でどのように変わっていくのか、その成長過程が僕としても楽しみでした。

日本でも中国でも、世界のどんなところでもものごとは劇的に変化しているように見えます。今の若い人がこうした時代に生きていくことは実際、やさしいことではないでしょう。自分がもし十五歳だったら、このような時代、このような社会でどうやって生きていくだろうか。この仮説はたいへん意義のあることです。自分を違う仮説の中に据えてみること。もちろん、とっくに成人している人間にとって、こうした仮説をリアルに進めていくのは簡単なことではありません。でも物語の中ではそれが可能です。

――『海辺のカフカ』は『世界の終りとハードボイルド・ワンダーランド』と関連があるのでしょうか。

村上 関連はあります。『世界の終りとハードボイルド・ワンダーランド』の続編を書きたいと前から考えていました。しかし結局それは放棄して、その代わりにこの作品

が生まれることになったのです。

——あなたは多作の作家ですが、どうして筆を休ませず書くことができるのでしょうか。あるいは、創作の原動力は何でしょう。

村上　書くときは常に「自分を自由にしたい」という気持ちがあります。我々が自由になるのは簡単ではありません。社会のさまざまな局面でさまざまな責任や義務を負い、これはしなければならない、あれは許されないといった細かい制限を受けています。けれど一方、もし望めば、思考という領域の中では自由を得ることができます。たとえ身体は自由でなくても、心は自由になることができる。自由であるというのがどういうことであるかを、ありありと描くこともできます。読んでいる人も同じ気持ちを味わうこともできます。それは僕にとっても読者にとっても、役に立つ体験なのです。

——新作『海辺のカフカ』を含め、あなたのたくさんの作品には非常に豊かで奇抜な想像力が現れています。そのような想像力はどのようにしてつくられたのでしょう。あるいはそれはどこからやって来るものなのでしょう。

村上　想像力は誰でも、たぶん同じように持っているものです。人によってそれほど

差があるとは思えません。ただ難しいのは、それに近づいていく場所です。林さんでも誰でも、きっと自分の想像世界を魂の中に持っているはずです。しかしその世界へ行き、特別な入口を見つけ、中に入って行って、それからまたこちらにもどってくるのは、決して簡単なことではありません。僕にはたまたまそれができた。もし読者が僕の本を読んで、その過程で同感したり共感したりすることができたとしたら、それは我々が同じ世界を共有できたということなのです。

僕は決して選ばれた人間でもないし、また特別な天才でもありません。どらんのように普通の人間です。ただある種のドアを開けることができ、その中に入って、暗闇の中に身を置いて、また帰ってこられるという特殊な技術がたまたま具わっていたということだと思います。そしてもちろんその技術を、歳月をかけて大事に磨いてきたのです。

『海辺のカフカ』を中心に

聞き手　湯川豊、小山鉄郎

文學界　2003年4月号／日本

――『海辺のカフカ』のさまざまな書評の中で、これはパラレル・ワールドであるという指摘があったり、それはすでに『世界の終りとハードボイルド・ワンダーランド』で使われた仕組みだという批評がありました。パラレル・ワールドといいますと、二つの世界が並行していって最後にパッと結びつくか、あるいは結びつくかのごとく見えて結びつかないとか、そういうことだと思うんです。しかし『海辺のカフカ』の構造はそうではないんじゃないか。現実と非現実が完全に同じレベルにあり、同じような物質感を持ってストーリーが展開されているというところが『海辺のカフカ』の根幹にあるように思います。そのへんをどうお考えになっていますか。

村上　もともとこの小説は『世界の終り』の続編として書こうと思って企画していたものなんです。ただ、あまりにも昔に書いたものなので、直接的な続編というのは無理だと思いました。だから違うもの、ただどこかでゆるく精神的に結びついているものを書こうと。そういうこともあって、最初から二つの話が並行して進んでいくという形式

を取ろうと思っていたんですが、『海辺のカフカ』は確かにいわれるようにパラレル・ワールドではないですね。『世界の終り』は完全に違う世界で物事が進行していてそれが一つになるということだったんだけど、今回は同じ地上に起こってることを並行的に書いてるわけだから。ただこの小説の中では、三人称でやっているナカタさんの部分に世界がパラレルに存在し、カフカ君の話、一人称の部分にも世界がパラレルに存在します。そういう点で『世界の終り』と『海辺のカフカ』の構成はかなり違うんです。

――違います。カフカ君の方とナカタさんの方とそれぞれが現実と非現実の世界を行ったり来たりしている。

村上 そうです。その四つがクロスするわけです。Aの話の現実と非現実、Bの話の現実と非現実というのがあって、その四つのファクターがそれぞれにクロスするわけです。そういうストラクチャーは『世界の終り』とは異なっているし、深化させるということが僕の意図としてあります。

――もちろんこれまでも現実と非現実がクロスするという小説はお書きになっている。『国境の南、太陽の西』がそのひとつだし、『スプートニクの恋人』もそういう風に読み取ることができます。

村上 ええ。『雨月物語』なんかにあるように、現実と非現実がぴたりときびすを接するように存在している。そしてその境界を超えることに人はそれほどの違和感を持たない。これは日本人の一種のメンタリティーの中に元来あったことじゃないかと思うんですよ。それをいわゆる近代小説が、自然主義リアリズムということで、近代的自我の独立に向けてむりやり引っぱがしちゃったわけです。個別的なものとして、「精神的総合風景」とでもいうべきものから抜き取ってしまった。そこから話がややこしくなってきた。

あるところまでいって、それではやっぱりどうしようもないということで、物語性というのが出てくるわけです。たとえば中上（健次）さんなんかでも『雨月』を範（はん）に取ったものを書いていらっしゃいますよね。物語のダイナミズムというよりは、むしろそういう現実と非現実の境界のあり方みたいなところにいちばん惹かれるわけです。日本の近代というか明治以前の世界ですね。たとえば『海辺のカフカ』にもギリシャ悲劇とかオイディプスの問題が出てくるんだけど、もちろん西洋文化というのは、一つが『聖書』、一つが古代ギリシャというのが二つの大きな源流になっていて、とにかくギリシャ世界においては異界とこの世界という風に分かれているんですが、日本との違いは二つの世界がかなりはっきり隔てられているんですね。日本の場合は自然にすっと、こっち行ったり

あっち行ったり、場合に応じて通り抜けができるんだけど、ギリシャ神話なんかの場合は、本当に自分の考え方とか存在の在り方の組成をガラッと転換させないと向こう側の世界に行けない。そういう違いみたいなものはすごく興味があります。

——その異界が遠くない、近いという感じ。たとえば短編の「レキシントンの幽霊」、あそこでも、異界がすぐそこにあるような、ある近さの中にあるような感じがありましたが、そういうものはずうっと村上さんの中にあるんですか。

村上 ありますね。たとえば僕が子どもの頃、学校の図書館に「ノモンハン事件」について書かれた本があって、そこで戦車とか飛行機なんかの写真を見ました。そうすると、そこに引きずりこまれて行きそうな感覚があるわけですよ、何か。生まれる以前のことなんだけど、それでもなおかつそこにスゥーッと入っていってしまいそうな感覚なんです。図書館は何か一種の異界みたいな感じが僕にとってはするんです。そのノモンハンの写真を見て、引きずり込まれていくときの感覚は何十年経っても残っているんです。だからこそたとえば『ねじまき鳥クロニクル』を書くときに、プリンストンの図書館でノモンハンの本をたまたま手に取ると、バァーッとそれが蘇ってくるんです。だからそのことを、つまりむしろ自分自身の体験を書くんだけれど、戦争を単なる材料として利用しているととられたりもする。別に利用しているわけじゃなくて、ただほんとに

自分の内側にあることとして蘇ってくるんです、そういうものが。

——その異界感覚がもともとあって、それが非常にリアリティーを持っているということが子どものころからあるというのは、小説家になる村上さんを語っているかもしれませんね。

村上　でも本の好きな子どもだったら多かれ少なかれ同じような体験はしていると思うんですよ。本を通して体験したことがありありと蘇ってくることってみんな経験していると思うんだけど、ただ僕はそれを小説というかたちにして具体的に書き留めていくことができる。要するに技術的な問題です。書き留めなければ、蘇ってきてもそのまま消えちゃいますよね。大人になってもそういう既視感は残ってるんだけど、それを小説みたいな形に作り換えてこの地上に留めるというのは簡単なことじゃない。僕だって、たとえばノモンハン事件のことを書くといっても、昔は書けなかったものね。二十年ぐらい書き続けているうちに、やっと技術的にそういうことができるようになってきたなという感じはする。

——しかしながら小説家が小説を書こうとするとき、そういう子どものときの読書体験は切り捨てて、もっと別な手法、小説についての考え方に導かれて書くのだろうと思

うんですね。その点では村上さんの小説の在り方は、少年時代ののめり込みが際立って生かされているという気がします。これは不思議なことでもあるとしても。

村上 僕は一人っ子だったし、小説を読んだり音楽を聴いたりすることで自分を保っていたようなものだから、入り込み方はわりに深いですね。ただし、小説なら物語性の中へどんどん入っていくから、あまりインテレクチュアルな入り方じゃない。とにかく子どもの頃から物語の世界に入っていって、書かれている人の姿というか肌の温もりみたいなものを感じるということが多かった。それと、僕の教養体験はほとんど十九世紀のヨーロッパ小説なんです。ドストエフスキーから、スタンダールから、バルザックから。その辺はもう本当に物語の世界ですよね。物語があって人が生きていて。ディケンズなんかでもそうだし。そういうものの教養体験はすごく強いですね。あとになってたとえばサルトルだとかジョルジュ・バタイユだとか読んだけど、やっぱり物語というのが自分の中に一番残っているのかなあ。僕は読書少年、読書青年ではあったけど、文学青年ではなかったんですよ。自分が小説を書きたいと思ったことはほとんどなかったんです。だから十代から二十代にかけて文学的手法とは何かということに対して全然悩まなかったんです。小説を書きたいという人間は、小説はいかに書くべきかというところで読書体験とは別の思考をしますよね。僕にはそれがないんです。僕にとっては読書というのは純粋な悦びでしかなかった。

小説をいかに書くかみたいなことを考え始めると、「自我とは何か」みたいなところへ行っちゃう場合が多いんですよね、どうしても。僕の場合はそうじゃなくて、ずうっと本を読んでいたけれど、肉体労働やって店をやって生きてきて、二十九歳になって小説を書こうと思って、ごく自然にすっと書いちゃうわけです。だからいわゆる普通に作家になろうという人とは教養体験が違うんだろうなあという気がします。小説的な手法というものについて、いかに書くかということについて考えてないんですね。気がついたら書いてたということだから。

——なるほど、そういうことですか。でもその後、「いかに書くか」ということは、村上さんのかなり意識的な命題になっていくでしょう。

村上　そうですね。でも出発点が、自我を表現するみたいなところから離れてるから、そういう意味では楽なんですね。何かテーマがあってそれを表現するというよりは、自分の中にある物語的な土壌にどのようにうまく自分を染み込ませていくかという作業になります。

——先ほどの『雨月物語』でいえば、江戸時代には異界にまつわるさまざまなことが身近にあった、すごく近しいところにあった。村上さんの中には今も強くあるということ

とですが、もうちょっと広く言えば、今の日本人の中にも何かをパッと剝がしたら広く強くあるはずだ。そういうお考えなんですか。

村上 人間の存在というのは二階建ての家だと僕は思ってるわけです。一階は人がみんなで集まってごはん食べたり、テレビ見たり、話したりするところです。二階は個室や寝室があって、そこに行って一人になって本読んだり、一人で音楽聴いたりする。そして、地下室というのがあって、ここは特別な場所でいろんなものが置いてある。日常的に使うことはないけれど、ときどき入っていって、なんかぼんやりしたりするんだけど、その地下室の下にはまた別の地下室があるというのが僕の意見なんです。それは非常に特殊な扉があってわかりにくいので普通はなかなか入れないし、入らないで終わってしまう人もいる。ただ何かの拍子にフッと中に入ってしまうと、そこには暗がりがあるんです。それは前近代の人々がフィジカルに味わっていた暗闇――電気がなかったですからね――というものと呼応する暗闇だと僕は思っています。その中に入っていって、暗闇の中をめぐって、普通の家の中では見られないものを人は体験するんです。それは自分の過去と結びついていたりする、それは自分の魂の中に入っていくことだから。でも、そこからまた帰ってくるわけですね。あっちに行っちゃったままだと現実に復帰できないです。

だからいまいわれたように一皮剝けば暗闇があるんじゃないかというのは、そういう

ことだと思うんです。その暗闇の深さというものは、慣れてくると、ある程度自分で制御できるんですね。慣れない人はすごく危険だと思うけれど。そういう風に考えていくと、日本の一種の前近代の物語性というのは、現代の中にもじゅうぶん持ち込めると思ってるんですよ。いわゆる近代的自我というのは、下手するというか、ほとんどが地下一階でやっているんです、僕の考え方からすれば。だからみんな、なるほどなるほどと、読む方はわかるんです。あ、そういうことなんだなって頭でわかる。そういう思考体系みたいなのができあがっているから。でも地下二階に行ってしまうと、これはもう頭だけでは処理できないですよね。

——確かに地下に降りて行くのは小説家の作業であって、そこで物語が創られるとすれば、現実と非現実がそこで融解するというか、垣根が取り払われるというのは、むしろ手法的にも当然という感じがしますね。

村上　もちろん違う小説手法もあるんだけど、僕の場合は、そうせざるを得ないというところがあります。ただ、たとえば地下一階で行われている作業を批評してた人が、地下二階に潜っていって同じコンテクストを使って同質的に批評できるかというと、それは無理だろうと僕は思います。

――大島さんが「僕」に「世界の万物はメタファーだ」というゲーテの言葉を話す場面があります。この作品には、その「メタファー」という言葉も、またメタファーそのものもたくさん出てきます。地下二階を測るには、メタファーとメタファーを比較したり、メタファーとメタファーの落差の集積の形やその方向を考えていくことが大事だということでしょうか。

村上 うん、そうですね、もし僕の考える小説というかそういうものを判断するコンテクストがあるとすれば、それは個別的なメタファーそのものというよりは、たしかにその集合の対比によって語っていくことなんじゃないのかなと思います。つまり僕がこれまでに書いてきた作品はもちろんそれぞれに独立し、自立したものとして存在しているわけですが、それと同時にひとつの作品から別の作品へと移行する連続性の中に、あるいは流動性の中に、わりに意味があると思うんです――僕にとっては大きな意味があるということですが。つまり、メタファーというもの自体が流動的なものですよね。双方の立点が常に推移していくもの、更に言えば、落差と落差との間に生じる二次的な落差の中で語らざるを得ない。だから、ポイントのひとつひとつを固定しちゃうとあまり意味がなくなってくる。どうしても落差の中で語らざるを得ない。

――少し話を先に進めます。この小説に謎があって、その謎を追っかけていくという

読み方がどこかの書評にあったように記憶しています。しかし、実は、読者を引っぱっていくような謎、たとえば推理小説が持っているような解決しなければならない謎などは一つもないと思うんです。

村上 ええ。そうかもしれないです。

——何か事件があって、それがなぜ起こったかということを解明するという意味での謎はない。そのかわりに現実なのか非現実なのか、それがどういうふうに絡み合っているのかよくわからなくて、一方を押さえると一方が押さえきれなくなるというふうな戸惑いはある。押さえきれなくなったこれは何だろう、どういう意味があるんだろう、ということは常に残っていきます。

読者からすると、その戸惑いみたいなものがむしろ次へ進む動力にもなっている。非現実的なものが語られるとしたら、これは現実とどういうふうに関係していくのだろうとか、常に押さえきれない何かがあって、それが小説を推進していく力になっているような気がしたのですが、それは謎とはちょっと違うのではないか、と思うんです。

村上 僕はホームページをやっていたんですが、あの小説についてメールを送ってきてくれた多くの人が、二回三回読んでるんですね。何でそれだけ読むかというと、手前

みそみたいになりますが、まず文章が読みやすくて話が面白くて、しかも理解しきれない何かが残る。そしてその何かは、簡単に見過ごすことのできない「何か」だと感じる。だから人は読み返すんだと僕は思う。また物語にある程度の深さというものが欠けてたら、もう「何なんだ、これ、わかんないや」って放り出しちゃうと思うんです。でも、何かがあるはずだというものが胸に残るから読み返すと思うんですよ。二回読み返しても、一回目よりはわかるんだけど、まだよくわからないと思って三回目読み返すんですね。そういう人が結構多かったです。それは僕とすれば、ものすごいありがたい読者なんです。というのは、僕の場合、読み返せば読み返すほど、そのある種の謎というか、わからない部分は狭まっていくと思うから。ただ、あるところまでしか狭まらないというふうには思います。それは僕自身が、書いていて、そうだから。初稿から何度も何度も書き直してますよ、ちょうど読者が読み直すのと同じようにね。そして書き直すたびに、僕自身の中でも謎の幅は少しずつ少しずつ狭まっていくんです。焦点が絞られてくる。でも、あるところまで行くと、これ以上は絞れないというポイントがあるんです。それは何かと言われれば、何だろう、うまく言葉では言えないんだけど、それ自体がある種の地下であり、暗闇の中の謎の象徴というのかなあ、ブラックボックスみたいなもの、ここから以上は解析できないという。それは自分自身の中の感触なんですね。だからそれを説明するのは難しいんだけど、ここまでは行けるけど、ここから先は今のところはできないというものがあるんです。で、そういうものをもっと書きたいから、僕

は、次のものを書くわけです。同じかたちで突っ込んでいったら書けないから、また別の物語から、別の側面からそれを突っ込んで書いていこうと思うわけです。

――村上さんが全集の『国境の南、太陽の西』と『スプートニクの恋人』の解説でお書きになっていた言葉で、「手に触れられる感覚、感触のあるもの」という意味で、タンジブルという英語を使ってましたけど、そのタンジブルに近い何かがある。確かにわからない部分とか、押さえきれない部分が、読者の側から言いますと、あります。だけれども、その中で必ずタンジブルなものというかな、ある感触が残るんですね。闇ではあるけれど、タンジブルな闇。その感触をずうっと頼りに読み耽っていくというふうな感じだと思うんです。

村上　そのタンジブルなものをどれだけ説得的なものとして作品の中に取り込んでいけるか、というのが僕の仕事だと思っているわけです。『ねじまき鳥クロニクル』第1部、第2部を書いて発表して、あとで書きたくなって第3部を書いちゃった、それが良い例だと思うんですが、そういう風にして僕は進んでいくしかないんですよ。僕は、第1部、第2部を書き終えたときは、もうこれで終わりだと思った。ここから先は行けないと思ったけれど、しばらく経つと、もう一回行ってみようと思うんですよね。そうして第3部に行くと、もっと幅は狭まるんです。もちろんそれだけ別の謎が出てくる部分

はあるんだけれども、それはそれで納得できるんです。ここがポイントなんだと。だからそういう意味では『ねじまき鳥』の第1部、第2部と第3部は別ものだという気持ちは僕の中にあります。『海辺のカフカ』という作品を書いて、今は、もうこれしかないと思っているけれど、先になったらまたここから新しい別の物語を発展させていくかもしれない。それはわからないですね。

――『国境の南、太陽の西』は何か非常に気になる心に残る部分があるのに、その部分をうまくつかみ出せないという思いがありました。しばらくして今度は『スプートニクの恋人』が出たときも、何かつかめないなというものが残った。これは『国境の南』で言うと、「島本さん」が実在しているのか実在してないのか、『スプートニク』でも「すみれ」は生きてるのか生きてないのかとか。今度の『海辺のカフカ』で言うと、お父さんを殺したのはナカタさんなのか少年なのかということがあって、片側をつかむと片側が余ってしまう。こういう形でしかつかまえられないような世界像のようなものが、『国境の南、太陽の西』あたりから出てきたような感じがするんです。

村上 うん。そうかもしれないです、確かにね。

——それは逆に言うと、前に書いてきたものとはどんな違いが現れてきたんでしょうか。

村上　結局、僕がそれまでに書いてきたものというのは、「僕」という主人公がいて、たとえば「〈鼠〉四部作」でもそうですが、一種の普通に生きている人が巻き込まれていく。それは異界と現世との何かそういう関わりみたいなものに巻き込まれていって、めぐりめぐって戻ってくるという話が多かったわけです。

僕の小説についてよく言われたことでもあるけれど、主人公は普通の人で、しかもパッシブだと。事件が向こうからやってきて、それをくぐり抜けて帰ってくる、それだけの話であると。主体的に何も選びとっていないと。実をいえば僕も書いているときはそういう話を書きたくて書いていたんです。つまり個人の意思によってではなく、物語の意思によって人が動かされていく話ですね。でもそれがだんだん変わってきて、それよりは主人公という動かされるものの中にある、向こうから来る力に対抗する一種の「動かされる力」みたいなものにすごく興味を持ったんです。その力というのは自我じゃないんですね。これが自我と外界の力とのぶつかり合いであれば、話は簡単になるんです。図式としてわかりやすい。そうじゃなくて自分の中にある不分明な力が、外からくる不分明な力に呼応し、そこに新たな不分明な流れが生じる。それはそれ自体のロジックを持ってはいるのだけれど、僕らの目にはとりあえずブラックボックスとしてしか映らな

い。そういう書き方になってきたんじゃないかなという気はしますね。そういう意味では、進化しているというか、話の筋そのものは深くなってるんじゃないかな。

――『海辺のカフカ』では十五歳の少年が主人公で、カフカ君がいろんなことを体験していくという一面があるから、これは一種の成長小説（ビルドゥングスロマン）であると指摘した人もいました。たしかに、そういう面がなくはない。しかし、これは純粋無垢な少年が、あるいはそれゆえに初めから何かを喪失している少年が、世界とどうかかわっていくかという物語ではない、と思われます。「無垢」が世界の「汚れ」と向かいあっているのではない。あるいは、世界によって少年があらかじめ何かを喪失していて、それを世界の中でどう回復していくかというのでもない。少年が世界と二元論的に対峙しているのではないんですね。

それは、オイディプス神話という枠の使われ方を見ても、非常にはっきりしているんじゃないでしょうか。河合隼雄さんがそこを正確に指摘していますが、オイディプスは父を殺し母と交わるという予言を知らない。しかしカフカ君は、予言を知らされていて、その予言をむしろ実現しようとしているわけです。だからカフカ君は二元論的に、無垢なる自分をもって世界とか父とか悪に対しているのではない。運命的に父が自分の中にいることを知っているし、もしかすると自分も父殺しという悪を犯さなければならないのか、と恐れてもいるわけです。村上さんは、その点をかなり意識して書いたのかどう

かということですが。

村上　いや、とくに意識はしてないですね。そういう風にはとくに考えなかったな。ただ、僕自身は、一種の物語という文脈でものを考えるから、意識するしないというのは、そんなに大事なことじゃないんです。僕の考える物語という文脈では、すべては自然に起こり得ることなんです。この遠隔的な父殺しみたいなことも、むしろ僕の考える世界にあっては自然主義リアリズムなんです。だからたとえばナカタさんが殺してカフカの手に血がつくというのは、まったく不思議ではないんですよね。なぜかと言われても困るんだけど、それは当然あり得ることなんです。

ただ読者でも、わからないと言う人は多くいるようです。なぜナカタさんが殺してるのにカフカ君の手に血がつくのかと。それは、あり得ることなんです。なぜあり得ることかというと、普通の文脈では説明できないことを物語は説明を超えた地点で表現しているからなんです。物語は、物語以外の表現とは違う表現をするんですね*。

今、世界の人がどうしてこんなに苦しむかというと、自己表現をしなくてはいけないという強迫観念があるからですよ。だからみんな苦しむんです。僕はこういうふうに文章で表現して生きている人間だけど、自己表現なんて簡単にできやしないですよ。それは砂漠で塩水飲むようなものなんです。飲めば飲むほど喉が渇きます。にもかかわらず、日本というか、世界の近代文明というのは自己表現が人間存在にとって不可欠であると

いうことを押しつけているわけです。教育だって、そういうものを前提条件として成り立っていますよね。まず自らを知りなさい。自分のアイデンティティーを確立しなさい。他者との差違を認識しなさい。そして自分の考えていることを、少しでも正確に、体系的に、客観的に表現しなさいと。これは本当に呪いだと思う。だって自分がここにいる存在意味なんて、ほとんどどこにもないわけだから。タマネギの皮むきと同じことです。

＊この部分はもう少し説明が必要だと思うので、付け加えます。僕にとってオイディプス神話のストラクチャーは、あくまでゆるいストラクチャーであって、それに対して僕が（あるいはカフカ少年が）どのような視野を抱き、どのような立場をとるかということは、ほとんど意識されてはいません。オリジナルのオイディプス神話においては、もちろん神の意志＝宿命というものが大きな意味を持ちます。そういう「定点」が確固としてありま す。しかしカフカ少年の場合はそうではない。この物語には神、あるいは神に対応する存在はありません。あくまで水平的な魂のやりとりの中で、強制しないストラクチャーの中で、ものごとは進行していきます。別の言い方をすれば、交換可能なかたちで（交換不可能な要素はないという認識の中で）物語は進行していくのです。「すべては自然に起こり得ることなんです」という僕の発言はそういう意味です。「とにかくなんでもありだ」ということではありません。物語が水平的にそれを求めるなら、それは自然に起こり得るのだということです。物語が何を求めているかを聴き取るのが僕の仕事です。

一貫した自己なんてどこにもないんです。でも、物語という文脈を取れば、自己表現しなくていいんですよ。物語がかわって表現するから。

僕が小説を書く意味は、それなんです。僕も、自分を表現しようと思っていない。自分の考えていること、たとえば自我の在り方みたいなものを表現しようとは思っていなくて、僕の自我がもしあれば、それを物語に沈めるんですよ。僕の自我がそこに沈んだときに物語がどういう言葉を発するかというのが大事なんです。物語というのは常に動いていくものであって、その動くという特性の中にもっとも大きな意味があるんです。だからスタティックな枠みたいなものをどんどん取り払っていくことができます。それによって僕らは「自己表現」という罠を脱することができる。でも、そういうのは今の文学の世界では、正直言ってうまく伝わらないんじゃないかな。少なくとも僕はあまり楽観的ではありません。

僕は、ユングの著作ってほぼ読んでない。ただ僕が物語という言葉を出したときに、それをいちばん正確に受けとめてくれるのは、やっぱり河合（隼雄）先生かなという気はするんですよ。僕は、河合さんと難しい話はほとんどしないんです。会ってもバカ話ばっかりしてるんだけど、ときどきふっと「物語」という言葉が出てきて、あ、この人、僕の考える物語っていうのがどういうものなのかをちゃんと知っているんだなという風には思いますね。そういうのがあんまりわかり過ぎちゃうとまずいと思うから、あんまり話さないようにしてるんです（笑）。

――要するに、無垢対世界という対し方は、やっぱり自我というものが世界の中に確固としてあって、自我をどういうふうに表現するかという、あるいは表現できるかできないかという認識法ですね。村上さんの初期の小説でも、もともとそういうものではなくて、物語という原理に導かれていたということでしょうか。

村上 そうです。僕は、『海辺のカフカ』を書き終えたあと、サリンジャーの『キャッチャー・イン・ザ・ライ』の翻訳にとりかかって、そのときに思ったんですけど、十六歳の少年が現実の社会とトラブルを起こして、社会はわかってくれない、大人はわかってくれないという文脈でずっととらえられてきたんです。でも、よく読んでみると、そういう話じゃないんですね。結局、彼が自分の中の迷路的な状況とどういう風に向き合っていくかということを語っている話なんだけど、それもただ語っているんじゃなくて、彼はものすごく能弁なわけです。お喋りというか饒舌というか、能弁さがハイパーなんです。そのハイパーな能弁さという文脈に自我をそっくり乗っけちゃう。「お願いしますね」とすっと預けちゃうわけです。そしていろんな地獄めぐりをさせる。そういう小説なんです。だからこそ多くの読者があの小説に惹かれるんです。自分をその物語に同化させることができるんです。その預け方があまりにも自然で見事だから。そして五十年以上にわたって、リアルタイムの感覚で読み継がれてきたわけです。ただの無垢

な少年とすれた社会との対決というような単純で皮相的なものであれば、人は五十年間も熱心に読みやしないです。僕は、それは今回訳してつくづくわかったんです。やっぱりサリンジャーはそういうところは偉いなあと思うんだけど、彼の悲劇は、そういうスピードのある流動性を支えきれなかったことですね。だからどうしても東洋思想みたいなものに行っちゃうわけです。それでサリンジャーはだんだん自分を追いつめていったんだなあという気はする。

――さきほどの無垢についての話をもう少しおききしたいのですが。現実にはあり得ないにしても、いま言葉の上で無垢というものがあるとして、その中にはすでに悪というものが仕組まれている、あるいは生きていくというエネルギーの中にすでに悪というものがあって、それと戦うから少年が一番タフでなければいけないという風に受け取ると、悪というのがこの小説のテーマというか、根っ子のところにあるとも思うんです。そして物語の中で悪はいろんな姿で、現実的な姿、あるいは非現実的な姿を借りて浮かび上がってきたという感じがしているんです。この人間の中の悪ということは、物語の精神の上に乗りながら、村上さんの中で非常に大きく去来していたものですか。

村上　悪ということについては、僕はずうっと考えていました。僕の小説が深みを持って広がりを持っていくためには、やはり、悪というものは不可欠だろうと、ちょっと

したきっかけのようなものがあって、ずうっと考えていたんです。どういう風に悪を描けばいいのかというようなことを考えているんです。そういう風にはっきり考え始めたのは、『世界の終り』を書いた後ですね。そこから悪というものが常に意識の中にあります。

たとえば『海辺のカフカ』における悪というものは、やはり、地下二階の部分。彼が父親から遺伝子として血として引き継いできた地下二階の部分、これは引き継ぐものだと僕は思うんですよ。多かれ少なかれ子どもというのは親からそういうものを引き継いでいくものです。呪いであれ祝福であれ、それはもう血の中に入ってるものだし、それは古代にまで遡(さかのぼ)っていけるものだというふうに僕は考えているわけです。たとえば弥生時代ぐらいまで、ずぅーっと血をたどっていけば結局行くわけだし、連綿として繋がっている。そこには古代の闇みたいなものがあり、そこで人が感じた恐怖とか、怒りとか、悲しみとかいうものは綿々と続いているものだと思うんです。あるいはそこで待ち受けているものというか。僕は輪廻(りんね)とかそういうものはとくに信じないけれど、そういう血の引き継ぎというのは信じてもいいような気がする。根源的な記憶として。カフカ君が引き継いでいるのもそれなんです。それを引き継ぎたくなくても、彼には選べないんです。それが僕はこの話のいちばん深い暗い部分だというふうに思うんです。

――しかし、それは解決するとか結論が出るとかいうものではない。物語の結末はあ

っても、そのこと自体に解決とか結論が出るわけじゃない。

村上 ええ、出るわけじゃないですね。僕が言いたいのは、結局、ある一人の人間の自我を、今そこにあるその人の抱え込んでいる暗闇の中に浸して物語を立ち上げるとして、その作業は、人それぞれ全部違うんだということです。たとえばAという人ならAが持っている自我と、Aの引きずっている暗闇みたいなものは、両方ともA独自のもので、それを組み合わせて物語を抽出するとすれば、そこから出てくるのはAにしかない物語です。ところがたとえば僕がどんどん、どんどん深く掘っていってそこから体験したことを物語にすれば、それは僕の物語でありながら、Aという人の持っているはずの物語と呼応するんですよね。Aには語るべき潜在的な物語があるのに、有効にそれを書けなかった、語ることができなかったと仮定して、そこで僕がある程度深みまで行って物語を立ち上げると、それが呼応するんです。それが共感力というか、一種の魂の呼応性だと思う。もし僕がそれである程度、自分が物語を立ち上げたことで癒された部分があるとすれば、それはあるいはAという人を癒すかもしれない——ということがあるわけです。

そのためには、本当に暗いところ、本当に自分の悪の部分まで行かないと、そういう共感は生まれないと僕は思うんです。もし暗闇の中に入れたとしても、いい加減なところで、少し行ったところで適当に切り上げて帰ってきたとしたら、なかなか人は共感し

てくれない。そういう意味で、僕は、悪について真剣に考え出したという風に思うんですよね。ただ人によってはそういうものは見たくないという人がいっぱいいるんです。

――ええ、いるでしょうね。

村上 僕は、近代の文学というのを別に否定しているわけじゃないんですよ。たとえば漱石は漱石の時代、島崎藤村は島崎藤村の時代の一種のリアリティーみたいなのがあって、そこでぎりぎり書いていたと思うし、それは高く評価するべきだと思う。ただ現代の人の心の在り方というのは、それとは大きく違ってきていると思うんです。

――『ねじまき鳥クロニクル』が完成したときだったと思うんですが、あるインタビューに答えた中に、自分にはもう手本にするような小説がないように思う、という発言がありました。手本という言葉ではなかったかもしれません。自分が読んで小説の考え方の啓示を得るようなものがなくなって、だから自分で手さぐりに創っていくしかない、という意味のことをおっしゃっていました。

村上 僕がやろうとしている小説の手本になるというか導きになるような作品はないというのは、同時代文学がつまらないとか、そういうことを言っているんじゃないんで

す。もちろん、同時代文学には優れた作品はたくさんあります。そういうものを読むのは個人的には好きです。ただ僕の書こうとしている小説の直接の導きになるようなものが見当たらないんだ、ということです。ちょっと前まであったんですよ。あっ、そうか、そうかと思って、こういうのがあるんだなあと思って導かれるという部分があったけれど、今の段階では——僕も、もちろん世界中の全部を読んでるわけじゃないけれど、読んでいる限りではそうです。それよりもむしろ古いものを読んだほうが、あ、そうかと思って、発見というか、染みるところは多いですねえ。

この前、久し振りにドストエフスキーの『悪霊』を読み返してみたんです。いやぁ、やっぱりいいですねえ。小説としては、そんなに完全な小説ではないというか、『カラマーゾフの兄弟』に比べれば、構成としてはいくぶん落ちる小説だと思うんですが、読んでいて、この振り回され方というのはやはりすさまじいものだなと思いました。それからたとえば漱石の『坑夫』みたいなものも意外にくるんですよね。

——『坑夫』が意外にくるというのは、どんなところなんですか。

村上　やっぱり自我というのがまだ発展するべきものという風に漱石はとらえてないところね。闇の中を回り回って、入ったときと同じ状態で出てくるという、何ていうのかなあ、軽さというかなあ、責任感の無さですね。それ以降の漱石は、一種の責任感み

たいなものが出てきます。自我に対する責任感というのが。『坑夫』とか、『虞美人草』もそうですけれど、自我に対する責任感というのはまだそこでは明確にされてないですよね。そういう意味で、僕は『坑夫』は好きですよ、本当に。

――現代文学の中に以前はあったというのは、どういう作品ですか。

村上 たとえばジョン・アーヴィングの物語のワイルドなドライブ感とか、カーヴァーの日常風景に斬り込んでいく鋭い視点とか、ガルシア＝マルケスの呪術的な深みを持つ世界とか、そういうものを刺激としてどんどん自分の中に取り込んでいく時期がありました。でもそういうインテイクの時期はいちおう通り過ぎたということなのか、いま話題になっている小説を読んでも、あ、うまいなとか、確かに面白いなとか思うんだけど、なんか自分の目の前がパッと開けるとか、考え方の組成がパッと変わっちゃうとか、そういうものはないですね。

――それは村上さんが一人の作家としてここまで書いてきて、その歩みの中でいま思うことなのか、それとも、もっと広い視野に立って、世界の文学がある意味では何かを切り開いてないのか、どっちだと思いますか。

村上　いや、僕のやってることがあまりにも個人的だからだと思います。あまりにも個人的だから参考にすべきものが見当たらなくなってきたんです。自分のやりたいことの道筋がある程度見えてきたし、あとは自分で考えるしかやっぱりないんだなあと。だからもう、人に何を言われてもしようがないなと思いますよ。自分が手本にするというか、自分が目標と定めて、あそこに随いて行こうというようなものがなくなっているんだから。それはまあ孤独といえば孤独なことだし、たとえば読者から、村上の最近の小説にはがっかりした、もう読まないと言われても、しようがないなと思うんですよ、本当に。こういう言い方は良くないかもしれないけど、書いているときは自分がどういう道筋をたどるかということしか頭にないから。こういうのはまわりもちみたいなものですよね。僕は誰かを見失い、人は僕を見失う。

——悪という問題にちょっとまた話を戻します。『世界の終り』のあたりから、悪というものに対する極めて強い意識があったというお話ですが、今度の小説にそれがかなり全面的といいますか、もっとくっきりした形を取って出てくるのは、やっぱりその前の『アンダーグラウンド』、それから『約束された場所で』という仕事に関係があるのでしょうか。ああいう悪の現れ方、そのことは大きいでしょうか。

村上　大きいですね。ものすごく大きいと思います。それについてはまだあまり詳し

く具体的に語りたくはないんだけれども、やはり、「麻原」という一種の密閉された宇宙の中で何が起こったかというのは、見ていくとものすごく怖いですね。今でも被告の実行犯たちの裁判をできるだけ聞いているけれど、あのときに起こったことというのは、彼らの中ではまだぜんぜん解消されていないですね。それぐらい強烈な体験だったんです。一種の暗闇を全部「麻原」に譲り渡しちゃったというか、暗闇を同化しちゃったというか、一つの暗闇になっちゃったんですね、みんなが。「麻原」という、あの人はかなり巨大な暗闇を抱えた人だと思うけど、そこに吸収合併されたというか、一種の同根状態になってるから、それは本当に語られる話を聞いているだけで怖いです。暗闇の中にある悪の力というのが染み出してくる。いくら希求するものが善であったとしても、暗闇の同根状態から生まれ出てくるものは、善悪を超えているというか、とても危険なものなんです。動機が善なるものであるだけに、何が悪であり得るかという検証システムを欠くことになります。そしてそこに生まれる悪というのはものすごく大きなもので、あらゆるものを焼き払うぐらい強烈なものなんです。そういうものを目の前にすると、一種の無力感におそわれるということはあります。本当はそれを解消していくべき外なる世界がどうなっているかというのは、これは難しい問題ですね。

日本の戦後から冷戦体制、高度成長期までは、一つの社会の枠組みというのがあったから、自然な治癒力みたいなものが社会にはあったと思うんです。いまではその自然な治癒力というのが社会的混沌の中で揺らいで、衰弱してますよね。そのぶんフラストレ

ーションが深まってきている。だからオウム真理教の事件は起こるべくして起こったというところもあると思うんです。そしてだからこそ小説というか文学というのは、今ここで再編成みたいなことをしなくちゃいけないんじゃないかというふうに僕は思っているんです。ベルリンの壁が崩れちゃった時点で、社会全体のいわゆる二極構造というか、そういうものも崩壊の過程に入ったんですね。

日本の場合は、それとはちょっと時期的にずれていて、バブルの崩壊があって地価が下落して、九五年というのはそれがいちばん出てきたときですね、地震とサリン事件。それまではそこまで明確ではなかったということです。人はそれまで危機感をあまり実感として抱かなかったんじゃないかな。ただ僕の場合、二十九歳のとき小説を書いて以来、そういう基本的な危機感みたいなものは個人的にずうっと感じていました。それはやっぱり僕自身が七〇年闘争みたいなものに対して深い絶望感を持ったからかなという気はするんです。今そこにある言語に対する不信感みたいなもの。

――東西の冷戦構造の下では、そこにあるプログラムを一歩でも前に進めたら世界が終わってしまうというような認識があって、それで世界を維持するいろんなシステムを考えたのかもしれないんだけれども、これが壊れてみると、そういうシステムの延長線上の考えでは自分たちが生きている不安とかに向き合えない。そのような感じでしょうか。

村上 冷戦時代には東西という二つのシステムの戦いでしたよね。それが、今では異種のシステムとシステムとの戦いみたいになっているという気がするんです。それは何かというと、オープン（開放）システムとクローズド（閉鎖）システムの戦いです。オウム真理教というのは完全にクローズドシステムで、外なる社会というのはオープンシステムですね。それはひとつの社会体制と別の社会体制の対立というのではなく、同じ社会体制の中にも閉鎖系があり、開放系がある。そういう点では物事は以前よりずっと内向化しているし、複雑化しているし、見えにくくなっているところがある。で、どっちが優れたシステムで、どっちが善でどっちが悪かというのは、これはものすごくわかりにくい話で、ある場合にはクローズドシステムの方が非常にうまく機能している部分もあるわけです。ただ僕は、やはり、オープンシステムというものを信じているんです。そこにどれだけ矛盾が含まれていようと、機能不全的なものが見られようと、人が自由に入って自由に出て行けるシステムというものを信頼しているし、深みのある物語というのはそこから生まれてくるものだという風に僕は感じてるんです。『アンダーグラウンド』を書いてみて思ったんだけど、結局のところ僕は、被害を受けた人々、何時間もかけて満員電車で通勤している人々の作りあげている社会を根源的には信じていると思う。そちらが正しいんだと言い切ることは難しいかもしれないけれど、それを信じてやっていくしかないと思う。

そういう意味では、こういうことを言うと図式的になるおそれはあるんだけど、『海辺のカフカ』というのは、システムを守ろうとする話じゃないかなという気はするんですけどね、そのオープンなるシステムを。というのは、カフカ君というのは成長していかなくちゃいけない人間なんですよね。僕は、彼の自我が成長するということはあまり意識しなかったんです。何が成長するかというと、彼が自分の中のオープンなるものをどのように受け容れて、それをどのように膨らませていくかという経過なんじゃないかなという気がするんです。でも、それを閉じようとする力もどこかにあるわけです。たとえば彼が最後に佐伯さん――お母さんかどうかわからないけど――の世界に入っていきますね。あれも要するに、混沌を排除したところにあるクローズドシステムなんですね。そこに行けば彼は永遠に止まった時間の中で自分が求めるものと一緒に居られるわけです。でも、結局、出てくる。それを出て行かせるのは、佐伯さんが「出て行きなさい」と言うからです。その言葉は存在をかけたものだからこそ、彼の心に届くし、彼にはそれがわかる。そういう彼の中での一種のシステムを確立させるプロセスというのかな、そういうのが僕にとってはすごく大事なことだったんです。

もうひとつ、彼が受け継いだ血というか暗闇というのも、ある意味では閉じているんです、それは自分で選べないものだから。それをどのように自分の中で相対化して、よりオープンなものにしていくかというのも彼のもうひとつの戦いなんですね。いろんな脅威がやってくる。たとえば自分の手が血で濡れている。それも自分で選んだものじゃ

ないですね、自分で殺していないんだから。にもかかわらず、彼はそれを引き受けていかなくてはならない。それが閉じられた輪だからなんですね。彼には選べることもあれば選べないこともあります。それでもなお彼は自己の論理とルールを貫かなくてはならないし、開放性を信じなくてはならない。

——短編集『神の子どもたちはみな踊る』についてこれはホームページにお書きになっていたことでしたが、あの短編群を書いて一番手応えがあったのは、非常に多様な人間が出てくるけれども、その一人ひとりがそれぞれにキャラクターを具えて立って歩いてくれたことだ、という意味のことがありました。その手応えが今度の『海辺のカフカ』でも、登場する人物が独り歩きしてくれたということにつながっている、ともありましたね。

村上 これまでに書かなかった人が書けるようになってきたということは確かにありますよね。たとえばホシノ君なんていうのは、ちょっとこれまで書かなかったキャラクターだった。ナカタさんは書けたかもしれないけど、ホシノちゃんみたいな人はなかなか書けないですよね。

——そのキャラクターのある登場人物かどうかは別にして、多くの読者にとっても衝

撃的だったと思うのは、ジョニー・ウォーカーとカーネル・サンダーズです。初め、何だろうこれは、と思う。この二人はどういうふうにして出てきたのかなあと、今でもまあ謎といえば謎なんですが。

村上　最初にああいうものが出てきたのは、『羊をめぐる冒険』の羊男ですよね。あれは前もって登場させるつもりはなくて、書いてたらフッと出てくるということだったんだけど、これはやっぱり暗闇の世界からのものですよね。異界に生きてるものです。ジョニー・ウォーカーもカーネル・サンダーズも、やはり同じで、暗闇の中から現れる「演者」なんです。

書いているときは自分では何にも考えてないです。それが善か悪かもわからないんです。羊男だって善か悪かよくわからないし、特にジョニー・ウォーカーなんてそうですよね。やっていることはまさに悪なんだけど、それがどこまで本当のことかというのはわからない。カーネル・サンダーズも何かというのは僕にはぜんぜんわからない。それは物語の流れをキックし、アシストするものなんですね。彼ら自体が善か悪かというよりは、彼らが進める物語がどのような方向に進んで行くかというのがすごく大きな問題になってくるし、考えようによっては、カーネル・サンダーズとジョニー・ウォーカーは同じものが顔を変えて出てきているだけかもしれない。そういう可能性だってありますよね。

——しかし、カーネル・サンダーズには、あの出方、役割にかなり一貫性があって、物語を推進していく精神そのもの、エネルギーそのものというようにも思いましたが。

村上 あのカーネル・サンダーズとジョニー・ウォーカーという二つのアイコンがなかったらあの物語はうまく進まなかっただろうなあと思います。でも、ああいうものを受け容れない人というのはきっと多いんだろうなという風にも思いますね。

——まあ結構多いのかもしれませんね。否定的評価があるとすれば、あるいはそのへんがわからないということに結びついているのではないでしょうか。

村上 うん。わからないものというか、うまく呑み込めないものというのが出てくると、腹立てる人が多いですよね。でもそういう異形のものが出てこないと長い物語が支え切れないというところはあります。というか、長いものになると、そういうものが自然に出てくるんです。

——これまでも、村上さんの小説の中にはいろんな作品の引用が出てきましたが、今度の小説ではそれが圧倒的に多いですね。これは意識的にそうしたんでしょうね。

村上　もちろん意識的です。

――そういう引用の役割の担わせ方というのがあるのでしょうか。

村上　わかんないです（笑）。何だろう。好きだからやったんですね。とにかく理屈とかそういうんじゃなくて、徹底的にやってみようと思って、これはもちろん意識的です。あと蘊蓄（うんちく）ね。引用と蘊蓄というのが、僕にとって今回の作品にはすごく大事なことでしてね。それはなぜかというと、やっぱり主人公が十五歳の少年だからこそいろんなものを通過していくということが大事だった。僕自身が知識をあらゆる方向から詰め込んで育ってきた人間だから。特にあの年代というのは本当に入ってくるんです。乾いた地面に雨が降るみたいな感じで。そういうのは僕はすごく大事なんじゃないかなと思うんです。それを大人、成熟した人間の物語でやると、下手すると嫌みになるかもしれないけど、少年にとってはそういうのが大事なんですよね。たとえば大島さんが山小屋の中で一人で本を読みあさりますね、徹底的に。ああいうことが起こらないといけないんですね、ある時期には。

大島さんが車を運転しながらシューベルトのピアノ・ソナタについて蘊蓄を傾ける。あれは知識をひけらかしてるみたいに反感を持つ人もいるかもしれないんだけれど、大

島さんはやっぱりカフカ君という少年に対して、そういうものを通して何かを与えようとしてるんですよね。「お前、こうしなくちゃいけないよ」とか直接的には絶対に言わない人だけど、ある種の彼の中における知識の在り方というものを通して何かを伝えようとしているんだと、僕は思うんです。

――引用作品は、小説もあれば哲学もある。いちばん目覚ましいのは、今おっしゃった音楽。シューベルトのピアノ・ソナタとベートーヴェンの「大公トリオ」の出てき方だと思うんですね。ホシノちゃんみたいな男が「大公トリオ」を聴くという、あるいはそれに引き込まれていくというのは、かなり大胆な発想だけれども、やっぱりあの小説の中の、あそこで鳴り響いているんだろうと思うんです。

村上 どのような人であれ、人には何か特別な感情の入口みたいなものが必ずあると思う。たとえばホシノちゃんみたいに肉体労働している人がベートーヴェンなんか聴くわけないという意見もあるかもしれないけど、そういう入口は誰によらず必ずどこかにあると思うんですよ。あるときには思いつきもしないような場所に。そして大事なときにはその入口が開くんだと、僕は、そういう風に信じてます、ごく自然に。

特に音楽に関して言えば何か本当に心が裏返ってしまうような瞬間というのはあるし、そういうものってすごく大事なんですよね、人生にとって。

——これは「カフカ」というタイトルがついているということもあるし、カフカの作品についてうかがいたいんですが、『流刑地にて』が出てきますね。あの短編は処刑の機械を叙述しているだけというか、観察して報告するだけで小説になっている、といっていいと思うんです。しかし読む者にとっては、当然そこから伝わってくる何かがあります。その伝わってくる何かは、たとえば村上さんの中の「地下二階にあるもの」を測るよすがになる、ということでしょうか。

村上　僕は、カフカの書いていることというのは、悪夢の叙述だと思うんですよ。彼の住んでいた世界では、現実の生活と悪夢が結びついていたと思うんです、ある意味では。あの時代にプラハに住む非常に多感なユダヤ人青年ということで、ある種の特別な状況に置かれてます。彼が小説の中でやったことには、現在の作家が悪夢について叙述するのと違って、ほんとに異様なほどのリアリティーがあって、読んでいて、本当にそのまま悪夢の中に入っていきそうなくらいなんだけれど、彼はその悪夢と自分との精神的な関わり方やら、悪夢の出所について書くよりは、むしろ悪夢そのものについてものすごく細密に語っていくわけですね。そしてそこに立ち上がってくる恐怖の肌触りみたいなものを、僕らはほとんどそのまま、読んで感じることができるわけです。

ただ、カフカの小説には、不思議だけれど、自我の存在感みたいなものがあまりない

んですね。悪夢の中で自我がどうのたうつかということにはそれほど興味を持ってないように見える。たとえば『審判』にしても『城』にしても、確かに一人の主人公が悪夢の中に巻き込まれて振り回される話なんだけれど、それについて主人公がどう考えるかというのは、もちろん書いてはあるけど、それはあまり大した問題じゃないんですね。彼が悪夢に対応してどう具体的に行動していって、その悪夢がどういう内容の具体的実態を持っているかということの方が大事なんです。

——確かに近代的自我という風なものは関心の外にあるのかもしれません。

村上 それよりはシステムをどういうふうに描写していこうかということに神経が行くんですね。彼の物語性と、細密さに対するこだわりというのは恐ろしいくらいです。カフカのエピソードでひとつすごくいいのがあるんです。ベルリン時代の出来事なんですが、カフカが恋人と一緒に散歩していると、公園で小さな女の子が泣いてる。どうしたのかと訊くと、人形が無くなっちゃったという。それでカフカはその子のために人形からの手紙を書いてやるわけです。本物の手紙のふりをして。「私はいつも同じ家族の中で暮らしていると退屈なので、旅行に出ました。でもあなたのことは好きだから、手紙は毎日書きます」みたいなことを。それで実際に彼は、その子のために一生懸命毎日偽の手紙を書くんです。「今日はこんなことをして、こんな人と知り合って、こうな

って」と三週間くらいずぅーっと書いていって、子どもはそれによってだんだん癒されていく。最後に、人形はとある青年と知り合って、結婚しちゃいます。「だからもうあなたにお会いすることはできませんが、あなたのことは一生忘れません」っていうのが最後の手紙になっている。それで女の子もすとんと納得するわけです。

そんなまめなことって、普通の人にはできないですよね。ぜんぜん見ず知らずの女の子なわけだから。なぜカフカにそんな面倒なことができるかというと、夢の、架空の世界の細密さに対する異常なこだわりが彼の中にあるんですね。だからその具象性を細密に描写することを毎日毎日やっていても飽きない。面倒じゃないんですね。女の子も人形を失った悲しみは、「人形からのお手紙」を受け取り続けることによって消えちゃうんです。彼女は人形が無くなったという無秩序から、人形が無いという新しい秩序へと移されるわけです。それは本当に素晴らしい話だと思うんだけど、でも僕も、そういうのはいくぶんはできそうな気がする（笑）。

——村上さんは、カフカとそういうところは同質性を感じるんですか。

村上　同質性かどうかはわからないけど、僕だって、公園で人形を無くした小さな女の子が泣いていたら、毎日、人形の手紙を代筆するかもしれない。そうしようと思ったフランツ・カフカの気持ちはよくわかります。そういうことがなぜ楽しいかというと、

物事のあり方をとにかく細かく描写できるからなんですよね。説明するんじゃなくて、子どもに受け入れられるような言葉で、いちいち具体的に描写するんです。お人形の手紙というかたちをとって、架空の世界をそこにどんどん立ち上げていくんです。僕もそういう立ち上げ作業って大好きですね。架空を実在にまで持っていく。だから僕が読者に伝えたかったのは、カーネル・サンダーズみたいなものは、実在するんだということなんです。彼は必要に応じて、どこからともなくあなたの前にすっと出てくるんだ、ということ。それこそタンジブルなものとして、そこにあるんです。手を延ばせば届くんです。僕は彼を立ち上げて、彼について描くことを通して、そういう事実を読者に伝えたいわけです。

――ぐるっと回って、やっぱり物語の成立というところへ、村上さんの中で物語、小説を書くいちばんの原動力のところにまた戻ってきたわけですね。

村上 僕がこれまで書いたものでいちばん苦労したのは、『世界の終りとハードボイルド・ワンダーランド』の「世界の終り」の方のあの壁の中の街をどのように描写するかということでした。僕にとっては大変な問題であって、まず最初に「文學界」で「街と、その不確かな壁」という中編を書いて、どうしても納得できなくて、それは潰して、何年かかけてもう一度書いたわけです。あれを書く作業は僕にとってはいちばん大変な

作業でした。だからこそ僕はパラレルな形式を持ち込んで、『世界の終りとハードボイルド・ワンダーランド』というまったく違う作品にしたわけだけれど、「息の長い細密な描写力を身につけなくてはならない」というのは、僕にとっての命題として残ったし、僕は以来それなりに努力してちょっとずつではあるけど、身につけていったと思うんです。たとえば今回の甲村記念図書館の描写だって、やっぱり『世界の終り』の描写があったから、いま自然にできるんですよね。まあ何だってそうだけど。ああいう立ち上げというのは難しいんですね。どれぐらいリアルに細密に立ち上げられるかというのは要するに、描写力なんです。

――甲村記念図書館の責任者である佐伯さんが、最後に死んだ後、森に入っていって、カフカ君に対して、「もとの場所に戻って、そして生きつづけなさい」と言いますね。『世界の終り』では、「僕」が森の中に入っていく。これはそれと違って「僕」(カフカ)が森から出て来ます。『世界の終り』のあの部分は全集の解説でも六回だか七回書き替えたと書かれていた場面ですが、森の中に入っていくところでこれで物語が終わるかという風に思われたんでしょうけども、こんどの作品では書いていく中で違う形が生まれてきたということでしょうか。

村上　『世界の終り』は結末を、僕も、どうつけていいかよくわからないところがあ

った。で、結局は「僕」が残って「影」が帰っていくという形になりますね。いまそれに関しては僕は別に全然後悔してなくて、それはたぶんそれで良かったんだろうと思っています。「僕」は森に行って住むんだろうと。そのときの僕にとってはそれがいちばん正直な結論だったんです。

でもいま書くと違うものになると思うし、カフカ君は影を抱えたまま帰っていきます。現在の僕が物語を書くとしたらそういう風にしか書けないと思う。それはやっぱり僕自身の世界観というか小説観みたいなものがたぶん変わってきたからだと思うんです。責任感というと簡単な話になっちゃうんだけど、物語に対する責任感というのかな。社会的な責任感、人間的な倫理的責任感というよりは、物語性に対する責任感みたいなものがあるのかなという風には思う。今回の結末に関してはまったく悩まなかったですね。『世界の終り』に関しては、「僕」にはまだ帰ってくるだけの力がなかったというのかなあ、物語的にね。あのときは、たぶん「僕」は森の中に入っていきたかったんだと思う、影だけは帰しておいて。そこで影を失ったまま生きてもいいと思っていたんだと思う、個人的に。

——『海辺のカフカ』では、佐伯さんがお礼を言いますね。「僕」に「会いに来てくれてありがとう」と言われて、「私こそ」みたいな感じでこたえます。この言葉の意味は……。

村上　それはつまり、カフカ君が佐伯さんを救ったからです。そして佐伯さんも同時に彼を救ったんだと思う。お互いのその身を切るような交換の中で、世界がおさまるべき場所に静かに収斂していくんだというふうに、僕は考えてるんです。

――佐伯さんは、亡くなった恋人のことをずっと正確に記憶して生きている。カフカ少年は、「海辺のカフカ」の音楽の魅力がわかる少年らしい。そうすると彼は、「海辺のカフカ」なり佐伯さんの記憶なりを受け継いでいくことができるということですか。

村上　やっぱり彼女が言うように記憶の中でとどまるということだと、僕は思っています。世界の実在というのは、いつかは終わるけれども、その実在したという記憶というか手触りみたいなのはどこかで残っていくわけだから、僕は、そういうものをある程度信じますね。

物語を書くということもそれと同じなんですよね。僕は歳をとって消えていくわけだけど、僕の書いた物語は何らかのかたちで残るかもしれないということは、すごく感じる。それは子どもをつくって残すのとある意味で同じなんですね。ただ僕の場合は子どもをつくらなかったから、そういう物語性みたいなものにして残していくというのが大事になってくるんですよね。でも物語はある程度責任を持って書き直すことができるけど、

子どもの場合はなかなかね、難しいですね。マズったなと思っても、ちょっと書き直すってわけにはいかないし（笑）。

——ひきつづき、少し細かいことをいくつかおうかがいしていきます。大島さんの性同一性障害。大島さんには男と女と、二つのものが一つの中に集まっているような感じがあるわけですが、どうも最近メディアにもよく取り上げられる性同一性障害者をことさら登場させているという風に読んでしまっている人たちがいるのかもしれません。でもプラトンの『饗宴』なんかも引用していますね。「昔の世界は男と女ではなく、男男と男女と女女によって成立していた」という話。大島さんはこの男女的存在です。

村上 やはり、大島さんは異形のものとしてあるわけです。ただ、僕、思うんだけど、たとえ今しばしば話題になっているとしても、たとえば二十年後に誰もそんな視点からは読まないですよ。小説とか物語というのはある程度長い時間性の中で読まれるべきだと思うし、たまたまそうだったとしても、物語が時代を経て残っていくのであれば、乗り越えていくものでしょうね。

だから現象としてトピックになっているかどうかは知りませんが、この物語について言えば、あの人の設定はああするのがあくまで自然だったと思うんです。大島さんにはある程度「異形的」なものが必要なんだけど、たとえば魚と猫の一緒になった顔という

のは、これは異形だけど、そんなことしたら小説にならない。彼は端正な青年という役なんだから、そうすれば内部での異形性しかないでしょう。そうすると、やっぱりセクシャルなもの、どうしても性器的なものという風になっちゃいますよね。大島さんというのはイノセントというのか、穢(けが)れがないものなんですよ。うまく言えないけど、とにかくそういう両性具有の穢れのなさみたいなものを僕はすごく感じるんだけど。

自分が何であるかというのは、彼というか彼女にはわかってない、まったく。自分がこの世界にピンで繋ぎ止められないという存在なわけです。それに血友病というのは女性にはほぼ発症しないんですね。でも、彼は血友病です。カフカ君を導くというのは、そういう所在場所を喪失した人にしか無理なんじゃないかと僕は思うんだけど。

――この小説の文体についてですが、今までお書きになったものの中で最も中立的というか、ニュートラルな文体という気がしました。どういうふうにでも変身できるという意味をふくめて。

村上　そうですね。いろんなかたちの物語を書いていくためには、どうしても文章はニュートラルになっていかなくちゃならないというところはあると思います。だからそういう風に変わっていくんだと思う。結局、僕の場合、文体修業というのはまったくしなかったんです。物を書こうという気持ちがもともとなかったわけだから。ほとんど誰

の文体も追ってないというところがあるから、そういう意味では強いですよね。自分で創ったものだから、いくらでも自分で変えていけるし。

あれこれ言う前に、やっぱり小説というのは文体だと思うんです。僕は文体というのはフィジカルなものだと思うんです。自分の中のフィジカルな流れとか強さみたいなものが文体を規定している。頭で考えた文章というか文体というのはあんまり意味持たないと思うんです。少なくとも小説の場合にはね。僕は、どちらかといえば肉体的にものを創っていくタイプだから。

だからね、オウムの信者がやっている修行みたいなものもある程度理解できるんです。でも僕は徹底した個人主義者だから、誰にも何も引き渡さないし、誰とも連帯しない。あくまで自分の小説を書くために、身体的プラクティスを現実的に個人的にやっているだけです。そこが彼らといちばん違っているところだと思います。現実との接点を失ってしまったら、それでおしまいです。

——村上さんは、よく外国に行ったり、外国に住んだり、外国で書いたりしています。そのせいかアメリカ文学の影響を強く受けているとか言われたりしますが、作品だけを読み続けてみるとずっと日本にこだわって書いてますね。

村上 そうですね。よくアメリカの読者とか編集者とかに、「どうして君はアメリカ

長く住んでいながらアメリカでのことを書かないんだ」と言われる。でもやっぱり僕は日本人のことを書きたいんです。僕はアメリカ文学、外国文学に非常に強い影響を受けているんだけれども、その方法みたいなのを使って日本のことを書くからこそ意味があるんだと自分では思ってるんです。中には僕が外国の方に目を向けて作品を書いていると言う人もいるようだけれど、そうだとしたら、『雨月』とか『坑夫』を出してこないですよ。そんなこと書いたってわからないんだもの。

長く外国で暮らしていて、それから日本に帰ってきて暮らして小説を書いているけれど、それは日本回帰ということではなくて、最初からそうなんです。最初から日本人がどういう風にこの世界で生きているかということに興味があるんですね。

文章的に言えばたしかに、僕の文章は日本的な文章ではないですね。たとえば川端か三島みたいに日本語と情緒的に結びついているというか絡み合っているという部分は僕の文章にはないです。ある意味では中立的なものを目指しています。にもかかわらずそこに残る、ある意味残らざるを得ない日本人的なものというか日本的なものに興味があるんです。べったりと行くんじゃなくて、離れよう離れようと思いながら離れられない部分ということに。それは何かといえば、やっぱり日本における一種独特な前近代性みたいなものじゃないかなあ。ただそこに回帰したわけじゃなくて、最初からそういうものに惹かれていたんです。日本を出ていたのは、まわりを囲んでいる「制度言語」みたいなものからしばらく離れてみたかったということもありますよね。

僕の作品がある程度外国で受け入れられているとしたら、それはやはり、僕が日本人であること、日本の作家であるということに対して意識的だからだと思いますよ。外国に行って、たとえば朗読会なんかやって話をすると、僕がグローバルであるということよりは、僕が日本的であるということに対する興味が大きい。これほどニュートラルな文体で物語を書きながら、どうしようもなくその物語の質が日本的であるということに対して外国の人はかなり意識しているみたいな気がする。

――具体的にはどういう質問があるんですか。

村上 やっぱり「謎」ですね。「謎が謎として残っていくというのは、それは日本的なことか」という質問が多いです。西洋であれば、謎というのはある程度解き明かされる。意味もなく人がいなくなって、意味もなく人が死んでいって、わけのわからないのが出てきて、結論がはっきりとしないままにその物語が終わるということに対して、彼らは興味を持ちます。そういう物語性は西欧、あるいはアメリカの文学には見られないものだけど、日本の固有のものか、というのが質問のひとつの定型ですね。

――ドイツでは『国境の南、太陽の西』がすごく読まれているようだし、ロシアでもたくさん読まれている。自分の感情にすごく共鳴するところがあったということのよう

です。それは要するに、日本的なものを探っていく中で広がりが当然あるということなんでしょうか。

村上　そうですね。結局、今の世界が経験していることは何かというと、再編成ですよね。冷戦後の世界体制の再編成や経済の再編成、テクノロジーの再編成があって、当然文学というのも再編成されていかざるを得ない。で、そういう再編成におけるいちばん深刻な問題は何かというと、それは整合性の欠如ですね。これまである種の整合性の枠内である程度明白にとらえられたものが、そうじゃなくなっている。混沌の中に呑み込まれていって方向がわからなくなっているわけです。その中で、これまでの方向感覚、座標軸ではとらえられなかったものを違う座標軸でとらえなくてはいけないんじゃないかということが出てくるわけです。そこで何が有効になってくるかというと、さっきから言っている物語性なんです。僕に言わせればね。

物語というのは、世界中にあります。ギリシャ神話の物語性、日本説話文学の物語性、ディケンズの物語性、ドストエフスキーの物語性、いろんなところにいろんな異なった物語性があるんだけど、世界中の神話に共通する部分があるのと同じように、物語性の中にもお互い呼応する共有部分というのが、いっぱいあるわけです。そういうものをひとつの座標軸として活用していくしかないんじゃないか。それを妙なスーパーナチュラルな形、たとえばオウム真理教みたいな、即効的な、「こうやったらここに行けます」

みたいな形で持ち出すんじゃなくて、もっと高められた物語として、心の深い部分に届く物語として提示していけるんじゃないかというふうに僕は思っているわけです。

――この作品の中にも出てくるけれど、資産の流動性とか、情報の流動性とか、さまざまな面で流動性が強まっている。境界が消えているということでもあるのでしょう。

村上 だからこそ僕は日本のことについて、もっと突っ込んでいきたいし、だからこそと言うんでもないけども、『アンダーグラウンド』の取材なんかでも、やっぱり日本人とは何かということが強く意識にありますよね。

――物語という人間の持ったものは言語そのものと密接につながっていて、言語を持った瞬間にまで物語に至る道筋がたどれるとしたら、それは要するに、「非近代」という色が濃くなりますね。

村上 そうです。僕の場合、物語ということで追求していくと、ある部分そういうところに行くことになるんじゃないのかな。ただその非近代を現代にいま持ち込むというのは、ある意味では危険を伴うことなんですよね。下手すれば宗教がかってしまうし。たとえばヒトラーがやったみたいに古代ゲルマンの神話体系を持ち込んでくるようなこ

とになってしまうと、すごくまずいことになります。だから非近代の中でも、ある程度腑分け（ふわ）しなくちゃいけないわけです。その腑分けを意図的に取り違えてしまうと、これは危険なことになると思う。

——そこに経験、技術、フィジカルな強さ、すべて求められるということですね。

村上 ええ。変な言葉を使うと倫理観ですよね。そういうものを持ち込むことに対する倫理観がなければ、有効な物語というのは成立し得ないと僕は思う。倫理観ということ自体が非近代的なものなのかもしれないけれど。

——『海辺のカフカ』の真ん中あたりに一回、最後の方でもう一回、「風の音を聞くんだ」というのが出てくる。それは大島さんの言葉としても出てくるし、佐伯さんの言葉としても出てきます。村上さんの読者なら、最初の作品——「聞く」という字が違うけれど——が響いているなと思うんですが、これが最後に出てくるから、何か別なかたちでスタートの場所に戻っていくというのがあるんでしょうか。

村上 あれは、どっちもカポーティの小説からの引用ですね。「最後のドアを閉じろ」でしたか、あれの最後の文章。『風の歌を聴け』という題をつけたときも、その文

章からつけたんだけど。うん、だから気持ちとしてはやっぱりいちばん最初に戻っていくという気持ちはあるのかもしれない。最初のときどうしてそんなものつけたのか、僕は思い出せないんだけど、やっぱり何にもないところで耳を澄ませているというイメージがすごく強かったと思うんです。あれこれと考えたってしようがないじゃないかということもあるのかもしれない。風の音に耳を澄ませるだけでいいんだというのは、世間の在り方というか、世界の流れ方に耳を澄ませることですね。それがいちばん大事なんじゃないかなという気持ちはあるんです。それを解析したり、あれこれ考えたりするよりも。

僕にとって大事なのは、いかに人に対して説得力を持つ物語をつかみとって立ち上げていくかということでしか語れないですよね。その出された物語がどう受け止められるかというのは、やっぱり時間に任せるしかないです。これが十年二十年経って、死んでみなきゃ分からないし、また死んで一回りしてみなきゃわからないっていうところがありますよね。だから本当はあんまりこんなふうに喋ってもしようがないんだけど、でも、まあ時間ばっかりに任せてるわけにいかないし……(笑)。

――ホームページのなかで、読者の評価は別として、作家として大きな手応えを感じた、とありました。また、これからは総合小説というのを目指していきたいともありました。その点について聞かせてください。いつ、何を書くというのではなくて。

村上　僕がこれまでやってきたことは、どれだけ物語のドライブというのを引き出してその中に自分を乗っけて、どんどん、どんどん話を進めて、人物がどんな風に動いていくかというのが、命題だったわけです。それは『羊をめぐる冒険』に始まり、いろんな方法で書いて、たとえば『世界の終りとハードボイルド・ワンダーランド』では、観念的なところで話を進めて、『ノルウェイの森』では、完全なリアリズムで話を進めて、まあいろんな方法で試してきた。ひとことで言えば、とてもナチュラルに物語の力を借りていた。でもこれから先は、やはり、物語自身を複合化させるしかないかなという気はしてるんですよ。そういう風に一つの物語でものごとをどんどん推し進めていくということだけでは収まらなくなってきたかなあと思う。物語と物語を重層的に重ねて話を創っていくしかないのではないか。もしそういうのに名前をつけるとしたら、それはやはり「総合小説」なんですね、ドストエフスキー的な十九世紀的な。ということを『悪霊』を読んでいてちょっと感じたんですよ。

『悪霊』というのは不思議な話で、誰が主人公かよくわからないんですね。群像小説とかいうんだけど、そうでもない。何が主人公かといえば、そこにある「物語の意思」なんですね。最初に誰に感情移入していいかもわからないんです。そういう小説というのはすごく惹かれますね。最初の何十ページか延々つまんない文学の家庭教師みたいな人の話になっていて、これが主人公なのかと思うと全然関係ないんですね。

いま僕の頭の中にあるのは、そういうことができるかできないか、実際にやるかどうかはわからないけれども、複合した物語です。ミクロコスモスみたいなもの。そういうものを書きたいなという気はするんですよ。どんどん物語に乗っけていくというのは、やり尽くしたとは言わないけれど、もうひとつ上にいきたいなという気はするんです。でも、それは時間がかかりそうだなあ。

そのためには、やっぱり人物というもののタイプをいくつもいくつも出していかなくちゃいけなくて、たとえば大きい絵を考えてもらえればいいと思うんですけど、その中にいろんな人の姿を描き込む力がなければ、そういう大きな絵というのはできないですよね。たとえば中世のブリューゲルとかの絵がありますね、そこにはいろんな話が情景として描かれている。その細かいところ、もう一度この細部を見たいという気持ちで何度も読み返してもらえるようなものを書きたいなという気はするんですよ。

問題は、やはり、今の社会には、知的階層というのがなくなってきていることです。好むと好まざるとにかかわらず。たとえば十九世紀小説は、ブルジョアジーの知的階層によって熱心に読まれ、支持されていたわけですね。『悪霊』だって雑誌連載でしょう。毎号楽しみに雑誌を買って熱心に『悪霊』を読む層が明らかにいたわけです。ところが今ではそういう層そのものがどんどん薄くなってきて、文化の担い手は完全に大衆化している。その中で深い物語とか深い文学を書くのにはどうすればいいのかということが問題になってくる。

そういうふうに教養体系みたいなものがガラガラ変わっていく中で小説がどのようにして生き残っていけるのかということを、僕は、やっぱり考える。文学というのは別にそういうこと考えなくていいんだと言われればそうなのかもしれないけど、僕が考える物語というのはそうじゃないんです。僕は文芸社会の中で育ってきた人間じゃないから、やっぱりひとりの生活者として、生活の延長線上にあるものとして、文学を考えます。僕の考える物語というのは、まず人に読みたいと思わせ、人が読んで楽しいと感じるかたち、そういう中でとにかく人を深い暗闇の領域に引きずり込んでいける力を持ったものです。できるだけ簡単な言葉で、できるだけ深いものごとを、小説という形でしか語れないことを語る、というのをしないことには、やはり、負けていくと思う。もちろん、ごく少数の読者に読まれる質の高い小説もあっていいと思います。そういうものを否定するわけじゃない。でも僕が今やりたいのはそういうものじゃない。

僕はむしろ文学というものを、他のものでは代替不可能な、とくべつなメディア・ツールとして、積極的に使って攻めていきたいというふうに考えるんです。物語の力というものがある限り、それはじゅうぶん可能なことだと思います。だって文学っていうのは最古のメディアのひとつですからね。再編成の時期というのは言い換えれば、なんでもできるチャンスに満ちた時期のことでもあるんです。

「書くことは、ちょうど、目覚めながら夢見るようなもの」

聞き手　ミン・トラン・ユイ

magazine littéraire　2003年6月号 ／フランス

近づきやすいが、とらえがたい――。心に響く繊細な村上春樹の作品は、いつも魅力的だ。寓話のような彼の小説は、あらゆる事象、あらゆる存在の影の部分をさぐるために、さまざまなジャンルを混ぜあわせる。これは日本社会の周縁をさぐる作家への、独占インタビューである。

「そう、たしかに魅力があるね、魅力が」。フィッツジェラルドは自作について、こう述べていた。『夜はやさし』や『崩壊』を書いたこの作家を日本語に翻訳した村上春樹の作品についても同様のことが言えるだろう。特有の音楽、定義しがたい気品、どんな分析にもあらがう魅力が、熱狂的な支持者をもつ、この分類不可能な作家の作品には満ちあふれている。村上は、「難攻不落の要塞」との評判をもつ作家でもある。ほとんどインタビューを受けず、受けるとしてもつかの間の外国訪問時だけだという彼が、『マガジン・リテレール』誌の独占インタビューを承諾してくれた。対話の際、彼はこうし

た類の活動は好きではないと認め、批評家だからといって相手を信頼するようなことはなく、自分は読者しか信じていない、とつけ加えた。それでも彼は、自分にとって書くことが何を意味するのかを情熱をこめて語り、できるかぎり正確かつ的確であろうとしてくれた。このインタビューは、村上が完璧に使いこなす英語で行われた。彼は、フィッツジェラルドの他にも、レイモンド・チャンドラー、ジョン・アーヴィング、レイモンド・カーヴァーを日本語に翻訳している。アングロサクソン系の小説を愛してやまない村上は、日本文学の中に大衆文化（ポップ・カルチャー）を導入した最初の一人であり、それは、形式美を基礎とする伝統的な散文の支持者たちとは逆を行く流れだったのである。

長編小説家であり短編小説家である村上春樹は、長いあいだ、日本における文学のロックスターとみなされてきた。『ノルウェイの森』――一九六〇年代から七〇年代に学生時代を過ごした六人の人物たちの通過儀礼の記録であり、言いあらわしがたいノスタルジーの刻印でもある作品――は二百万部を売上げたのである。もっとも権威あるアメリカの大学は、アメリカに滞在するよう彼を招待し、ロシアにおいてもめざましい成功をおさめた。彼が比較されたのは、誰あろう、ドストエフスキーなのだ。ニュアンスの達人、ありそうにない関係の繊細な歌い手（『国境の南、太陽の西』、『スプートニクの恋人』、『ノルウェイの森』）、幻想的な寓話の作者であり（『世界の終りとハードボイルド・ワンダーランド』）、通過儀礼的な探究をうらに秘めた疑似探偵小説の作者（『羊をめぐる冒

険』、『ねじまき鳥クロニクル』)。彼は、もちまえの独立精神から日本を離れることを決意し、アメリカに移り住む。一九九五年に起きた阪神大震災とオウム真理教による地下鉄サリン事件をきっかけに、村上は短編集『神の子どもたちはみな踊る』を執筆し、サリン事件の被害者の証言を集めた『アンダーグラウンド』(フランス語未翻訳)を出版した。同じ時期に、彼は東京に戻り、以来、そこで八年間暮らしている。日本の産業社会に順応することを拒む態度や、日本社会へのきわめて批判的な見解で知られる村上は、日本の若い世代の深層レベルでの趣味嗜好や関心を浮き彫りにし、彼らの反抗と彷徨にかたちを与えてきた。世界中の無数の読者を魅了してきた彼は、五十四歳になった今、静穏を見出しているように見える、幾年にもわたる流浪のあとで……。

——あなたの作品には、西洋の大衆文化(ポップ・カルチャー)への言及がちりばめられています。たとえば『ノルウェイの森』ではビートルズの歌、『世界の終りとハードボイルド・ワンダーランド』ではハリウッド映画、『国境の南、太陽の西』にはジャズがいたるところに、といった具合に。これは、三島由紀夫、川端康成、谷崎潤一郎らによって体現されてきた伝統的な日本文学と手を切るための手段なのでしょうか。

村上　若い頃、僕はビートルズやドアーズを聴き、アメリカの小説、ミステリー、サイエンス・フィクションを読み、フィルム・ノワールの映画を見ていました。こうした大衆文化（ポップ・カルチャー）の音楽・小説・映画にどっぷりつかっていたんです。自分がかつて好きだったもの、そして現在でも好きであり続けているものについて語りたいと思った。それは僕の世界の本質的な一部分であり、自分を語るためには欠かせない話題でした。一種のオマージュですね。僕は三島や川端とは、多くの点でまったく異なります。とりわけ文体がちがいますが、しかしそれだけではありません。彼らの散文は形式美に重きをおいたものであり、曖昧で、高踏的で感情で飾りつけられています。僕が求めているものは自然でシンプルな文章です。しなやかで、飾りけのないものです。これが、多くの伝統的な日本人作家と僕をへだてるものです。それが何を意味するにせよ、彼らのいう「伝統への義務」など、僕は信じていません。

――けれども、あなたが日本で翻訳したフィッツジェラルド、カーヴァー、レイモンド・チャンドラー、ジョン・アーヴィングといった人たちには、おそらく、何か負うものがあるのではないでしょうか。

村上　そのとおりです。僕を導く教師や助言者となってくれたのは、自分で翻訳したテクストでした。翻訳と執筆活動が、似ているだけにそうなります。というのも、小説

を書くときは、僕のなかにオリジナルとなるテクストがあるんですが、自分でそれを言語へと、散文へと翻訳するんです。日本語は、英語やフランス語やドイツ語といった西洋の言語とはまったく別ものですから、それを日本語に翻訳するときには、実際のところ、文の意味をある場合にはゼロから再構築しなければなりません。完全に別個の、形成作業なんです。書き、考えるうえで、翻訳は基礎となる位置を占めてきましたし、今でもそれは変わりませんね。

――大衆文化（ポップ・カルチャー）への言及は、あなたの本が、国際的な読者層にアピールすることを可能にしています。

村上　世界中で読まれる作家になることなど、まったく考えていませんでした。そうしたカルチャーについて語ること自体、単に楽しかったんですよ。またその一方で、僕の小説の主人公がレイディオヘッドやプリンスを聴いていると書けば、あなたも僕も何について語っているかわかりますから、感情を共有し、つながりが生まれます。それは何かしらの意味を持つことです。主人公がバーガーキングやマクドナルドに昼食をとりに行った、と言えば、あなたは情景を想像することができます。ある意味、こうしたマークやお店やロゴは、僕ら全員が今日共有しているもののひとつの象徴ですよね。もちろんそんなことを意図してやっていたわけではありません。僕にはその方がよりリアル

に感じられただけです。

――それは、あなたの主人公たちがシステムを拒絶することをさまたげませんよね。一般に日本的な生き方と結びつけられる、きつい労働やあわただしい生産性といった法則を、彼らは尊重しないわけですから。

村上　僕が学生だったのは、一九六八年から一九六九年という、カウンター・カルチャーと理想主義の時代でした。既成秩序に対する革命や蜂起を、人々が夢見ていたんです。そうした日々は過ぎ去り、僕は大学の卒業証書を手にしました。けれども、僕はどんなオフィスにも、どんな会社にも所属したくなかった。ただ自分自身でありたかった。ひとり独立してね。派閥や集団を基本にする日本のような国においては、簡単なことではありませんでしたが、それを実行することができました。僕は、クラブや流派にはいっさい属していません。二十五年間執筆していますが、同僚も、文学的な友人もとくにいません。小説を書きはじめた頃、個人主義的な人物たちを描き、社会規範の周縁で人々がどのように暮らしているのかを書こうと考えたのは、自然なことでした。

――あなたの著作は、疎外から逃れる手段についての寓話なのでしょうか。

村上 そうだと思います。しかし、ここ三十年のあいだに日本社会は変わりました。構造や「組織（システム）」は、少なからず弱体化しました。それはかつてはたいへん強固で安定したものでした。しかし、もはやそうではありません。第二次世界大戦が終わったあと、人々は国の再建のために懸命に働き、多くの犠牲をいといませんでした。労働は豊かさをもたらし、豊かさは幸福をもたらす、と考えられていたんです。ナイーブに思えるかもしれませんが、こうした確信を、人々はほんとうに長いあいだもちつづけていました。そう信じていたからこそ、僕の両親の世代や僕自身の世代の人々は、あれほどハードな労働をしてきたんです。そして、「バブル経済」の時代である一九八〇年代に、物質的な快適さをついに手に入れました。僕らはどこかで自分を見失ってしまったと感じており、自分たちの価値や特性をふたたび問いなおさなければなりませんでした。「幸せになること」が、あらたな信仰箇条となったんです。そこに到来したのが不況であり、景気後退は十年以上続いています。思うんですが、ある意味これは、僕らの国にとってむしろ利益になることかもしれない。いま僕たちには、じっくり考える時間があるということですからね。つまり、別の道を見出すための時間が。

――現代の日本文学もまた、そうした関心を反映しています。村上龍やよしもとばななは、そのように見受けられます……。

村上 村上龍もよしもとばななも優れた才能を持つ作家であり、彼らの本を、とくにそのいくつかを僕も高く評価しています。しかし告白しなければなりませんが、翻訳と自分自身の本の執筆とがあって、日本の作家を読む時間がそれほどないんです。たしかなのはここ二十年のあいだに、日本文学が大きく変質した、ということです。かなりラディカルな変化です。かつての束縛は、基礎に関しても形式に関してもずいぶん弱くなりました。

――あなたは、ラブ・ストーリーの図式(『ノルウェイの森』)や、ハードボイルドやSFの図式(『世界の終りとハードボイルド・ワンダーランド』)を使ってみせるようなことを好んでなさいます。またときには、こうした図式を混ぜあわせることもあります(『スプートニクの恋人』、『ねじまき鳥クロニクル』)。なぜでしょうか。

村上 それは僕の読書歴に由来します。とても奇妙で混沌とした読書歴です。十八歳の頃、僕は十九世紀ヨーロッパの古典を読んでいました。主にトルストイ、ドストエフスキー、チェーホフ、バルザック、フロベール、ディケンズです。彼らは僕のヒーローでした。彼らの小説のなかにひたりながらほとんどの時間を過ごしていましたが、文学に関して、彼ら以上にうまくやることなんて不可能だった。その後、高校生のときから

英語で本を読むようになりました。そしてハードボイルドとサイエンス・フィクションの世界を発見し、レイモンド・チャンドラー、カート・ヴォネガット、リチャード・ブローティガン、それにスコット・フィッツジェラルドを発見したんです。すべて英語で読みました。これはまったくあたらしい経験で、僕を大きく変えることになりました。つまり、僕の教養の基礎は、古典と、大衆文化につながる文学との混淆なんですよね。ミステリーやSFなんかの図式と構造を使うのが好きなのは、それが僕にとってとても使い勝手がいいからです。もしお望みなら、ちょうど脱構築の作業のようなものだと言ってもいい。僕は内容ではなく、容器を借りうけているんです。

――たとえば、あなたは探偵小説というジャンルを活用しています。語り手は謎に直面する男で、手がかりを発見するものの、それは謎の解決というよりむしろ、彼自身の未知の部分へと導いてゆく、といったような……。

村上　僕の本の主人公はたいていの場合、その人にとって重要な何かを探しています。たとえば『羊をめぐる冒険』の語り手は、タイトルになっている羊を探していますし、『世界の終りとハードボイルド・ワンダーランド』の語り手は博士――この博士のために彼は仕事をしたわけですが――の跡を追いますし、『ねじまき鳥クロニクル』の語り手は、自分の妻を探そうとしています。これらの作品すべてが、奇妙な状況をくぐりぬ

けながら、冒険の途中で変化が起こり、欲していたものを見つけることで終わります。しかしそのあいだに、探していたものが意味を失ってしまい、目的に到達することがたいして重要ではなくなってしまう。物語は、しかしネガティブなわけではありません。というのも物語の真の意味は、探そうとするプロセス、つまり探究の運動のうちにあるんですから。主人公は、はじめとは別人になっています。重要なのはそのことなんです。

――それは通過儀礼の一種なのでしょうか。

村上 ええ。そして主人公が体験する冒険は、同時に、作家としての僕自身が体験する冒険でもあります。書いているときには、主要な人物が感じていることを僕自身も感じますし、同じ試練をくぐりぬけるんです。言い換えるなら、本を書き終えたあとの僕は、本を書きはじめたときの僕とは、別人になっている、ということです。小説を書くことは、僕にとって本当にとても重要なことなんです。それはたんに「書くこと」ではありません。数ある仕事のうちのひとつというわけにはいかないんですよ。あなたがおっしゃったように、それは通過儀礼のひとつのあり方でしょう。さまざまな障害に直面する主人公とともに、僕も進化するんです。

――あなたはこう言明されたことがあります。物語を書きながら自分自身の物語を探

している、表面を掘り下げるのは深いところにある自分の魂に達するためだ、と。

村上　ええ。書くことによって、多数の地層からなる地面を掘り下げているんです。僕はいつでも、もっと深くまで行きたい。ある人たちは、それはあまりにも個人的な試みだと言います。僕はそうは思いません。この深みに達することができれば、みんなと共通の基層に触れ、読者と交流することができるんですから。つながりが生まれるんです。もし十分遠くまで行かないとしたら、何も起こらないでしょうね。

――あなたの作品において問題になっているのはいつも、境界線の向こう側、つまり身体と心、生と死、現実と別次元（パラレル・ワールド、無意識など）の境界線の向こう側に行くことです。ある種の動物、たとえば『羊をめぐる冒険』と『ダンス・ダンス・ダンス』の羊男や、『世界の終りとハードボイルド・ワンダーランド』の一角獣は、こうした境界線を越えることを可能にしてくれています。こうした動物たちはどこからやって来たのでしょうか。

村上　イメージをつかって、お答えしましょうか。仮に、人間が家だとします。一階はあなたが生活し、料理し、食事をし、家族といっしょにテレビを見る場所です。二階にはあなたの寝室がある。そこで読書したり、眠ったりします。そして、地下階があり

ます。それはもっと奥まった空間で、ものをストックしたり、遊具を置いたりしてある場所です。ところがこの地下階のなかには隠れた別の空間もある。それは入るのが難しい場所です。というのも、簡単には見つからない秘密の扉から入っていくことになるからです。しかし運がよければあなたは扉を見つけて、この暗い空間に入っていくことができるでしょう。その内側に何があるかはわからず、部屋のかたちも大きさも分かりません。暗闇に侵入したあなたはときに恐ろしくなるでしょうが、また別のときにはとても心地よく感じるでしょう。そこでは、奇妙なものをたくさん目撃できます。目の前に、形而上学的な記号やイメージや象徴がつぎつぎに現れるんですから。それはちょうど、夢のようなものです。無意識の世界の形態のようなね。けれどもいつか、あなたは現実世界に帰らなければならない。そのときは部屋から出て、扉を閉じ、階段を昇るんです。本を書くとき僕は、こんな感じの暗くて不思議な空間の中にいて、奇妙な無数の要素を眼にするんです。それは象徴的だとか、形而上学的だとか、メタファーだとか、シュールレアリスティックだとか、言われるんでしょうね。でも僕にとって、この空間の中にいるのはとても自然なことで、それらのものごとはむしろ自然なものとして目に映ります。こうした要素が物語を書くのを助けてくれます。作家にとって書くことは、ちょうど、目覚めながら夢見るようなものです。それは、論理をいつも介入させられるとはかぎらない、法外な経験なんです。夢を見るために毎朝僕は目覚めるのです。

――セックスもまた、別次元へと移るための橋の役割をしているように思えます……。『ノルウェイの森』、『ねじまき鳥クロニクル』、『スプートニクの恋人』などに性的な場面があるのは、そうした理由でしょうか。

村上 ええそのとおりです。セックスは鍵です。夢と性はあなた自身のうちへと入り、未知の部分をさぐるための重要な役割を果たします。僕はセックスの場面を描きすぎる、と言われることもあります。そのことによって批判されもしたわけですが、しかし、そうした瞬間を含めるのは必然的なことだったと考えています。そうした場面は、先ほどお話しした隠れ扉を、読者が自分で開くことを可能にしてくれるからです。僕は読者の精神を揺さぶり、ふるわせることで、読者自身の秘密の部分にかかった覆いをとりのぞきたい。それでこそ、読者と僕のあいだに、何かが起きるんです。

――日常的な安心や、日常的な現実の価値の一切に対して、問いを投げかけたい、ということでしょうか。

村上 自分たちは比較的健康な世界に生きている、とみんな信じています。僕が試みているのは、こうした世界の感じ方や見方を揺さぶることです。僕たちは、ときに、混沌、狂気、悪夢の中に生きています。僕は、読者がシュールレアリスティックな世界、

暴力や不安や幻覚の世界に潜ってゆくようにしたい。そうすることによって、人は自分の中に新しい自分を見出せるかもしれません。

——同時にあなたの書くものは、伝統的な日本の詩歌にとって重要な〈もののあわれ〉の痕跡といいますか、「ものごとの胸をさすようなメランコリー」を帯びています……。

村上 僕らは、ひとつの世界、この世界に生きていますが、しかし、その近辺には別の世界がいくつも存在しているのだと思います。もしも、あなたがほんとうに望むなら、壁を通りぬけて、別の世界へと入っていくことができるでしょう。ある意味、現実から自分を解放することは可能なんですよ。それこそ、僕が自分の本のなかで試みていることです。それはたいへん東洋的で、アジア的な考え方だと思います。日本や中国では、並行する二つの世界があって、そのあいだにある架け橋が、一方の世界から他方の世界への移動を難しくしすぎないようにしている、と考えられています。西洋ではそんなわけにはいきませんよね。この世界はこの世界、あの世界はあの世界、といった具合になっています。分離は厳格です。乗り越えるにしては、壁はあまりにも高すぎ、あまりにもしっかりしています。しかしアジア文化はちがうんです。僕が思うに、〈もののあわれ〉が描いているのは、こうした状況です。『ノルウェイの森』には、六人の登場人物

がいます。三人が生き残り、三人は亡くなり別世界へと移ってゆきます。つまり自殺するわけですが。地上世界にとどまった三人は、しかし最終的には、この世界がいかに不安定なものであるかを悟ることになります。これが〈もののあわれ〉の形式なんです。奇妙なことに、『ノルウェイの森』を書きはじめたとき、六人のうちの三人が死ぬというアイディアをもっていましたが、しかし誰が死ぬのかはわかっていなかった。書きながら、いったい誰が生き残り、誰が死ぬんだろう、と自問していたんです。

――つぎに何が起こるか、書く前には決してわからないのですか。

村上　わかりませんね。僕は即興性を大事にしますから。もし物語の結末がわかっているなら、わざわざ書くには及びません。僕が知りたいのはまさに、あとにつづくことであり、これから起こる出来事なんですから。ある種の物語は、ページをめくるたびごとにたえず進化しつづけるものですが、そんな本を僕は書きたいんです。

――『国境の南、太陽の西』は、『ノルウェイの森』と共鳴しているのでしょうか。

村上　この二つの作品で僕が書きたかったのは、愛していた人が破滅し、いなくなってしまったとき、何を感じるかです。希望や意志をもっていた人。愛に飢えて、道に迷

ってしまった人。道を外れ自分を喪失してしまった大切な人たちを、たくさん知っています。僕が彼らのためにできる唯一のことは、既にいなくなってしまった彼らについて書き記すことです。彼らと共に失われてしまった希望について、目的の不在、道標の喪失についてね。導きの糸になったのは、感情でした。物語において、感情は本質的です。うまく構成されたとても良い物語を書くことはできても、それを引き受け、ふくらませる感情がなければ、何の意味もないんです。

——阪神大震災と東京の地下鉄サリン事件もまた、そうした人々について書き、日本へ帰国するよう、あなたをうながす「感情」の原因になったのですか。

村上 そうです。僕は、一九九一年から一九九四年のあいだに書いた『ねじまき鳥クロニクル』を出版したところでした。三年かかったのは、とても長い物語であったうえに、内容が野心的なものだったからです。いわばその副産物として中編小説も一冊その間に出版しました。そのあと僕は、ほぼ一年間休んでいました。この休息のあいだに、神戸で地震が起こり、オウム真理教が東京の地下鉄を襲撃しました、ほんの二カ月余りのあいだにです。すごくショックでした。そのころ僕は数年前から日本を離れていました。というのも日本はいろんな意味で住みづらく、執筆のための十分な平穏さを得られませんでしたから。ですから、いわばアメリカに「亡命」していたときに、テレビで事

件を見たことになります。日本に帰国して自分の国のために、自分の読者や自分の同郷人のために何かしなければならない、と感じました。それで日本に戻って、サリン事件の被害者にインタビューをしたんです。何十人という人に会い、また何十人に会うといった具合です。彼らが個人的に面と向かって打ち明けてくれた話を聞いたんです。さまざまな意味合いで心をうごかされました。被害にあったのは、朝の地下鉄につめ込まれて通勤し、働きづめになっているような、ふつうの人々だった。彼らの話を聞きながら、心を打たれました。僕が意識的に避けて遠ざけてきた社会に、彼らが属しているにもかかわらずです。順応主義、過剰労働……こうした生き方がずっと好きではありませんでした。しかしこうした人々の話は素直に感動的で、彼らは、僕を人間としても作家としても変えてくれたんだと思います。つぎに書きたかったのは、地震についてでした。僕は神戸出身で、そこは自分が育った街なんです。両親の家は地震で被害を受けて、住めなくなりました。このとき書きたかったのはノンフィクションではなく、短編集でした。サリン事件の被害者から話を聞いたあと、僕は多くの物語、多くの声をためこんでいたので、『神の子どもたちはみな踊る』を書くことは、それほど厄介な作業ではありませんでした。この本が描いているのは、地震そのものではなくて、あの災厄がさまざまな人物の生活に与えた結果や反響です。この一連の物語を書くことは僕にとって大きな意味を持っていました。そうする義務と必要性を感じていたんです。

——日本にいらしたときは、大衆文化（ポップ・カルチャー）によって、あるいは、ヨーロッパやアメリカへの旅行によって、日本から逃れたかったんですよね。けれどもいったんアメリカに住んでみると、今度はご自身の起源へと戻る必要を感じた……。

村上　アイデンティティーの問題ではないです。そうじゃなくて、小説家として、そして、人間としての責任が問われていたんです。自分が育ってきた、そして今でも否応なく含まれているコミュニティに対して、僕は作家として何かをしなければならない、と感じていました。要するに成熟の年齢に達していたということでしょう。いつまでも反抗したり抵抗したりしていても仕方ない。

——『ねじまき鳥クロニクル』のなかで、第二次世界大戦中の犯罪と恐怖に取り組んだのも、そうした責任について関心があったからなのでしょうか。

村上　僕が生まれたのは一九四九年で、戦後です。ある人々はこう言います。「私たちに責任はない、事件が起きたあとに生まれたのだから」、と。僕の意見は違います。なぜなら、歴史とは集団的な記憶だからです。自分たちの父親の世代に関して、僕らには責任がある。戦争中に僕らの父親たちがなしたことについて、僕ら自身にも責任があります。あのような残虐行為を書いたのは、そういう理由です。僕らは、自分たちのう

ちにそうした記憶を共有物として保存しておかなければなりません。

——今あなたは、日本で生活していらっしゃるのでしょうか。もう一度日本を離れたいというお気持ちはありませんか。

村上　何年間か、僕は日本国外で暮らしてきました。イタリア、ギリシャ、そして特にアメリカ。アメリカの複数の大学が招聘(しょうへい)してくれたんです。しかし本音を言えば、大学人といっしょにいても、ここが自分の場所だという気はあまりしません。彼らには、彼らなりのグループがあり、政治みたいなものがあります。僕の生きている世界とはやはり成り立ちが少し違います。そういうこともあって今は、日本に留(とど)まっているわけです。かつてより強くなり、それなりに自信も生まれたので、たとえ東京に暮らしていたとしても、自分自身の世界を守れるようになりました。自分の生活スタイルと生活様式を確立したんです。一年のうちの二カ月か三カ月は日本の外で暮らしていますが、今では、自分なりの流儀で東京で暮らすほうが、他の場所で暮らすよりも楽ですね。

——あなたの著作のなかに繰り返し現れるモチーフのひとつが、猫です。『羊をめぐる冒険』の語り手が調査を引き受ける条件は、誰かが彼の猫の世話をしてくれるという

ことでした。『ねじまき鳥クロニクル』では、主人公の妻がいなくなる前に、猫が失踪しています。『国境の南、太陽の西』の二人の主要な登場人物は、猫への愛を共有していました……。

村上　ハジメと同じように、僕は一人っ子でした。両親と僕一人が生活していた家で、僕は自分だけの独自の世界をもっていました。その世界を構成していた三つの主要な要素が、音楽と本と猫だったんです。僕の世界の支柱だったんですよね。この三つとも愛してましたし、今でも愛してます。猫に対しては、ずっと特別な感情を抱いてきました。猫を飼っていないのは、妻と僕があまりにも旅行ばかりで、世話をすることができないからです。けれども公園や道端で猫を見かけると、寄っていってしまいますし。猫は落ちついていて、ミステリアスなんですよね。おそらくだからこそ、猫について書くんだと思うんですが。

――村上さんの本はすべて、ご自身の趣味や見聞きしてきたもの、ご自身が愛していらっしゃるものから多くを借りうけています。一人称を頻繁（ひんぱん）に用いるのも、そのためでしょうか。

村上　そうです。だけど、僕は文体を少しずつ変えていきました。当初、僕はすべて

の本を一人称で書いていて、登場人物に名前をつけることすらできなかったんです……。それが六年間続きます。それから進化しました。『神の子どもたちはみな踊る』は、どの短編でも一人称を使っていませんが、それははじめてのことです。最新刊の『海辺のカフカ』では、半分が三人称で語られています。すこし知的障害のある老人がでてくるんですが……、彼は猫と語りあうことができます（笑）。

――『海辺のカフカ』について簡単に教えてくださいますか。

村上　これは十五歳の少年の物語なんですが、僕にとっては賭けでした。これまでの登場人物はたいてい二十代か三十代ですから。僕は考えました、今度はどうしよう。五十代か、それとも、少年か。それで後者の可能性を選んだんです。少年について書くことは素晴らしいことでした。僕自身が十五歳だった日々に戻ることができたんです。その頃の記憶は鮮烈で新鮮だったので、本の空間においても、少年の眼で世界を見ることができました。作家であることの素晴らしさですよ。本気で願うなら、誰にでもなることができるんです。そして、もし十五歳のときに感じていたことを、僕自身が本当に経験できたなら、読者もまた同じ経験をし、この感情を共有することができる。それは、物語からの最高の贈り物です。僕が生きるのをそれは助けてくれます。僕らの存在はときにあまりにも孤立していますが、物語があれば、もう一人ではありません。僕らは、

心と心で、精神と精神で伝えあうことができるんです。それはいつでもやって来るというようなものではありませんが、しかし、そういったことが生まれるのはたしかです。何にも替えがたい力ですよ。

——あなたがおっしゃったことは、『スプートニクの恋人』を思い起こさせます。登場人物の一人が説明するところによると、「スプートニク」は「旅の連れ」を意味し、人工衛星スプートニク号は地球に近づくことのないまま、軌道をまわるはめになっている……。

村上 僕たちはいつも、たがいにすれちがっています。相互に理解しあうことはできますが、一般的に言って、距離は残る。交差し別れながら、前進を続け、出会いの素晴らしい記憶とともに生きつづけるんです。ちょうど二基の人工衛星が、たがいの軌道を宇宙空間のなかで追いかけあうようにね。僕たちはふれあい、結びつき、思い出を共有して別れる。この思い出は、僕らの心を温め、勇気づけるものです。本質的なのは、この点にあります。良い物語や良い本というのは、そのために存在するんです。『海辺のカフカ』の出版後、僕はインターネット・サイトを開設しました。六千通のEメールを受けとり、すべてに目を通しました。返信したメールは、千通以上になります。毎日、返事を書いていたんですよね。それはとても魅力的で、重要なことでした。なぜなら、

読者と直接意見を交わすことができたんですからね。シンプルに素晴らしいことです。僕は読者について、どのような人が読者なのか、彼らが何を感じ考えたのかを知ることができました。僕は批評家の書いたものはほとんど読みませんし、そこに何が書かれているか特に気にしませんが、しかし読者のことは信頼しています。『海辺のカフカ』は三十万部売れましたが、数は何も意味しません。重要なのは、この数の背後にどのような人々がいるのかを知ることなんです。あのサイトはだから、僕にとって重要なものだった。読者によって支えられていると感じました。ある人は僕の本を批判し、失望したと言いましたが、肝心なのはその点ではないんです。全員を満足させることができないのは、よく知っていますから。素晴らしいのは、読者と連絡をとり、読者にこの手でふれることができた、ということです。インターネットは、僕にとって理想的なメディアかもしれません。古代アテナイのような、直接民主制なんですよね。人々が面と向かって直接語りあうことができて、障害もありませんし。仕事をする時間がなくなってしまうので、僕がサイトを閉めなければならなかったとしても、考えに変わりはありません。

――『スプートニクの恋人』は、あなたが影響を受けた主要なもの――恋愛物語と幻想的次元――の遭遇なのでしょうか。

村上　僕自身がそういった言葉で、考えていたわけではありません。やりたかったの

は、恋愛の三角関係を、古典的図式をずらしつつ書くことだったんです。ずらす、というのはこの本の三角形には、レズビアン同士の関係が含まれているからですが。語り手は、三角形のなかでも弱い一点になっています。彼の役割は二人の女性の物語を語り、起こっていることを目撃することにほとんど限られています。彼が読者にとっての「目」の役目を果たすことになります。僕はレズビアンについて何も知らなかったから、想像力を使ったんですけどね。二人の女性のあいだでどのようにことが運ぶのか、知ることができたような気がしました。『スプートニクの恋人』は、死産の恋、はじまったときから有罪宣告されている恋愛について語っています。これは自分でも気に入ってる物語なんですが、なぜなのかは分かりません……。

――現在は、どのようなお仕事をなさっているのでしょうか。

村上 何もしていません、休んでいます。昨日カズオ・イシグロに会ったんですけどね、彼は一冊の本を書くのに三年をかけ、それから一年間は、旅行をし、ジャーナリストに会い、外国に行くなどして過ごすそうです。それはここしばらく、僕がしていたことでもあります。この秋には、仕事を再開しようと思います。書くことは、たくさんの力とエネルギーを必要とする。そのエネルギーを休んでいる間に蓄積しなくてはなりません。仕事をするために、僕は朝四時に起き、九時まで執筆します。とても集中するの

で、五時間後には完全にへとへとですよ。残りの時間は、スポーツをしたり、水泳をしたり、走ったり……。僕が自分に課しているのは、毎日のリズムであり、規律です。書くためには、守るべき自分自身の規則をつくり、しっかりと確立させる必要があるんです。一冊の本を仕上げると、僕はからっぽになります、何も残りません。

——これから、ジャーナリストたちに会うためにロンドンに出発されるのですよね。

村上　そうです。それもまた疲れることなんですが、疲れ方が違います……。インタビューは好きではありません、心地いいものではありませんよ。僕の仕事は書くことであって、話すことではないんですから。自分の感情、どのように書いたのか、自分が書きたかったこと、なぜそうしたのか、などを説明するのが容易ではなくなることがあります。書いているときは本能的にわかっているのに、自分のことを説明する段になると、僕は語り得ないものについて語っているんだと気づくんです。

お金で買うことのできる
もっとも素晴らしいもの

ロシアの読者からの質問

BBCRussian.com　2003年10月／ロシア

ロシア人読者から寄せられた僕に対するいくつかの質問に、メールで答えてくれないかという依頼が、ＢＢＣが運営するBBCRussian.comというウェブサイトからあった。二〇〇三年九月のことで、一問一答がサイトに掲載されたのは翌月である。質問はロシア語から英語に訳されたかたちで送られてきて、僕がそれに日本語で答え、メールでロンドンに送り、それがロシア語に訳されるという、いささか複雑な経路を経たようだ。もちろんここに掲載されたのは、僕が答えた日本語のオリジナル回答だ。同じフォーマットで、政治家やミュージシャンや実業家などに読者が質問を寄せるというシリーズ企画であるらしい。

（村上）

——文学史の中で、出版されるべきではなかったと思われる本はありますか？

アルチョム・クリメンコ（ロシア）

村上　とても面白い質問で、そんな質問をされたのは生まれて初めてです。ちょっと考えてみたいのですが、僕がこれまでに読んだ中では、そういう「出版されるべきでは

を含んで、世界は流れていきます。

ら、それはそれで息苦しい世界になってしまうような気がします。誤差や無駄や間違い

は思いません。世の中からくだらない本、価値がない本がまったくなくなってしまった

ともに、自然に忘れられていくものだし、あえて「出版すべきではない」というふうに

がない、と思った本はもちろん少なからずあったけれど、そういうものは時間の経過と

なかった」という本は、一冊も思いつきませんでした。つまらない、くだらない、価値

——小説のプロットは経験に基づいたものですか、それともすべて想像の産物なのですか？

ラリーサ（ロシア）

村上　百のうち九十までは、自分では実際には体験したことのないことです。僕自身の実際の人生は、かなり退屈で、物静かなものです。しかし、どのようなささやかな、日常的なことからでも、大きな、深いドラマを引き出していくのが、作家の仕事であると思います。小さな、日常的なものごとからその本質を抜き出し、その本質を別のものに——より強くカラフルなものに——置き換えていくわけです。それがフィクションです。

それから僕は他人の話をわりに熱心に聞きます。まわりの人々の様子を観察するのも

好きです。「人を観察するのは好きだけれど、判断を下すのは避ける」というのも、作家の性向のひとつです。そういういろんな要素を組み合わせて、そこから我々は物語を作っていきます。

——論理的に説明できないものごとに遭遇したことはありますか?

アレクサンドル・ヴォルコフ(イスラエル)

村上 僕は論理的な解析ということに、あまり重きを置いていません。むしろ論理的に解析できない、説明できない、という種類のものごとを好みます。しかし超自然的なものごと、オカルト的なものごとを愛好するわけではありません。僕はそういう種類のものごと——つまり占いとか、正夢とか、幽霊とか、超自然現象とか、UFOとか、宗教的奇跡とか——にはほとんどまったく興味を持ってはいません。そういうことはひょっとしたら本当にあるのかもしれないけれど、個人的に興味はない、ということです。僕が個人的に興味を持っているのは、人間が自分の内側に抱えて生きているある種の暗闇のようなものです。その暗闇の中ではいろんなことが、あらゆることが、起こります。僕はそれらのものごとをしっかりと観察し、物語というかたちで、そのままリアルに描きたいのです。解析したり、説明したりするのではなく。

──私は北ロシアの小さな町に住んでいるんですが、そんな地方図書館にもあなたの本があります。私は村上さんの本がとても好きです。確固としたところ、軽はずみなところがまったくなくて……。村上さんは今のロシアでいちばん人気のある──他のたくさんの国の作家よりももっと人気のある作家なのですよ。このことをどう説明されますか？

ヴラディ（ヤクーチヤ、ロシア）

村上　僕の作品がどうしてロシアでそれほど人気があるのか、正直言って、僕にはよくわかりません。そういう理由を考えたり説明したりするのは、僕の役目ではなく、もっと違う人の役目だと思います。たとえば評論家とか、学者とか、ジャーナリストとか。僕はとても単純に、机に向かって小説を書いているだけの人間です。でも、僕は若い頃からずっとロシア文学を愛好してきた人間なので、僕の作品がロシアで広く受け入れられるということを、とても嬉しく思っています。

ただ、僕は想像するのだけれど、ロシアは社会的に見ても、文化的に見ても、現在大きな移行期にあるようだし、そういうダイナミックな価値変換の中で、僕の書いたものが、多くの読者の心に、たまたまうまくヒットしたのかもしれません。僕が、僕の小説の中で描きたかったことのひとつは、「深い混沌の中で生きていく、個人としての人間の姿勢」のようなものだったから。

——あなたはお金のために書いているのですか？　それとも執筆に専念するだけの金銭的な余裕があるのですか？

ジェヌア・アンナ・リント（ウクライナ）

村上　僕のいちばん大きな関心は、今のところ、より優れた、より大きな作品を書くことにあります。そして、お金で買うことのできるもっとも素晴らしいものは、時間と自由である、というのが僕の昔から変わらない信念です。時間と自由があれば、雑事に邪魔されることなく、集中して次の小説を執筆することができます。もちろんお金がなくても、ある程度、時間と自由を手に入れることはできます。いちばん重要なことは、お金があってもなくても、自分の魂をどこまで「飢えた状態」に置いておけるかということだと思います。

いずれにせよ、お金を手に入れるということ自体には、それほど興味はありません。僕の個人的な楽しみは、毎日スポーツをすることと、古いジャズのレコードを収集することです。どちらも、そんなにお金はかかりません。繰り返すようだけど、僕のいちばんの目的は、納得のできる小説を書くことです。

——あなたの作品のなかのミステリアスな出来事はすべて現実生活の状況のメタファ

ーとしてとらえるべきでしょうか？

アイヤ（カザフスタン）

村上　僕の小説に出てくる超自然的な現象は、前の質問の答えにも書いたように、あくまでメタファーです。実際に僕の人生に起こったことではありません。しかし僕が物語を書いているとき、それらの出来事はぜんぜんメタファーではなく、実際にそこで起こっていることです。僕の目の前で、僕の中で、それは実際に起こっています。僕はそれを肌にありありと感じることができます。僕はそれを目撃し、描写します。

小説を書くことは、夢を見ることに似ているかもしれない。それは現実には起こっていないのだけれど、それを見ているときには、その人にとっては、その夢の中の出来事は、実際に起こっているのです。つまり、小説家とは、覚醒しながら夢を見ることができる人々なのだという言い方もできます。それは特別な資格であり、特別な能力であると、僕は考えています。

——二十世紀の偉大な文学作品の後にまだ書くべきテーマがあるでしょうか？　文学にはもはや書くべきテーマも、言うべきものごともない、という意見に同意されますか？

ダヴィッド（グルジア）

村上　バッハとモーツァルトとベートーヴェンを持ったあとで、我々がそれ以上音楽を作曲する意味があったのか？　彼らの時代以降、彼らの創り出した音楽を超えた音楽があっただろうか？　それは大いなる疑問であり、ある意味では正当な疑問です。そこにはいろんな解答があることでしょう。

ただ僕に言えるのは、音楽を作曲したり、物語を書いたりするのは、人間に与えられた素晴らしい権利であり、また同時に大いなる責務であるということです。過去に何があろうと、未来に何があろうと、現在を生きる人間として、書き残さなくてはならないものがあります。また書くという行為を通して、世界に同時的に訴えていかなくてはならないこともあります。それは「意味があるからやる」とか、「意味がないからやらない」という種類のことではありません。選択の余地なく、何があろうと、人がやむにやまれずやってしまうことなのです。

二十世紀の末から、二十一世紀の初めにかけて、僕が一連の小説を書いたことにどのような意味があったのか、それは後世の人が判断することです。時間の経過を待つしかありません。ただ僕としては、意味があるにせよないにせよ、「書かないわけにはいかなかったんだ」ということなのです。

——村上様、私はあなたのファンで、駆け出しのライターです。私のもっとも大きな問題は自分自身にも自分の才能にも自信がもてないことです。村上さんはこんな問題に

直面されたことはありますか？　どうやって克服されたのでしょうか？

マリーナ（ロシア）

村上　僕は二十九歳になるまで、小説を書いたことはありませんでした。二十代の大半を、肉体労働をして過ごしました。そしてある日突然小説を書こうと思って書き始め、そのまま書き続けています。自分の小説家としての能力に疑問を抱いたこともないし、書けなくなったという経験もありません。ただ自然に空気を吸って吐くように、小説を書いてきました。だから、僕のいうことは、あなたの参考にはぜんぜんならないかもしれません。

ただ、僕は思うのだけれど、物語を書けるというのは、素晴らしいことです。それは楽器をうまく演奏できるとか、空を飛べるとか（空を飛べる人は実際にはあまりいないだろうけど）、どこかの海峡を泳いで渡れるとか、ものすごい美女に生まれつくとか、そういうのと同じくらい素晴らしい能力です。もしあなたに物語が書けるとしたら、自信を持つとか持たないかというよりは、まず自分にそういう能力が（多かれ少なかれ）あるのだということに、喜びを感じるべきだと思います。ゼロから何かを生み出すというのは、誰にもできることではありません。あとのことは、あとのことです。

――村上様、ロシア訪問の予定があるというのは本当ですか？　ロシアのどんなとこ

ろを見たいですか？

ニコライ（ペルミ、ロシア）

村上　僕はそろそろ次の作品にとりかかろうと思っているところで、そうなるととても忙しくなるし、長い旅行をしている時間はあまりなさそうです。でもロシアにはいつか行ってみたいと思っています。サハリンにはこのあいだ行ってきました。とても興味深い場所でした。

ただ、僕はとても個人的な人間で、公式なレセプションに出たり、たくさんの人に会ったり、ということがあまり好きではありません。本当は個人的にのんびりと、ロシアを旅してみたいのですが。

——村上さんの本は、コマーシャルな小説とハイブロウな芸術作品の境界線上にありますね。商業的な成功と真の芸術とは両立しえないという人々に対して、どのようにおっしゃいますか。

パーヴェル・ミナコフ（ロシア）

村上　僕は若い頃から、あらゆる種類の本を読んできました。ハードボイルド・ミステリーから、サイエンス・フィクションから、いわゆる純文学まで、手当たり次第に読

みました。そしてすべての種類の小説から、植物の根が栄養を吸収するように、いろんな大事なことを学んできました。僕の小説は、それらあらゆるジャンルの小説的要素を、自然に飲み込んで成立しているのです。

ただ僕は、自分の小説の最終的な目標を、ドストエフスキーの『カラマーゾフの兄弟』においています。そこには、小説が持つすべての要素が詰め込まれています。そしてそれは、ひとつの統一された見事な宇宙を形成しています。僕はそのようなかたちをとった、現代における「総合小説」のようなものを書きたいと考えています。それはずいぶん難しいことかもしれないけれど。

そういう意味では、僕が希求しているのは、あくまで「純文学」に近いものだということになるのかもしれません。しかしそれと同時に、僕は文学世界におけるエリーティズムみたいなものに、どうしても我慢できません。僕が語りたいのは、人の心にまっすぐに届く、正直な物語なのです。そして人が本を読み終えたあと、そのまま夢の中に持ち越されるような、強い、リアルな物語なのです。

ある部分では、僕は娯楽小説の枠組みを利用して、小説を書いています。それはよく指摘されることです。でもその枠組みの中身は、まったく別のものになっています。僕はハードボイルド・ミステリーやサイエンス・フィクションが好きだけど、僕が書きたいのは、そういう種類の小説ではない。僕が書きたいのは――僕が書く小説です。誰のものでもない、僕の小説。ひとことで言えば、そうなります。

——村上様、ロシアで初めて出版された本について教えてください。というのも、その点に関して、ロシアのメディアでは揣摩憶測が飛び交っているので。

マーシャ（モスクワ、ロシア）

村上　ロシアで最初に何が出版されたか、僕にはよくわかりません。たぶん『羊をめぐる冒険』ではなかったでしょうか？　正直なところ、ロシアにおいて実際に何がどうなっているのか、僕にもほとんど事情がわからないのです。むしろ僕の方が教えてもらいたいくらいです。

世界でいちばん気に入った三つの都市

聞き手　ローランド・ケルツ

PAPERSKY　2004年7月号／日本

そもそもの最初から村上春樹は「逃げ出す」ことを求めていた。神戸から東京へと逃れ、東京からヨーロッパへと、アメリカへと逃れた。私が彼に最初に出会ったのは五年前だったが、会ったとたんにこの「芸術の裏にいる」人物に心を惹かれた。ハルキと同じように、私もまた「逃げ出す」ことを求めている書き手である。ただし私の場合、逃げ出す方向は逆だ。私はアメリカを逃れてヨーロッパに行き、それから日本にやって来た。我々は東京とニューヨークのあいだを行き来する互いの日程を調整しながら顔を合わせることになる。私がこのインタビューのために東京に来たのはこの三日前で、翌日にはハルキは機上の人となる。

——自国から遠く離れた場所で執筆活動をする価値とは？　あなたはなぜ、多くの小説を海外で執筆するのですか？

村上　僕は『ノルウェイの森』をギリシャのいくつかの島とイタリア（ローマとパレルモ）で書き、『ダンス・ダンス・ダンス』を主にローマで書き（一部はロンドン）、『ねじまき鳥クロニクル』の前半をニュージャージー州プリンストン、後半をマサチューセッツ州ケンブリッジで書きました。『スプートニクの恋人』はハワイのカウアイ島で書き、新しい作品『海辺のカフカ』は前半部をカウアイ島、後半部を日本（神奈川県の小さな海辺の町）で書きました。短編集『神の子どもたちはみな踊る』は東京の真ん中にある静かな一軒家（出版社の所有していた家）で。僕は小説を書くことについていえば、かなりnomad（遊牧民）的な要素を持っているのかもしれない。だから僕の中では、ひとつひとつの作品が、それぞれの場所に結びついているという印象があります。どれかの作品のことを考えるたびに、それが書かれた土地の光景が、自動的に頭に浮かんできます。

——それぞれの作品を書いた場所を選んだ理由、というのは特別にあったりするのですか？

村上　僕にとっては、小説を書くというのは、すなわちある種の非現実と関わりを持つということなので、ある程度日常生活から離れることが必要になるんです。だからた

ぶん僕はどこか「違った場所」に行って仕事をすることを求めるのだろうと思う。日本でもアメリカでもヨーロッパでも、仕事に自由に集中できる場所であれば、とくにどこでもかまわないような気がします。現在のところはカウアイ島の北部が仕事場としては気に入っています。毎日雨がよく降るので、仕事に集中できるということもあるし。

――場所自体は執筆に影響を与えますか？　それぞれの作品を振り返ってみて、イマジネーションが場所によってどのように色付けされたのか、その色の違いなどを自覚したりしますか？

村上　場所柄が作品に影響するか？　よくわからないけれど、あまりないんじゃないかな。机に向かって集中して、いったん自分の頭の中の世界に入ってしまったら、そこがどんな場所であれ、僕にとってはほとんどどうでもいいことになってしまうから。

――ということは、物理的に旅をしているだけでなく、自身の中へ、イマジネーションとイマジネーションが支配する世界への、抽象的な「精神の旅」にも出ている、ということになるのでしょうか？　以前にも、イマジネーションへの旅は危険がいっぱいだ、とおっしゃっていましたよね。まるで井戸の中へと落ちて行くようなものだと。あなたの小説やエッセイにもたびたび登場する比喩的表現そのものですよね。どのような〝危

険〟が待ち受けているのでしょうか？

村上　旅行の目的は（ほとんど）すべての場合――パラドクシカルな言い方ではあるけれど――出発点に戻ってくることにあります。小説を書くのもそれと同じで、たとえどれだけ遠いところに行っても、深い場所に行っても、書き終えたときにはもとの出発点に戻ってこなくてはならない。それが我々の最終的な到達点です。しかし我々が戻ってきた出発点は、我々が出て行ったときの出発点ではない。風景は同じ、人々の顔ぶれも同じ、そこに置かれているものも同じわけです。しかし何かが大きく違ってしまっている。そのことを我々は発見するわけです。その違いを確認することもまた、旅をすることの目的のひとつです。

――旅とアートが、精神の旅（トリップ）によってつながる、ということでしょうか？

村上　そういう意味合いにおいて、旅行をすることと、フィクションを書くことは、似通った体験でもあります。最初は近い場所、便利な場所、誰でも知っている場所を訪れることから始めて、だんだんもっと遠い場所、もっと深い場所、もっと暗い場所、もっと危険な場所へと、我々は足をのばしていくことになります。サーファーがもっと遠

くの、もっと大きな波を求めて、沖合に出て行くように。そうすることが、なんといっても、旅行者と小説家のネイチャーなのです。

——トラベル・エッセイストのピコ・アイヤーは「村上春樹は〝東洋と西洋をまたぐ〟ことのできる最初で唯一のシリアスな日本人作家だ」と発言しています。そして、あなたの作品には〝グローバル・コンシャス（世界規模の意識）〟を感じることができる、とも。これは相当に高い評価だと思うのですが、神戸出身のひとりの男がグローバルな作家だと言われる所以（ゆえん）はどこにあると自分では考えますか？

村上　僕は僕の心の中に深く暗い豊かな世界を抱えているし、あなたもまたあなたの心の中に深く暗い豊かな世界を抱えている。そういう意味合いにおいては、たとえ僕が東京に住んでいて、あなたがニューヨークに住んでいても（あるいはティンブクトゥに住んでいても、レイキャビクに住んでいても）、我々は場所とは関係なく同質のものを、それぞれに抱えていることになります。そしてその同質さをずっと深い場所まで、注意深くたどっていけば、我々は共通の場所に——物語という場所に——住んでいることがわかります。

——その世界はどんな世界ですか？

村上　我々の地下には長いトンネルがめぐらされていて、僕らは真剣にそうしようと思えば、そして幸運に恵まれれば、どこかで巡り会うことができるのです。グローバルという言葉は、僕にはあまりぴんとこない。なぜなら我々はとくにグローバルである必要なんてないからです。我々は既に同質性を持っているし、物語というチャンネルを通せば、それでもうじゅうぶんであるような気がするんです。

——あなたとの深いつながりを感じたのは、『ノルウェイの森』の最初のページを読んだときでした。ストーリーのナレーター役である「僕」（ワタナベ）がドイツのハンブルク空港に着陸しようとしている飛行機に乗っていて、若かりし頃に出会い、恋に落ちた女性を思い出して、精神的に参っていく様子が物語の冒頭で描かれていますが、あなた自身、飛行機に乗るときはどんな気分ですか？

村上　僕は飛行機に乗るたびに“I Can't Get Started”という古い歌の出だしを思い出します。

I've been around the world in a plane／I've settled revolutions in Spain…

作詞 Ira Gershwin、作曲 Vernon Duke

という歌詞。だから飛行機に乗ると、僕はいつもスペイン内戦のことを考える。スペイン内戦のことを考えると、アーネスト・ヘミングウェイのことを考える。ヘミングウェイのことを考えると、飛行機事故のことを考える。だからそんな歌について考えるのはもうよそうと思うのだが、ついつい考えてしまうんです。

——飛行機は退屈ですよね。飛行機の中で執筆したりしますか？　移動の最中はどうしていますか？

村上　ときどき小さなＤＶＤプレーヤーを持っていって、古いジャン＝リュック・ゴダールの映画を見ていることもあります。なんといっても、古いゴダールの映画は機内ではほとんど（まったく）上映されないので。

——さて、明日にも早速、海外に向けて飛行機に乗り込む予定ですよね？　少し単純な質問で恥ずかしいのですが、現在、自宅のある東京以外で最も好きな街を三つ挙げるとしたらどこですか？

村上　⑴マサチューセッツ州ボストン。中古のジャズ・レコードを収集するには、も

っとも便利で充実した都市だから。プラス、おいしいインド料理店も多く、サミュエル・アダムズのドラフトがどこでも飲める。ボストン・マラソンが走れるし。

(2)スエーデンのストックホルム。素晴らしい中古レコード店がある。僕は三日間毎日そこに通い詰めました。店主もかなりマニアックだったな。プラス、ストックホルムの地下鉄では乗客のほとんど全員が携帯電話で話をしていて、シュールレアリスティックだった。

(3)オーストラリアのシドニー。人々はだいたいにおいて印象のない服を着ているんだけど、食べ物とワインはとてもおいしい。不思議です。プラス、水族館と動物園がユニークで素晴らしい。マイナス、ただしまともな中古レコード店はひとつもない。

これはたしかある旅行雑誌のために行われたインタビューだ。だから旅することが、メイン・モチーフになっている。ローランド・ケルツは日本語をかなり流暢に話すが、インタビューは英語で行われた。たしかそうだったと思う。記憶はどんどん不確かになっていく。このあと、僕がカリフォルニア大学バークレー校の大講堂で講演のようなことをしたとき、彼が司会とインタビュアーをつとめてくれた。

（村上）

「何かを人に吞み込ませようとするとき、あなたはとびっきり親切にならなくてはならない」

聞き手　ジョン・レイ

THE PARIS REVIEW　2004年夏号／アメリカ

ハルキ・ムラカミは英語に翻訳されている日本人の小説家の中では、疑いの余地なく、もっとも実験的な小説家である。しかしそればかりではなく、もっとも人気の高い作家でもあり、世界中で本が売れている。彼の優れた作品群は、リアリズムと寓話とミステリーとサイエンス・フィクションのあいだの敷居をまたぐようにして存在している。たとえば『世界の終りとハードボイルド・ワンダーランド』は文字通り意識が二つに分かれた男が主人公だ。『ねじまき鳥クロニクル』は海外においてはおそらくもっともよく知られている彼の作品だが、始まりはごく当たり前の小説である。一人の男が行方のわからなくなった妻を捜す。ところがそれはやがて、よくわからないうちに、ローレンス・スターンの『トリストラム・シャンディー』このかた、もっとも奇妙に念入りに絡み合った物語へとその姿を変質させていく。

ムラカミの世界は多分に寓意的であり、そこには見覚えのあるシンボルが満ちている。空井戸、地下の都市——しかしそれらのシンボルの意味は、最後まで解き明かされることはない。彼はポピュラー・カルチャー（とりわけアメリカのポップ・カルチャー）に多

くを負っている。それはたしかだ。しかし同時に、これほどまで私的（プライベート）なところで小説を書き続ける作家は、他にはいないのではないだろうか。

ムラカミは一九四九年に京都（日本の古い首都だ）で生まれた。家庭は典型的な中産階級で、日本の固有文化により近いところに位置していた。父親は国語を教える先生であり、祖父は仏教の僧侶だった。二歳のときに一家は神戸に引っ越した。神戸は賑やかな港湾都市であり、外国人も多く住み、彼の精神は明らかにそのような環境から強い影響を受けることになった。まだ幼い頃から、彼は日本の文学や絵画や音楽にはあまり関心を持たず、海外の文化に深くのめり込むようになった。それはジャズ・レコードや、ハリウッド映画や、ペーパーバックのミステリーという窓を通してのみうかがい知ることのできる世界だった。

一九六〇年代の終わり頃に、大学生として東京に出てきてからは、当時最高潮に達していた学生の抗議運動に心を惹かれる一方、ポストモダニズム系の小説に対する関心をも深めていった。二十二歳で結婚し、その翌年から七年ばかりはジャズ喫茶「ピーター・キャット」を経営することに心血を注いだ。それから最初の小説である『風の歌を聴け』が世に出て、小説家としての道が開かれたわけだ。『風の歌を聴け（Hear the Wind Sing）』は英語に翻訳されているが、著者の希望によって、日本以外ではこの翻訳書を入手することは不可能になっている。この作品は「群像」新人文学賞を受賞し、彼にとって最初の読者を獲得した。それ以来、新しい作品を出すたびに、ムラカミの評価

と人気は高まっていった。一九八七年に『ノルウェイの森』（最初のリアリズム小説だった）を発表したことによって、彼はメガ・スターとなり、その結果「世代の声」としての役割をも引き受けることになった。まさに「八〇年代日本のJ・D・サリンジャー」という趣がある。この本は日本だけで二百万部以上を売った。東京のすべての家庭が、一家に一冊備えていたという勘定になる。

とくに望みもしないまま、母国で「有名人」となったムラカミは、世間における自分のイメージと距離をとるために、数年ずつ何度かにわけて海外で生活をするようになった。彼はヨーロッパで暮らし、アメリカで暮らした。たとえば『ねじまき鳥クロニクル』はプリンストン大学とタフツ大学で教鞭をとっていた時期に書かれている。『ノルウェイの森』で用いられた完全なリアリズム手法に、その後立ち戻ることはなかったが、彼の作品はなおも広範な読者を獲得していった。彼の新しい小説『海辺のカフカ』は日本だけで既に三十万部を売り、今年の末には英訳が刊行されることになっている。世界的に見ても、ムラカミは彼の世代の作家の中では、もっとも広く読まれている作家である。彼はまたきわめて意欲的な翻訳家でもあり、レイモンド・カーヴァーやティム・オブライエンやスコット・フィッツジェラルドの作品を日本に紹介している。そしてその大半は、彼によって初めて日本語に訳されたものである。

ムラカミの東京のオフィスは、ファッショナブルなブティックで溢れる青山の繁華街のはずれにある。ニューヨーク・シティーでいえば、ちょうどソーホーにあたるような

場所だ。しかし建物そのものはずんぐりとした、いささか古めかしい代物だ。それはまるで、近辺の派手な移り変わりを断固認めまいと心を決めているように見える。ムラカミはその建物の上階に、まずまずの大きさの続き部屋を借りている。そして彼の部屋の様子も、建物の外観と似たり寄ったりというところだ。飾り気のない木製のキャビネット、回転式の椅子、いかにも事務的な机――要するにまったくのオフィス用家具である。部屋の内装は、作家の仕事場という概念にはまったくそぐわないが、同時にまた何かしら「あるいはこれでいいのかもしれない」と納得させられるところもある。彼の作品の登場人物たちは、ある日夢の世界に招き入れられるまでは、みんなこのようなごく当たり前の場所で生きていた人々なのだ。あとでわかったことだが、彼が実際にここで仕事をすることはたまにしかない。このオフィスは主に、ムラカミの実際的な業務を取り扱うための場所であったのだ。そこには穏やかな工場の作り出す、微かなハム音のようなものが聞き取れた。女性アシスタントが、ストッキングをはいた優美な足で、静かに謎めいた行き来をしていた。

インタビューはその日の午後、二時間かけて休みなく行われたわけだが、彼自身は事務所の静かな雰囲気にはおかまいなく、快活な笑い声を何度かあげた。ムラカミは多忙な人間だし、自身も認めるように好んで自らを語ろうとする人ではない。しかしいったん真剣な話が始まると、会話にすべての神経を集中し、きわめて前向きに臨む。流暢に話をするが、しばしば沈黙にふけり、回答に必要なもっとも的確で正確な言葉を探し出

そうと誠実に努力をする。話がジャズとマラソンを走ることに及ぶと（それらは彼にとっての二つの最大の情熱である）、その顔は実際の年齢より二十歳ばかり若くなる。あるいは十五歳の少年のようにも見える。

――あなたの最新作の短編集『神の子どもたちはみな踊る（After the Quake）』を読み終えたばかりなのですが、そこにリアリズム手法と非リアリズム手法が織り交ぜて使われていることにもっとも興味を惹かれました。つまり『ノルウェイの森』で用いられた手法と、『ねじまき鳥クロニクル』や『世界の終りとハードボイルド・ワンダーランド』で用いられた手法が混在しているわけです。それらの二つの手法のあいだには根元的な違いがあると思いますか？

村上 僕自身のスタイルは『ノルウェイの森』よりは『世界の終りとハードボイルド・ワンダーランド』の方に近いと思います。リアリスティックなスタイルで書かれた小説を、僕は個人的にあまり好まない。どちらかといえばシュールレアリスティックな文体の方が僕は好きです。しかし『ノルウェイの森』を書いたときには、とにかく百パーセント・リアリズムの手法で小説を書いてみようと試みました。そうすることがひと

つの実験として、僕には必要だと思ったから。

――文体の実験としてそれを試みたわけですか？　それともその物語を書くためにはリアリズムの手法がもっとも適していたから？

村上　その両方です。でも挑戦するという意味がかなり大きかったかもしれません。非リアリズムの手法でそのまま小説を書き続けていれば、僕は一種のカルト的作家としての位置を保つことができたと思います。しかし僕の中には、メインストリームの手法をものにしておきたいという気持ちが確実にありました。書こうと思えばリアリズムの手法を使って本が一冊ちゃんと書けるんだ、ということを証明しておきたかった。だからこの小説を書いたわけです。これは日本ではベストセラーになったし、それはある程度は予測できたことでした。

――つまり意図してやったことなのだと。

村上　ある程度は。『ノルウェイの森』は表面的にはとても読みやすく、理解しやすい作品です。よく書けているし、ラブ・ストーリーだし、人の感情を揺さぶります。だから多くの人々がこの作品に好意をもってくれた。そんな読者は僕の他の作品にも、ひ

ょっとしたら関心を抱いてくれるかもしれない。そういう意味合いでは、この本を書いたことはとても有益だったと思います。

——日本の読者もアメリカの読者と同じようなものなのですか？　読みやすい小説を好む？

村上　どうだろう。僕の新しい作品『海辺のカフカ』（上下二冊刊）は三十万セット売れました。この本がそんなに売れたというのは、僕にとってはちょっとした驚きでした。普通では考えられないことです。この物語は筋が複雑で、何が現実かわからなくなるところもある。読み進むのは決して簡単ではありません。しかしその一方で僕の文体は、僕の書く文章は、読みやすいものです。そこにはユーモアのセンスがあり、ドラマの激しい展開があり、読者はどんどん先へと読み進みたくなります。その二つのファクターのあいだに独特のバランスが保たれている。それもまた、僕の本が広く読まれているひとつの理由になるかもしれません。でもそれにしても、これは信じられない数字です。僕は三年か四年に一冊の長編小説を書きます。それを読者は気長に待っていてくれるわけです。そして本を買ってくれる。ありがたいことだと思います。

そういえば、僕は一度ジョン・アーヴィングをインタビューしたことがあるんですが、彼はこんなことを言っていました。優れた物語には麻薬注射のような作用がある。一度

とりつかれたら、読者はずっと次を待っていてくれる、と。

——あなたは読者をジャンキーにしたいと？

村上 それはあくまでジョン・アーヴィングの発言ですよ（笑）。

——その二つのファクター、つまりストレートでどんどん読み進めることのできるヴォイスと、奇想天外なプロットとの組み合わせ——それは意図的に選択されたものなのでしょうか？

村上 いや、そういうわけじゃない。本を書き始めるとき、僕の頭の中には何のプランもありません。ただ物語がやってくるのをじっと待ち受けているだけです。それがどのような物語であるのか、そこで何が起ころうとしているのか、僕が意図して選択するようなことはありません。『ノルウェイの森』の場合は別です。そのときは一貫してリアリズムの手法で小説を書こうと心を決めていたから、ちょっと違う書き方をしました。でも基本的には、僕はとくに何かを決めて小説を書くわけではない。やってくるものをそのまま文章化するだけです。

——しかし文章化するためのヴォイスは選択されているわけですね。飾り気のない、人を引き込んでいくヴォイス。それは事前に選択されている?

村上 最初にひとつのイメージがあり、僕はそこにあるひとつの断片を別の断片に繋げていきます。それがストーリーラインです。それから僕はそのストーリーラインを読者に向かって提示し、説明する。うまく呑み込ませる。何かを人に呑み込ませようとするとき、あなたはとびっきり親切にならなくてはならない。「いや、自分さえわかっていればそれでいいんだ」という態度では、ほとんど誰もついてきてくれない。簡易な言葉と、良きメタファー、効果的なアレゴリー。それが僕の使っているヴォイスというか、ツールです。僕はそのようなツールを使って、ものごとを注意深く、そしてクリアに説明します。

——そういうものは自然にあなたのもとに訪れるわけですか?

村上 僕はとくに知的な人間でもないし、強い自負心のある人間でもない。僕は、僕の本を読む人々とだいたい同じ人間です。僕は若い頃ジャズクラブを経営していて、カウンターの中に入ってカクテルを作ったり、サンドイッチを作ったりしていました。本を読むのはとても好きだったけど、小説家になろうと志していたわけではありません。

どちらかといえばごく普通の人間です。何かの加減でひょいと小説家になっちゃっただけです。それは何というか、天からの恵みみたいなものだったんです。だからこそ、ものを書くことに関しては謙虚でなくてはならないといつも考えているのです。

——何歳のときに作家になったのですか？　それはあなたにとって驚きでした？

村上　小説を書き出したのは二十九歳のときでした。うん、それは驚きだったな。でもすぐに慣れてしまいましたが。

——すぐに？　小説を書き始めた最初の日からすぐにその作業に馴染んだわけですか？

村上　最初は真夜中に台所のテーブルに向かってごそごそと書いていました。最初の小説を仕上げるのに十カ月かかりました。それをとくに期待もせずに出版社に送ったら、それが雑誌の新人賞を取りました。なんだか夢を見ているみたいでしたね。まさかそんなことが自分の身に起こるなんて考えもしなかった。でもすぐにこう思ったんです。でも実際に起こっちゃったんだ。そして僕は小説家として認められたんだ。なら、べつにそれでいいじゃないか、と。慣れるのは、そんなに難しいことでもなかったな。

——小説を書き始めるという決心をしたときに、奥さんは何か言いました？

村上　いや、小説を書くことについては特に何も言わなかったな。ただ賞を取ったときはびっくりしていました。応募したということを言ってなかったから、寝耳に水で。ちょっと困ったみたいだったけど。

——困った？　それはあなたが小説家としてやっていけないだろうと思ったから？

村上　いや、ほら、小説家になるというのは、いささか派手はでしい、目立つことだから。

——あなたのモデルとした作家は誰ですか？　誰か日本の作家に影響を受けていますか？

村上　子どもの頃にはあまり日本の小説を読まなかったし、十代のときにもほとんど読みませんでした。できるだけ日本という文化から遠ざかりたいというふうに、ずっと思っていたから。なんか退屈だし、べたべたしすぎていると感じていたんです、当時は。

今はもちろんもっと別の感じ方をしているけど。

――あなたのお父さんは国語の先生だったのですね？

村上 そうです。だからそこにはまあ、よくある父親と息子の葛藤みたいなものもあったわけです。それもあって、僕は西欧の文化にどんどん引き寄せられていった。ジャズとドストエフスキーとカフカとレイモンド・チャンドラーの世界に。それはまわりとは関係ない、僕ひとりの個人的な世界だったんです。ファンタジー・ランドです。もしそうしようと思えば、僕はサンクト・ペテルスブルグにもウェスト・ハリウッドにも行くことができた。それが小説の力です。想像力さえあれば、どこにでも行ける。今では行こうと思えばわりに簡単に実際のアメリカに行けます。あるいは世界中のどこの国にでも。しかし一九六〇年代半ばにはそんなことはほとんど不可能だった。少なくとも日本の普通の家庭に育った十代の少年には。だから僕は一生懸命本を読み、音楽を聴き、頭の中でそこを訪れたのです。それは意識の領域の問題です。夢を見るのと同じです。

――それが、小説を書くことに、あるポイントで結びついていくわけですね。

村上 そのとおり。二十九歳になったときに、僕は出し抜けに小説を書き始めた。何

かを書いてみたいという気持ちはありました。でもどう書けばいいのか、書き方がわからなかった。日本語でものを書く方法がわからなかったんです。日本人の作家の書いた小説をろくに読んでこなかったから。だから僕はこれまでに自分が読んできたヨーロッパやアメリカの作家の作品から、あらゆるものを片端からかき集めるようにして借用したわけです。文体や、ストラクチャーや、とにかく何もかもをごたまぜに。その結果、僕は自分自身の日本語の、オリジナルなスタイルを獲得することができた。それが始まりでした。

——あなたの最初の小説が賞を取って、刊行され、曲がりなりにも作家として船出したわけですが、それで他の作家と交際するようになりましたか？

村上　いや、ほとんどまったく会わなかったですね。

——その時点で、ものを書く人間とは誰とも親しく交際しなかった？

村上　とくに。

——それから歳月を経て、作家の知り合いや友人みたいなものはできましたか？

村上 いや、できなかったな。

――今に至るまで、作家同士のつきあいみたいなのはないと?

村上 とくにないですね。

――書いている作品を発表前に誰かに見せることはありますか?

村上 いや、そんなことはしないな。

――奥さんはいかがです?

村上 最初の小説はたしか、彼女に第一稿読ませたはずなんだけど、今では読んだことすらぜんぜん覚えてないって言うんです。だからあまり印象を残さなかったんだね、きっと。

――印象を残さなかった?

村上　でもまあそれは第一稿だったし、お話にならないくらいひどい代物だったから、しょうがないんだけど。そのあとでずいぶん書き直したから。

――最近はどうですか。あなたの書いたものを奥さんは興味を持って読んでくれますか？

村上　僕は作品を書き上げるたびにまず彼女に読んでもらいます。そして彼女の意見を尊重している。僕にとっては長年にわたるパートナーだから。スコット・フィッツジエラルドの場合と同じですね。彼にとっては常にゼルダが最初の読者だった。

――あなたは作家としてのキャリアの中で、自分が作家のコミュニティーの一部だと感じたことは一度もなかった？

村上　もともと一人でやっていくタイプだから。僕はグループとか、流派とか、文壇とか、そういうものはだいたいにおいて好きじゃないんです。プリンストン大学にいるとき、ときどき英文科主催の簡単な昼食会のようなものがあって、そこに僕も招かれていたんだけど、ジョイス・キャロル・オーツやらトニ・モリスンやらがいて、なんかお

つかなかったですね。料理があってもぜんぜん食欲が湧いてこないんだ。でもメアリ・モリスもいて、彼女は大丈夫でした。歳も同じくらいだし、いい友だちになれた。でも日本では作家の友だちっていないですね。たぶんそれは僕が……うーん、ある程度他人との距離を必要とするからかな。人見知りをするということもあるし、会う機会がないということもあるし。

――あなたは『ねじまき鳥クロニクル』の大半をアメリカで書きました。アメリカで暮らしていたことは執筆のプロセスに何か明白な影響を及ぼしましたか？　あるいはテキストそのものに？

村上　『ねじまき鳥クロニクル』を書いているあいだ、その四年間、僕はアメリカに外国人（ストレンジャー）として暮らしていました。その「ストレンジャー」としてのストレンジネスはいつも僕に影のようについてまわった。そしてその影はこの本の主人公にも及んでいると思います。そう考えると、もし僕がこの本を日本で書いていたら、いくぶん違う内容のものになっていたかもしれませんね。

僕がそのときアメリカで感じていたストレンジネスは、僕が日本でずっと感じてきたストレンジネスとはまた違ったものでした。アメリカではそのストレンジネスはより明白なものであり、よりダイレクトなものでした。だからこそ僕は自分というものをより

クリアに見据えることができたように思います。この小説を書き進めることは、言うなれば、自分自身を「ストレンジネス」という視点から裸にしていくような作業でした。

——最近の日本の作家の作品の中で、あなたが楽しんで読んでいるものはありますか？

村上 うん、いくつかの同時代作家の作品は楽しんで読んでいます。そんなに数多くではないけれど。しかし僕は批評家ではないので、個々の作品の批評はしません。そういうことにはできるだけ巻き込まれたくない。

——どうして？

村上 僕の仕事は人々と世界を観察することにあります。その価値を判断することにはない。何ごとによらず、僕はなるべく結論を出さないようにしようと努めて生きています。僕はすべてのものごとを可能な限りオープンな状態に保っておきたいのです。それをあらゆる可能性に向けて開かれた状態にしておきたい。

僕は何かの批評をするよりは、翻訳をする方が好きです。というのは、翻訳をしているときには何ひとつ価値判断しなくていいからです。僕は個人的に気に入ったテキスト

の一行一行に、自分の意識内を、体内をゆっくりと通り抜けさせていきます。それだけのことです。僕はそういう作業が好きなんです。もちろん批評作業も世界には必要なことだとは思います。でもそれは僕の仕事ではない。

――あなたの本の話に戻ります。アメリカのハードボイルド・ミステリーに多くを負っているように見受けられるのですが、そのジャンルとの邂逅（かいこう）はいつ頃のことだったのでしょうか？

村上　高校生のときにハードボイルド・ミステリーに魅せられました。僕はずっと神戸に住んでいたんだけど、外国人の船員が古本屋にたくさんペーパーバックを売り払っていくんです。高校生のときにはお金がなくて、なかなか欲しい本は買えなかったけど、そういう中古のペーパーバックなら一山いくらで安く手に入りました。僕はそういう本から英語を学んだのです。それはわくわくするような楽しい体験でした。

――あなたが最初に読んだ英語の小説は？

村上　ロス・マクドナルドの『我が名はアーチャー（The Name Is Archer）』。そういった本から僕はずいぶん多くを学びました。いったん読み出すと、読みやめることができ

なかった。でもそれと同時に僕は、ドストエフスキーとかトルストイといった作家の文学作品が大好きでした。みんななにしろすごく長い小説なんだけど、とにかく読むのがやめられないんです。だからある意味では、僕にとっては、ドストエフスキーもレイモンド・チャンドラーも同じ範疇（はんちゅう）にあるものなのです。読み出したらやめられないというのが、僕の考える優れた小説です。今でもそれは同じです。僕の理想的な小説とは、言うなれば、ドストエフスキーとレイモンド・チャンドラーをひとつにしちゃったようなものです。それがたぶん僕のゴールかもしれない。

——カフカを読んだのはいつ頃ですか？

村上　十五歳のときです。最初に『城』を読んだ。あれはすごかったな。それから『審判』を読みました。

——それはとても興味深い。というのは、そのどちらの作品も未解決のままに終わっているからです。もちろんそれはどちらの場合も、結末はもともとないということを意味しているわけなんですが。あなたの小説は——とりわけ比較的最近の作品である『ねじまき鳥クロニクル』は——読者が一般的に期待しているような「結末」を拒絶しているような印象があります。そこにはカフカの影響があるのでしょうか？

村上 なにもカフカだけではないですね。レイモンド・チャンドラーを読んだことはありますよね、もちろん。彼の作品では、誰が犯人であるかというのは大きな問題ではない。もちろん最後に「お前が犯人だ」みたいなことはあります。でも作品にとってそれはとくに重要な部分ではない。ハワード・ホークスが『大いなる眠り』を映画化したときの有名なエピソードがありますね。運転手を殺したのが誰なのかわからなくて、ホークスはチャンドラーに電話をかけて質問します。するとチャンドラーは「そんなのは私の知ったことではない！」と言って電話を切ってしまう。僕もそれと同じです。結末というのは僕の興味をそれほど強くは惹かないのです。『カラマーゾフの兄弟』の中で誰が殺人犯であろうが、「僕の知ったことではない」のです。

――しかしなおかつ、誰が運転手を殺したかを知りたくて、読者は『大いなる眠り』のページを繰り続ける。

村上 僕自身は自分で物語を書きながら、「誰が殺したか」を知らないのです。そういう意味では僕は読者と同じ地平にいます。物語を書き出すときには、僕はそれがどんな結末を迎えるのか知らないし、次に何が起こるのかもわからない。最初に殺人事件があったとしても、誰が犯人なのか僕は知識を持ちません。僕はそれが誰なのかを知りた

くて、小説を書き続けるわけです。もし誰が犯人なのかわかっていたら、小説を書く目的がなくなってしまいます。

――小説を説明したくないということには、いったん解析をしてしまうと、夢がそのパワーを失ってしまうからという理由もあるのですか?

村上　小説を書くことの利点は、目覚めながら夢を見られるということにあります。本物の夢は思うようにコントロールすることができない。でも小説を書いているときには、あなたはその時間や、長さや、すべてをコントロールすることができます。僕は毎朝四時間か五時間執筆をしますが、時間がくればやめます。そしてその翌日にまた続きを書き始める。本物の夢なら、そんなことはできません。いったん目が覚めたら、続きを見ることはまずできない。

――あなたは小説を書きながら、犯人が誰かを捜し求めると言いました。しかし『ダンス・ダンス・ダンス』の五反田君の場合はどうなのですか?　五反田君がその犯行を打ち明ける前に、物語の中で、徐々に注意深く事実の積み上げが行われています。古典的な犯罪小説の手法です。もっとも犯人らしくない人間が犯人であることが最後に判明する。彼が犯人であることは前もってあなたにわかっていたのではないのですか?

村上 初稿の段階では彼が犯人であることは、僕にはわからなかった。結末近くになって――三分の二くらいだったかな――それがはっとわかったのです。だから第二稿の段階で、五反田君の出てくるそれまでのシーンを、その結末に沿って念入りに書き直していったのです。

――ということは、そういうのも、あなたが書き直しをする理由のひとつになっているのですか? 初稿を書き終えた時点で話の結末を知って、その結末に合わせて前の部分を書き直していくということが。

村上 そのとおりです。初稿はだいたいにおいて混乱しています。ずいぶん何度も書き直しをします。そのままでは作品になりません。

――だいたい何度くらい改稿をするのですか?

村上 場合によって違うけど、だいたい四回か五回くらいかな。初稿に六カ月をかけた場合なら、同じくらいの長さを改稿にかけます。

——かなり速いペースですね。

村上　僕はハードワーカーなんです。きわめて深く集中して執筆します。そうすればものごとは円滑に進行します。それに小説を書いているときには、僕は他のことはまったくしません。ただただわき目もふらずに小説を書き続けるだけです。だから仕事の密度はとても濃いと思う。

——どういう一日の日程なんですか？

村上　長編小説を書く時期に入っていれば、毎朝四時に起きて、五時間か六時間執筆します。午後には十キロ走るか、千五百メートル泳ぐか、あるいはその両方をします。それから本を読んだり、音楽を聴いたり。だいたい九時頃には寝てしまいます。来る日も来る日もその日課をだいたいぴたりと守ります。休日はありません。そういう機械的な反復そのものがとても大事なんです。精神を麻痺させて、意識を深いところに運んでいくわけです。しかしそんなふうに、六カ月から一年のあいだ、休みもなく反復を続けていくというのは、精神的にも肉体的にも強靱（きょうじん）でなくてはできないことです。そういう意味においては、長い小説を書くのはサヴァイヴァルの訓練のようなものです。そこでは芸術的感受性と同じくらい、身体の強靱さが必要とされます。

——登場人物についてうかがいたいのですが、小説を書いているときには、彼らはどれくらいリアルな存在になりますか？　物語の中で彼らが自由に動き回ることは、あなたには大事なことですか？

村上　作品の中で登場人物を作り上げるとき、僕はまわりにいる人々を観察することを好みます。僕はあまり積極的にしゃべる方ではなく、むしろ他人の話に耳を澄ませる方が好きです。僕は観察はしますが、彼らがどんな人間なのか判断することは避けます。それよりは彼らがものごとをどのように感じているか、これからどのような場所に行こうとしているのか、そういうことについて考えます。そして一人の人間からある部分を借り、別の人間からまた別の部分を借ります。その借用のスタイルが一般的な意味で「リアリスティック」か「非リアリスティック」かというのは、僕には別にどうでもいいことです。でも僕にとっては、僕の作品の登場人物は、現実の人間よりも、あるいはモデルになった人々よりも、ある意味ではリアルなのです。小説を書いているあいだの六カ月だか七カ月だかのあいだ、彼らは文字通り僕の中に生きています。それは小さな宇宙のようなものです。

——あなたの登場人物たちはしばしば、あなたの物語のファンタジック・ワールドへ

の、あなた自身の観点の投影として機能しているように見受けられます。夢の中の、夢見る人のように。

村上　こんな風に考えてもらえるといいかもしれない。僕には双子の兄弟がいる。でも二歳のときに、その片割れが誰かに誘拐されてしまった。彼はどこか遠い場所で育てられて、僕らはずっと巡り会うことはなかった。僕の作品の登場人物のあるものは、彼なのです。それは僕の一部ではある。しかし僕ではない。そして僕らはずいぶん長いあいだ顔を合わせてもいない。彼はある意味では僕のオルタナティブなのです。DNAの観点から見れば、僕らは同一に近いかもしれません。しかし僕らの育った環境はまったく違っている。だから考え方も当然違っている。小説を書くたびに、僕は自分の足を別の人間の靴の中に入れてみるのです。別の可能性の衣をまとってみるのです。というのは、自分が自分であることにときどき飽きてしまうから。そんなふうにして僕は自分を脱出します。それは幻想です。しかし幻想することができなければ、小説を書く意味がどこにあるでしょう?

――『世界の終りとハードボイルド・ワンダーランド』について質問があります。この作品には確かなシンメトリーがあります。それから整合的な趣（おもむき）があります。きちんとした結末もあります。それらは後期の作品には――たとえば『ねじまき鳥クロニクル』

なんかには——見受けられないものです。ストラクチャーの機能や意味についての考え方がどこかの地点で変化したのでしょうか？

村上 僕が最初に書いた二作の小説のことをまず語りたいのですが、それらは日本の外では公式には発売されていません。僕自身がそれを望まないからです。それらはとても小粒な作品だし、まだ未熟な作品だと、僕自身は考えています。flimsyな（薄い）作品だと思います。それが正しい言葉かどうか自信はないけど。

——その欠点はどこにあるのですか？

村上 そうですね、最初の二作の小説で僕がやろうとしたのは、伝統的な日本文学のある種の解体だったと思うんです。「解体」というのはつまり、外郭だけを残して中身をそっくり放り出し、そこにぜんぜん違うオリジナルなものを詰め込んでいくという作業です。でも、そういう作業がある程度うまくできるようになったという手応えがあったのは、三作目を書いたときでした。一九八二年の『羊をめぐる冒険』です。最初の二作は、そういうコツを摑むためにとても役に立ちました。でもそれらはあくまで習作のようなものです。『羊をめぐる冒険』が僕にとっての本当の出発点だったのです。それ以来僕の小説はどんどん分厚くなっていきました。そしてストラクチャーはどん

どん複雑になっていった。新しい小説を書くたびに、僕は前の作品のストラクチャーを崩していきたいと思います。そして新しい枠を作り上げたいと。そして新しい小説を書くたびに、新しいテーマや、新しい制約や、新しいヴィジョンをそこに持ち込みたいと思います。僕はいつもストラクチャーに興味があるんです。ストラクチャーを変えたら、それにつれて僕は自分の文体を変えなくてはなりません。文体を変えたら、それにつれて登場人物のキャラクターをも変えなくてはなりません。同じことばかりいつまでもやっていたら、自分でも飽きてしまいます。僕は退屈したくないのです。

——とはいえ、あなたの書くものの要素のいくつかが変化を遂げても、いつまでたっても変わらないものもあります。あなたの小説は常に一人称で語られます。そして一人の男が、女性とのセックスの絡んだいくつかの関係をくぐり抜けていく。彼自身はそういう関係に対して受動的であり、一方女性の方は、彼の怯えと幻想を顕示する役目を果たしているように見えます。

村上 僕の作品においては、女性はしばしば霊媒(ミディアム)的な役割を果たします。霊媒の役割とは、自分という存在を通すことによって、何かしらを引き起こすことです。彼女にはそういう機能が求められている。僕の作品の主人公は、多くの場合、霊媒によって違う場所に導かれていきます。そして彼が目にするヴィジョンは、彼女によって示された

ものです。

——霊媒というのは、ヴィクトリア朝時代の霊媒のことですか。サイキックな?

村上 僕はセックスというのは一種の……なんといえばいいのかな、soul-commitment（魂の結託）のようなものだと考えています。もしそれが良きセックスであれば、あなたの傷は治癒されるかもしれないし、イマジネーションは強化されるかもしれない。それはひとつ上のステージへと、より良き場所へと通じる通路なのです。僕の小説においては、そういう意味合いにおいて、女性は霊媒＝巫女的なのです。やがて姿を見せるであろう世界の先触れなのです。だからこそ常にいつも、彼女の方から主人公に接近してくるのです。彼自身がそちらに接近することはない。

——あなたの小説に登場する女性には二つのタイプがあるように見受けられます。ひとつは主人公が基本的に真剣な関係を持とうとする女性。彼女は往々にして姿を消しており、彼女の記憶が彼につきまとっています。もうひとつのタイプはそのあとで登場して、彼の探索を助けようとする女性です。あるいはその逆で、彼が女性のことをうまく忘れていけるように手を貸す。後者の女性は往々にしてずけずけとものを言い、エキセントリックで、性的にも開けっぴろげです。そして主人公は彼女との関わりにおいての

方が、失われた女性といるときよりも、ずっと温かみがあり、ユーモラスです。いなくなった女性とのあいだには、そういう実質的な結びつきはなかったように感じられます。そういう二つの元型(アーキタイプ)はどのような役割を担っているのでしょう?

村上　僕の作品の主人公はほとんどいつも、二つの世界のあいだにはまり込んでいます。ひとつは現実の世界であり、もうひとつはスピリチュアルな世界です。スピリチュアルな世界にあっては女性は——あるいは男性も——物静かで、インテリジェントで、控え目で、思慮深い。現実の世界にあっては女性は、とてもアクティブで、コミカルで、ポジティブです。彼女たちにはユーモアのセンスがあります。主人公の心はそのようにまったく相反した二つの世界のあいだで引き裂かれます。そしてそのどちらかを選び取ることは彼にはできない。それは僕の物語の中では、ひとつの主要なモチーフになります。『世界の終りとハードボイルド・ワンダーランド』においてはそれはとても顕著です。そこでは主人公の意識は文字通り、具体的に物理的に二つに分裂しています。『ノルウェイの森』においても、二人の若い女性のあいだにはさまれて、彼には心を決めることはできません。最初から最後まで。

——私のシンパシーは常に、ユーモアのセンスを備えた女性の方に向かいます。ユーモアが主要な通貨となっている関係性に、読者は自然に惹かれていくものです。恋愛の

緻密な描写で読者を惹きつけるのは至難の業です。『ノルウェイの森』を読んでいるあいだずっと、私は緑という女性の側についていました。

村上 たいていの読者はあなたと同じ気持ちだと思いますよ。多くの読者は二人のうちでは緑の方を選ぶでしょう。そして主人公ももちろん、最後の最後では彼女を選択します。しかしそれでもなお、彼の心の一部はあちら側の世界にあります。彼にはそれを捨て去ることはできません。それは彼の一部であり、なくてはならない一部なのです。すべての人間は心の内に病を抱えています。その病は、我々の心の一部なのです。僕らは意識の中に「正常な部分」と、「正常ではない部分」を持っています。その二つの部分を、僕らはうまく案配して操っていかなくてはならない。それが僕の基本的な考え方です。僕はとりわけ物語を書いているときに、自分の正常とは言えない部分を見ることができます。

いや、「正常じゃない（insane）」というのはちょっと正しくない表現だな。「普通じゃない（unordinary）」という方が近いですね。もちろん僕は現実の世界に復帰してきて、普通の正常な部分を拾い上げなくてはなりません。しかしもし僕がそのような普通ではない部分を持っていなかったとしたら、病んだ部分を持っていなかったとしたら、僕はまずここにはいないと思います。別の言い方をすれば、主人公は二人の女性によって支えられているのです。どちらか一人だけでは、彼はやっていけないのです。『ノルウェ

イの森』は僕自身が書くという行為の中で行っていることの、ひとつのきわめて率直な例証であるわけです。

――そう考えていくと、『ノルウェイの森』におけるレイコさんの役割は興味深いものですね。彼女をどこに入れればいいのか、私にはわかりません。彼女はどちらの世界にも足を踏み入れているように見えます。

村上　彼女の精神は半分が正常で、半分が非正常です。ギリシャ劇のマスクのようにね。こちら側から見れば、彼女は悲劇の世界にいます。しかし別の側から見れば、彼女はコミカルな役回りです。そういう意味では彼女はシンボリックです。僕は彼女のキャラクターがとても好きです。レイコさんのことを書いているときは、とても幸福な気持ちになることができました。

――あなた自身は、コミカルなキャラクターの方により心を惹かれますか？　直子的なものよりは、緑や、あるいは笠原メイの方に。

村上　僕はコミカルな台詞を書くのが大好きです。とても楽しい。しかし出てくる人物がみんなコミカルだったら、それは飽きてしまいます。そのようなコミカルなキャラ

クターは精神を平衡化（スタビライズ）するためのものです。ユーモアのセンスというのは安定の中から、あるいは安定を指向するところから生じるものです。ユーモラスになるためには、あなたはクールにならなくてはなりません。肩の力を抜かなくてはならない。もしシリアスになったら、そこからは安定が失われていくかもしれない。それがシリアスネスの問題点です。シリアスネスは客観性と相容れないところがあるから。しかしユーモラスである限り、基本的に安定は損なわれません。しかしながら、あなたは肩の力を抜いて微笑みながら、何かと真剣に闘うことはできない。

——私は思うのですが、あなたほど執拗に、強迫的に、何度も何度もオブセッションについて書き続ける作家は、ほかにほとんどいません。『世界の終りとハードボイルド・ワンダーランド』『ダンス・ダンス・ダンス』『ねじまき鳥クロニクル』『スプートニクの恋人』、それらはひとつのテーマのヴァリエーションとして読まれることを求められているようだ。一人の男が、彼が強く心を寄せている相手に見捨てられる。さもなくば相手を失ってしまう。そして彼女のことを忘れることができないが故に、パラレル・ワールドに引き寄せられていく。その世界では、失われたものがもう一度取り戻せそうに見えるからです。それは通常の人生においてはまず与えられることのないオファーであり、そのことは彼にもわかっているし、読者にもわかっています。そのような枠組みの位置づけは正しいですか？

村上　正しいと思います。

――そのオブセッションはあなたの作品においてどの程度中枢を占めているのでしょうか？

村上　そのようなことをどうして書き続けているのか、それは自分でもわかりません。たとえばジョン・アーヴィングの小説においては、どの作品においても、身体の一部が欠損した人物が登場します。どうして彼がそのような欠損について書き続けるのか、僕にはわかりません。そして当人にもそのわけはよくわからないのではないでしょうか。僕の場合もそれに似ています。僕の作品の主人公は常に何かを追い求めています。失われたものを探し求めています。アーサー王の聖杯や、あるいはフィリップ・マーロウの探索のように。

――失われたものがない限り、探偵の出番はないということですね。

村上　そのとおり。僕の主人公が何かを失ったとき、彼は探索の途につきます。オデュッセウスと同じように。彼はその探索の途上において、いろんな不可思議なものごと

に遭遇します……。

——彼の場合は帰郷の途上においてということですね。

村上 そうですね。ただ彼の帰郷は単純に「うちに帰る」ということではない。そして彼は最後に自分が探していたものを発見する。そこにたどり着く。しかしそれが自分の長く探し求めていたものなのかどうか、彼には確信が持てない。それが僕の小説のひとつのモチーフになっていると思います。そのモチーフがどこから来たのか？ それは僕にもわからない。でもそれが僕にぴったりと合っているのです。それが僕の物語をどんどん前に進めてくれます。何かを失い、それを追い求めること。そして失望があり、新しい世界の知覚がある。

——失望というのはひとつの儀式なのですか？

村上 そのとおりです。経験そのものがひとつの意味です。その経験の連鎖を通して主人公は変化します。それがいちばん重要なことです。彼が見つけたものにではなく、彼が見つけなかったものにでもなく、彼がくぐり抜けてきた変化にこそ意味があるので

す。

——あなたの本の翻訳についてうかがいたいのです。あなた自身が翻訳者であるから、翻訳の持つ危険性についてよくご承知だと思うのです。どのようにして翻訳者を選んでいるのですか？

村上 僕には英語に限っていえば、今のところ三人の翻訳者がいます。アルフレッド・バーンバウム、フィリップ・ガブリエル、そしてジェイ・ルービンです。基本的なルールは、最初に申し出た人に権利があるということです。彼らとは長いつきあいですし、気持ちは正直に出し合います。彼らが僕の小説を読み、誰かが「これは素晴らしい！」と思う。それがいちばんいいやり方だと思うのです。気に入った人が訳してくれればいい。僕自身の翻訳者としての経験からいえば、熱意というのは翻訳にとってとても大事な要素です。たとえ優れた翻訳者であったとしても、彼がテキストをそんなに好きでなければ、まったく話になりません。長い小説の翻訳はひどく骨が折れるし、時間もかかります。深い愛情と共感がものを言う作業なのです。

——翻訳者のあいだで取り合いになるということはありませんか？

村上 今のところ取り合いまではありません。三人とも性格も違うし、好みも違うし、やり方も違います。『海辺のカフカ』についていえば、フィルがそれを気に入ってくれました。ジェイはそれほどでもなかった。フィルはどちらかというとジェントルで謙虚な人柄です。ジェイはとても綿密で正確な翻訳をしてくれます。彼は強い性格の人です。アルフレッドはボヘミアン・タイプですね。彼はわりにきままな翻訳をします。ときどき文章を作り替えたりもする。それが彼のスタイルなのです。

——翻訳者と協力して作業をしたりしますか?

村上 翻訳をしているとき、わからないことがあればどんどん質問してきます。そして初稿があがったら、それを読ませてもらいます。ときどき「ここはこうした方がいいんじゃないか」という示唆をします。英語版というのは大事なんです。というのは、人口の少ない小さな国では、日本語の翻訳者をみつけるのが難しくて、やむを得ず英語版から訳さざるを得ない場合があるからです。またリファレンスとして用いられることもあります。ですから英語版にはできるだけ間違いがないように心がけます。でもこのところ、たいていの国では日本語から直接訳されるようになりました。それはとても嬉しいことです。

——あなた自身は翻訳者として、リアリズムの作家の作品を翻訳することを好まれるようですね。カーヴァー、フィッツジェラルド、アーヴィング。それはあなたの小説の好みを反映しているのですか？　あるいはぜんぜん違ったタイプのものに入り込んでいる方が、あなた自身の執筆に関して有益なのでしょうか？

村上　僕は自分が何かを学べると思う作家の作品を訳しています。それがいちばん大事なことです。僕は小説の書き方の多くを、どちらかといえばリアリズム手法をとる作家たちから学びました。彼らの作品はしっかり細かいところまで読み込まないと、正確な翻訳を行うことができません。もし僕がいわゆるポストモダニズムの作家たち――たとえばドン・デリーロとかジョン・バースとかトマス・ピンチョンとか――の作品を翻訳するとしたら、そこにはある種の衝突のようなことが起こるかもしれません。非正常性と非正常性のぶつかり合いみたいなものが生じるかもしれない。僕はもちろん彼らの作品を高く評価しています。ただ僕は翻訳のテキストには、むしろリアリズムの手法をとる優れた文章家の方を選びたいのです。

——あなたの作品は、「アメリカ人の読者にとってもっともアクセスしやすい日本文学」として語られることが多いようです。「日本の現代作家の最先端」とさえ呼ばれることもあります。あなた自身は自分と日本文化の結びつきについてどのように考えます

か？

村上 僕は外国に住んでいる外国人について小説を書きたいと思っているわけではありません。僕が書きたいのは「我々」についてです。僕は日本について書きたいのです。ここで我々がどのように生きているかについて。それが僕にとっては大事なことです。僕の文体(スタイル)は西欧人やアメリカ人にとってアクセスしやすいと言われます。たしかにそういうところはあるかもしれません。しかし僕の「物語」はあくまで僕固有のものであって、それは決して「西欧化」されているわけじゃない。

――あなたが小説の中で行う言及はアメリカ人の目にはとても西欧的なものに映ります。たとえばビートルズとか。それはまた現代の日本の文化風景の中では、既に不可欠なものとなっているようにも映ります。

村上 僕がマクドナルドのハンバーガーを食べている人について書くと、アメリカ人の中には驚く人がいます。どうして日本人がハンバーガーを食べるんだ。どうしてトーフを食べないんだ、と。でもハンバーガーを食べることは我々にとっては今では何でもない、日常的な行為になっています。豆腐を食べるのとだいたい同じくらい。逆に「どうしてハンバーガーを食べてはいけないのですか？」と僕の方から尋ねたいくらいです。

——あなたの小説は、都会で生活する現代の日本人の生活を精密に描写していると思いますか?

村上　精密かどうか、それはよくわかりませんが、人々がいかに行動するか、人々がいかに語るか、人々がいかに考えるか、そのような点については、僕の書くものは多分に「日本的」であると自分では考えています。僕の中には、日本人というものについて物語を書きたいという強い思いがあります。我々は今どこにいて、どこに向かおうとしているのか? それは僕にとってとても大事な問題だし、僕の書くもののひとつのテーマになっていると思います。

——『ねじまき鳥クロニクル』に関してあなたはどこかで、父親のことに興味があると発言していました。彼に起こったことに対して、あるいは彼の世代全体に起こったことに関して興味があると。しかしその小説の中には父親の影はない。というか、すべての小説の中にそれはありません。この本のいったいどこに、そのような興味が反映されているのでしょうか?

村上　僕の書くほとんどの小説は一人称で書かれています。主人公の主要な役目は、

彼のまわりで起こっていることを観察することです。彼は彼が見なくてはならないものを、あるいは見るように求められているものを、リアルタイムで目にします。彼はそういう意味では『グレート・ギャツビー』におけるニックの存在に似ているかもしれない。彼は中立的な立場にいます。そしてその中立性を保持するためには、彼は肉親から離れていなくてはなりません。縦型の家族組織から独立した場所にいなくてはならないのです。

日本の文学においては、家族というのは伝統的に、きわめて大きな存在であり続けてきました。僕のやっていることは、そのような伝統に対する僕なりのひとつの回答になっているかもしれません。僕は自分の小説の主人公を独立した、混じりけなく個人的な人間として描きたかったのです。彼が都市生活者であるというのも、それに関係しています。彼は親密でパーソナルな絆よりは、むしろ自由と孤独を選んだ人間なのです。

——あなたのいちばん新しい短編小説集『神の子どもたちはみな踊る』に収録されている「かえるくん、東京を救う」を読みました。東京の地下深くに巨大な虫が住んでいて、それが今まさに東京を破壊しようとしています。私はそれを読んで、マンガとか、昔の日本製のモンスター映画をつい思い出してしまったのですが。またそれとは別に、東京湾の深いところには大きなナマズが住んでいて、それが五十年ごとに目を覚まして大きな地震を引き起こすという古くからの言い伝えもありますね。そういうものごとが

この話に影響を与えているのですか？　マンガという線についていかがですか？　それはあなたの作品と関連性を持っていますか？

村上　いや、関連性はないと思います。僕はマンガというものをほとんど読まないから。だから影響を受けることもないと思います。

——古い言い伝えについては？

村上　子供の頃にはたくさんの日本の昔話や、言い伝えみたいなものを聞かされました。そういう物語は子供が成長するにあたっては不可欠なものです。たとえば「かえるくん、東京を救う」みたいな話はそういう伝承の貯水池みたいなところからやってきたものかもしれません。あなたがたアメリカ人にはアメリカの伝承の貯水池があるはずだし、ドイツ人にはドイツ人の、ロシア人にはロシア人のそういうものがあるはずです。しかしそれと同時に国や民族を超えた共有の貯水池みたいなものもあります。たとえばサン＝テグジュペリの『星の王子さま』や、マクドナルドや、ビートルズのような。

——グローバル・ポップカルチャーの貯水池。

村上　物語（ナラティブ）というものが、現代において小説を書く上で重要なものごとになっています。文学理論がどうなっていようが、ボキャブラリーがどうなっていようが、大事なのはその物語（ナラティブ）が優れた物語（ナラティブ）であるか、そうではないか、という点にあります。僕らは今このようにインターネットの社会が出現したことによって、新しい種類の伝承（フォークロア）のようなものを手にしています。これはひとつの大事なメタファーになります。そういう機能がこれから先、大事な意味を持ってくるかもしれない。このあいだ『マトリックス』という映画を見ました。これなんかは現代人の精神の生み出したフォークロアのひとつのタイプだと思う。

——宮崎駿の『もののけ姫』は見ましたか？　そこにはあなたの小説との共通点が見受けられるように感じられたのですが。彼はその作品の中で日本の伝承と現代性を結びつけています。この映画は好きですか？

村上　いや、僕はあまりアニメ映画というのは見ないんです。あまりイメージがくっきりしたかたちをとるものは苦手かもしれない。僕が小説を書くときには僕自身のイメージのようなものがあり、僕自身の話の流れがあり、それはとても主張性の強いものです。

——映画はよく見ますか？

村上　そうですね。しょっちゅう見ています。今のところ僕が好きな監督はフィンランドのアキ・カウリスマキ。彼の作品はどれも好きだな。彼のいささかまともじゃないところが好きなんだと思いますね。

——そしておかしい。

村上　うん、すごくおかしい。

——さっきあなたはユーモアというのはものごとを平衡化(スタビライズ)すると言いました。ユーモアには他の利点もあるのでしょうか？

村上　僕としてはときどき読者に声をあげて笑ってほしいんです。日本では僕の読者はよく通勤電車の中で僕の本を読んでくれます。平均的なサラリーマンは通勤に往復二時間くらいかけるし、それは場合によっては読書には適した時間です。僕の本が上下に分かれることが多いのはそれがひとつの理由です。一冊にすると通勤時に持ち運ぶのに重すぎます。そして読者はよく僕に苦情の手紙を書いてきます。満員電車の中で僕の本

を読んでいて、思わず吹き出してしまって、すごく恥ずかしかったと。僕はこういう手紙がいちばん好きですね。僕の本を読んでいて、実際に声を上げて笑ってくれたんです。それはほんとに素晴らしいことです。できれば十ページに一度くらいは笑わせたいんだけど。

――それはあなたの、小説を書くひとつの秘訣になっているのですか?

村上 いや、べつに計算してやっているわけではないんだけど、もしそういうことができれば、それはひとつの達成だろうと思います。僕は大学生のとき、カート・ヴォネガットやリチャード・ブローティガンを読むのが好きだった。彼らはたしかなユーモアのセンスを持っています。そしてそれと同時に何かシリアスなものごとを書こうとしている。僕はそういう本が好きなんです。最初にヴォネガットやブローティガンの小説を読んだとき、ある種のショックを感じました。そうか、こんな小説もありなんだ、と。それはまるで新世界を発見したような気分だったな。

――でもあなた自身はそういう傾向の小説を書きたいとは思わなかった?

村上 というか、僕は世界そのものが一種のコメディーみたいなものだと思っていま

す。この僕らの送っている都会生活もね。五十もチャンネルのあるテレビ、愚かしいとしかいいようのない政治家たち。まさにコメディーだ。僕はシリアスになろうと思う。でもシリアスになろうと努めれば努めるほど、僕はコミカルになっていく。僕自身、十九歳のときにはとんでもなくシリアスな人間でした。一九六八年だか六九年だかのことです。それはひどくシリアスな時代で、人々はみんなせっせと理想主義に燃えていた。

――『ノルウェイの森』がその時代に設定されているのは興味深いですね。あの本はあなたの書いた本の中では、おそらくもっともコミカルな要素が希薄でしょう。

村上　そういう意味では僕らの世代というのはシリアスな世代なんです。しかし今から振り返ってみると、あれはとんでもなくコミカルな時代だった。とてもシリアスであることが即ちとてもコミカルだった。要するに二義的（アンビギュアス）な時代だったんです。そのようにして、僕らは――我々の世代は――その二義性に慣れてしまっているわけです。僕はそう思っています。

――マジック・リアリズムの基本的なルールは、物語の幻想的な要素に読者の目を向けさせるなということです。ところがあなたはこのルールを堂々と破っている。あなたの登場人物たちは不思議なことがあれば「これは不思議だ」と公言するし、読者の関心

をわざわざそこに引き寄せようとさえする。そのようなことをする目的は何ですか？どうしてそういうことをするのだろう？

村上 それはとても面白い質問だなあ。ちょっと考えさせてください……うん、それはたぶん、それがそのまま僕の偽らざる感想だからじゃないかな。世界はかくも不思議なんだ、という。僕の主人公は、僕が小説を書きながら経験していることを、そのまま同時進行的に経験しているわけです。それはまた同時に、僕の本を読んでいる読者が同時進行的に体験していることでもあります。カフカやガルシア＝マルケスの書いている小説は、それよりはよりクラシカルな意味合いで「文学」なんだと思います。僕の書く物語はもっとアクチュアルで、もっと現代的で、もっとポストモダンなのかもしれない。たとえば撮影所のセットを思い浮かべてください。そこではあらゆるものが作り物です。壁の書棚や、本や、そういうあらゆるものが。壁ははりぼてです。クラシックな意味合いでのマジック・リアリズムにおいては、それらはみんな本物という取り決めで扱われることになる。でも僕のフィクションにおいては、もしそれが作り物であれば、僕はそれを作り物だと言ってしまいたい。本物でないものを本物であるかのように見せかけるのではなくてね。

――映画の撮影所のメタファーを拡大するなら、カメラをどんどん引いていって、ス

タジオの機能そのものをばらしてしまうこともあり、ということですか？

村上　そこまで行かずとも、僕としては本物でないものを本物であると、読者を言いくるめたくはない、ということです。僕はそれをありのままに見せたい。ある意味では、僕は読者に向かって「これはただの物語なんですよ」と言ってしまいたいのです。要するに、「これはただの作り話なんですよ」と。しかし読者がその作り話を、作り話であると知りながら、いったんリアルなこととして経験してしまったら、それは作り話であると同時に掛け値なしの現実になるんです。そのへんのかねあいを説明するのは難しいけど。

十九世紀から二十世紀の初めにかけて、小説家の役割は本物（リアル・シング）を提供することにありました。『戦争と平和』においてトルストイは戦場のシーンをとても克明に描きました。読者がそれを事実として眼前に見ることができるくらいに。でも僕はそういうことをしようとは思わない。僕はそれを事実のようには描かない。僕らが住んでいるのはフェイクの世界です。僕らがテレビで見るのは、フェイクの夕方のニュースです。僕らが闘っているのはフェイクの戦争だ。国を治めているのはフェイクの政府だ。でも僕らはそのようなフェイクの世界に、そのフェイク性との関わり方の中に、リアリティーを見出しているのです。僕の書く小説もそれと原理的に同じです。僕らはフェイクのシーンを歩いて通り抜けています。でも歩いている僕ら自身はまったくフェイクではない。リ

アルな存在です。それがひとつのコミットメントであるという意味合いにおいて、そのシチュエーションはリアルなものです。それは真実の関わり（リレーションシップ）を有しているものです。僕が書きたいのはそういうことだと思う。

――あなたは物語を描写する中で、日常的な細部に常に立ち戻っていきますね。

村上 僕は細部がとても好きなんです。たとえばトルストイは全体像を描くことに心血を注ぎます。でも僕はむしろ、どうでもいいような細かい部分に目を注ぎたいんです。あなたは何かを凝視しようとする。あなたの焦点はどんどんその個別の部分に接近していく。そしてそこで、トルストイの小説とはまったく逆のことが起こります。接近すればするほど、ものごとはむしろ非リアリスティックになっていくのです。それが小説において僕のやりたいことです。

――焦点をどんどん近づけていくことで、視野がリアリズムのゾーンからはみ出てしまうということですか。そして日常的で凡庸なことが、再び奇妙なことに転じてしまう？

村上 事物は近くに寄れば寄るほどリアルさを失っていく。カフカの作品を読めばそ

れがよくわかります。それが僕のひとつのスタイルになっています。

——さっき、カフカとガルシア＝マルケスは「文学」の作家であり、あなたの書くものとは違っていると言いました。あなたは自分を文学の作家だとは思わない？

村上　僕は自分を「現代文学の作家」だと見なしています。そこには違いがあります。カフカが小説を書いていた時代には、娯楽といえば他には音楽とか演劇とか、その程度のものしかありませんでした。でも今はそうではない。インターネットが発達し、ケーブル・テレビがあり、レンタル・ビデオがあり、その他ありとあらゆる娯楽が勢揃いしています。競争はますます厳しくなっている。いちばんの問題は時間です。十九世紀においては人々は——有閑階級のことを言っているのですが——もっとたっぷり自由な時間を持っていた。長い分厚い本も楽しんで読むことができた。三時間も四時間も、ゆっくりオペラを鑑賞することもできた。ところが今では多くの人々はとんでもなく忙しい人生を送っています。有閑階級なんてものもどこかに消滅してしまった。『白鯨』やドストエフスキーの長い作品を読むのは素晴らしいことだけど、今の大部分の人々には、そんな時間的余裕はたぶんないでしょう。仕事のために必要な本も読まなくちゃならないし。

世間の多くの人々にとっては、フィクションなんて読まなければ読まないで済ませら

れるものなのです。だからフィクションというもの自体が、根本的なところで変化を遂げているのです。僕らは読者の首根っこをおさえて、こっちまでひっぱってきて無理にでも本を読んでもらわなくてはならない。ジョン・アーヴィングのさっきの表現を借りれば、麻薬注射を打たなくてはならない。現代の小説家はあらゆる手法を用いることを求められています。音楽だとか、ビデオ・ゲームだとか、とにかくほかのいろんな分野における固有のテクニックをね。ビデオ・ゲームはフィクションの世界にいちばん近づいているかもしれません。

——ビデオ・ゲームが？

村上 そう。僕自身はビデオ・ゲームというものをやりません。しかしそこに類似性のようなものを感じないわけにはいかない。小説を書いているときに、ときどきこう感じるんです。僕は自分でビデオ・ゲームをデザインしながら、同時にプレーヤーとしてそれをプレーしているのではないかと。僕は自分でそのゲームのプログラムをしている。そして次の瞬間には僕はその中に入り込んでいる。僕の左の手は、僕の右の手が何をやっているか知らない。それは一種の乖離（かいり）の感覚です。自分が分裂しているという感覚。

——つまり小説を書いていて、次に何が起ころうとしているのか、あなたにはわから

ない。しかしあなたの一部は次に何が起こるかが正確にわかっていると？

村上　無意識的に、ということですね。集中してものを書いていると、僕は著者として感じていることを知りながら、同時に読者が感じていることを知ることができます。これはとてもいい。どんどん先に書き進むことができます。というのは僕は読者と同じように、次に何が起こるかを一刻も早く知りたいからです。しかしながら時々はその流れにストップをかけなくてはなりません。もしものごとがあまりに素早く進みすぎたら、人々は疲れて、飽きてしまいます。ある時点で彼らの足取りを止めなくてはならない。

——どうやってそれをするわけですか？

村上　ただ、そろそろ止める頃合いかなと思って、ふっと止めるだけ。そのへんはなんとなくわかるから。

——ジャズとか、音楽一般についてはいかがですか？　あなたがものを書くときにそれは役に立っていますか？

村上　僕は十三歳か十四歳の頃からずっと熱心にジャズを聴いてきました。音楽は僕

に強い影響を与えました。コードやメロディーやリズム、そしてブルーズの感覚、そういうものは、僕が小説を書くにあたってとても役に立っています。僕は本当はミュージシャンになりたかったんだろうと思う。でも楽器もとくに得意じゃなかったし、だから作家になったんです。文章を書くのは、音楽を演奏するのに似ています。最初にテーマを書き、それをインプロヴァイズします。そして結末に向かう……というような。

——トラディショナルなジャズにおいては、最初のテーマは最後にまた登場します。あなたのテーマはもう一度戻ってくるのでしょうか？

村上 ときとして。僕にとってジャズというのは旅に似ています。精神の旅です。それは書くという作業にとても似通っている。

——あなたの好きなミュージシャンは？

村上 あまりにもたくさんいすぎて、名前を挙げるのは難しいな。でもスタン・ゲッツとジェリー・マリガンは一貫して好きです。僕がジャズを聴きだした頃、この二人は世界でもっともクールなミュージシャンだった。それからもちろんマイルズ・デイヴィスとチャーリー・パーカーは好きです。無人島にもっていくとしたら一九四〇年代のデ

ユーク・エリントンのものをまとめてもっていきたいな。もっとも頻繁にターンテーブルに載せるミュージシャンは誰かと尋ねられれば、それはマイルズになると思います。五〇年代から六〇年代のマイルズのレコードですね。マイルズは常に自己を革新していくミュージシャンだった。ひとつのところには決して留(とど)まらなかった。偉大な人だ。

——コルトレーンは？

村上　悪いけど、熱烈なファンとは言えないと思う。僕の好みからすればまっすぐすぎるというか、ときどきやりすぎるしね。

——ほかのタイプの音楽はいかがですか？

村上　クラシック音楽も好んでよく聴きます。とくにバロック音楽。新しい小説『海辺のカフカ』では主人公の十五歳の少年はレイディオヘッドとプリンスを聴き続けます。このあいだ知って驚いたんだけど、レイディオヘッドのメンバーは僕の本のファンだったらしい。

——僕はそれを聞いても驚かないけど。

村上　このあいだ「キッドA」のCD（日本盤）を買ってきて、ライナーノートを読んだらそんなことが書いてあったから、びっくりしちゃったんだけど。でもとても嬉しいですね。

――『海辺のカフカ』について少し話してもらえますか。

村上　これまで僕が書いた本の中ではいちばん入り組んだ話ですね。『ねじまき鳥クロニクル』よりも更に複雑だと思う。とてもひとことで説明はできないな。二つの物語がパラレルに進行します。主人公は十五歳の少年で、名前はカフカといいます。ファースト・ネームがね。もう一方のストーリーでは、主人公は六十歳の男性です。彼は文盲です。読み書きができない。そういう知的障害があるんだけど、その一方で猫と話をすることができます。カフカ少年は父親に呪われています。オイディプス的な呪詛（じゅそ）です。お前は父親を殺し、母親を犯すことになるだろう、と。彼はその呪いを避けるために、父親のもとを離れ、一人で遠く離れた土地に行きます。そこで彼は不思議な人々と出会い、不思議な世界に入り込み、非現実的な、夢をみるような体験をすることになります。

――物語の構造は『世界の終りとハードボイルド・ワンダーランド』に似ているようですね。あの本の中では、二つの物語は交互に出てきます。章ごとにかわりばんこに。

村上　そう。そもそもの最初には、僕は『世界の終りとハードボイルド・ワンダーランド』の続編を書こうとしていたんです。でもいろいろと考えた末に、結局まったく違うものを書くことに決めました。でもスタイルそのものは似ています。そこにある精神も共通しているかもしれない。そのテーマはこちら側の世界と、あちら側の世界です。その二つの世界を、あなたは行ったり来たりすることができる。

――とても読みたいですね。というのはあなたの作品の中では、『世界の終りとハードボイルド・ワンダーランド』が僕はいちばん好きだから。

村上　僕も心情的にはあの作品がいちばん好きかもしれない。でもこの新しい作品は僕にとってはとても野心的な作品です。というのは、これまでの僕の小説では主人公は常に二十代か三十代の男でした。でも今回は十五歳の少年が主人公になります。

――ホールデン・コールフィールドみたいな感じになるのでしょうか？

村上 そうかもしれない。この物語を書くのはとても刺激的でした。この男の子について書いていると、自分が十五歳のときにどんなだったかがありありと思い出せるんです。記憶は僕という人間にとって、もっとも重要な資産になっていると思います。記憶は燃料のようなものです。それは燃焼して、人を内側から温めます。僕の記憶は抽斗（ひきだし）のたくさんついた大きなチェストに似ています。そこには数え切れないほどの抽斗がありますます。十五歳の少年について書こうと思うとき、僕はそのために必要なひとつの抽斗を開けます。そうすると僕が少年として神戸にいたときに目にした光景が、眼前にそのまま浮かび上がってきます。空気の匂いを嗅ぐことができるし、地面に手を触れることもできます。樹木の緑を鮮烈に目にすることもできる。それも僕が小説を書くことが好きな理由のひとつです。

――十五歳のときに感じた感覚をそのまま取り戻せるということが？

村上 そう、たとえばそういうのができるということが。

――神戸で育ったというのは、あなたが自分のスタイルを培養していく上で、どれくらい重要なことなのでしょう？ 日本の他の都市ではなく、神戸だったということが。神戸というのは国際的で、少しばかりエキセントリックだという評判がありますが。

村上　まさか。神戸の人間より、京都の人間の方がよほどエキセントリックですよ！　京都は山に囲まれた街だから、考え方や感じ方が僕らとはずいぶん違います。

――でもあなたが生まれたのは京都ですよね？

村上　でも二歳のときに神戸に越してきました。だから僕の故郷は神戸ということになると思います。神戸は山と海とにはさまれた細長い土地です。東京という土地はどうも好きになれないな。地形的にあまりにも広くて、平らで、とりとめがないから。ここにいても何か落ち着かないんです。

――でもあなたはここに住んでいるじゃないですか！　あなたはその気になればどこにでも住めると思うのですが。

村上　僕がここにいるのは、ここにいれば匿名性が獲得できるからです。ニューヨークと同じです。誰も僕に気がつかない。どこにでも自由に行ける。街を歩いて、電車に乗っても、誰も声をかけてこない。僕は東京の郊外に家を持っていますが、そこは小さな町で、近所の人はみんな僕の顔を知っています。外を歩いていると挨拶されたりしま

す。声をかけられたりもします。ときどきそういうのが面倒になる。

——同じムラカミでも、ムラカミ・リュウはあなたとはずいぶん違う方法で小説を書いていますね。

村上 敢えていうなら、僕のスタイルはよりポストモダンに近く、彼のスタイルはよりメインストリームに近いと言えるかもしれない。でも彼の『コインロッカー・ベイビーズ』を最初に読んだときはショックを受けました。こういう力のある小説を僕も書かなくちゃと思いました。そして僕は『羊をめぐる冒険』を書き始めたんです。そういう意味では、刺激を受ける相手であるわけです。

——そして仲もいい？

村上 僕はつきあいが悪い人間だし、仲がいいかどうかまではわからないけど、少なくとも対立してはいないと思う（笑）。彼にはナチュラルでパワフルな才能が備わっています。彼の立っている地面のすぐ下には、才能の油田みたいなものが豊かにある。でも僕の場合、その油田はとても深いところにあるので、苦労して掘り下げなくてはなりません。それはとても骨の折れる作業です。そこに着くまでに時間もかかるし。でもい

ったんそこにたどり着けば、僕は落ち着いて、自信をもって仕事に取り組むことができます。僕の生活はかなりシステム化されています。地中をうまく掘り進むためには、そうする必要があるからです。

ジョン・レイとは南青山にあった事務所の一室で話をした（今はもうそこから引っ越している）。彼は小説家で、数年前にエスクァイア誌の「もっとも期待できる四十歳以下の作家」の一人に選ばれた。「雑誌の発売日の一カ月後に四十歳になっちゃったんだけど、ぎりぎりだったな」ということだった。とても斬新で意欲的な小説を書く。彼もジャズ・ファンで、ニューヨークに行くと彼に電話をかけて、二人で中古レコード屋をまわる。いろんな奇妙な、わけのわからないレコード屋を一緒に訪れた。レコード屋めぐりが終わると、ヴィレッジのビヤホールに寄って、ビールを飲む。

（村上）

「せっかくこうして作家になれたんだもの」
レイモンド・カーヴァーについて語る

聞き手　「文學界」編集部

文學界　2004年9月号／日本

——村上さんが翻訳に十四年をかけた『レイモンド・カーヴァー全集』全八巻（中央公論新社刊）がこのほどついに完結しました。カーヴァーの死後、村上さんが終の住処であるワシントン州のポート・エンジェルズの家を訪れたとき、奥さんのテス・ギャラガーに「全作品集の翻訳を完成させてしまうのが怖い」と言ったという件が最終巻に寄せられたテス・ギャラガーの序文にありますが、実際にすべてを終えられていかがでしょう。

村上　一人の作家にここまで具体的に結びつけられるってことは、なかなかないですよね。習作も詩もエッセイも、レイモンド・カーヴァーという人が書いたものは何から何までほとんど全部、自分の手で翻訳することができて、それは得難い体験だったと思います。カーヴァーは同時代人で、実際に顔を合わせて話もしているし、作風が変わってゆくのも目の前で実際に見ています。そういう意味でも、この全集は僕にとって大きな意味を持つ仕事でした。

——ある場合にはストレスフルな作業でもあったとも述懐されています。

村上 優れた作家といってもやはり生身の人間だから、調子の良いときもあれば良くないときもある。習作の時期もあるし、心身共に落ち込んでいる時期もあるし、伸び悩んでいる時期もある。良い出来のものだけ選んで訳すのは楽しいし、気楽なんです。調子の悪いときのものやら、まだ未成熟なときに書いたものやらを翻訳していると、正直言ってこっちも疲れてきます。そういうものも全部ひっくるめて翻訳するのは、予想していたよりきつい作業でした。それだけにやり終えたときの手応えも大きいですが。

——最後の二巻にはごく初期の短編や未発表作品が含まれています。未発表だったものはカーヴァーの意図に達していなかったのでしょうか。

村上 カーヴァーは完璧主義者だから、自分で納得のいった作品しか外には出しませんでした。もちろん小説としての体（てい）をなしているし、普通の基準でいえば質も高いんだけど、カーヴァーの自己スタンダードから見れば、もう一息という作品は、そのまま机の抽斗（ひきだし）に突っ込まれていた。いつか手を入れようと思っていたんでしょうね。そういう作品が掘り起こされて、短編集『必要になったら電話をかけて』に収められているわけ

です。

あれくらいのランクの作家が亡くなって、未発表の作品が机の抽斗からみつかったら、それは本人の意志とは関係なく、ひとつの「文学資料」として世間に公開されるというのがこの世界の一つのルールだから、仕方がないと思うんです。ただ僕としては個人的な思い入れみたいなのがあるから、けっこうつらいところはありますよね。カーヴァー自身ももう一押しできなくて無念だろうなと思うと、なんだか身を切られるようなというか……。全然思い入れのない作家であれば、うん、これはまあ遺稿だから、というふうにクールに読めると思うんだけど。

――その『必要になったら電話をかけて』は全集の途中で単行本でも出されましたが、今回、翻訳のディテールに手を入れられていますね。いわばベスト盤である『カーヴァーズ・ダズン』を含めて、いくつかの翻訳ヴァージョンがある作品がありますね。

村上　翻訳って、手を入れれば入れるほどよくなるものだから、改訳できる機会があるというのは、翻訳者にとってはありがたいことなんです。単行本と文庫と全集とで、少しずつ訳が変わっているものもあります。三十代のときに訳したものは、僕もけっこう若いし、今読み返してみると、訳文にも不思議な若々しさみたいなものがある。カーヴァーの全体像がまだよく見えていないので、ちょっとニュアンスが違っているところ

もあって、それはそれで面白いんだけど、全集というかたちになると、やはり統一感みたいなのは必要になってきますよね。これからもまた機会があれば少しずつヴァージョンアップしていきたいと思います。

――大事な作家のすべてを訳し終えて、一抹の寂しさというものはありませんか。

村上　いまのところは、寂しさよりは安堵感の方が強いですね。僕自身の小説の仕事もあったし、他に急いで翻訳しなくちゃならないものもあったし、あとから未発表の作品が出てきたりもするし、刊行のペースを調整する必要がありました。あと個人全集としての責任というか、あとに残るものですから、ただ単に作品を右から左に翻訳するというだけじゃなくて、それに付随したいろんな細かい実務作業が必要になってくるということもありました。やっと肩の荷が下りたという感じです。でも振り返ってみると、これだけ歳月がかかっているうちに、カーヴァーという作家のポジションもけっこう変化したな、という感慨はありますよね。なにしろ十四年ですから。

――それはアメリカにおいても日本においても?

村上　僕がカーヴァーの作品を翻訳し始めた頃は、もちろんカーヴァーも元気で、盛

んに書いてるときだったので、こっちもそれにあわせて千切っては投げ千切っては投げという感じで、リアルタイムで翻訳をしていきました。その当時はまだ「ミニマリズム」という形でカーヴァーをとらえる傾向が強かったですね。一般的に。そのうちにミニマリズムという言葉自体がだんだん死語になっていって、それにあわせてカーヴァーという作家を、アメリカの新保守主義みたいなものの中に封じ込めようとする動きがありました。亡くなってからしばらくのあいだは文学的神格化みたいなことが行われましたが、やがてその反動があって、また揺り戻しがあってと、そういった振れが地震の余震みたいにわりに細かく続いていました。僕自身は、ただ個人的に作品が好きだというだけで、世間の風向きとは関係なく、コツコツと手仕事でやってきましたけど。『カーヴァー全集』が出始めた頃には、日本でもいわゆる「ニュー・アカデミズム」が流行っていて、そういう方面にはカーヴァーの受けはあまり良くなかったように記憶していますね。どっかの文芸誌に「レイモンド・カーヴァーごときが全集になる日本の文化の情けなさ」みたいなことをちょこっと書いている人がいて、「そうか、これは情けないことなのか」と感心したことを覚えています（笑）。どう情けないのかまでは書かれていなかったので、よく真意はわからないんですが。でもまあ、そういう感じの封じ込めというか、バッシングはアメリカ本国でも、ポストモダニズム関係の方からは強かったみたいですね。

たが、カーヴァーという作家は一筋縄では捉えられないですね。

――日本で人気を得てからも、一面的にしか受け取られない嫌いもたしかにありまし

村上 いちおうリアリズムの文体では書いているけれども、物語自体には反リアリズム的要素が意外に強いんですよね。とんでもなくラディカルなところがある。ところがそういう部分を見ないで、「こんなのただのリアリズムの小説じゃないか。何の新味もないじゃないか」と単純に、形式的に割り切ってとらえる人がいます。その一方で、「アメリカのブルーカラーの日常生活を鮮やかに描き切っている」と、そういう表面的なものごとだけ取り上げて、やたら褒めちぎる人もいるわけです。そういう意味ではカーヴァーの文学的真価はなかなか捉えにくいと思います。もう一つは、彼がアカデミズムの中で育ってきた作家であったために、クリエイティブ・ライティング(創作講座)に意味があるかどうかというような、あまり実りのない論争の中にも巻き込まれていった。その手の瑣末なものごとが収まって、彼の評価が本当に定まるには、もう少し時間がかかると思うんだけど、しかしいずれにせよ、カーヴァーの残した七十数編の短編小説の少なからざる数のものが、クラシックとして後世に残ることは間違いないと僕は考えています。

――村上さんは、最初に「足もとに流れる深い川」の原文を雑誌で読んで、これは他

の人の文章とまったく違うというふうに実感されたんですね。

村上　八二年に、「足もとに流れる深い川」という短編にたまたまめぐり会って、まさに雷に撃たれたようなショックを受けました。一読して、すごい作品だと思ったし、これだけはどうしても自分の手で訳したいと思いました。めぐり会った時期もちょうどよかった。あのときは、中央公論社の「海」で安原（顯）さんが編集をやっていた頃です。当時は翻訳ものって、なかなかほかの文芸誌には載せてもらえなかったんです。安原さんのところへ持っていって、「レイモンド・カーヴァーっていうすごい作家がいて、短編をいくつか翻訳したいんだけど」と言ったら、「どんどんやれ。気に入ったものは片端から訳して持ってこい」ということで、どんどん訳しました（笑）。

——何作かを翻訳してから、カーヴァーに八四年に会いに行かれた。

村上　ええ、そうですね。ちょうどアメリカに行く機会があったので、ワシントン州オリンピック半島の先端にあるカーヴァーの家を訪ねて、彼と二時間ばかり話をしました。そういうタイミングも僕にとっては非常によかったと思う。家に行って最初に驚いたのは、ガレージにメルセデス・ベンツがあったこと。「この人とメルセデスはちょっと合わないよな」と思ったんだけど、後で聞いたら、その少し前に恩師のジョン・ガー

ドナーがオートバイ事故で亡くなって、大きなショックを受けたんだそうです。自分だっていつまで生きてるかわからないんだから、難しいことは言わずに現世を楽しもうという気持ちになり、その足でディーラーへ行って、「これ、一台くれ」と言って、そのまま乗って帰ってきた。気持ちはわかるけど、わりに極端ですよね。

――ヨットも三隻持っていたとか。

村上 ヨットというか、大きな釣り用のボートですね。釣りが好きだから。ボートにせよ、車にせよ、自分が成功したということを何かの形にしたかったのかもしれないですね。ごく素直に。とてもきれいなメルセデスでしたよ。ぴかぴかの新車で、そのまぶしさがまだ目に鮮やかに焼きついています。あれ、今でもテスが乗ってるんじゃないかな。

カーヴァーはすごく大柄な人なんだけど、やたら猫背でもそもそ話す人でした。「体の調子悪いんですか」と聞いたら「いやそんなことない。元気だ」って。お酒をやめて間もないということもあったのかもしれないけれど、紅茶ばかり飲んで、どこか落ち着かない感じがありました。煙草を吸うためにときどき席を外していました。アディクションというか、何かにひっきりなしに結びついていないと落ち着かない、という傾向があるのかもしれない。酒はなんとかやめられたけど、煙草はなかなかやめられなくて、

それが結局命取りになったわけですが。それに加えてどうも、愛情に対するアディクションみたいなものもあったみたいです。人なつっこいというか、わりに人に強くくっついてしまうところがあります。編集者のゴードン・リッシュにしても、ジョン・ガードナーにしてもそうですね。最後はテスのところにいった。寂しがり屋というか、そばにもたれかかることのできる温かい誰かがいないと、うまくやっていけないみたいなところがある。決して弱い人ではないんですが、精神的にある程度自分を託せる相手を必要とするんですね。そういう人がそばに一人いればいい。リッシュとだんだんうまくいかなくなってきた頃に、テスが出てきたりするわけです。

——亡くなったあとに村上さんはポート・エンジェルズの家を再訪しました。そのときの非常に印象的なエピソードを解題で記されています。仕事場でカーヴァーが使っていたタイプライターで彼に短い手紙を書いた。

村上　そうですね。形見の衣服なんかももらって、それは大事にとってあります。カーヴァーは僕よりちょうど十歳歳上で、彼が死んだのが五十歳。

——村上さんはその年齢をもう追い越されたんですね。

村上 十歳も上ですから、歳の離れたお兄さんみたいな感じで、すごいなあ、うまいなあとか思いながらただ見上げていたんだけど、彼が亡くなって、その年齢を追い越してからあらためて作品を読み返してみると、カーヴァーって意外に若かったんだなと、ちょっとびっくりしてしまうことがあります。僕はいま五十五歳だから、彼が死んだ年齢を五歳も超えてしまっています。こちらが歳下だった時代の読み方と、歳上になってからの読み方は微妙に違ってきます。昔はただ見事だなと感心していた作品も、今読むと「そうか、カーヴァーも精一杯がんばっていたんだ」と、心をふと打たれたりする。昔にはわからなかった心の動きの瑞々（みずみず）しさが、今なら見えてくるところもあります。そういう意味では彼の場合、完成された作品でも、決して閉じてはいないんですね。だから若々しさが、そのままのかたちで残されている。同じように個人的に愛好する作家でも、たとえばフィッツジェラルドなんかだと、ある意味では最初から固定されてしまった存在なんですね。ずっと昔の、歴史上の人だし。でもカーヴァーの場合は、僕の目の前で実際に動いてた人だから、余計にそういう時間差の感覚みたいなのが強くなるのかなあ。

――各巻の解題が非常に充実しています。対象となる作家と向かい合ってこれだけ深い内的交流がなされるというのも特別なことではないでしょうか。カーヴァーの作品と村上さんの解題が、読み手の中で作用し合って、二人の作家の稀有（けう）な交感が浮かび上が

ってくるんです。そういう点でも、とても美しい全集だなと思います。

村上 解題は毎回かなり長く綿密に書きました。個人訳の個人全集だから、読者もそれをある程度求めているだろうし。この解題に関しては基本的に、作家に対する翻訳者というよりは、一人の作家に対する別の作家としてのもののとらえ方をしていると思います。それは第三の新人の作品を中心に扱った『若い読者のための短編小説案内』の場合も同じでした。僕は評論家じゃないから、いわゆる文学評論なんてできないんです。でも実際にものを書くという作業を軸にして、僕なりに作品をとらえて論じていくことならできる。だからある場合には乱暴な推論みたいなものになることもあるけれど、「これはあくまで推論です」と押さえておけば、それはそれでいちおうオーケーだろうと僕は考えています。「とにかく僕はこう思うんだ」と。この全集でも、カーヴァーが小説を書くという作業を、作家である僕が翻訳を通して追体験するという、そういうことがずいぶん重要だったんじゃないかなと思います。

――一番長い解題はどれくらいの分量か覚えていらっしゃいますか。小説としては最後から二番目の作品「ブラックバード・パイ」について十二ページも書かれていますね。

村上 うん、あれはたしか最初「新潮」に翻訳を載っけて、そのときに長い作品論を

つけたんですね。「ブラックバード・パイ」って、そんなすごい作品というわけではないんですけれど。

――「生身の人間として生き、生身の人間としての人を理解し、生身の人間としての人を愛することに比べたら、小説を書いて後世に残すことに、どれほどの重要性があるのか、と彼は問うているようにさえ思える」と記しています。村上さんは『若い読者のための短編小説案内』の中で、吉行淳之介の「水の畔り」について、これは傑作でないのかもしれないけども、吉行を読み解く上で非常に重要な鍵になる作品であるという視点から精緻（せいち）な読みを繰り拡げていました。「ブラックバード・パイ」に関しても、ストーリーと作者の意識の乖離（かいり）に注目していて、考えさせられます。

村上　たしかに第一級の作品じゃない方が、読み解くのは面白いのかもしれないですね。あんまり完成されちゃったマスターピースみたいなものだと、細かく読み解いていく作業はかえって難しくなっちゃいますよね。僕は、細かい資料的なものはほとんど当たらないで、ただ丹念に何度も何度もテキストを読んで、自分がそこから何を感じ取るかということで論を進めていきます。読み解く場合にはいくつかの仮説を立ててやっていきますが、その仮説が客観的に正しいか正しくないかというのは、僕にとってはそんなに問題ではないんです。読書なんて結局は偏見の集積ですから。仮説が正しいかどう

かよりは、その仮説と作品がどういう風に有機的に嚙み合っていけるか、どういう文学的風景を立ち上げていけるか、というところに読み解きの面白さがあると思う。もちろんそれが仮説であるということは、前提としてはっきり断らなくちゃならないわけですが。

——そういう意味でもなおさら、村上さんの小説の愛読者には、この全集を隅から隅まで読むことは絶対に欠かすことができないと思います。

村上　でも不思議なんだけど、カーヴァーの作品をこれだけ読んで、これだけ深くかかわって、じゃあカーヴァーから、何か僕が書く上で、とくに短編を書く上で具体的な影響を受けたか、サジェスチョンを受けたかというと、思い当たる節はあまりないんですね。意識しない部分で彼の影響が及んでいるということはもちろんあると思うんですけど。あるいは「あ、そうか。短編小説はこういう風に書くんだな」というふうに技法として学んでいるわけではない。ただ、彼がインタビューで語っている小説の書き方は、長短の差はあるにせよ僕とよく似ているから、学ぶというよりは、むしろ共感の方が強かったかもしれない。

——他の作家では、何かを学んでいるという感じが強いことがありますか。

村上 そうですね。読んでいて「あ、これ面白いなあ。こういうこともできるんだな」と具体的にヒントを得たりするのは、カーヴァー以外の作家のことの方が多いですね。カーヴァーの作品では、そういうことはあまりないんです。どうしてだろうと、常々そのことを不思議に思ってはいるんです。

――三浦雅士さんが、村上さんがカーヴァーを訳すのは、二人が正反対だからではないかと書いてます。

村上 表面的には正反対かもしれないけど、われわれがやっていることは、さっきも言ったように実務的な部分では、あるいは底の部分ではかなり似通っているんです。だからこそ僕は惹かれるのかもしれない。

――『翻訳夜話』の中で、「翻訳というのは、極端に濃密な読書である」と。また、ロールプレイング・ゲームに譬(たと)えて、精神治療的な見地からも意味があることだと発言されてますけど、それはカーヴァーを翻訳することにも当てはまりますか。

村上 カーヴァーの小説を読んでいると、「僕だったらこういうことをこういうふう

には書かないな」と感じるケースはけっこう多いんです。それが三浦さんのおっしゃることと同じことなのかどうか、僕にはわかりませんが、でもそういう部分を訳していると、僕としてはすごく面白いですね。たとえば「大聖堂（カセドラル）」を取り上げてみれば、主人公は、妻の昔の知り合いの盲人が家に食事に来ることを嫌がります。盲人と一緒に食事するなんて迷惑だな、そんなの鬱陶（うっとう）しいだけじゃないか、と主人公は思いますね。そしてそれを実際に口に出して、奥さんが怒って、夫婦げんかになったりする。そういう話の進め方って僕はまずやりません。もし僕が同じような物語を書いたら、僕の主人公はもっと違う反応をすると思う。嫌だという気持ちがあったとしても、それを違うかたちに置き換えると思います。ところがカーヴァーの主人公はもう、「あ、嫌だな」というのをバァーッと出しちゃうわけね、ナマで。その辺の生理感覚はカーヴァーならではですね。もちろんそのような主人公の浅薄さがというか、人間的な設定が、最後の感動的なシーンにつながっていくわけなんですが。

　もちろん、主人公がカーヴァーその人というわけではないんです。でもカーヴァーはそういう男を主人公に据えることで、自分じゃないものに自分を放り込むことによって、どんどん話を前に進めていく。それは小説としてとにかく面白いんです。翻訳していてわくわくする。でも僕がそこから何かを、小説を書く上での具体的なテクニックみたいなものを、実際的に学ぶかというと、とくにそんなことはないと思います。作家にはそれぞれに持ち味みたいなのがあるわけだし、ただ「ここは深く書けてるな」とか「物語

がしっかり動いてるな」とかいった感覚的なことだけです。

――一度書き上げた原稿に繰り返し手を入れて完成させていくやり方も、村上さんと似ているのでしょうか。

村上 小さなひとつのフラグメントから始めて、それをどんどん自由に膨らませていって、ひとつの物語にする。第一稿はほとんど一息で書いてしまう。書き終えてから何度も何度も書き直す。情景をなるたけヴィジュアルに書き込む。文章を必要以上に重くしないで、物語のフットワークを活発に保っておく。説明しすぎない。物語にすべてを語らせる。はっきりとした起承転結はつけないけれど、物語が始まって終わったという感覚がそこにはなくてはいけない。そういうようなところでは、僕とカーヴァーの書き方の姿勢は基本的に似ているんじゃないかと思います。出来上がったものはとても似ていませんが。

カーヴァーはあまり裕福ではないブルーカラーの家庭で育ちました。典型的なワーキング・クラスで、家には本なんてほとんど一冊もなかった。家族で大学に進んだ人間も一人もいなかった。僕は郊外住宅地の、ホワイトカラーの家庭で育った人間で、家の中は本だらけだった。だから少年時代の環境はまったく違うわけなんですが、二十代の過ごし方を取り上げてみると、それなりに共通するところはあるかもしれない。カーヴァ

ーは早婚で、二人の小さな子供を抱えて、貧乏暮らしをしながら大学を移り歩き、フラストレーションとストレスの強い二十代を送った人ですね。いろんなぱっとしない仕事を渡り歩いた。本人は小説を書きたいんだけど、そうするための時間がなかなかとれなかった。

僕は、大学を出る前に結婚しちゃって、借金を抱えて店を始めたんです。借りられるところから全部金を借りて。あまりこういう個人的な苦労話をするのは好きじゃないけど、そのときはほんとに冗談抜きできつかったです。寝る以外何にもできないみたいな感じで肉体労働やって。なんとか借金を返していくことしか考えられなかった。酔っぱらいの吐いたものを掃除して、たちの悪い酔客を叩き出して、朝から仕込みして、夜中遅くまで悪い空気の中で働いて。ものを考える余裕なんてない。そういうのを二十代の終わりまで続けて、ある日突然思い立って小説を書いたわけです。何かのきっかけがあって、とにかく自分なりの小説を書いてみようと思った。二十五年前の話ですけど。そしてたまたま最初に書いたものが「群像」の新人賞を取って、そのまま作家になって、今に至っているわけです。そんなの、普通あり得ないですよね。そういうことが実際に自分の身に起こったというのは、考えれば考えるほど不思議に思えてくる。なんでそんなことが起こったんだろうと。

カーヴァーも、それと同じような感覚を持っていた人じゃないかと思うんです。彼に会ったときに、そういった印象を強く持ちました。自分が小説を書いて、それを人が読

んで、感動してくれて、わざわざ日本から訪ねて来てくれているんだ、みたいな素直な驚きの感覚です。僕の方は、こんな立派な作品を書いているんだからそれくらい当然だろうと思うけど、彼にしてみれば、それはまったく奇跡みたいなことなんですね。

――「新潮」に載った会見記は一期一会の出会いの貴重さを伝えています。カーヴァーが村上さんに「僕の知りあいの日本人はみんな君の翻訳を気に入っている」と言う件があって。

村上 ええ。だから僕に興味を持って会ってくれたみたいです。実際にその土地に行ってみて初めてわかったんだけど、そのあたりはある意味では哀しみに満ちた土地なんです。カーヴァーもテス・ギャラガーも、二人ともワシントン州の田舎の出身ですが、その両親は両方とも、一九三〇年代の大旱魃期にアーカンソーからぼろぼろのトラックに乗って、一家全員で太平洋岸に移ってきた人たちです。西海岸に行けばなんとかなるだろうと。スタインベックの『怒りの葡萄』そのままですね。カーヴァーの父親は、ワシントン州にたどり着いて製材所の仕事を始め、テスの両親も樵になったのかな。そして何とかその地に定着して、親戚の人たちを呼び寄せた。あのへんの人たちは生活が苦しくて、将来もないし、他にあまり楽しみもないから、多くの男がアル中になっちゃうんですよね。ただ木を伐ってそれを製材して、親と同じ製材所に子供も勤めて、同じよ

うな暮らしをして、同じ酒場で酒を飲んで、一生を終えていくんです。文化的な土壌なんてほとんどない。きつい言い方をすれば、アメリカの夢の吹きだまりのようなところです。ちょっと景気が悪くなればもろにその波をくらうことになる。テスにしてもカーヴァーにしても、そういう出口のない厳しい環境の中から、小説を書きたい詩を書きたいという気持ち一つで必死に這い出してきたわけです。そういう志みたいなものはすごく感じる。そして自分たちが作家として生活していられることに対する自然な感謝の念みたいなのが強くあります。僕が、二人に親近感を覚えるのは、そういうところかなと思います。

だからカーヴァーが、小説を執拗なまでに何度も何度も書き直していくという気持ちもすごくよくわかるんです。せっかくこうして作家になれたんだもの、何かを書くのなら、とにかく少しでも良いものにしていきたい。それは言うなれば、労働倫理みたいなものですよね。

——小説の舞台と書き手が住む場所についてお訊きします。これはカーヴァーがインタビューで「私の書く短編小説は場所を特定していない。どこの場所でもどこの住宅地であってもかまわない。だいたい舞台はほとんど屋内なんだしね」と言っていて、どこの町が舞台である場合でも、そこに彼の注意はそんなに向かないんですね。いろんな所に行っていた人だからということもあるんでしょうけれど、これはカーヴァーならでは

の特徴でしょうか。

村上 うん、彼はそう言うんだけど、ワシントン州、太平洋岸の北部という地域に彼が育たなかったら、ああいう文章スタイルは出てこなかったんじゃないかと思いますね。あの土地は、なんといっても特別な空気を持ったところだし、あそこで彼が育ったという意味は、文学的に見ても決して小さくないと思いますよ。僕が会ったときも、ウェスト・コースト出身の作家という文脈でちょっと話をしたら、生まれた場所はあまり作品とは関係ないんだと彼はわりに強く言っていました。高校を出てからいろんな場所に移り住んできたし、都会での生活も長かったからって。でも彼の作風は、たとえどこの場所を書いていても、空とか、風とか、海とか、風景の色合いとか、ああいうオレゴンからワシントンにかけての情景が本質的に染みついていると僕は感じます。多くの場合、人は生まれ育った場所に潜在的に支配されるものだし、小説家だって同じです。ただカーヴァーには少年時代の環境に、自分の作品が必要以上に強く固定されてしまいたくないという気持ちがあるかもしれない。結局のところ、そこから這い出して逃れてきた場所でもあるわけだし。

――カーヴァーにとって、教師であるということは意外なほど重要なことだったんじゃないでしょうか。ものを書くということについて有益なアドバイスを学生に与えてい

たようです。

村上　あの人って、ほんとに親切なんですよね。そういうところは僕とはずいぶん違う（笑）。自分がアカデミズムの場所で教わって作家になったから、少しでもそのお返しをしたいという気持ちがあるんでしょうね。だから大学で創作講座を教えたり、講演をしたり、リーディングをして回ったり、あるいはアンソロジーを編纂（へんさん）したり、そういうことをひとつひとつまじめにやるんですね。時間を割いて。それと同時に彼としては、自分がそういう地位に就けるということがある程度嬉しかったんじゃないかと思う。自分みたいな生まれ育ちの人間が大学の先生になるなんて、ただただ晴れがましかったんじゃないのかな。そういうところは気持ちの素直な人ですよね。気取りがないというか。

——教え子たちがそろって、本当に素晴らしい教師だったと述懐しています。

村上　素晴らしい教師だろうと思いますよ。偉い作家なのに、親身になって温かく指導してくれるし。アドバイスは的確だし。だから多くの人々に慕われます。

——各巻に添えられたメモワールはみんな印象的ですね。

村上 素晴らしいですね。一人ひとりの友だちが、それぞれに彼についての温かい思い出を持っている。ああいう文章を見つけて訳すのも、全集を編纂する喜びのひとつでした。僕が死んでも、きっと誰もあんな素敵なメモワールは書いてくれないだろうな（笑）。

――村上さんがカーヴァーについて書いたもので、とくに村上さんのカーヴァー観を表していると思うのは、リチャード・フォードの『グッド・レイモンド』についての解説です。「カーヴァーは天才ではなかったということなのだろうか？（中略）天才である必要がなかったのだ」。それはどういうことかということを説明していて、ここはものすごく重要だと思います。『翻訳夜話』には、「カポーティもフィッツジェラルドも天才だもの、天才というのは別モノなんだよ」という一文がある。この二つが繋がって、天才である必要がなかったという村上さんの理解は腑に落ちます。

村上 フィッツジェラルドだってカポーティだって、すべての作品が素晴らしいわけじゃない。中にはつまらない作品だってあるんだけど、でも下手なものはありません。すべての作品の中にそれぞれの明確なシグネチャー（署名）があります。つまらなく書いちゃっていても、決して下手ではない。ところがカーヴァーのうまくいっていない作品の場合は、初期のものに多いんだけど、ただ下手なんです、ドジってるわけ（笑）。

訳していると、これは一生懸命書いてるけど、力及ばずドジってるんだなあとわかるんです。

――そのドジり方に、天才性というものよりもさらに文学的に深いものが覗いていると村上さんは見ているんじゃないでしょうか。

村上 深いかどうかまでわからないけど、そういうのって少なくとも、個人的にいとおしいんです。フィッツジェラルドとかカポーティのちょっと落ちる作品は、はっきり言ってそんな可愛くはないんですね。「ふうむ」で終わってしまうことが多い。でもカーヴァーの場合は、一級じゃない作品もそれなりに心に残る。そこにはそこにしかない思いがあるということが、事実として伝わってくるから。それはテクニカルな理由によって、十分には機能していないけれど、とにかくそれはそこにあるんだと。そういうのって大事ですよね。

もう一つ、彼は自分の文章というものに対して、はっきりとした確信というか、自信を持てなかったんじゃないかと思います。たとえばフィッツジェラルドとかカポーティは、自分の文章を鋭利で有効な武器としてとらえていて、それをある程度思いのままに動かすことができた人です。超絶的な技巧を持つ演奏家と同じですよね。それでメシが食えた。ところがカーヴァーの場合は、それを武器としてとらえることはなかった。そ

うする必要がなかったということです。

――村上さんは、その点について「混沌を非混沌的に処理する強固なシステム」をカーヴァーは持っていたと書かれていますね。そして、深い業のようなものを胸に残る形で書くことはカーヴァーにしかできなかったと。

村上 カーヴァーがやったのは、自分の独自のシステムを用いて、世界や状況の相を切り取り、それを小説というかたちに再構築していくことだったと思います。もちろんそれはあらゆる作家が、多かれ少なかれ試みていることなんですけどね。その作業の中において、文章というのはカーヴァーにとっては、突出して大きな意味を持つ要素ではなかった。ただ、その作業をどんどん突き進めていけば、言うなれば自分の作話システムのネジをどんどん強く締めていけば、そこには必然的にレイモンド・カーヴァーの文体というものが浮かび上がっていくわけです。フィッツジェラルドとかカポーティの場合は、文体そのものからものごとが始まる部分があります。もちろんそれがすべてではないけれど、文章が取り仕切っている領域がけっこう広くあります。ところがカーヴァーの場合は、文体というのは必要最低限なものであればよかったわけです。自転車にたとえて言うなら、買い物用のチャリンコっていうとちょっと乱暴だけど、とにかく十段変速ギアなんてものはいらないんです。その文体が真に必然的なものであれば、かっこ

よくなくても、用は十分足りるんです。たとえば“The telephone rang while he was running the vacuum cleaner.”みたいなシンプルきわまりない文章でも、冒頭にちょんと置かれるだけで、不思議なくらい強い存在感をもってくるわけです。

いまでもカポーティやフィッツジェラルドを訳すのは大好きですすけど、僕自身ああいう流麗な文章を書きたいという気持ちはそんなにないですね。美しい工芸品を見るのと同じで、素晴らしいなあとただ素直に感心はしますけど、真似したいとは思わない。まあ真似しようたってできないし、僕がやりたいのはもっと違うことだから。もし僕がカーヴァーから学んだことがあるとすれば、それは文体どうこう、テクニックどうこう、ストーリー・テリングどうこうというような個別的なことじゃないですね。それは作家が自分の固有の作話システムをいかに確立し、いかに有効に切実に作動させていくかという認識、あるいはそれを背負って生きていく覚悟みたいなものですね。

――美しい工芸品としての文体では、文学は必ずしも豊かにならないということ、すごくよくわかりますね。

村上　たとえば僕のある文章が巧いと褒められたとしますね。あんまり褒められないけど（笑）。でも褒められたからといって、僕としてはそんな単純に「ああ、よかった」とは喜べないですね。というのは文章というのは、その一節だけを取り上げて巧い

とか下手だとか決めつけられるものではないと思っているから。その文章によって全体的なシステムが少しでも動けば、その文章は成功していると言えます。その程度のものです。

——カーヴァーが言うには「私がいちばん興味を惹かれるフィクションはある程度まで自伝的なものを感じさせる作品だね。少しだけ自伝的であとの多くはイマジネーションだ」。まさに作品はそのとおりですが、まるでカフカを思わせるようなものもある初期からずっときて、「大聖堂（カセドラル）」で作風が変わっていっても、実人生とのかかわりはとても入り組んでいると思うのですが。

村上 複雑ですね。単純に体験をフィクション化しているわけではない。実際の体験はただの物語の入口に過ぎない、という場合がほとんどです。いったん中に入ってしまったら、あとはイマジネーションが自由に動き始めることになります。でもカーヴァーの場合、そういう実際的な入口はある程度必要になってきます。最初のうちは少年時代から青年時代にかけての体験を題材にして書いて、アル中時代の体験を題材にして書いて、それからアル中から立ち直っていった時代の体験を題材にして書いてという風に、ひとつ前の時代の個人的な出来事をうまく導入装置として用いて、フィクションを書き進めていったわけです。だからもし生きていたら、五十を過ぎてからカーヴァーはいっ

たいどんな物語の書き方をしたんだろうなと、そういうことを考えてしまいます。結局、彼の場合は、作家として大きな成功を収める以前の体験を小説化する作業を長く行っていたわけで、功なり名遂げてからの物事をどんな風に小説的に処理していったんだろうと。

僕自身のことを言えば、僕は自分の実際の体験を用いて小説を書くということをまずしません。ほとんどの場合、自分とは直接に関係のない物語を別のところで立ち上げて小説を書いているわけだから、そのへんはカーヴァーの小説の書き方とはずいぶん違います。でもそれだけにかえって、カーヴァーがもし生きていたら、今頃いったいどんな小説を書いていったんだろうなと、そういうことにすごく興味があります。小説を書く技術は上がっているし、作家としても脂が乗りきっているし、彼自身も人間的に成熟していっているし、実人生も新しい段階を迎えたし、そこからどんな物語が生まれ出てきただろうか。彼はどのような新たな導入装置を持ち込んできただろうか、と。

——その途端に肺癌という病を得てしまったわけですね。

村上　ええ、気の毒なことだったと思うし、僕ら読者にとっても本当に残念なことでした。カーヴァーは死ぬ前の一時期、ものすごくたくさん詩を書きますよね。小説をほとんど書かないで、とにかく詩ばかり書いています。もちろん身体が弱って、小説を書

くためのエネルギーが不足していたということもあると思うんです。詩に比べると小説を書くにはどうしてもより長い呼吸が必要だから。でも、それは自分自身のアジャストメントのためでもあったんじゃないかと僕は思います。これ以上小説を書いても、同じようなことの繰り返しになってしまうし、ここで一度セッティングを設定し直さなくちゃいけないという気持ちがあって、それであんなにたくさん詩を書いたんじゃないかと。もちろんこれは僕の推測にすぎませんが。

――ある時期に書き続けますね、何カ月も。心の中が見えるような詩にも出会えます。最晩年の「慈しみ」や「GRAVY」などはシンプルだけれど胸がつまります。

村上　詩を書きながら、小説を書く態勢を自分の中で整えていたんじゃないかと思うんです。いろんな断片を試して、いろんな方法を試して、それが自分の中でどんなふうに機能するのかを見定めていた。使えるものと使えないものとを腑分けしていた。彼のその時期の詩を読んでいると、そういう気持ちがなんとなく伝わってくるんです。あの後でどんな物語が出てきたんだろうなということに興味がありますね。でも、残念ながらその作業が完了する前に亡くなってしまいました。

――チェーホフの四十四歳の死と、やがて訪れる自らの死を重ね合わせるように書い

た「使い走り」が小説としては最後の作品になりました。

村上 「使い走り」は、いい話ですよね。あれはそういう意味ではまさに新境地です。新境地の先触れというか。あの小説を書いたとき、彼は癌の化学療法を受けていたから、やはり自らの死をそれなりに意識して、死にゆくチェーホフに自らの姿を重ねている部分が大きい。それは間違いないと思います。チェーホフは彼が敬愛していた作家だし。でも暗い話なのに、不思議に痛々しいところがなくて、読んでいて実に清廉な印象を僕らは受けます。ああいう物語を書ける人が、その先いったい何を書いていったんだろうなとついつい考えてしまいますよね。

――こんなに胸に響き過ぎる短編を書いてしまう人は、どうやって生き延びられるんだろうという気がするくらい見事ですよね。

村上 カーヴァーについてひとつ押さえておきたいのは、あの人は一九六〇年代のカルチャーを基本的にパスした人なんだということですね。彼の世代は五〇年代に青春時代を送ったわけですが、それでも一九六〇年代の、ベトナム戦争からヒッピー・ムーブメント、カウンター・カルチャーという時代は、ひとつの大きな節目になっています。文字通り激動の時代だから、価値転換みたいなものもある程度迫られるし、そのへんを

避けて通ることはできなかったはずです。ところがカーヴァーはどうもそういうところをほぼすっ飛ばしているみたいなんです。たぶん彼はその頃二人の小さい子どもと奥さん抱えて、生活費を稼ぐことに追われて、それ以外のことをやってるような余裕がなかったんですね。彼の作品にもそういう六〇年代のカルチャーがらみのことは、あまり出てきません。ベトコンの耳を集める兵隊が出てきたり、みんなでマリファナを吸ったりするんだけど、そういうエピソードにも時代的切迫感ってあまりないんです。わりにさらっとしている。メッセージ性もない。どっちかというと人ごとみたいです。

面白いのは、ブルース・スプリングスティーンもそうなんですね。ブルース・スプリングスティーンは僕と同い年だから、十年カーヴァーより下なんだけど、彼の場合もやっぱり六〇年代的なるものをおおむねパスしてるんです。というのは、あの人もブルーカラーの家庭の出身で、貧乏で、ほとんど無収入で、そんな中でロックンロールをやるのに忙しくて、六〇年代カルチャーどころじゃなかったんです。あやうく徴兵されそうになって、そのときはけっこう大変だったし、もちろん反戦意識は強く持っているんだけど、当時はそれについて何かをするというような余裕まではない。バンド活動の方が忙しい。だから見方によっては、彼らは六〇年代のカウンター・カルチャーに汚染されてないという言い方もできるわけです。どちらも、知的衣装としての前衛性みたいなものとは無縁でいることができた。で、彼らが苦労した末に花開いたのは七〇年代後半から八〇年代にかけての、社会が政治的にも文化的にも保守化していった時代です。アメ

リカが理想主義みたいなものを実質的に切り捨てて、レーガニズムへとただひたすらに走っていく、そういう時期に浮かび上がってきたブルーカラー出身のヒーローなんですね、二人とも。それは意味のある面白い現象だと思うんです。

でも六〇年代のカルチャーに浸かってきて、そこにノスタルジーを見出している一部の人々にしてみれば、二人のやっていることは一種の裏切り行為みたいに映るわけです。そのフォームには、一見して前衛性や実験性みたいなものは感じられない。だからスプリングスティーンもカーヴァーも、多くの知的エリートからは、「おまえらは何も新しいことをしていない。体制的だ」と教条的な批判を受けることになります。でもそういう知的エリートって、僕は思うんだけど、だいたいにおいて富裕なインテリ層の出身で、六〇年代に「いいとこどり」みたいなことをしてきたやつが多いんです。スプリングスティーンやカーヴァーみたいに、食うや食わずでその時代をやっとこさ乗りきってきた、みたいな人はおそらくあまりいない。スプリングスティーンもカーヴァーも、その音楽をじっくりと聴けば、あるいはその小説をじっくりと読めば、決してコンサバじゃないんです。どちらも、保守化したレーガニズムの社会に対する自分たちなりの強固な異議申し立てを行っています。切り捨てられた弱者の痛みをありありと描いています。でもそれらの異議申し立ては、いわゆる六〇年代世代の前衛主義、ラディカリズム、ポストモダニズムとは無縁の場所から発せられています。そこには前も後ろもないし、右も左もない。そのメッセージは高い場所からではなく、地べたからじかに発せられています。

そこにある言葉は、実際の生活から出てきた言葉であり、そこにあるメッセージは、実際に手にとって触れられるようなメッセージです。どのような意味においても教条的ではない。だからこそ、たくさんの普通の人々が彼らの言葉に熱心に耳を傾けた。そのへんを見落としてはいけないと思うんです。

——面白いですね。余裕がなかったのが幸いし、真の独自性を発揮することができた。

村上 そういう風にワーキング・クラスからのアクチュアルな文学的異議申し立てがなされたことって、スタインベックやコールドウェルの時代以来、つまりニューディールの流れを受けた時代以来、ほとんどなかったことなんです。そういう流れが五〇年代のマッカーシズムで徹底的に潰されて、それ以来途絶えていた。ビートだって、ヒッピーだって、反体制的ではあるけれど、どちらかといえばインテリ層の知的な遊びという雰囲気が強いですよね。そういう意味では、カーヴァーの小説というのは、アメリカ文学のひとつの流れの復権でもあったわけです。カーヴァーは彼自身の物語を語ることによって、その流れをほとんど一人で立ち上げたんです。その意味は決して小さくないと思います。

僕が、カーヴァーに実際に会ったり、あるいはテスの家に泊めてもらったりしていちばん強く感じるのは、そこにある地べた的な倫理観の強さです。そういう倫理観は彼ら

が使っているもの、食べているもの、着ている服、家具とか、そういうもの全部に少しずつ染み込んでいるんです。一言で言えば、まあ質素なわけです。そういう生活感覚って揺らぎのないものですよね。それは結局、アーカンソーから食うや食わずではるばるやって来て、一九三〇年代を苦労して生き延びてきた両親から引き継がれているものだし、世間的に成功したからといって簡単に消えてしまうものではない。実際にそういうのを目にして、やっぱりこの人たちの世界はしっかりした地盤を持ったものなんだな、ということは強く感じましたね。

僕も長編小説をひとつ書き終えて、そろそろ短編小説をまとめて書こうかな、という気持ちにだんだんなりつつあるんです。僕は長編小説が自分の主戦場だと思っているけど、時期を選んで短編小説をまとめて書くのは楽しいし、必要なことですから。でもどうあがいても、僕はカーヴァーみたいな短編小説のスペシャリストにはなれないですね。というのは、短編を続けて書いていると、どうしてもいくつかのパターンができちゃうんです。たとえば三つか四つの自分なりのパターンができて、それを順番に使って書いていくしかない、みたいなことになってしまいます。多かれ少なかれ。でもカーヴァーは、そうじゃないんですね。パターンみたいなものはいちおうはあるんだけど、書いているうちに、話がパターンに収まりきらず、そこからはみ出したものがどんどん出てくるんです。そしてそのうちに何がパターンだか、ぜんぜんわからなくなってしまう。何でもありというか。そういうところがカーヴァーの短編小説のすごさだと思いますね。

――そうですねえ、呆気にとられるように展開していきます。

村上 カーヴァーの短編って、「あ、またこのパターンだな」とかいう感じで読み始めても、話が思いもかけない方向にずんずん進んでいって、気がついたら訳のわからない場所に運ばれていた、というような場合が多いですよね。こっちとしても、そこにただ呆然と立ちつくしてしまうみたいな感じで。だいたいの作家の場合、起承転結じゃないけど、初めがあって、真ん中があって、終わりがあって、みたいなのが決まってきちゃうんですね。でもカーヴァーの場合それがない。

――カーヴァーの小説は先が読めないばかりか、どこで終わるか全然わからないのが強烈な魅力です。

村上 そういう風に、話がどこに行くかわからないというような、ナックルボール的な作品を書く人は、人生もそれに応じてちゃらんぽらんになる場合が多いんです。長期的に見ると、それでは駄目になっていっちゃうことが多い。しかしカーヴァーの場合は、その「どこに行くかわからない」無軌道さを、彼独自のシステムでしっかりと底から支えているところがあって、その兼ね合いが見事なんです。彼の生活自体は非常にモラリ

スティックなものではあるけれども、書く小説は決してモラリスティックじゃない。そのへんはすごいですよね。

カーヴァーが一九八〇年代にアメリカ文学に新しい流派を作りだし、短編小説のルネッサンスを興した、みたいなことが一般に言われていますけれど、それはどうかなあと僕は思います。まあ実際にカーヴァーを中心とした小宇宙みたいなものが、当時そこに形成されたわけですが、彼が死んでしまったら、そういう宇宙みたいなものはじわじわと力を失って、ばらばらになっちゃいましたよね。短編小説だって、たしかに巧い人はけっこう出てきたんだけど、長く続けては書けないです。面白い短編集を一冊か二冊出すんだけど、そこでだいたい留まってしまう。だから結局は、カーヴァーの独自な個人的な輝きがそこにあったほとんどすべてであって、彼が亡くなってしまったら、あとにはとくに「これはすごい」というようなものは残らなかった。逆に言えば、カーヴァーというのはそれだけ大きな存在だったんです。カーヴァー的なるものは、カーヴァー一人で終わってしまった。僕はそう思う。

僕にとっても、カーヴァーってずいぶん大きな存在だったんだなと、今振り返ってみると思います。そういうのがだんだん自分にとって明らかになってくるというか……。僕自身は、たとえばカーヴァーがジョン・ガードナーに学んだみたいに、師と仰ぐ人もいなかったし、小説の書き方をどこかで教わったわけでもないし、文学的な仲間もいなかったし、まあずっと一人でやってきたみたいなものなんだけど、ある意味ではカーヴ

ァーという人が僕にとっては個人的にいちばん近しい作家だったのかなあと思いますね。非常に短い間ではあったけど、一緒に並んで歩いた人なんだなあという気持ちはあります。

レイモンド・カーヴァーにとっては、死に物狂いで自分の身を削ってものを書くというのは最低限のモラルだったんです。だからそういうモラルを実行してない人を目にするのは、彼には耐えがたいことだった。優しくて温かくて親切な人なんだけど、文章を書くことに手を抜いている人間に対して、あるいは手を抜いているとしか思えない人間に対して、自分はどうしても友だちとしての親愛の情を持つことができなかったと、あるエッセイの中で告白しています。そういう場合、「あいつはいいやつなんだけど」というんじゃなくて、「いいやつ」という視点すらすっぱりと消え失せてしまうわけです。そういう人が近くにいると、やっぱり身が引き締まりますよね。

「恐怖をくぐり抜けなければ本当の成長はありません」
『アフターダーク』をめぐって

聞き手　「文學界」編集部

文學界　2005年4月号／日本

――『アフターダーク』は具体的にどのように書き上げられていったのでしょうか。

村上　一ページか二ページの出だしのスケッチをまず書いたんです。深夜のファミレスで女の子が一人で本を読んでいる。そこに男の子が入ってきて、彼女に目を止めて「ねえ、誰々じゃない？」と言う。女の子は目を上げる。そういう短いシーンを何ということもなく思いついてサーッと書いたわけ。これは何かに使えるかもしれないと思って、プリントアウトして一年ぐらい机の抽斗の中に入れていた。ときどきそういうことってあるんです。シーンみたいなものがひとつ頭に浮かんで、それを簡単なスケッチにしてメモしておきます。

――淡いスケッチなのですね。

村上　そうです。木炭の素描みたいなものです。一年間そのシーンが頭の中にとどま

っていました。それがちょうどビデオの短いフッテージみたいな感じで、ときどき何かの拍子にふっと浮かんできて、頭の中で繰り返し繰り返しリピート上映される。そんなことが一年間ぐらい続いていましたね。十分ぐらいで書き上げたスケッチだから、文章も練ってない。どこから来たのかもわからないし、どこに行くのかもわからない。ただ、頭の中にエンドレスみたいな感じで、その映像が流れるんです。とくに使い道もないままに。

——そのスケッチが短編になる可能性はなかったのですか。

村上 それはないですね。僕の場合、短編小説はまずそういうふうにしては書かないから。何かに使えるかもしれないとは思っていたんだけど、とくに深くは考えないでそのままほったらかしておいたら、一年ちょっとぐらいして急に「そうだ、あれをもとにしてちょっと長いものを書いてみようか」という気持ちになりました。それでいったん書き始めたら、最後まですよどみなくすらすらと書けちゃったんです。

——スケッチが長い小説に生成していく不思議なプロセスですね。

村上 デニーズの中のシーンから始めるのはいささか唐突だから、そのイントロみた

いなものとして、夜の都市の様子とか時刻の設定を、最初にいちおうさらっとヴィジュアルに書き込んでおきたかった。するとそこでどうしても、「私たち」という視点がひとつ必要になってきたんです。すごく自然に。なぜなら、僕自身もそのシーンを外から見てるわけですよ。僕自身もこのシーンがどういう風に成り立っていて、これからどういう風に進んでいくのか、好奇心を持って外から見ているわけです。つまり僕自身、読者と同じレベルに立っている。覗(のぞ)き見みたいなことをしていると言っていいかもしれない。一種の共謀行為ですね。覗き見の共謀(笑)。そういうのはインターネット的なネットワーク感覚に通じるところがあるようにも思います。

――スケッチから始まった作品は他にありますか。

村上　僕は昔からよくそういう書き方をします。『スプートニクの恋人』も、スケッチみたいなものをさらっと書いて、そのまま抽斗の中で寝かしておいた。そういうメモとかスケッチとかを使って大きなものを書き始めるべき時期というのは、体感で自然にわかるんです。種をまいてから芽が出てくるまでに、一年かかるか二年かかるかわからないけど、その時期が来ると「あ、そうだ、そろそろあれで行こう」ということになる。抽斗をあけて、プリントアウトを取り出して、それをもとに長編小説を書き始める。大事なのはその時期を正確にとらえることなんです。この『アフターダーク』という小説

を書くのはかなり速かったですよ。なぜかといえば、何もしないで一年間寝かしておいたからなんです。それがタメになっているから。小説を書くのって、逆説的な言い方になるんだけど、書かない時期が大事なんですよね。僕はそう思います。『国境の南、太陽の西』の場合は基本的に『ねじまき鳥クロニクル』のアウトテイクを使って書いたから、書き方はちょっと違ってきますけど。

——どういう構成で進めていくかという考えは前もってあるわけではないのですね。

村上 どういうストラクチャーで、誰が出てくる、どういう結論にする、そういうプランはまったくありません。ただその出だしのシーンだけがあって、それだけをもとにして書き始める。短編小説って、もっと幾つかヒントがないと書けないんです、なんか逆みたいで不思議だけど。しかしこれくらいのサイズの長編の場合、キーポイントがあったらむしろ縮こまって書けなくなっちゃう。もっと自由でありたい。ただ今回の小説に関しては、「たぶん一晩のあいだにすべてが起きる話だろうな」という枠組みみたいなものはありました。というのは、一九七〇年くらいにロベール・アンリコの『若草の萌えるころ』という、ジョアンナ・シムカスが主演の映画がありまして。大学時代に見てすごく好きな映画でした。二十歳ぐらいの女の子がパリでひと晩過ごす話。大好きな伯母さんが病気で倒れ、死にかけている。それで居たたまれないから家を出てひと晩、

朝まで過ごす。そこでいろんな人たちに出会う。それ以外に具体的な筋はろくすっぽ覚えていなくて、僕は是非もう一度その映画を見てみたかったんです。でもなぜかビデオが長いあいだ発売されていなかった。それで見ることができなくて、悔しい思いをしていたんだけど。考えてみれば僕は小説家なんだから、「じゃあ自分で同じような話を新しく書けばいいじゃないか」と思った（笑）。ということなんだけど、先週ちょうどDVDが発売されました。もしもっと前に出てたら、違った話を書いていたかもしれないですね。

――公開された当時はそれほど話題にはならなかったけれども、小粒でピリッという感じの映画でしたね。ジョアンナ・シムカスも人気があったし。映画といえば、『アフターダーク』のラブホテルの名前は「アルファヴィル」、ジャン＝リュック・ゴダールの作品のタイトルです。

村上　『アルファヴィル』という映画も僕はすごく好きですね。高校時代に見ました。でもそういう名前のラブホテルが出てくるとか、中国人の娼婦や白川という男が出てくるとか、そんなことは最初はまったく予定してなかったですね。書いているうちにいろんなことがたぐり寄せられるように出てきた。ホテルの名前は何がいいかなとしばらく考えていると、「アルファヴィル」という名前が浮かんでくる。そうすると、名前が付

いただけで、それに付随するさまざまな情景が生き生きと動き出してきます。考えてみたら、この小説の舞台になっている街も、架空の街なんですよね。映画のアルファヴィルと同じで。渋谷ですかとか、新宿ですかとか、よくきかれるんだけど、要するにアルファヴィルです。時代だってべつにいつでもいいんです。

――マリの美人のお姉さんのエリはもう一つの軸となっていますが。

村上 最初のチャプターを書き終えて、次のチャプターに取りかかるときに、さあ次はどこへ行こうかと、その時点で考える。それはまったく違う場所で、違う人によって行われていることでなくてはならない。それもマリに密接に関係してくることでなくてはならないということはわかる。だから「さあ、どうしようか」と考えているうちに自然に、眠り続けるエリのシーンが出てくる。それがもう一方の軸になります。このへんのことはもう一種の勘です。

――勘なのですね。計算ではない。

村上 計算して書いたら、計算して書いた、という話にどうしてもなっちゃう。手探りして進みながら、自然に顔をのぞかせるものを、するっと素早く引っぱり出していく

のが物語です。マリはひと晩起きている人の話だから、もうひとつのラインは眠り続ける人の話になります。あくまで自然にバランスを取るということだけど。そういう勘って、集中していればおのずと働いてきます。それがないと小説は書けない。これは小説家、みんなそうだと思いますよ。

——カメラアイとしての「私たち」という視点を選んだゆえの難しさというのはありましたか。

村上　特にそういう難しさみたいなものはなかったです。ただし今回は、いつもとはちょっと違う書き方をしたかもしれない。というのは、いつもは僕は頭からかなり綿密に書き込んでいくんです。しかしこの小説は、どちらかといえば毎日毎日、わりにラフに書き飛ばしていったような気がする。身を入れて書くのは会話中心で、それ以外の状況説明、外見描写みたいなことは、その時点では最低限のことだけさらっと書いておいて、最後まで書き終えてから、遡（さかのぼ）って書き足していくというかたちをとりました。

というのは、何が起こっているのか自分の目でまず見てみたい、という気持ちが強かったからじゃないかな。今回は、文章を細かく書きながら次の行き先を考えるというのではなくて、話そのものがかなり速いペースで前に進んでいったなという気がします。そうやって進んでいく物語をどんどん追いかけていったというか。

——原形と現在の形はかなり違うんでしょうね。

村上　もちろんぜんぜん違います。たとえば顔のない男の描写なんて、最初の段階ではろくに書いてない。ト書きみたいなぶっきらぼうなかたちでしか書いていません。「そこにこういう人がいる」みたいな。あとから綿密に細部を書き込んでいくことになりました。

——『スプートニクの恋人』とか『国境の南、太陽の西』のときは？

村上　その二作について言えば、最初からかなり綿密に書き込んでいきました。というか、文章を僕なりにスタイリッシュにしていくことが大きな喜びだったし、その喜びをエネルギーの糧にして話を進めていくところがあったから。つまり「文体主導」という感じですね。でも今回は最初の稿ではかなり書き飛ばしたんです。レイモンド・カーヴァーの昔のインタビューを見ると、カーヴァーはだいたいいつもそういう書き方をしていますね。とにかく最初の段階は粗筋だけ書いて、とにかく勢いをつけて早く話を書き終えてしまって、細かいところはあとでどんどん書き加えていきゃいいんだよ、と。僕自身はあんまりそういう書き方はこれまでしなかったんだけれど、今回やってみたら、

それはそれでなかなかおもしろかった。ひとつのやり方ではあるなあと思いました。意図的にやったことではなくて、あくまで結果的にそういう書き方になったんだということなんですが。*

——これからもまたその方法を試みることは?

村上 わからないな。題材の性格によるんじゃないですか。あるいはもっと長い作品であれば、そういう書き方をする部分もあり、綿密に頭から書き込んでいく部分もあり、という混在型の書き方になるかもしれない。それによって物語はより奥行きのあるものになっていくかもしれませんよね。一人の作家の中にいろんな視点があるように、いろんな書き方があっていいと思います。

——『アフターダーク』はとりわけダイアローグが楽しいですね。ロジカルでしかもひねりがある、とでもいうか。キャラクターの方から自由に話し始めるという感じでしょうか?

村上 小説の会話部分については苦労したことってこれまでまずないですね。書きながらいつも自然にすらすら出てきます。地の文はあとでかなり手をいれますが、会話っ

てあまりいじりません。ただ僕の書く台詞は、そのまま実際に口に出せるものではないです。その多くは、文章の流れの中でしか成立しない台詞なんですよね。文章の中では自然だけど、それをそのまま口にするとたぶんちょっと不自然なものになるかもしれない。たとえばフィリップ・マーロウの台詞にもそういうところはあるけど……。だから会話を書くのは比較的得意だけど、だから戯曲やシナリオがうまく書けるかというと、そんなことはないと思います。小説の中の会話が比較的自由に書けるということで

＊このあと小説に関して言えば、『アフターダーク』と同じような書き方をしたことは、全体的にも部分的にも一度もなかったと思います。少なくとも現在の時点ではということですが、初稿でこういう「書き飛ばす」ラフな書き方をしたのは、このときが最初で最後になりました。だからそういう意味においても、『アフターダーク』は僕自身にとってかなり興味深い存在でもあります。どうしてこの話をこんな風に書いてしまったのだろうと、いささか不思議に思っていました。でも『1Q84』のBOOK3を書き終えたとき、ああ、ここには『アフターダーク』を書いたことが生かされているんだなと感じました。『アフターダーク』を書くことでついた筋肉が、ここでとても自然に活用されているんだなと。牛河という人物を動かす視点は、『アフターダーク』という物語を動かす視点と呼応しているように僕には思えます。書いているときにはまったく気づかなかったんだけど、書き終えてしばらくしてから、そう感じました。

す。

——高橋にマリが、姉とセックスしたかどうかと聞くときに、「ひとつの仮定として」「仮定として」と互いに五回繰り返す。こういうところの妙はたまらないですね。

村上 そういうリズムの取り方とか、間の取り方というのがわりに好きなんです。自分が読む場合でも、会話の扱いがうまい小説って好きです。会話と、それから書簡。

——時制を見てみると、地の文は現在形で書くという前提があります。

村上 この小説は最初から最後まで、ほとんど現在形で書かれているんだけど、現在形で小説を書いていると、どうしてもスピードが中心的な要素になってきます。現在形の文章で延々と心理描写をしたりしたら、書く方も読む方もすぐに疲れちゃいますよね。だから、どうしても前に前にフットワーク軽く、話を進めていくことが大事になってきます。心理描写みたいなものは、まったく違うかたちで示していかなくてはならない。だから今回のこの『アフターダーク』という小説は、僕にとってはいろんな新しいことを試せる場所ではありましたね。そしてここで試したことは、きっと次の入れ物で使えると思うんです。それはこの小説を書いたことのひとつの大きな意義であると思います。

次につなげられるであろうことがけっこうあった。そういう手応えみたいなものがあります。今は短編小説をまとめて書いていますが、順番からいうとその次には、また大きな長編小説にとりかかることになると思いますので（註・これが『1Q84』になる）、いろんなものごとがそこにうまく流れ込んでいくんじゃないかと。

――このスピード感は、もし映画にたとえるとするとゴダールに通じるというか。どちらの方向に行くかまるでわからない。急に次の場面が現れて人が会話を交して、切断を経てまた次に行く。

村上 ヌーヴェルヴァーグ映画って好きなんです。高校時代からその手の映画はだいたい全部見ています。とくにジャン＝リュック・ゴダールは、十代の僕にとってのヒーローの一人だったですね。トリュフォーなんかよりもはるかに好きだった。トリュフォーが好きになったのは、わりに最近なんです。若いときはやたら元気だから、「トリュフォー、だるい」とか思っていた。いま見るといいですけど。

映画といえば、僕は大学時代は映画のシナリオばっかり読んでて、映画そのものよりは映画のシナリオから影響を受けたところが大きいです。大学の演劇博物館の図書室に行けば、『キネ旬』だとか『映画評論』についているシナリオを読めるから、映画を見るお金がないときは、いつもその代用品みたいな感じでシナリオを読みふけっていまし

た。日本映画も外国映画も、古今東西たいていなんでも揃っていた。そんなふうにシナリオを読むのはすごく勉強になったし、今でもひとつの影響として残っています。一九六〇年代後半ってビデオなんてなかったし、たとえばジャン・ルノワールとか、昔の映画について知りたいと思ったら、これはもうシナリオで読むしかないんですよ。そして頭の中で自分なりの映画を組み立てていく。

今の人はビデオ屋に行けば何でもある。もちろん便利でいいんだけど、でもそれはそれとしてシナリオを読むのって面白いですよ。慣れると、頭の中にすらすらと映像が浮かんできて、けっこう病みつきになっちゃう。実際にそういう風にして読んだシナリオの映画を、たまたまリバイバルで見たりすると、「おい、オレの方がもっといい映像を頭の中でつくってたぜ」とか（笑）。

——役者がヘタだな、とか。

村上 うん。「なに、これ」とか。アーノルド・シェーンベルクが「音楽というのは楽譜で観念として読むものだ。実際の音は邪魔だ」みたいなことを言っていたけど、それにちょっと似ているかも（笑）。まあ、僕は小説の書き方みたいなものをいろんなところからちょっとずつ学んでいるので、それはあくまで一つの側面にすぎないわけですが。

――シナリオをそこまで読んだ人って、あまり聞いたことないですね。

村上 そういうせいがあるのかないのか、今でも小説を書きながら、自然にサウンドトラックが浮かんだりすることはあります。だから僕の小説ってよく音楽が出てきますね。自然に頭に浮かんでくるんです。今回も書いていて個人的に楽しかったのは、ファミレスのBGM選びとかね。

そういうことも含めて、この小説を書いてるとき、とても楽しかったですよね。これほど楽しく小説を書いてしまっていいのだろうか、とさえ思う。『スプートニクの恋人』も『国境の南、太陽の西』もそうだし、これくらいのサイズの小説には、つまり中編小説というか、短めの長編小説には、書くのが自分で楽しいという傾向はかなり強いです。

――しかしその一方で、現代という時代の暗部というか怖さというか、人間というものは次の瞬間に何に出会ってしまうかわからないというモチーフが濃厚に出ていますね。

村上 『海辺のカフカ』くらいの規模の作品になると、その世界はいろんなものごとが複合的に組み合わされて成り立っているわけです。シンフォニーにいくつかのテーマ

が必要になるのと同じです。ひとつのモチーフやセンティメントだけでは動いていかない。また短編の場合にはそんなに強いセンティメントは必要じゃないし、かえって邪魔になる。ただこの『アフターダーク』くらいのサイズの小説では、個人的思いがある程度の濃厚さを持たないと立ち行かないところがあります。

――高橋が、刑事裁判の傍聴に通ううちに、死刑判決を受けた被告と自分を隔てるものは何もないという恐ろしさに気づくというのも、悪というものについての思弁として印象が強いです。

村上　そういうところって論理的な例証として、あるいはとっかかりとして、良くも悪くも取り上げられやすい部分だと思うんだけど、でも小説的にいえば並列的なエピソードのひとつに過ぎません。あまり強い思弁をそこに求められても困るというところはある。

――そういうことなのですか。

村上　そのエピソードは出そうか出すまいか、どうしようかけっこう迷ったんです。でも僕自身がオウム裁判の傍聴で、長い期間、東京地裁に通っていて、少なくとも東京

にいるときには必ず傍聴するようにしていました。それで裁判所のにおいみたいなものが、僕自身にどうしようもなくついてしまった。それをとりあえずというか、文章のかたちにして、どっかでひとつ始末をつけておきたいという気持ちがありました。いつまでもそういうのを一人で抱え込んでいられなくなってきた。傍聴席でノートとって、人の生き死にを検証してきて、死刑判決をいくつも見てきて、これは関わり合った人はみんなそうだと思うけど、それはやはりずいぶん重かったです。その重さ・暗さみたいなのはたしかに『アフターダーク』にも通奏低音として漂っているかもしれない。

僕はいつかは本格的にそういうことについて何か書くことになるだろうなと思ってるんです。しかしまだその時期ではないですね。もっと時間を置く必要があります。小説というのは、インテイクしたものを全部出しちゃいけないですよね。取り込んだものからいちばん大事な部分だけを抽出して使うというか、またある場合には思いそのものをすべて抱え込んで、呑み込んで、それとはまったく違うかたちでもって書くとか、そういう我慢がすごく大事な作業になります。僕もそれはよくわかっているんだけど、ときとしてこんなふうに抱えきれないものが出てくることになる。今回はそういう気持ちの一端を高橋くんにふと託してしまった。でもまあ、そういうこともたまにあっていいんじゃないかと思いますけど。僕らはなんといっても生身の人間なんだから。

——白川という男が、自分が意識しない時間に暴力に走るというところがありますね。

そういうところも、悪の問題が前面に出てきています。

村上　僕は、白川という男を純粋な悪だとは思わないんです。もちろん彼はきわめて危険なものを体内に抱え込んでいるけれど、それはある意味では世間のほとんどの人が抱えている問題を増幅したものにすぎないわけです。人が抱え込んでいるものというか、それを抱え込まないことには存続し得ない要素を、小説的に増幅したにすぎないんですよね。『海辺のカフカ』のジョニー・ウォーカーにしてもカーネル・サンダーズにしても、外界から来たものではなくて、あくまで人の内部から生まれ出てきたものです。それが増幅されてかたちをとったものです。それと同じ文脈で白川という男が物語の中に登場してくる。ただあの男がどこからどうして出てきたのか、僕自身にもよくわかんないんですよね。僕が一年間、頭の中で温めて眺めてきた夜の闇みたいなものの中に、この人が突然すっと入ってきて、そのまま「謎の男」として居すわってしまったみたいな感じです。一年間「ホールド」の状態で物語の起動を待っていたというのは、そういう意味では大きいことだったと思うんです。そういうタメがなかったら、白川という人物像は——少なくとも僕にとってということだけど——もっと薄い、説得力のないものになっていたんじゃないかと。

だから僕は、小説家の作業にとっていちばん大事なのは、待つことじゃないかと思うんです。何を書くべきかというよりも、むしろ何を書かないでいるべきか。書く時期が

問題じゃなくて、書かない時期が問題なんじゃないかと。小説を書いてない時間に、自分がどれだけのものを小説的に、自分の体内に詰め込んでいけるかということが、結果的にすごく大きな意味を持ってきますよね。だから僕はいちおう小説家だけど、小説を書かない時間を意図的にけっこう長くとっているんです。スパンを長くとって均してみれば、小説を書いている時期よりも、小説を書いていない時期の方がずっと長いと思いますね。

それで書かないときは何をしているかというと、エッセーを書いたりすることもありますけど、ほとんどは翻訳ですね。翻訳をしながら、人の書いた文章に身を沈めながら、「自前の小説を書きたい」という気持ちになってくるのを待っているんです。そして小説を書くべき時期が来たと思ったら、ほかのことは全部放り出して、小説を書くことに百パーセント集中する。白川にしても、エリにしても、そういうふうに待ち時間をたっぷりととって、闇がしっかりと満遍なく身体にしみこんだところで、初めて姿を現してくるんですよね。

――批評的にはおおむね好評でした。好評のあり方が、おおざっぱな言い方ですが「この小説はわかりやすい」という視点から書いているものと、「この小説は読み解くのが難しいんだ」という、その二つに分かれているのが面白いなと思ったんです。

村上　好評でしたっけ?*　僕は小説を書き終わると、いつもうちの奥さんに最初に読ませて感想を聞くんです。読者代表みたいな感じで。で、この『アフターダーク』を見せたら「こんな難しい話はない。あなたがこれまで書いた中でいちばん難しい」と言われたんです。僕は書き終えた時点では、今度のはものすごくわかりやすいストレートな話だと、自分では思ってたから、そんなことを言われて思わずひっくり返ってしまった。「えっ、なんでこんなのが難しいわけ?」と。僕は頭に浮かぶままスラスラとよどみなく書いて、「どう、読みやすいでしょ」という感じで見せたんですけどね。そういうのって不思議ですよね。まああとになって「そうか。そう言われてみれば難しいのかもしれない」と思うようにはなりましたけどね。

——視点が交錯するところ。テレビの中の男が眠るエリを凝視している気配を「私たち」が見ていて、そのテレビ映像のなかにエリが入ってしまう。また、鏡の前を去ったあとも顔が鏡に残る場面。読み解こうとすること自体が快楽になるように書かれているのですが。

村上　それはたぶん、言語的に読もうとするから難しくなるんじゃないかな。僕は非言語的なコンテクストで書いているわけだから、そういうコンテクストで読んでいけば、筋はちゃんと通っているんですよ。きわめて一貫しているし、ナチュラルなんです。僕

の頭の中で映像が進んでいくのを追いかけているわけだから。

——映像を追いかけていくと、視点は単体ではなくて、「私たち」があって、テレビのカメラアイがあって、作者が全体を見ているから、視点が二重三重に入れ子状になっ

＊「批評的にはおおむね好評でした」という表現は、おそらくインタビュアーの礼儀正しさからでてきたものではないだろうか。講談社の担当編集者は「批評をみても、読者の反応をみても、これくらい評判の悪い村上さんの作品は初めてです。村上さんの場合、批評が悪くても、読者が支持するというケースが普通なんですが、この本についてはどちらもおそろしく悪かった。どうしてでしょうね？」と言っていた。どうしてかは僕にも正確にはわからないが、たぶんその時点で人々が僕に求めていたものと、その時点で僕が自分自身に求めていたものの方向性が大きく違っていたからではないかと思う。だから評判が悪くても、僕自身はほとんど気にならなかった。むしろどうせ評判が悪いなら、徹底的に悪い方がいいような気さえした。自分自身を刺激し、文体のペースを揺さぶり、次の段階に進むための道のおおまかな段取りをするというのが、この作品を書いたひとつの目的だったから。そういう意味合いでは、僕が書く「短めの長編小説」はいつも——少なくともそれが出版されたときには——あまり評判が良くないような気がする。それも僕がこれくらいの長さの小説を個人的に好む理由のひとつになっている。

ていくとも言えます。

村上　あっちからもの見て、こっちから同じもの見て、こう行って、ああ行って、というふうに、自然に立体的に視線が移動していたんです。とくに計算してやっているわけじゃないです。物語を有効にたどろうとすれば、いちいち考えなくても、自然にそうなるんです。地形によって水の流れ道が自動的に決まってしまうのと同じように。作家というのは基本的にその道筋をたどっていけばいいわけです。流れを理解すればそれでいい。物語というのは、僕にとっては質量のない絶対原理であって、僕はそれを言語的に書き換えているだけです。

――河合隼雄さんは、「浅井マリの心が癒される上で、彼女の無意識がどのようなはたらきをしたか、が語られているものとして読んだ」と書かれました（『現代』二〇〇五年一月号）。

村上　マリという女の子は、真夜中から明け方までの時間を、一人でくぐり抜けようとしています。そうすることによって、そういう試練を進んで自ら引き受けることによって、何かを証明しようとしている。具体的に何を証明しようとしているのか、それはたぶん本人にもよくわかっていないんじゃないかと思います。しかしそうすることが、

自分のためにも、眠り続ける姉のためにも必要なことなんだと、無意識的に認識しています。そういう彼女の認識が、彼女を助けてくれるものを呼び寄せます。世界中のすべての神話がそういう構造になっていますよね。主人公が試練を進んで引き受けるとき、その主人公を助けるものが必ずどこかから出てきます。

でも、そういう援助の役割を引き受けるのは、アウトサイダーじゃなくちゃいけないんです。社会の本流からは受け入れられないものでなくてはならない。だからラブホのマネージャーと、よく素性の知れない二人の下働きの女の子たちね。そういうものじゃなくてはならない。あるいはまたそこに絡(から)んでくるのが、中国人の娼婦とマフィア。昼の明かりの下には出てこられない人たちです。いわば裏社会で生きている人たち。そういう人たちとの絡み合いの中で、マリは夜のいちばん深いところをくぐり抜けていく。モーツァルトの『魔笛』の試練のように、いくつかの痛みを体験し、恐怖をくぐり抜けなければ本当の成長はありません。真の成人にはなれない。そういう意味においては、『アフターダーク』というのは、イニシエーションの物語ですよね。書いているときにはよくわからなかったけど、今時間をおいて、いったんかたちになったものを読み返してみると「そういうことか」と思います。もちろんそういうのはあくまで僕個人の「解釈」にすぎませんが。

――『キャッチャー・イン・ザ・ライ』のホールデン少年が街を彷徨(さまよ)うのも、やはり

地獄巡りみたいなものですよね。しかし彼は試練をしっかりとくぐり抜けることはなく、回っているだけです。ラストのメリーゴーラウンドみたいに。ある意味ではホールデンに対する逆のテーゼを『アフターダーク』は差し出しているとは言えませんか。つまりホールデンと違ってマリは夜をくぐり抜けて、一つの慰藉(いしゃ)を得、そして姉にもそれを与える。微妙にリンクしながらもサリンジャー的な、永遠の少年(少女)なるものと対極にあるものを提示しているんじゃないかなという気がします。村上さんが『キャッチャー・イン・ザ・ライ』で「you」を敢えて「君」というように人称を前に出して訳したことも、今回の「私たち」と関係があるという指摘もありますが。

村上 そうか、気がつかなかったけど、僕は順番からいうとサリンジャーを訳したあとでこの『アフターダーク』を書いているんですね。たしかにそういう意味合いにおいて、ホールデンの存在はサブリミナルに、僕の意識の中に入っていたのかもしれない。『キャッチャー』における「君」の視点と、『アフターダーク』における「私たち」の視点にも、呼応しているところはいくらかあるのかもしれない。僕自身は実際のところ、これを書いているあいだ『キャッチャー』のことは一度も思い出さなかったですけどね。今言われて初めて「そうかな」と思った。

ただね、僕の気持ちとしては、エリとマリは裏と表なんですよ。マリが主体的にくぐり抜けようとしているものを、エリは受動的にくぐり抜けさせられている。エリとマリ

は、同時に、違う方向に闇をくぐり抜けている。マリは自分がなんとか闇の時間をくぐり抜けることによって、エリをも救済しようとしています。彼女は自分の運命と姉の運命がどこかで連動しているらしいことに、すごくぼんやりとではあるけれど、本能的に気がついています。そして朝が来て、実際に二人が裏表で救済されかかっているところで、話が終わります。だから『キャッチャー・イン・ザ・ライ』の精神的破局に向かっていく状況とはずいぶん違いますね。それはマリという女の子の基本的な強さだと僕は思うんです。ホールデンは現実から逃れて、神経を破綻させながら、身を隠すように都市の闇を彷徨うけれど、マリはその同じ闇に自立的に立ち向かっていきます。僕は結局のところ、そういう女の子の姿を描きたかったんだろうと思いますね。足を地にしっかりとつけて、智恵を身につけていこうとする少女の姿を。

僕は既に五十いくつの人間だし、今の十九歳の女の子が何を考えているかなんて、具体的にはほとんど何もわかんないですよね。ま、向こうもわかられたくないだろうし、僕にしても現代の風俗を鋭く表現しようなんていうつもりはないし。そっちの方は若い作家の領分ですよね。でも僕にももちろん十九歳のときはあったわけで、小説的に気持ちを集中すれば、そのときの空気みたいなものは自然に蘇ってきます。だからそんなに書くのに苦労はしないんです。一生懸命想像すれば、いろんなことはわかってきます。つまり僕自身がフィクショナルに十九歳に近接するということです。若作りするということではなく、意識のタイムマシーンのようなものを用いて自分の過去に立ち戻るとい

うことです。しかしまたそれと同時に、現実的なことを言えば、マリって女の子は僕の子どもの世代に当たりますよね。そしてもしマリが僕の子どもだったら、こうあってほしいなという思いのようなものも、僕の中にはいくらかあります。そういう二つの方向から生まれるイメージが複合的に重なって、そこにマリという女の子の像が立ち上がっていくことになります。その複合性というのは、僕にとってやはり大事なのかな、という気がしますね。

――『アフターダーク』の半ばに、テレビの画面を抜けて中の世界に視点が移動する。そこのところで、視点の自由さがもう一度強調されます。「肉体を離れ、実体をあとに残し、質量を持たない観念的な視点となればいいのだ」と。ここは他の移動の仕方とは違うんですね。高い場所からの視点がさまざまな場所に進入するのとは違うレベルでの移動をするのである、ということですね。

村上　うん、テレビの画面を抜けていくわけだからね。それは『ねじまき鳥クロニクル』に出てくる井戸の「壁抜け」と原理的には同じなんですよね。完全に自分が分子として分解しないことには壁は抜けられません。僕の小説には現実の世界と、現実ではない世界の間を行き来する部分がよく出てきますが、そのとき人は一度自分の組成をすっかり壊さなくちゃいけない。質量を失って、ひとつの原理にならないといけない。そう

しないと向こう側にはいけない。そういうのって、CGでやると表現が簡単なのかもしれないですね。一目でわかってしまう。文章で書こうとすると描写がかなり大変なんだけど。で、僕は思うんだけど、人には「原理になってしまいたい」という欲求があるんじゃないのかな。肉体を失って原理になってしまいたい。「壁抜け」というのはそういう意味においても可能なんです。ただ僕は人間存在の「原理」みたいなことに対しては懐疑的です。下手すると、そのへんからオウム的なるものに行ってしまう可能性もあるから。だからそれは原理というよりは、むしろvoid＝虚空という方に近いかもしれない。人間存在の核はvoidであるという方が、僕の論点には合っているかもしれませんね。我々は結局のところvoidに付着している表象スタイルの総合体に過ぎないのだと。

――輻輳（ふくそう）する構造が、画面抜けで露（あら）わに出ている気がするんです。それが二重構造、三重構造をつくっていて、批評でも注目されました。

村上 うん。そう言われればそうかもしれない。ただね、普通の読者ってどういう読み方をしているんでしょうね。批評的に読んでいくと、そういうところはやはり問題になってくるだろうとは思うんだけど、僕の読者のうちのどれくらいが、そういうふうな読み方をしているかというのは、すごく興味深い問題です。『海辺のカフカ』のウェブサイトに来たメールを中心にして言いますと、だいたいの読者はそこまでは考えないで

すよね。もちろん分析する人も少なからずいて、中には話の筋が整合していないとか文句を言う人もいるわけだけど。僕の文章はある程度読みやすいし、ストーリーもしっかりとあるから、普通の読者はごく素直にスーッとそのまま読んで、読み終わって、うまくいけば「ああ面白かった」と思ってくれるわけです。しかし読み終えて本を閉じたあとで、何かがひっかかる。「でも、あれはいったいどういうことだったんだろう？」って考え出す。そしてもう一回読み返す。そういう読者がけっこう多かったですね。

――そう思います。そういう風に読ませるように書かれています。

村上　僕はそれは非常にありがたいことだと思うんですよ、実際の話。そんなふうに同じ本を二度三度くり返し読んでくれる人って、今の世の中にそんなにいないですからね。情報が溢れかえったこんな忙しい時代に。作者としてはただもう感謝するしかない。しかし、僕がこんなことを言うのはなんだけど、何度読み返したところで、わからないところ、説明のつかないところって必ず残ると思うんです。物語というのはもともとがそういうもの、というか、僕の考える物語というのはそういうものだから。だって何もかもが筋が通って、説明がつくのなら、そんなのわざわざ物語にする必要なんてないんです。ステートメントとして書いておけばいい。物語というのは、物語というかたちをとってしか語ることのできないものを語るための、代替のきかないヴィークルなんです。

極端な言い方をすれば、ブラックボックスのパラフレーズにすぎないんです。

僕は、だからこそできるだけ読みやすい文章で小説を書きたいと思うんです。そしてできることなら時間を置いて読み返してほしい。それだけの耐久性のあるタフな文章を僕は書きたいと思っています。

このあいだブライアン・ウィルソンが日本に来て、『スマイル』ツアーをやって、聴きに行ったんだけど、僕はライブで、『スマイル』というアルバムが目の前で、頭から順番通りに実際に演奏されるのを見て、それで初めて「そうか、うーん、『スマイル』というのはこういう音楽世界だったんだ！」と理解できたところがあったんです。はたと膝を打つところがあった。一九六六年くらいに基本的に作られたアルバムで、これまでにいろんなかたちでずいぶん繰り返し聴いてきたんだけど、でも全体像が僕なりに正確に理解できるまでに、結局四十年くらいかかってるわけです。そういうのってすごいことですよね。『ペット・サウンズ』にもそういうところがありますよね。これも理解できるまでにずいぶん歳月がかかりました。僕は『ペット・サウンズ』とか『スマイル』の中の曲の多くも、出てきたときにリアルタイムで聴いているわけだけど、それから四十年近く、実人生をかけて少しずつ理解できていたという実感があります。そういう意味合いでは、ブライアン・ウィルソンという人の提出する「物語性」の強烈さというか、「文体」の強靱さ、その奥行きの深さに、同じ表現者として感じるところはあります。

ビートルズの『サージェント・ペッパーズ』も出たときに同じようにリアルタイムで聴いて、「すごいなあ」とただ感服したし、今でもやはりすごいアルバムだとは思うんです。でも今聴き直して、聴き直すたびにブライアンの音楽みたいな新しい発見があるかというと、それはほとんどないですね。その世界は六〇年代の時点でしっかりと美しく完結してしまっています。ひとつひとつの曲の隅々まで、僕らはもう覚えてしまっている。だから今となってはあまり聴き返さないです。『サージェント・ペッパーズ』の場合、時代の経過、こちらの年齢の積み重ねによって新しく見えて来るというものはあまりないような気がする。音楽が古びているということでは決してないんですけど。しかし『ペット・サウンズ』とか『スマイル』は年に一回ぐらいは聴き返さなくてはいられない。どうしてそんなに何度も聴き返したくなるかというと、僕は思うんだけど、ブライアンの音楽の中には、空白と謎がなおも潜んでいるからです。そしてその空白と謎は、ブライアン自身の中に潜んでいる空白と謎に、有機的に呼応しているからです。それが僕の言う「物語性」です。

——クラシック音楽で言えば、たとえばベートーヴェンの後期のカルテットみたいなものでしょうか。

村上　理解するのに時間がかかる、成熟を必要とするという点においては、そうかも

しれない。ただベートーヴェンの後期カルテットは、思弁的な要素がより強いかもしれないですね。ブライアン・ウィルソンの音楽にはたしかに把握しにくいものがありますが、でもそれはベートーヴェン的な「難解さ」とはちょっと異なっているんです。どっちかというと、成り立ち方としてはフランツ・シューベルトの長大なピアノソナタに似ているかもしれないですね。シューベルトのある種のピアノソナタも、なんかよくわけがわかんないじゃないですか。思弁的といえるほどのものはないし、いったい何を目的にして、誰のためにこんな正体不明のものを書いたんだろうというようなことが。僕はシューベルトのソナタを聴くたびに強くそう思います。

——そこにただ質量として、圧倒的に存在している。

村上 そう。そこにシューベルトがものすごくエネルギーを注いだであろうことは理解できるんですよね。ただ、何のためにこんなにエネルギーを注がなくちゃいけなかったのかというのは、何度聴いても根本的な謎として残ります。何度聴いても、その音楽の核みたいなものがうまくつかめない。つかもうとすると、するすると隣の部屋に逃げていく。まさにvoidです。当時のどういう人がこんな作品を求め、理解し、そして評価したんだろうと。実はあんまり評価されなかったんじゃないか、というのが僕の推測ですけどね。『スマイル』の場合と同じように。「シューベルトもあんな長いソナタさえ書

かなきゃいいやつなんだけどなあ。きれいな歌曲だけ書いていればいいのにさ」みたいなことをみんなに言われていたのかもしれない。でも今の時点で腰を据えて聴くと、不思議に心に沁みるんです。そのわけのわからないところが、とりとめのなさが、そのvoid的な部分が、なぜかぴったりと僕らの心にフィットする。そういう意味では『スマイル』はシューベルトのピアノソナタに似ているかもしれないですね。

そういうのは全世界的な趨勢(すうせい)みたいです。だから、クラシック音楽のトレンドというか、波頭(なみがしら)にしても、今はベートーヴェン、モーツァルト、バッハみたいなところはいちおう通りすぎたんじゃないかなという気が僕はするんです。そのへんはもうだいたいわかった、と。

――それではシューベルトとかシューマン。

村上 そうです。そのあたりがおいしくなってきた。シューマンもたしかに、よくわかんないところのある音楽ですよね。まぁあの人の場合は特に、分裂症的な傾向がありますけど。しかしいずれにせよ、一種のそういう流れみたいなものが、世界全体の中にあるんじゃないかな、と僕は感じます。

――さて、村上さんの作品は世界中でますます熱烈に読まれています。

村上 アメリカとイギリスでこの一月に『海辺のカフカ』の翻訳が出たんですが、予想したよりずっと売れています。もちろんまだ日本でのように大量には売れないけれど、イギリスの『サンデー・タイムズ』でもアメリカの『ニューヨーク・タイムズ・ブックレビュー』でも、末席の方ではあるけどベストセラー・リストに載りました。とくに『ニューヨーク・タイムズ・ブックレビュー』のベストセラー・リストは全米の書店売り上げを均したものだから、そこに翻訳フィクションが入るというのはあまりないことです。クノップフの担当者も「この前、いつ何が入ったか、まったく思い出せない」と言っていました。ドイツでは昨年、六週間くらいベスト10に入っていたし、オーストリアではなんと一位になった。そういうことを思うと、世界的な規模でひとつの新しい文化的な流れみたいなものがたしかに起動しているのかな、という気がしなくもない。

一九八九年に初めて『羊をめぐる冒険』を出して、これは批評的にはけっこうよかったんだけど、数から言えばそのときはそんなに売れなかった。それから十六年ぐらいかけて、一冊一冊こつこつと本を出してきて、販売部数も年を追うにつれて少しずつ増えて来ました。海外の読者が僕の小説世界みたいなものを、だんだん自然に受け入れてくれるようになったんだと思う。僕の小説スタイルに慣れてきたというか。そして僕にとってもっと大事な意味を持つのは、これまでに出した本が少なくとも英語圏では一冊も絶版になっていないということです。ほとんど常にカタログに載って、実際に書店の棚

に並んできた。地道ではあるけれど、ロングセラーとして機能してきた。そういうのってアメリカの出版界ではかなり稀なことです。

アメリカの批評だと、村上はポストモダンの代表的な作家である、ということになっているみたいです。このあいだの『ワシントン・ポスト』の批評だと、トム・ロビンズよりシリアスで、トマス・ピンチョンより less dense（みっちりではない）というポジションなわけ。ただね、僕は自分のことをポストモダンの作家だなんて思ったことは一度もないんです。ポストモダン的なものにはもちろん興味あるけど、僕自身の書くものはべつにポストモダンだとは思わない。面白いのは、韓国、台湾、中国の読者は僕の書いているものをポストモダンだなんて全然思っていない。ただただ自然に受け入れている。

——「モダン」だと思っているかもしれない。

村上　正確な意味でのモダンがないからポストモダンもない、というロジックとは別に、僕の書く物語というのは、その成り立ちとして、東アジア地域の人々にとってはそれなりに自然なんですよね。ところが東アジア地域でポストモダンでなく、普通の面白い物語として受け入れられているものが、ヨーロッパとかアメリカに行くと、ポストモダンというところに自動的にカテゴライズされてしまう。それはけっこう面白い現象ですよね。本当のことを言えば、アメリカ人、ヨーロッパ人の小説読者も、「ポストモダ

ン」みたいなものをひとつ越えた、新しい小説的方法を心の底では求めているんじゃないかなという気がします。でも僕の小説の場合、あてはめるべきジャンルが既存しないから、とりあえず投げ込み寺みたいな感じで「ポストモダン」というジャンルに入れておこう、ということなんじゃないかと。べつに僕としてはそれはどうでもいいんですけど。

――『新潮』三月号で「東京奇譚集」の短編連作が始まりました。

村上 短編集『神の子どもたちはみな踊る』をまとめて書いたのは、シドニーのオリンピックの少し前だから、もう四年半くらい前のことになりますね。あのときも二カ月ぐらいのあいだに、一度にばあっとまとめて書いちゃったんですね。それ以来一本も短編を書いていませんでした。いや、ひとつだけ書いたな。『バースデイ・ストーリーズ』という僕が編纂したアンソロジーのために書いた「バースデイ・ガール」という短編小説。でもそれ以外にはまったく短いものを書いていません。で、ローテーションからいけばそろそろ短編の時期だなと。久しぶりにまとめて短編を書いてみようかという気持ちにもなってきたし……。そうですね、最近は短編小説は一度にまとめて書く方が、僕にはわりにしっくりくるみたいです。ひとつずつばらばらに書くより、たぶん気持ちを集中させやすいからでしょうね。四年も書いてないと、やっぱり書きたいこと、書か

なくてはいけないことが、知らず知らずのうちにたまっていたみたいです。短編という入れ物にしか入れられないマテリアルというのも、やはりそれなりにあるんです。一週間に一本くらいのペースで書いて、全部で五本書きました。

――もうすべて脱稿したとは驚きです。

村上　僕の場合、決心するまでには時間がかかるけど、決心していったん書き出すと進行が速いんです。年末からお正月にかけてはやることなくてヒマだから、集中して仕事できます。今回は「東京奇譚集」という通しタイトルどおり、奇妙な話、ちょっと不思議な話ばっかりを集めて書きました。集中して短編小説を書こうとする場合、書く前にポイントを二十くらいつくって用意しておきます。

――ポイントってどんなものですか。

村上　何でもいいんです。なるべく意味のないことがいい。たとえば、そうだな、「サルと将棋を指す」とか「靴が脱げて地下鉄に乗り遅れる」とか「五時のあとに三時が来る」とか（笑）。そうやって脈絡なく頭に思い浮かんだことを二十ほど書き留めておくんです。リストにしておく。それで短編を五本書くとしたら、そこにある二十の項

目の中から三つを取り出し、それを組み合わせて一つの話をつくります。そうすると五本分で十五項目を使うわけですね。そして残った五つは、使わなかったものとして捨てるわけ。不思議だけど、こうやると短編小説ってわりにすらすら書けてしまいます。いつも多かれ少なかれそういうやり方で短編を書くんですが、今回はとくに意識的に、そういうシステムをきっちりつくって作業を進めました。

——最後の一編はどうもいい結びつけ方が見つからないということはないですか。

村上 そういうことはないですね。必ずすっとおさまっちゃいます。書いているうちに、「次はこれだな」「あっ、これだな」というのが見えてきて、リストの中から自動的にすらすらと選んでいきます。三題噺(ばなし)ってありますね、原理としてはあれに近いかもしれない。僕の場合は誰かから与えられるんじゃなくて、自分の中から自発的に、潜在的に出てきたものなので、そこは根本的に違いますけど。

——出てきたときには、組み合わせるものはまったく決まってないというのは不思議ですよね。

村上 そういう一見して脈絡のないランドマークみたいなものを、ところどころにポ

ッと浮かべて話を書いていくというのが、自分でもすごく刺激的で、面白いんです。自分の中で浮かび上がってきたブイには、それだけ内的な必然性があるわけだから、結果的にすべては自然におさまっていくというか、そのブイの存在によって話がどんどんインスパイアされていく。ものごとの連動性が明らかになっていく。今回はとくにそういう書き方をしたんです。読んでいる人はたぶんどれがブイなのか、わからないと思いますけれど。なにしろ脈絡みたいなものがないから。

枚数もきっちりと決めてやっていて、六十枚と決めたら、ぴったりそのとおりに書きます。一行か二行くらいしか出し入れがないんじゃないかな。そういうところは僕はかなり凝り性だから。最初に六十枚と決めたら、自然にそのへんで話が終わります。

——決めた通りぴったり六十枚ですか。

村上　ぴったり。もちろんあとでゲラに手を入れるから、枚数は結果的に変わってきちゃうんだけれど、少なくとも編集者に渡すときはぴったりですね。最後の一本だけは九十枚くらいになったけど。

そういう風にいろんな書き方ができるようになってくると、書くのが面白いですよね。ただ、そういう二十のポイントが必然的なものとして水面に浮かび上がってくるのは、やはり四年のあいだ短編小説を書いていないからですよね。タメがあるから、そういう

のが自発的に出てくるんです。同じことを来月またもう一回やれと言われたって、そんなに簡単には出てこないですよ。ある程度の時間、無意識の中に自分をとっぷりと沈めておかないと、僕のシステムはうまく機能しない。正しい時期が来ていないのに、意識の明かりの中に持ち出しちゃうと、持ち出されたものはすぐに枯れてしまうんです。モヤシと同じように、床下で養分をじゅうぶん与えて成長させて、正しい時期が来たときに蓋(ふた)を開けなくてはならない。だから、いつ時期が来るかを見定めるのが重要です。タイミングを見る才覚というか、スキルというか。女の人を口説くのと同じで、タイミングがほとんどすべてです(笑)。

——『アフターダーク』のマリは今までの村上さんの小説の女性とちょっと違いますね。より捉えがたいという感じがします。何かが村上さんの中で変わっていくしるしのような人物なのかもしれないという気もしました。

村上 うん、マリという女の子を書いてて、これまで僕が他のところで書いてきた人物とはちょっと違うな、という手応えみたいなものがたしかにありました。この人については、書いている僕にもまだまだわからないところがずいぶんあるんだな、という感触がずっとつきまとっていました。今でもまだよくわかってないかもしれない。でもそういうのってたぶん、「その人物がちゃんと書けてる」というサインかもしれないです

ね。この人については僕にもわからないところがけっこうある。しかしわからないけど、あえてわかる必要はないんだ、と僕は思うんです。というのは、ひとつひとつの局面において彼女がどのような反応をし、どのような行動をとるかということがつかめてさえいれば、小説的にはそれでいいわけです。小説における人物というのは、あるいは現実世界においてもそうなのかもしれないけれど、そういうところで成り立っているわけです。

小説に関しても、他のことに関してもそうだけど、「誤解の総体が本当の理解なんだ」と僕は考えるようになりました。『海辺のカフカ』に関して読者からたくさんメールをもらって実感したことは、そこにはずいぶんいろんな種類の誤解やら曲解やらがあるし、やたらほめてくれるものもあれば理不尽にけなすものもあるんだけど、そういうものが数としてたくさん集まると、全体像としてはものすごく正当な理解になるんだな、ということでした。そこには、ちょっと大げさにいえば、感動的なものがありました。だから逆にいえば、僕らは個々の誤解をむしろ積極的に求めるべきなのかもしれない。そう考えると、いろんなことがずいぶんラクになるんですね。他人に正しく理解してもらおうと思わなければ、人間ラクになれます。誰かに誤解されるたびに、見当違いな評が出るたびに、「そうだ。これでいいんだ。ものごとは総合的な理解へと一歩ずつ近づいているんだ」と思えばいいんです。逆にいえば、小説家というのは、あるいは小説というのは、そんなに簡単に正確にぴっと外から理解されてしまっては、むしろ困るんじ

ゃないかと。そんなことになったら、僕らはもうメシを食っていけなくなるんじゃないかと。

僕は小説を書き始めて二十五年になるけど、そのあいだに自分の小説の独自のスタイルを作っていって、そして自分の生活のスタイルをかなりきちんと守って、とにかく自分のやりたいことだけを、自分がやりたいようにやってきたわけです。マラソンでいえば、第一集団はどうぞお先へ行ってください、自分のペースで好きに走りますから、というふうにしてやってきたんだけど、いつの間にか「何がメインストリームか」というコンセンサスが世の中になくなってきたみたいなところがあります。良くも悪くも。だからそのぶん僕としても、心ならずもかなりの風圧を意識せざるを得なくなりました。なかなか単純にはマイペースでやっていられない。きつい状況も出てきます。でもね、最近になって、いろんな意味で「どうでもいいや」と思えるようになりました。僕は特別に正誤をただしておかなければならない場合を別にして、これまでほとんど誰の個人的悪口も言ってないし、誰の足もひっぱってないし、私ごとについては何を言われてもおおむね我慢して口を閉ざしてきたんだけど、まあそれでよかったんだろうなと。小説を書くことの楽しさは、小説をこうして書き続けられることの楽しさは、何ものにも代えがたいですよね。それは誰にでもできることじゃないから。二十五年たって、そういうのがやはり身にしみてわかってきた。

夢の中から責任は始まる

聞き手　ジョナサン・エリス、平林美都子

THE GEORGIA REVIEW　2005年秋号／アメリカ

ジョナサン・エリス（以下ＪＥ）　あなたの大学での卒業論文は「アメリカ映画における旅の系譜」だと知って興味深かったです。メインテーマは何だったのですか？

村上　ずいぶん昔の話ですね。一九七三年か七四年、もう三十年も前です。何を書いたのか、正確には覚えていません。僕は何かを証明するためにそれを書いたわけではなかった。そのときに考えていたことを、文章のかたちにしただけです。つまりアメリカ文化においては、移動の感覚がひとつの大きな特色になっているんだということを。とりわけ映画とか文学の世界において。アメリカ人は常にフロンティアか、あるいは「テラ・インコグニタ（未知の大地）」を捜し求めています。そのためにほとんど常に移動を続けている。別の言い方をすれば、固定されることを恐れている。僕はそれがアメリカ文化の強みであり、また同時に弱点であると感じていました。学生時代にそういうことを考えていて、それをそのまま卒業論文にしたわけです。三日か四日でさっと書き上げました（笑）。成績はＡプラスだったな。

JE　とてもいい論文だったんでしょうね。

村上　卒論指導教授に「君は物書きになるといい」と言われました。それを聞いてずいぶん驚きました。というのは自分が物書きになるかもしれないなんて、当時は考えたこともなかったから。自分の書く文章に自信なんてまったくなかったし。きっと先生は軽い冗談で言ったんだろうと思っていました。そんなわけで二十九歳になって、突然自分が小説を書いたとき、僕自身いちばん驚いたんです。つまり、先生の方が正しかったわけですね。

JE　一九八四年にレイモンド・カーヴァーに会って、彼の作品の翻訳も手がけていますね。あなたは彼のことを、今まで会った中で「もっとも重要な教師」であり「最高の文学的同志」であると言っています。どのようにして彼との友情を築いたのですか？　彼から学んだこととは何ですか？

村上　彼は作家のようには見えませんでした。普通のそのへんの人に見えました。彼は製材所の工員を父親として田舎町に生まれ、彼自身も生活のために病院の用務員をやったり、セールスマンをやったりしてました。少なくとも僕の目にはということですが、

彼は小説家のようには見えなかった（笑）。でもそのときは、僕の方もきっと作家みたいには見えなかったと思いますよ。僕だって長いあいだずっと「普通のそのへんの人」だった。僕はごく当たり前のサラリーマンの家庭に育ちました。二十代の日々はただ労働に明け暮れました。大学を卒業する前から始めて、それから七年か八年か、毎日毎日、妻と一緒にずっと肉体労働をやっていました。あれはきつかったな。だから最初にカーヴァーに会ったとき、彼の中に僕と同質のものを感じ取ることができたんだと思います。何かを書くというのは、何かをクリエイトするというのは、本当に苛酷な仕事です。でも作家になったのは、労働者の時代に比べれば、はるかに幸福な状態だと言えるでしょう。誰かの下で働かされているのではないから。僕らは――僕もカーヴァーも――そのことを心から感謝していました。僕は彼の態度から、そういう心持ちをひしひし感じ取ることができました。とりわけその語り口から。とても謙虚な人でしたね。ぜんぜん威張ったところがなかった。作家として人間として、信用するに足る人だと思いました。それは得難い体験でした。そういう人ってあまりいませんから。

言うまでもなく、彼の書くもの、彼の文体に僕はとても感心しました。でも技術的に、具体的に彼から何かを学んだというわけではありません。というのは、我々のスタイルはお互いずいぶん違っているから。彼のスタイルは基本的にリアリスティックだし、僕のスタイルはそうではありません。僕の書くものはよりシュールレアリスティックです。しかし我々のやっていることにはよく似た部分があります。つまり我々がやっているの

は、簡単な言葉を用いて、深い物語を書くことです。そういう意味では、我々は結局のところ、同じことをやっているんだと言えるかもしれない。また彼は作家としてきわめて誠実であり、厳しく仕事をする人です。それが僕がレイモンド・カーヴァーについて感じたことです。それが彼を友人として、また僚友として感じてしまう理由です。

平林美都子（以下ＭＨ）　あなたはイギリス人作家のカズオ・イシグロへの、とくに彼の「一つの文化の垣根を越えて」ものを見るという能力への賞賛の念をよく口にしていますね。これはどういう意味ですか？

村上　カズオ・イシグロは日本で生まれ、英国に渡り、そこで育ちました。彼自身は「日本語は話せない」と言うけれど、スコットランド人の彼の奥さんは「カズオはけっこう流暢に日本語が話せるわよ」と僕にこっそり教えてくれました（笑）。でも彼は日本語を話したくはないのだろうと、僕は理解しています。とくに日本では。たぶん彼にとって、彼の日本語は十分ではないからでしょう。

僕は彼の文化的背景に興味を持ちます。彼は人種的にいえばまったくの日本人です。でも英国に留まることを選んだ。彼の中にはいくつかの矛盾が存在します。彼の作品を読んでいて、僕はしばしばそれを感じます。彼が日本や日本社会について書くとき、そこにはまるで外国人が日本を描写しているような趣がありります。ところが彼が英国的な

るもの——たとえば執事とか貴族とか——を書くとき、そこには日本人の目を通して英国社会を見ているような趣があります。彼が描く英国人たちは、まるである種の日本人のように感じられる。これはとても不思議なことです。そういう複雑に交錯する部分に、僕は強く興味を感じるのです。もちろん彼は英国に居住する、日本を出自とする作家として、自らのアイデンティティーを希求しているわけですが。そのような彼のアプローチは個人的なものでありながら、広く普遍化することのできるものです。それが彼の本から僕が感じ取ることです。僕は彼のそのような姿勢と才能を高く評価しています。

JE 最近ではJ・D・サリンジャーの『キャッチャー・イン・ザ・ライ』を翻訳されていますね。最初にあの本を読んだのはいつ頃のことで、サリンジャーにはどの程度影響を受けてきたのでしょうか。

村上 十六歳か十七歳か、そんな頃だったですね。

JE 僕が読んだのもその頃です。

村上 （笑）それを読んだときはとても印象的だった。そこには胸を打つものもたしかにありました。でもその頃、僕は自分が作家になるとは考えてもいませんでした。だ

から難しいことは考えず、ただ楽しんで読んでいた。不思議なことだけど、それからその本を一度も読み返していないんです。どうしてだろう。本棚に突っ込んだきり、一度も手に取らなかった。にもかかわらずそれは、僕にとって大事な意味を持つ本になりました。この本が優れているのは、とても正直に率直に書かれているからです。素晴らしい文体を持っているし、ドライブがあります。そしてそこには切実な心情が描かれています。二年ほど前に、翻訳をしてみないかという話が出版社からあって、引き受けました。翻訳するのはとても楽しかったな。まったくの純粋な喜びでした。でも僕がその本から何か強い直接的な影響を受けたということは、たぶんないと思います。僕がその本から影響を受けていると考える人もいます。でも僕はそう思わない。僕はただその本を読むことを楽しんだだけです。もし僕がそこから何かを得たとしたら、それは共感でしょうね。作家と読者との間に生まれる共感。

JE　あなたは八〇年代後半から九〇年代前半にかけての大部分を外国で過ごしていますね。まずヨーロッパにいて、そしてアメリカでは客員研究員として滞在しています。この時期に日本を出ようとした理由は何ですか？　また、外国での滞在は創作にどのように現れていますか？

村上　ひとつの理由は、これが最も大きな理由なんですが、日本にいる必要がとくに

なかったということです。僕は小説家だし、世界のどこにいたって小説は書けます。二番目の理由は、僕がこの国であまり多くの人々に好かれていなかったということです（苦笑）。僕は他の作家たちとはかなり毛色が違っていたのでしょう。日本の文壇システムからは、ほとんど黙殺されたような状態になっていました。多くの読者は僕の小説を熱心に受け入れて、本を出せばそれを買ってくれました。でも文芸世界では僕はほとんど評価されていなかったし、好かれもしなかった。攻撃を受けることも頻繁にありました。彼らは僕が日本文学の伝統を破壊していると言った。まあ結果的にはそのとおりだったかもしれないけど（笑）。でもそれはいわば建設的な破壊です。自分は間違ったことをしていないという確信が僕にはありました。しかし軋轢のようなものはどんどん大きくなってきて、それで僕は逃げ出したくなったんです。静かな環境の中で、心静かに小説を書きたかった。だからヨーロッパに行くことにしました。そのときちょうどローマに友人が住んでいて、彼女が僕らを誘ってくれました。こっちに来て住めばいいと。最初しばらくギリシャの島に住んで、それからローマに移りました。ヨーロッパにいるあいだに、二冊か三冊の本を書きました。だからヨーロッパに住んだのは、僕にとって結果的に良いことだったと思います。

日本を離れた頃、一九八六年か八七年頃のことですが、僕はかなり名前を知られる存在になっていました。カルト的な人気みたいなものがありました。それなりにちやほやされたところもありました。でも僕としては、そういうものにあまり興味はなかった。

僕はむしろ一人きりになって、自分と向き合っていたかった。その当時、僕はヨーロッパではまだ無名でした。今でこそけっこう多くの言語に訳されていますが、その頃は僕の書いたものはまだまったく訳されていなかった。だから無名の人間として静かに自分のペースで生活することができました。

MH　無名でいること、人付き合いから離れていることは快適でしたか？

村上　答えはイエスであり、ノーです。外国でどういう組織にも属さず、どういう資格も持たず、一個人として生活するのは、決して簡単なことではありません。考え方も違うし、慣習も違います。食べ物も違う。言葉もろくに通じない。僕らにとってヨーロッパで生活するのは、時として厳しいことでした。トラブルも少なからずありました。しかし少なくとも自由ではいられた。それは素晴らしい感覚です。自由であること。そういう意味では、外国での生活は僕にはぴたりと馴染みましたね。そして僕らが日本にいなくて淋しがってくれるような人は、ほとんどいなかった（笑）。僕の方も特に誰かが懐かしくなるということもなかったけど……。ただ日本食は懐かしかったな。豆腐とか蕎麦とか。それくらいかな。

MH　創作を始めたとき、「実体」としてのアメリカには興味がなかったと言ってい

ましたね。興味を引かれたのは「僕の時間性のなかで……ガラス越しに見出したアメリカ」だったと。窓越しに見えるそのアメリカはどのようなものでしたか、どういう風にガラスを通ってきたのでしょう？

村上　一九六〇年代に僕は十代を過ごしたのですが、その当時はまだ、日本人が外国に出るのは簡単なことではありませんでした。今ではアメリカに行くのは簡単です。そんなにお金もかからない。でも一九六〇年代には外国旅行をするなんて、普通の人には夢みたいな話でした。僕はアメリカの番組をテレビで見て、アメリカの小説を読んでいました。アメリカの文化はそこら中に溢れていました。それなのにアメリカに行くことはできなかった。アメリカに限らず、他のどの国にもです。だからそこにはフラストレーションがありました。でも僕はそのようなフラストレーションをむしろ楽しんでいたかもしれない。

つまり僕はそれ（アメリカ文化）を、ひとつのフィクションとして捉えていたのです。だからあくまでフィクションとして、それを純粋に楽しむことができた。そしてそうしているうちに、とくに実際にアメリカに行きたいとも思わなくなっていました。なぜなら僕は自分の窓を通して、フィクショナルな個人的な窓を通して、アメリカを眺めることができたからです。それは素晴らしいことでした。そういうのが僕の姿勢であり、今でもそれは基本的に変わらないかもしれない。僕自身の部屋の中で、すべてをフィクシ

ョナライズすること。

一九六〇年代にはアメリカ文化はとても輝かしく、強かった。僕らはいわゆる「アイヴィー・スタイル」の服を着ました。ボタンダウン・シャツとか、そういうものを。聴くのはアメリカの音楽でした。ビーチボーイズ、エルヴィス・プレスリー。一九六五年頃に「ブリティッシュ・インヴェージョン」が始まって、ビートルズとかローリング・ストーンズが人気を持つようになりますが、それ以前には音楽と言えばアメリカのロックしか存在しなかった。当時のアメリカの文化はそれくらい強いものだった。僕はそれを選んだわけじゃありません。それはただそこにあったのです。僕は神戸の出身です。港町です。その頃はまだたくさんの外国人の船員がいて、船員たちが持ち込むペーパーバックの古本がふんだんに手に入りました。とても安く。そんなわけでまだ高校生のうちから、英語で本を読むようになりました。それは興奮させられることだったな。外国語で本が読めるということは。僕にとって新しい窓が大きく開いたようなものでした。

JE　アメリカで何年か生活してみて、アメリカに対する見方は変わりましたか？　それとも、そのときもまだガラス越しに見ていたのでしょうか？

村上　僕がアメリカに行って最初に住んだところはプリンストンで、次がマサチューセッツ州ケンブリッジです。それはむしろフィクショナルな世界に近いですね（笑）。

特殊な地域です。きわめつきのアイヴィー・リーグ。でもそのあと僕は車で、ボストンからカリフォルニア州ロングビーチまで、大陸横断の旅行をしました。そのときアメリカはつくづく大きな国なんだと思いましたね。いくつもの異なった地域に、それぞれ異なった文化がある。それぞれまったく違った種類の文化です。あきれるくらい違っている。これは極端な意見かもしれないけど、アメリカ合衆国という国家そのものが、フィクショナルな存在であると言っていいような気もしました。となると、僕がその国の文化を個人的にフィクショナライズしていたのも、あながち間違ったことではなかったかもしれないですね。言うなればそれはアメリカに対するひとつの正しいアプローチだったのかもしれない。

JE サルマン・ラシュディは、人がいったん故郷を離れると、すぐにその場所は一種の「想像上のふるさと」になるのだといいます。——リアルなところもある場所ですね。あなたが数年間、日本を離れていたのもこれに近い体験だったと言えますか?

村上 アメリカに四年半ばかり住んでいるあいだに、僕はひとつの自己矛盾に突き当たることになりました。というのは僕はそれまで、個人として自立することをひとつの目的として生きてきたからです。日本にいるときは、それが僕にとって大事な意味を持つ作業だった。社会システムに対抗する個を確立すること。

ところがアメリカやヨーロッパでは、人が個人として自立するというのは、いわば自明のことです。つまり日本を出てアメリカにやって来て、個であることをあえて希求しなくてもよくなった。するとそこで、「じゃあその個人として、自分はいったい何をすればいいのか」ということが新たな命題として浮かび上がってくるわけです。個であることは、人生の目的ではない。それがアメリカで暮らしているときに、僕がすごくはっきり認識できたことですね。一人の個人として、自分が何をなし得るのか？　それが僕にとっての大事な命題になった。

日本にいるときには、僕は一人の作家として、個人的なフィクショナルな世界を創り上げてきました。それを小説のかたちにしてきた。僕自身の世界の中で、僕は一人になることができた。それを「逃避」と呼ぶ人もいるかもしれない。でも僕はそれを逃避だとは思いませんでした。そこにあるのはあくまで大きな世界に包含されている、内的な世界です。でもアメリカに暮らしていて、「それだけでは足りないんだ」と思うようになりました。僕は小説家として、もっとポジティブで、もっと建設的なものを創り上げなくてはならないんだと。『ねじまき鳥クロニクル』を書きながら僕が考えていたのは、基本的にそういうことです。そういう意味であの作品は、ポジティブで建設的なものを指向していると思います。言い換えれば、あの作品を書きながら、僕はずいぶん変化を遂げていったのです。僕は自分自身と、自分の人生の新しいイメージを模索していました。それが僕にとっての転換点のようなものになりました。アメリカに行ったのは僕に

とって良いことでした。もちろんアメリカという国にも立派な側面があり、あまり立派とも言えない側面があります。僕は自分自身の目でそれを細かく目撃しました。でもひとつ言えるのは、アメリカは僕をよりポジティブにインスパイアしてくれたということです。社会から逃避することはできない。僕が学んだのはひとつにはそういうことです。実感として叩き込まれたということですね。

MH あなたが日本に戻ったのは、六千人以上が亡くなった阪神大震災と、東京地下鉄でのサリン攻撃という、二つの国家的な悲劇の直後でした。この二つの出来事に、あなたは『神の子どもたちはみな踊る』と『アンダーグラウンド』で、フィクションとノンフィクションの両方からアプローチしています。この二作を書き始めたときには、特定のジャンルが念頭にあったのでしょうか?

村上 それらの二つの悲劇的な出来事——神戸の地震と地下鉄サリン事件——のあとで、僕は自分が日本に戻って、何かをしなくてはならないと感じました。でも何をすればいいのか、そのコンセプトが思いつけなかった。どういうジャンルを選べばいいのかもわかりませんでした。でも実際に日本に戻ったら、何をすればいいかきっと思いつけるだろうという感覚がありました。自分の国に帰って、その土地に立って、あたりをぐるりと見回せば、ということです。

最初にやったのが『アンダーグラウンド』の仕事です。僕はあの本を「ノンフィクション」だとは考えていません。もちろんフィクションではない。しかしノンフィクションでもありません。僕としてはそれをむしろ「物語（ナラティブ）の集合体」として考えています。僕がインタビューした人々は、事件の被害者たちは、みんなそれぞれに語るべき個人の物語（ナラティブ）を持っていました。彼らはたしかにそこで事実を語りました。でもそれは百パーセントの事実ではありません。それらの事実は彼らの体験を通して目にされた光景です。これはひとつのナラティブです。彼らはそのナラティブを、僕に向かって語る前に、既にたくさんの人々に向かって語っていたと思います。でも彼らは自分が語るべきことを十分に語ったとは感じていませんでした。なぜなら彼らの語るナラティブに本当に真剣に耳を傾ける人は、そこにある強い感情を正当に引き受けられる相手は、それほど多くはいなかったからです。でも僕は、相手が話をしてくれれば、真剣に耳を傾けました。僕は彼らの語る物語に注意深く、真剣に、温かく、本物の好奇心を持って誠実に耳を傾けました。それは決して簡単なことではありません。真剣に何かを聞きとるにはそれだけの体力も必要だし、それは誰にでもできるということではないからです。でも僕は聞くことに全力を傾けました。

語り手は僕のそういう姿勢をある程度評価してくれたのではないでしょうか。だから僕に向かって彼らの物語を語ってくれた。ノンフィクションは事実を尊重します。でも僕の本はそうではありません。僕はナラティブを尊重します。それは生き生きとしたも

のであり、鮮やかなものです。それは正直なナラティブです。僕が集めたかったのはそういうものなのです。批評家の中にはそのことで僕を批判する人もいました。何も実証していないし、事実とフィクションを区別してもいないと。でも僕が集めたかったのは、ただ正直なナラティブだったのです。彼らの語ったことはすべてが真実である必要はありません。もし彼らがそれを真実だと感じたのなら、それは僕にとっても正しい真実なのです。事実と真実とは、ある場合には別のものです。

JE 確かにあなたは『アンダーグラウンド』で、物語の中には互いに矛盾しているものもあるが、それでもそれは記憶として真実なのであり、体験として真実なのだということを述べていますね。

村上 そうです。彼らのナラティブのうちのあるものが誤った情報であるとしても、それは問題にはなりません。インフォメーションを総合したものが、その総体が、ひとつの広い意味での真実を形成するからです。僕は彼らの語る語り口に強い印象を受けました。そして心を動かされました。それは僕にとっては新しい体験でした。人の話にただじっと深く耳を傾けるということがです。その体験のあとで僕は変化を遂げたと思います。僕は彼らの話を採集するのに丸一年をかけました。それはきつい一年でした。でもそこから僕は何かを学びました。

その何年かあとで、僕は地震を題材にした連作短編小説を書きました。その一連の短編小説を書くにあたって、僕は三つのルールを自分に課しました。ひとつは三人称で書くことです。この短編集『神の子どもたちはみな踊る』は僕が三人称を使って書いた最初の作品になりました。二つめのルールは地震を題材にして物語を書くが、地震を直接的なかたちで扱ってはならないというものでした。三つめは、それらの物語は神戸の地震を題材にとっているけれど、神戸やその周辺の地域を舞台にしてはならないということです。別の言い方をすれば、僕は地震についての物語を書きたかったけれど、地震そのものについて、あるいは地震で直接の被害を負った人々について、物語を書くつもりはなかったということです。これは僕にとってはひとつの挑戦でした。でも僕はそのルールを最後まで慎重に守ったし、それが良い結果をもたらしたと思っています。この本の中で僕が描きたかったのは、地震の余波（アフターマス）です。地震そのものではない。人々は世界中でつらい状況に置かれています。神戸だけではない。同じようなことがこの国中で、あるいは世界中で起こっているのです。人々はこの地面がソリッドなものではないと感じています。いつそれがでんぐり返るかもわからない。この本がアメリカで翻訳出版されたのはちょうど9・11のすぐあとで、アメリカの読者からたくさんの手紙をもらいました。地震もワールド・トレード・センターも状況はある意味で同質です。もうソリッドな地面は我々の足元にはない。これがそこに共通している認識です。そのアフターマスは今でも続いています。

ＪＥ　つまり、地震はメタファーになるということですか？

村上　そのとおりです。一九九五年という時点で、日本人はもう日本という国の安全性について、全幅の信頼感を持つことができなくなっていました。経済的にも、また社会的にも。地震と地下鉄サリン事件が、その不確実性の象徴のようになりました。その不確実性は今もなお続いています。この十年間（ディケイド）は「失われた十年」だったと言われています。僕もまた同じように感じています。一九三〇年代のアメリカと状況が似ているかもしれません。でもその中で我々は新しい価値と、新しい生活の規範を模索しています。それはとりもなおさず、僕がフィクション・ライターとしてこの十年間模索してきたことでもあります。

ＪＥ　『アンダーグラウンド』で、あなたは個人を「善」か「悪」かで定義することの危険性を説いています。あなたのフィクションにおいても、あなたが描写する暴力的な行為はやはり曖昧です。キャラクターたちをどう判断していいのか、その暴力が正当なものかどうか、私には定かでありません。あなたは悪をどう定義しますか？

村上　何が悪か——それを定義するのは難しいことです。何が悪か、僕にはそれを説

明することができません。しかし何が危険かを説明することはおそらく可能です。その二つは往々にして重なっているかもしれません。

小説を書いているとき、僕は暗い場所に、深い場所に下降します。井戸の底か、地下室のような場所です。そこには光がなく、湿っていて、しばしば危険が潜んでいます。その暗闇の中に何がいるのか、それもわかりません。それでも僕はその暗闇の中に入って行かなくてはならない。なぜならそれこそが、小説を書いているときに僕がいる場所だからです。僕はそこで善きものに巡り会い、悪しきものに巡り会い、ときには危険に遭遇します。そしてそれらを文章で描写します。僕の小説に登場する悪しき人格――たとえば『ねじまき鳥クロニクル』に出てくる皮剝ぎボリス――彼らは僕がその暗闇の中で巡り会った人々です。僕は彼らの存在を感じることができます。彼らの息づかいを感じることができます。ときには寒気のようなものを感じることもあります。僕はそれをできるだけ正直に描写しなくてはならない。それが何を意味するのかはわからないけれど、そういうものがそこにあることを僕は感じるのです。

『アンダーグラウンド』においては、言うまでもなく教団のグルである麻原が悪しき存在です。純粋な悪、と言ってしまっていいかもしれない。彼は多数の人間を破滅に導きました……なんだかよくわからない目的のために。彼が悪そのものなのか、あるいはただ悪しきものを精神に抱いていた普通の人なのか、それは僕にはわかりません。とにかく彼はここにあるシステムを、社会体制を破壊しようと試みました。屈曲した、正しか

らざる存在です。彼は自らの中に暗黒と、大きな虚無を抱え込んでいた。僕は『アンダーグラウンド』を書きながらずっと、その悪なるものの存在を感じ続けていました。それはある意味、恐ろしい体験だった。『アンダーグラウンド』が刊行されたあとも、その悪はいったいどのようなものだったのか、知りたいと思いました。麻原はもちろんきわめて特殊な存在です。どう見ても狂った精神を持っています。しかし我々自身の中にも、やはり狂気や、正常ならざるものや、不適当なものはあるかもしれません。僕は自分の暗闇の中に存在するかもしれないそのようなものを、もっとよく見てみたいと感じました。僕が『アンダーグラウンド』のあとにやっているのは、そのような作業だと思います。

フィクションを書くのは、夢を見るのと同じです。夢を見るときに体験することが、そこで同じように行われます。あなたは意図してストーリー・ラインを改変することはできません。ただそこにあるものを、そのまま体験していくしかありません。我々フィクション・ライターはそれを、目覚めているときにやるわけです。夢を見たいと思っても、我々には眠る必要はありません。我々は意図的に、好きなだけ長く夢を見続けることができます。書くことに意識が集中できれば、いつまでも夢を見続けることができます。今日の夢の続きを明日、明後日と継続して見ることもできる。これは素晴らしい体験ではあるけれど、そこには危険性もあります。夢を見る時間が長くなれば、そのぶん我々はますます深いところへ、ますます暗いところへと降りていくことになるからです。

その危険を回避するには、訓練が必要になってきます。あなたは肉体的にも精神的にも、強靱（きょうじん）でなくてはなりません。それが僕のやっている作業です。もし悪夢を見れば、あなたは悲鳴を上げて目覚めます。でも書いているときにはそうはいきません。目覚めながら見ている夢の中では、我々はその悪夢を、そのまま耐えなくてはなりません。ストーリー・ラインは自立したものであり、我々には勝手にそれを変更することはできないからです。我々はその夢が進行するままを、眺め続けなくてはなりません。つまりその暗黒の中で自分がどこに向かって導かれていくのか、僕自身にもわからないのです。

ＭＨ　『アンダーグラウンド』であなたはこう書いています。「私たちが今必要としているのは、おそらく新しい方向からやってきた言葉であり、それらの言葉で語られるまったく新しい物語（物語を浄化するための別の物語）なのだ」。こう書いていたとき、どのようなタイプの古い物語と新しい物語のことを考えていたのですか？

村上　その文章の中で僕が言いたかったのは、地下鉄サリン事件とは、彼らのナラティブと、我々のナラティブの闘いであったのだということです。彼らのナラティブはカルト・ナラティブです。それは強固に設立されたナラティブであり、局地的には強い説得性を持っています。それゆえに多くの知的な若者たちがそのカルトに引き寄せられま

した。彼らは美しい精神の王国の存在を信じました。そして彼らは我々の暮らす、矛盾に満ちて便宜的な社会を攻撃しました。彼らの目からすれば、それは堕落したシステムであり、破壊すべきものだった。だから彼らは地下鉄を攻撃しました。騒擾（そうじょう）を引き起こすために。彼らは自分たちに与えられたそのナラティブを強く信じていたからです。彼らは自分たちのそのようなナラティブが絶対的に正しく、他のナラティブは間違っており、堕落しており、破壊されるべきものだと思いこまされていました。

たしかに我々自身、この便宜的で堕落した社会に暮らしている我々自身、ここにあるナラティブは間違っているのではないかと考えることもあります。でも我々には他に選びようもないのです。デモクラシーやら、結婚制度やらにうんざりすることがあったとしても、なんとも仕方ありません。それでなんとかやっていくしかない。もちろんそれらはぜんぜん完璧ではなく、多くの矛盾に満ちているけれど、それらはとにかく歳月をかけて、それなりのテストを受けてきたものです。それが我々の手にしているナラティブです。

僕は多くの人々にインタビューをすることによって、それらの「普通のナラティブ」を地道に採集していたのだと思います。現実にそこにある、リアルなナラティブを。それらは決して見栄えの良いナラティブではありません。しかし本物のナラティブです。そして僕はそれを『アンダーグラウンド』という本の中にまとめました。そしてその本が刊行されたあとで、教団信者の人々にインタビューを試みました。彼らは能弁で、進

んでいろんなことを語ってくれました。頭もいいし、知的な人々です。いわゆる「一般の人」よりは興味深くもあります。でも彼らがどんなことを語ったのか、僕には今ではよく思い出せません。彼らの話には多くの場合深い奥行のようなものがなく、皮相的だった。ちょっと強い風が吹いたら、みんなどこかに飛んでいってしまいそうに思えました。でもいわゆる「一般の人」が話してくれた物語は、きちんとあとに残るんです。そこには本物の重みがあり、本物の中身があります。その話は知的でないかもしれないし、聡明とは言えないかもしれない。あるときには退屈かもしれない。でもそれはちゃんとあとに残るんです。全部で六十人以上の人々にインタビューをしたあとで、僕はそのことに気づきました。彼らの話はどれも、僕の心に、頭に、魂に残っています。僕がその経験から学んだことは、物語というのは、たとえ見栄えが悪く、スマートでなくても、もしそれが正直で強いものであれば、きちんとあとまで残るのだということでした。

JE　あなたの作品では自己を消滅させることがポジティブな経験として捉えられています。たとえば『世界の終りとハードボイルド・ワンダーランド』では、主人公は自分の影を追って「現実」世界に戻るのではなく、「世界の終り」に残ることを選びます。『羊をめぐる冒険』では、登場人物たちは文字通り別の生き物に取り憑かれ、自分たちのそれまでの人生を見直さざるを得なくなります。あなたの創作は、ただ安穏と同じ場所に留まっていることや、それまでの人生を保持していくことに対して、自己抹消を賞

賛するものなのでしょうか?

村上 『世界の終りとハードボイルド・ワンダーランド』を書いていたとき、結末をどのような形にすればいいのか、僕には見当もつきませんでした。結末近くまでは、物語が僕を運んでくれるのですが、結末だけは自分で選ばなくてはなりません。それがゲームのルールです。

結末の選択肢は四つありました。影が残って、主人公が去る。主人公が残って、影が去る。どちらも去る。どちらも残る。そのうちのどれかひとつを選ばなくてはなりません。最後の章に到達したとき、どうすればいいのか、僕はまったく途方に暮れてしまいました。三通りの結末を書いたのですが、それがどのようにして現在ある結末に落ち着いたのか、よく思い出せません。違う結末でも良かったような気がします(笑)。今ある結末を選んだのは、それが物語の流れからして、いちばん収まりが良かったからじゃないかな。そのときにはそれがいちばん自然な成り行きのように思えました。しかし今あの物語を書き直すとしたら、あるいは違う結末を選ぶことになるかもしれません。確信はないけれど。僕が言いたいのは、それが最終的な結末ではないということです。それは変更可能なものです。結末はオープンです。結末は最終的なものではない。僕はいつもそう考えています。

自己抹消については、考え方が変わってきたと思います。若い頃には、僕はどこか別

ありました。フィクション・ライターとして僕は自分の中に、とても静かな聖域のような場所を見出すことができました。そして現実の、混乱に満ちた世界から遠ざかることができた。それは僕にとって理想郷のようなものだった。でもそれから僕は変化しました。この二十年ばかりのあいだに僕はずいぶん変化したし、僕の書く物語も変化しました。『世界の終りとハードボイルド・ワンダーランド』を書いたのは一九八五年か八六年か、今から二十年近く前ですね。『羊をめぐる冒険』を書いたのが一九八二年です。そのときから僕は変化を遂げています。でもアメリカでは僕の本が年代順に出版されていないので、いささかの混乱が生じているようです。読者は僕の変化の段階をクロノロジカルに追うことがまだできない。『羊をめぐる冒険』と『世界の終りとハードボイルド・ワンダーランド』は僕が三十代前半で書いた作品です。ずいぶん昔の話だし、どうしてそんなことを考えていたのか、今となってはよくわからないけれど、でもその頃僕はどこか別の場所に行ってしまいたいという思いを持っていたみたいですね。そこがどういう場所なのか、僕としては純粋な好奇心があったのだと思います。でも今では、そこは純粋な好奇心を満たすためだけの場所ではないということがわかっています。そこはもっとポジティブなものを積み上げていくための場所です。自己責任も必要になってくる。言い換えれば、作家として僕は成熟してきたのだと思います。以前は、いろんなものが詰まった大きな納屋を発見した子どものようなものだったかもしれません。見た

ことのないものがいっぱい詰まった、未開拓の納屋です。そして僕は好奇心に満ちた子どもだった。

MH あなたは登場人物の名前に漢字ではなくカタカナを好んで用いますね。「ジョニー・ウォーカー」や「カフカ」「フライデー」といった具合です。そうした名前はある程度匿名性を示すものですが、同時に多くのイメージや意味を読者に喚起させます。そうした名前を使う意図はどこにありますか？

村上 小説を書き始めた頃は、僕は登場人物に名前を付けるのがとにかく苦手でした。そういうことが、ずいぶん便宜的な作業に思えたんです。たとえば自分の名前について言えば、「むら」は村を意味します。「かみ」は上手を意味します。「はる」は春、「き」は樹木です。そのように漢字にはひとつひとつ意味があります。それが一つになれば総合的なイメージが生まれます。僕はできるだけそういう意味性を取り払いたかった。カタカナで名前を付ければ、その名前はより匿名性を獲得することになります。シンボルや、記号に近いものになります。ちょうどフランツ・カフカが『審判』の主人公にヨーゼフ・Kという名前を付けたのと同じように。その人物の名前がKであることで、それが「誰でもあり得る」ことが示されています。それはあなたかもしれないし、僕かもしれない。シンボライズされたメッセージです。でもそれは既にずっと前にカフカがやっ

てしまったことだし、それをそのまま踏襲することはできない。KとかMとかやり出すと、あまりにもカフカ的になってしまうから。だからカタカナの名前を使用することが多くなったんでしょうね。きっと。

『ノルウェイの森』に主人公の友人であるキズキという人物が登場します。でもその名前はカタカナで書いてあって、漢字は示唆されていません。中国の翻訳者は困って、僕に質問してきました。これはいったいどのような漢字で書かれるのかと。中国語には漢字しかありませんから。でもどんな漢字を書けばいいのか、僕には見当もつかない。「どうとでも好きな漢字を使って下さい」としか答えようがありませんよね（笑）。

JE　それでは「ジョニー・ウォーカー」や「カーネル・サンダーズ」といった、特定のものを連想させる登場人物の名前についてはどうでしょう？

村上　それはただのアイコンです。それらの人物はあくまでアイコンなのです。僕はひとつの風刺（サタイア）としてそのような名前を使用しています。

MH　「村上春樹」は日本ではブランド名同然になっています。読者向けにあなたの本を解説する本も多数出ていて、いくつかは人気もあります。こうした「ムラカミ産業」についてはどう思われますか？

村上　どうしてそんな本が出版されるのか、僕にはよくわかりません。僕の書く本は、他の日本の作家が書く本とは違っているのかもしれない。他の作家の本を読むような読み方では、僕の本はうまく読めないのかもしれない。だから手がかりのようなものを求めて、そういう「解説書」を手に取る人がいるのかもしれませんね。僕の本はところどころで現実を離れます。そして多くの読者はそれが何を意味するのかを知りたがります。でもそれが何を意味するかとか、何を象徴するかとか、そういうことに僕はまるで興味が持てません。僕が読者に望むのは、まず物語の流れのままに作品を読んでもらいたいということです。でもそれでは落ち着かないという人たちが、そのような「解説書」を買って読むのかもしれません。

ＭＨ　つまり、あなたの名前を使って金を稼いでいることを不快に感じると？

村上　僕はそういう本を読んだことがないので、それがどういうものなのか、知りようがありません。僕は時々インターネットで読者と意見の交換のようなことをしていますが、それによれば、僕の読者の多くは――熱心な読者の多くはということですが――何度も僕の本を読み返しています。三度も四度も。そしてそこにどのような意味があるのかを理解しようと努めます。そういう読者を持っていることで、僕はとても幸せな気

持ちになれます。しかしフィクションを理解するために「マニュアル」に頼るというのは、僕としてはやはり歓迎できませんね。

僕は自分が人気があるとかないとか、有名であるとかないとか、そういうことを特に考えません。変な言い方かもしれないけど、念頭に浮かばない。僕はごく普通に生活している人間です。地下鉄に乗って、そのへんをぶらぶら散歩して、スーパーで買い物をして、食事を作ります。机に向かってものを書いているときは、僕はあるいは特別な存在になるのかもしれません。でもそれ以外の時間、僕は普通のそのへんの人間に過ぎません。もし「村上春樹」という名前がどこかでブランドとして機能しているのだとしても、それは僕とは関係のないところで行われていることです。僕が関与することでもないし、そんなものからはできるだけ遠く離れていたい。

JE　最近では、ジェイ・ルービンがあなたの妻である陽子さんのあなたの創作への貢献を高く評価しています。ルービンによれば、陽子さんがあなたの最初にしていちばん重要な読者なのだとか。彼女はどういったタイプの読者なのでしょう？

村上　僕らはもう三十年以上夫婦として暮らしているし、お互いのことをよく知っています。そして彼女の批評はきわめて的確だし、フェアです。それは僕にとって幸運なことだったと思います。もちろん夫婦だから、基本的に僕のサイドに立ってはいるんだ

けど、読者としての彼女はあくまで中立的であり、自立的です。僕が「フェア」という言葉を使うのは、そういう意味合いでです。彼女は何かをクリエイトするタイプではないかもしれないけど、何かを批評するときには真価を発揮します。あるときにはとんでもなく辛辣になる。僕がそれで不快な気持ちになることもあります。というか、頭に来ることだってある。彼女が何か意見を口にするとき、それはおおむね批判的なものです。そしてどちらかといえば大雑把なものです。ここはそっくり書き直した方がいい、みたいな。僕は書き手として、それに同意するときもありますし、同意しないときもあります。論争があり……感情的になることだってあります。

何人かの優れた編集者にも巡り会いました。でも彼らは最終的には、出版社に勤務するサラリーマンだし、会社の都合で職場を異動させられることもあります。作家の側に軸足を置いているのか、それとも会社の側に置いているのか、よく判別できないケースもあります。日本においては、そういう傾向が強いですね。ここでは編集者は専門職ではなく、あくまでサラリーマンだからです。どこまで腰を据えて頼れるか、見極めにくいところがあります。しかし彼女は僕の妻であり、立場はとてもはっきりしています。どこにも異動しない。ずっとそこにいます。良くも悪くも（笑）。言い換えれば、一種の定点です。それが僕にとっては大事なことなんです。定点を身近に確保しておくこと。

MH　あなたはインターネットのサイトで読者の質問に個人的に答えるということを

何年も続けていますね。今まで受け取ったなかで、最も面白かった質問は何ですか？

村上　三カ月か四カ月限定で、時々ホームページを運営しています。あまりにもメールの数が多くて、それくらいの期間が限度だからです。ウェブサイトを維持するためにずいぶん長い時間を割かなくてはなりません。僕は送られてきたメールを全部読むからです。週に六千通のメールが来れば、その全部にいちおうざっと目を通します。そして千五百通くらいの返事を書きます。これは簡単な作業ではありません。

面白い質問はだいたい十代から二十代前半にかけての、若い読者から来ますね。彼らは僕が自分たちの両親と同じくらいの年齢であることを知って、とても驚くみたいです。彼らは僕に質問します。なぜあなたには私の、僕の感じていることがわかるのでしょう、と。母親も父親も、私が何を考えているかなんて、ぜんぜんわからない。なのにあなたは私の感じていることをよく知っているみたいに思える。どうしてそんなことが起こるのでしょう？　それと同時に、彼らの母親や父親もまた、僕の本を読んでいるというケースが少なからずあります。両親と子供たちのあいだで、ひとつの屋根の下で、僕の本が行き来することもあります。それは素敵なことですね。

MH　Eメールやインターネットなどの新しいテクノロジーの発達が文学の未来を脅かすと多くの人が考えています。あなたもそう思いますか？

村上　ええ、そうですね……でも小説という形態は二千年以上の歴史と経験を持っています。言い換えれば本は、あるいは物語はこれまでに何度も挑戦を受け、それに耐えて生き残ってきたということです。でも今に比べれば、十九世紀は小説にとってより良き環境だったんだなと考えることはあります。その頃にはテレビもなかったし、映画もなかったし、インターネットもなかったし、ゲームセンターもウォークマンもなかった。娯楽と言えば、オペラに行ったり、本を読んだり、そんなものです。オペラに行けば三時間か四時間かかるし、ドストエフスキーの長編を読むのには一カ月以上かかります。それでも人々はそういうものに夢中になっていた。そういう時代はきっと楽しかったんだろうなと思います。でもまあ、好むと好まざるとにかかわらず、我々はこの時代に生きています。この時代を生き延びていかなくてはなりません。作家の中には文句を言う人も少なからずいます。最近の人々はすっかり本を読まなくなったと。でも僕はそんな風には思いません。どんな強力な競争相手がまわりに存在しているとしても、本を読む人は本を読むんです。パーセンテージは減ったかもしれないけれど、それでも進んで本を手に取る層は確実に存在します。

確かにメディア間の競争は熾烈（しれつ）ですが、それでも小説家が生き延びていくことは十分に可能です。本は素朴ではあるけれど、きわめてシンプルなメディアです。しかし素朴であるが故に、そこにはまだまだ可能性があります。そのいちばん良い例が通勤電車の

中ですね。僕はその事実を、『アンダーグラウンド』の取材をしているときに発見しました。人によっては片道の通勤に二時間をかけている人もいます。往復で一日なんと四時間、電車に乗っているのです。つまり四時間の読書時間があることになります。ちょっとした読書家になれますよね。そうです、いろんな場所で本はしっかり生き残っていくでしょう。

JE　批評家たちがあなたの作品を日本的ではないと形容してきたことについて、かつてあなたは不満を表明したことがありますね。国民的な文学のスタイルといったものがあると思いますか？

村上　（長い沈黙）僕はもちろん日本語で小説を書いています。登場人物の大半は、日本で生活する日本人です。そういう文脈においては、僕は日本の小説を書いている日本人作家であるということになります。それは僕にとってはきわめて自然な事実です。僕が日本的ではないと批評する批評家がいたとして、それがいったい何を意味しているのか、僕にはよくわかりません。僕が日本人の作家であるというのはあまりにも自明なことだからです。

僕は米のご飯をあまり食べませんが、それは外国で暮らすことが長くて、米飯を食べないでも生きていけるように、自分で意識して訓練してきたからです。日本に暮らして

いても、一週間くらい米飯を食べないで、それに気づきもしないことがあります。でも僕がそう言うと、それをすごく奇妙なこととして考える人がいます。日本人なら一日一食は米飯を食べるものだろう、みたいなことを言われたりもします。でもそんなことは個人の自由だし、些末な問題です。米飯を一週間食べなくても、日本人でいることに不都合はありません。結局、それと同じようなことなんじゃないのかな。僕は演歌というのが好きじゃない。個人的に体質的に好きじゃないんです。でも僕がそう言うと、それを非難する人がいます。美空ひばりが好きじゃなければ日本人じゃない、みたいに。でもそんなのは人の勝手だと僕は思う。たとえ美空ひばりよりシューベルトが好きだったとしても、日本人として何の不都合もないじゃないですか。これは僕の人生であって、他の誰の人生でもない。

JE あなたの作品では、記憶を呼び覚ますことがしばしば音楽を聴くことに結びつけられています——一番有名なのは『ノルウェイの森』でしょうが、『国境の南、太陽の西』や『海辺のカフカ』でもそうです。文学ではなく、音楽だけが喚起できる感覚というものがあるのでしょうか？

村上 そうですね。音楽はいろんな意味で僕を助けてくれます。二十代のときにはジャズの店を経営していて、来る日も来る日も朝から晩までジャズを聴いていました。音

楽は僕の身体の隅々まで染み込んでいたと言っていいかもしれません。そして今もそこに留まっています。二十九歳のときに小説を書こうと思ったとき、僕には小説の書き方がわかりませんでした。それまで日本の小説をあまり読んだことはなかったし、だからどうやって日本語で小説を書けばいいのか、見当もつきません。でもあるとき、こう思ったんです。良い音楽を演奏するのと同じように、小説を書けばそれでいいんじゃないかと。良き音楽が必要とするのは、良きリズムと、良きハーモニーと、良きメロディー・ラインです。文章だって同じことです。そこになくてはならないのは、リズムとハーモニーとメロディーだ。いったんそう考えると、あとは楽になりました。そして『風の歌を聴け』という作品を書き上げました。楽器を演奏するのと同じような感じで書いたんです。僕の文章にもし優れた点があるとすれば、それはリズムの良さと、ユーモアの感覚じゃないかな。それは今に至るまで、僕の文章について基本的に変わらないことだという気がします。

たとえば僕はエルヴィン・ジョーンズのドラミングが好きです。彼の演奏を注意深く聴けばわかるんだけど、そこではシンバルがアンカーの役目を果たしています。とても安定していて、とてもソリッドです。そしてそのあいだ両腕はクレイジーに動き回っている。ワイルドなことをやりまくっている。それでもシンバルはしっかりひとつの場所に留まっています。僕がやりたいのは、言うなればそういうことです。だから僕の文章が音楽の影響を受けていると言うことは可能です。多くの画家が小説を書きます。多く

の音楽家が小説を書きます。でも一般的に言って、画家よりは音楽家の方が文筆に向いているんじゃないかな。画家は時としてナルシスティックに傾くことがあります。でも音楽家はとにかく前に進むことを考えています。ナルシスティックになるには、彼らは忙しすぎるんです。

「小説家にとって必要なものは
個別の意見ではなく、
その意見がしっかり拠って立つことのできる、
個人的作話システムなのです」

聞き手　ショーン・ウィルシー

THE BELIEVER BOOK OF WRITERS TALKING TO WRITERS
2005年10月刊／アメリカ

〈双方に興味のあると思えるテーマ〉
カフカ、ベースボール、
チャンドラー、適度の飲酒、
ドストエフスキー、中古レコード屋に入り浸ること

ハルキ・ムラカミはこれまでに英語で十三冊の本を出している。そのほとんどは素晴らしい出来だが、中でも二冊はとりわけ優れている。これまでに読んできたどんな本よりも内容が深く、おかしく、孤独で、生きることを肯定し、読んでいてわくわくし、眠ることも忘れて読んでしまうのだ。

作家になるまでのムラカミの簡単な経歴。一九四九年に京都で生まれる。ごく普通の郊外中産階級の家庭に育ち、ドストエフスキーとレイモンド・チャンドラーを読むことに夢中になった。チャンドラーを見つけたのはドストエフスキーよりあとのことで、アメリカ人の船員が持ち込んだ中古ペーパーバックで彼を知った。それから数年あとで学

園紛争で騒然とした東京に出てきて、彼は二つの愛に巡り会った。ひとつはジャズであり、もうひとつは今は夫人となっている女性である。彼は結婚し、「ピーター・キャット」というジャズクラブを開店した（猫は彼にとっての三番目の愛だ）。店は成功し、ムラカミの人生は確かな軌道に乗ったかのように見えた。落ち着いたボヘミアン的生活。しかしあることが起きる。一九九二年に彼が行った講演から引用しよう。

「一九七八年の四月のある日、僕は突然小説が書きたくなったのです。……僕は野球を見に行って、神宮球場の外野席にいました。……ビールを飲みながら。僕はヤクルト・スワローズというチームのファンで、その日の相手は広島カープでした。一回の裏のヤクルトの攻撃の最初のバッターは、デイブ・ヒルトンというアメリカ人でした。たぶん彼の名前はご存じないでしょう。彼はアメリカでは成功を収めることができずに、日本にやってきたのです。多分彼はその年には打率三割以上を残したと記憶しています。いずれにせよ、彼は最初の打球を打ち、レフト線の二塁打にしました。そのときに僕はっと思ったのです。僕には小説が書けると」

そうして彼は小説を書き始めた。毎晩「ピーター・キャット」を閉めた後、彼はキッチンのテーブルの前に座り、ビールを飲みながら書いた。そして六カ月後に、カート・ヴォネガットの影響を思わせる短い小説『風の歌を聴け』を書き上げた。彼はその作品で新人賞をとり、デイブ・ヒルトンのサインをもらい――「彼は僕にとっての幸運のしるしみたいなものだった」とムラカミは言う――それからまたキッチン・テーブルに戻

り、第二作『1973年のピンボール』（一九八〇）を書き上げた。この本もよく売れ、最初の作品も映画化され、その結果彼はジャズ・クラブを売却し、三十二歳にして専業小説家となった。

地歩を固めたムラカミは再び郊外に引きこもり、『羊をめぐる冒険』（一九八二）を書き上げた。これは形式的には前の二作を含む三部作（「鼠」の出てくる作品群）の最後の作品になっているが、彼はこの作品を自分の出発点であると見なしている。彼はこの作品において自分のヴォイスを初めて見いだしたからだ（まことに残念なことだが、『風の歌を聴け』『1973年のピンボール』はアメリカでは入手することはできない。その理由を、ムラカミは「パブリッシャーズ・ウィークリー」の一九九一年のインタビューできわめて素っ気なく語っている。「作品として弱いから」と）。

自分のスタイルを見出し、弱さを払拭（ふっしょく）し、ライフ・スタイルも変化した。熱心にエクササイズに励み、マラソン・レースを走り、食事に留意し、飲酒を適度に控え——まるで神道の禊（みそぎ）でもするみたいに生活を律して、旺盛に執筆活動を続けた。またそれと同時に翻訳の仕事をも開始した。自らの作品を生み出すのと同時に、主にアメリカ人作家の作品を日本語に移し替えていったわけだ。自らの作品の領域においては、彼はいくつかの驚嘆すべき小説を生み出した。とんでもなく実験的な『世界の終りとハードボイルド・ワンダーランド』（一九八五年に書かれたものだが、今でも私のいちばん好きな作品になっている）に始まり、一九八七年に書かれた、これまでとはがらりと方向性を変えた

長編小説『ノルウェイの森』(この作品は広範な読者を獲得した。著者が「パブリッシャーズ・ウィークリー」に語った言葉を借りれば「100パーセント写実的に、きわめてストレートに」書かれた小説である)。その小説はあまりにも売れすぎて、彼はポップスター並みの名声を得ることになり、その結果、生活の場を海外に移さざるを得なくなった。逃避生活の中で彼は『ダンス・ダンス・ダンス』(一九八八)を書き上げる。これは『羊をめぐる冒険』の心愉しい続編であり、棚上げされている最初の二作を加えると四部作を形成することになる。一九九二年に書かれた『国境の南、太陽の西』は『ノルウェイの森』の哀調を帯びたバージョンである(こちらの方がより成熟し、より静けさに満ちている)。

アメリカに移り、大学で教鞭をとりながら、彼は傑作『ねじまき鳥クロニクル』を書き上げる。この作品において彼は、実験的な手法とリアリスティックなヴォイスの、それぞれに最良の部分を結びつけている。そしてこの作品は、この作家の地歩を揺るぎないものにした。『ねじまき鳥クロニクル』は日本では三冊に分けられ、一九九四年から九五年にかけて刊行され、アメリカにおいては幾分短縮されたかたちのものが、一九九七年に一冊本で刊行された。ムラカミはその前に帰国した。短編小説はそのあいだにコンスタントに発表された。この数年のあいだに彼にとっての最良の短編小説がいくつか書き上げられ、それらは『神の子どもたちはみな踊る』(二〇〇〇)という二百ページばかりの厚さの、見事としかいいようのない短編集に収録されている。またノンフィク

ション作品である『アンダーグラウンド』（一九九七）も発表された。これは東京の地下鉄で起きたサリン・テロ事件を取材したものである。そして二冊の長編小説『スプートニクの恋人』（一九九九）と『海辺のカフカ』（二〇〇二）も出版された。

このインタビューはe-mailによって行われた。私が英語で質問を書き、彼が日本語で回答を書き、それを『ねじまき鳥クロニクル』の翻訳者であり、またムラカミ理解に不可欠な『ハルキ・ムラカミと言葉の音楽』の著者でもあるジェイ・ルービンが英語に翻訳した。

インタビューを受ける側としてのムラカミは、なかなか深いところまで心や意識を開こうとはしない人だ。作家として彼が行うのは、読者のそれを開くことである。

——あなたの作品に出てくる人物の中でもっとも悪意に満ちた人物はプロフェッショナルなインタビュイー（『ねじまき鳥クロニクル』における綿谷ノボル）だと思います。そしてあなたは彼のメディアにおける器用さを、そしてまたその意見の浅薄さを、彼の邪悪さや空疎さと同一視しています。公衆の面前であまりにも上手に口をきける人間は中身がない、と言っているようにさえ見えます。その一方、9・11事件についてあなたが「ニューヨーク・タイムズ」で受けたインタビューは、この事件に関したものだけで

はなく、私がこれまで目にしたあらゆるインタビューの中でもっとも啓発的なもののひとつでした。その中であなたは、9・11事件と、東京におけるサリン事件との類似性について述べていました。インタビューの中であなたは、カルトのリーダーとその信奉者についてこのように語っています。「もしあなたが疑問を持っていれば、そこには必ずその疑問に答えてくれる誰かがいる。そこでは疑問はそっくりきれいに解き明かされ、あなたはとても幸福な気持ちになれる。それを信じている限り」と。職業的な綿谷ノボルになることなく、あるいは人々に自分の頭で考えることをやめさせずに、メディアに登場して人々に向かって何かを語ることはできるのでしょうか？

村上 ときどき新聞社から電話がかかってきて、何かの出来事についての意見を求められます。たとえば「イラク戦争に日本の自衛隊部隊を派遣することについて、どのように考えるか？」とか「十二歳の少女が同級生の首を切って殺した事件について、どう思うか？」とか。

もちろん僕には、それぞれの事件について、ある程度明白な個人的な意見はあります。しかし個人としての僕が意見を持つことと、小説家である「村上春樹」が意見を持つことのあいだには、確かな違いがあります。とはいえ新聞に載る僕の個人的意見は、言うまでもなく小説家である村上春樹の意見として、世間に受け止められることになります。そういうこともあって、僕はメディアからの質問には、原則としてなるべく返答しない

ことにしています。

もちろん小説家が個人的な意見を発表してはいけないということでは、まったくありません。しかし、小説家の役割はひとつひとつの意見を表明することよりはむしろ、それらの意見を生み出す個人的な基盤や環境のあり方を、少しでも正確に（フランツ・カフカが奇妙な処刑機械を異様なばかりに細密に描写したように）描写することではないか、というのが僕の考え方です。極端な言い方をするなら、小説家にとって必要なものは個別の意見ではなく、その意見がしっかり拠って立つことのできる、個人的作話システムなのです。

そういう意味合いにおいては、綿谷ノボルのあり方は、あなたが言うように浅く、表層的です。しかし彼の意見は浅く表層的なるが故に、その伝達スピードは速く、その影響はきわめてプラクティカルです。僕が彼を描写することで読者に伝えたかったのは、そのようなレトリックを武器にした現代のメディア剣闘士たちが我々の社会に対して、あるいは我々の精神に対して及ぼす危険性であり、水面下で行使する非人間的な酷薄さです。我々は日々の生活において、まわりをそのような人々にぐるりと取り囲まれて生きているといってもいいくらいです。我々が我々自身の意見だと見なしているものの多くは、よく考えてみれば、彼らの意見のただ受け売りに過ぎないということが、往々にしてあります。心寒くなる話ですが、我々は多くの場合、メディアを通して世界を眺め、メディアの言葉を使って語っているのです。

そのような出口のない迷宮に入り込むことを回避するためには、主人公のオカダ・トオルが行ったように、ときとして我々はたった一人で深い井戸の底に降りていくしかありません。そこで自分自身の視点と、自分自身の言葉を回復するしかないのです。もちろんそれは簡単にできることではありません。そしてまた、ときとして危険を伴う行為でもあります。我々小説家がやるべきことはおそらく、そういった「危険な旅」の熟練したガイドになることとです。そしてまたある場合には読者に、そのような自己探索作業を、物語の中で疑似体験させることとです。僕にとっては物語というのは、さまざまな特別な機能を持ったパワフルな乗り物なのです。

オウム真理教の教祖である麻原が行ったのは、物語の有するそのような機能の意図的な濫用であり、悪用です。彼の提供した物語のサーキットは抑圧的なものであり、堅く閉鎖されたものでした。それに比べて、真の物語のサーキットは基本的に自発的なものでなくてはならないし、常に外に向かって開かれていなくてはなりません。我々は綿谷的なるものをも拒否し、麻原的なるものも拒否しなくてはならない。それが僕の書こうとしている物語の骨子であるかもしれません。

僕が「ニューヨーク・タイムズ」のインタビューに応じたのは、そのような僕の総括的な世界観、小説観のようなものを語りたかったからであり、決して個々の意見を述べたり、あるいはまたレトリックを行使するためではありません。そこには違いがあります。

――小説家としてのハルキ・ムラカミに、書くことについて質問したいのですが、あなたはカーヴァーやチャンドラーやドストエフスキーやカフカの小説を愛し、それらから影響を受けてきたと語っています（ドストエフスキーの『悪霊』は私のもっとも愛好する小説のひとつです）。ドストエフスキーの小説を読むたびに思わず笑ってしまいます。これらの作家はあなたを笑わせてくれますか？

村上　『悪霊』はドストエフスキーの作品の中でも、もっともユーモアの要素を多く含んだものであると僕も思います。カーヴァーもチャンドラーも、見事なユーモアのセンスを持っています。カフカの小説は、構造全体が奇妙な滑稽さを含んでいます。ユーモアというのは、僕の小説の中でも、きわめて大きな役割を果たしています。本当の意味での「シリアスさ」は笑いの要素がなくては成立しないのではないかとさえ思えます。

――あなたは「キュート」についてどう思いますか？　現代の日本は、少なくとも我々がこちらから眺める日本は、とても極端な国に思えます。まるでオブセッションのあいだを行き来している振り子のように見えるのです。キュートさに対するオブセッションと、効率性についてのオブセッションとのあいだを（ハローキティとホンダ・シビック）。

村上 僕自身はキュートなものにも、効率的なものにも、とくに興味はないので、これらのあなたの質問に答えることはできそうにありません。キュートなもの、効率的なものが商品化されるのは、べつに日本には限らないと思います。ミッキーマウスだってキュートだし、スイス・アーミーナイフだって効率的です。そして国家というのは常に暴力的なシステムです。キーワードひとつで文化を説明するのは、ある場合には危険なことであるように感じます。

――あなたともっとも近いところにいる日本のアーティストは、私には宮崎駿のように思えます。彼の（いくぶんキュートな）登場人物たちは、悲劇や孤独や喪失を相手に葛藤しなくてはなりません。芸術家として、あなたがたはどちらも喪失というものを知り、同じようなやり方でそれにあたろうとしています。宮崎さんと似ているという意見についてはいかがですか？

村上 宮崎氏の映画を見たことはありません。僕は、とくにこれという理由はないのですが、アニメーション映画にあまり興味を持てないのです。人生の限られた時間を節約して使うために、自分に興味のあることと、自分に興味のないこととを、はっきり分別する傾向が僕には強くあります。あくまでたまたま今のところは、ということですが、

アニメーションは僕にとって「あまり興味がないこと」の方に分類されています。

――あなたの作品に登場する女性のミュージシャンはクラシックの教育を受け、何かしら呪われています（『ノルウェイの森』のレイコ、『スプートニクの恋人』のミュウ）。それに比べると男の場合はトニー滝谷（短編小説「トニー滝谷」）の父親のように楽しくジャズを演奏していたりする。レイコとミュウは立派な技術を持ち、音楽に打ち込んでいるのだが、エモーションが足りず、最終的に感情的に深い傷を負う出来事に遭遇し、それを芸術に昇華することのできないまま、音楽の道をあきらめていきます。かつてジャズ・クラブを経営していた人間として、また「集中力こそが（エモーションよりも）作家にとって何よりも大事なツールだ」と数多くのインタビューで繰り返し語っている人間として、あなたは創造というプロセスについてどのような意見を持っていますか？　音楽は小説を書くのとはまた別の作業なのだということなのでしょうか（あなたの文章には本当によく音楽が登場します）？　どうしてあなたの描く女性のミュージシャンはそんなに苦しまなくてはならないのでしょう？

村上　僕の小説の中では、女性はよくmedium（巫女）的な役割を果たしています。彼女たちは主人公をしばしば「普通ではない場所」に導いてくれます。そして物語を進行させせます。そして音楽というものは、ご存じのように、芸術の中では舞踊とならんで、

もっとも祭祀的な色彩の濃いものです。そういう意味においては、音楽を志す女性というのは、僕の作品にとっては大事な存在なのかもしれません。レイコさんも、ミュウも、そのような観点からすれば「神に見捨てられた」巫女たちであると言ってもいいかもしれません。彼女たちにとって、音楽を放棄することは（放棄せざるを得なかったことは）、世界との特別なつながりを断ち切られたことに等しいのです（とはいえ、これはあくまで僕自身の意見であって、作者の意見ではありません。念のために）。

僕は、音楽においても、小説創作においても、集中力というものは等しく中心的な役割を担っていると考えています。ただその集中力の外見が違っているだけです。音楽においては、パーフォーマンスそれ自体が最終的な表現形態になっていることが多いので、その集中のありようはどうしてもより短期的で、より表現的で、よりtangibleな（手で触れることのできる）ものになってきます。しかし小説創作の場合、集中はより長期的で、より内省的で、より強い耐性を持つものでなくてはなりません。エモーションは、僕の観点からすれば、むしろ日常的でありふれたものです。誰の中にもそれは存在しています。エモーションを持たない人間はいないはずです（そうですね？）。しかしそれをしっかりと手のうちにとらえ、客観性のあるイディオムで正確に表現するためには、時間を一時的に止めることのできるほどの強い集中力が必要とされます。そしてその集中力を少しでも長く維持することのできる体力、耐久力が必要とされます。それらは誰もが手にできるというものではありません。

またそれと同時に僕は、二十代のほとんどをジャズ・クラブのオーナーとして生活してきたことで、たくさんのことを音楽から学んだし、その体験は小説を書く上でとても役に立っていると思います。その方法論を小説の中にそのまま持ち込んでいる、ということもできるかもしれない。たとえば……リズムの重要性、インプロヴィゼーションの楽しさ、聴衆とのあいだに共振性を確立することの大切さ。これはメタファーではありません。僕にとって、文章を書くことと、音楽を演奏することとは（僕は実際には音楽を演奏しないけれど）そのまま空中で、文字通り直結していることなのです。

――あなたの作品に出てくる男性の語り手はしばしば失職しています。あるいは普通の職にはついていない。しかし彼らは常に金はたいした問題じゃないと広言しています。あなたの初期の作品には金銭についての考察がいくらかあったと思うのですが、いつの間にかその問題があなたのフィクションからさっぱりと消えています。どうしてあなたは金銭の問題に興味を持たないのだろう？

村上　とくに理由はありません。たぶん金銭以外のことにより興味があるのだ、という気がします。僕が育った家庭はお金が有り余っている家庭でもなかったし、お金が足りなくてとても困っている家庭というのでもありませんでした。だからお金について、良くも悪くも、真剣に考察を巡らすということがほとんどなかったような気がします。

大人になってからはもちろん、金銭の問題は現実的に大きな意味を持つようになりましたが、子供の頃の体験というのは、やはり大きいのだろうと思います。

——あなたは早朝に起き、毎日スケジュールどおりに執筆する。そのスケジュール以外のときにノートを取ったりすることはないのですか？　執筆を終えたときに、小説を書くための頭の部位みたいなものはそのままスイッチを消されてしまうのですか？

村上　原則的に言えば、机の前に座っていないときには、あまり小説のことは考えません。どちらかといえばまったく違うことを考えるように（あるいは何も考えないように）努めています。頭を切り換えるわけです。スポーツをする、音楽を聴く、本を読む、料理をする。でも頭の隅では小説のことを考えているかもしれない。僕の脳がどのように働いているのか、自分でもよくわからないのです。

——まったく何も書かず、休憩するということはありますか？

村上　文章を書くのは、僕にとって呼吸をするようなものなので、常に何かを書いています。小説を書いていないときは、翻訳をするか、エッセイのようなものを書くかしています。文章を書くのは、運動選手にとってのトレーニングや、音楽家にとっての楽

うから。

器練習と同じで、まったく休んでしまうと、ペースを取り戻すのに時間がかかってしま

――しかしそれほど集中して仕事をしていないときには、どんなことをして時間を潰しているのだろう?

村上 僕がいちばん幸福だと感じるのは、中古レコード屋をまわっているときかもしれません。

――あなたは最初の小説をビールを飲みながら書いたし、作中にはたくさんビールが出てきます(ざっと私が数えた限りでは、あなたの最初の二つの小説では、一ページ平均三本のビールが飲まれています)。あなたはまだビールを飲み続けていますか? 好きなビールのブランドは?

村上 ビールは今でも好きで、よく飲んでいます。僕の好きな銘柄は、今のところは「バース・エール」と「サミュエル・アダムズ」です。でもそれほど一度にたくさんビールを飲むわけではありません。日が暮れたら一本か二本、それくらいです。あとはウィスキーかワインを飲むことが多いです。

──霊媒＝巫女のような女性の存在に加えて、あなたの小説にはよく呪われた場所やものごとが登場します。『ダンス・ダンス・ダンス』ではドルフィン・ホテルやマセラティ（「呪われたマセラティ」）。『ねじまき鳥クロニクル』では空き家。そういうものはいったいどこから来ているのでしょう？

村上 僕自身の中にそういう場所が（少なくともそれに似た場所が）存在するのかもしれないですね。自分ではよくわからない。そういう場所について書くことは、僕にとってとても自然なことなのだ、としか言いようがないです。そういう場所ではとても自然に、不自然なことが起こるのです。

──あなたがこれからどういうところに行こうとしているのか、少し話してくれませんか？ あなたは新しいものを書こうとしているように私には思えるのです。もっと若い人々や、もっと年齢の高い人々について。

村上 さまざまな立場にある、さまざまな人物を描きたいというのが、僕の希望していることです。そうすることによって、より広がりのある物語を書いていきたい。これまでとは違う種類の人々が登場するようになったのは、そのような人々を描くことが、

技術的にできるようになったからです。

このインタビューは直接対面ではなく、メールのやりとりで行われた。僕はこのときとても忙しかったので（と記憶している）、いくつか質問を送ってくれればそのうちのいくつかに対して回答をすると先方に伝えた。質問と回答の何度かのやりとりがあったと記憶している。ショーンの無類に楽しいメモワール『ああ、なんて素晴らしい！』が翻訳され、彼が出版社の招待で日本に来たとき、初めて彼に会った。会ってみるととてもきさくな「いいやつ」だった。本当はちゃんと対面して話ができるとよかったのだが。（村上）

サリンジャー、『グレート・ギャツビー』、なぜアメリカの読者は時としてポイントを見逃すか

聞き手　ローランド・ケルツ

A Public Space　2006年春号／アメリカ

——以前二人で、日本において個人であることはいかに困難か、いかに孤独かを話しあいましたよね。

村上 今でもすごく困難ですが、過去十年で日本の状況は大きく変わりました。僕が若い頃は、会社に就職するか、学問の道に入るか、レールがしっかり決まっていた。すごくタイトな社会でした。どこかの場所に属さなくちゃいけなかったんです。僕はそれが嫌だったから、大学を出てすぐ独立しました。それは孤独なことでした。

でも今は違います。若者は卒業してすぐフリーランスになったりします。これにはいい面と悪い面がありますが、僕はいい方の面を見たい。自由になるチャンスなんだから。

——今日でも日本人は、アメリカの方を見る必要があるでしょうか。それとも日本にとどまっていてもいい？

村上　今日の若い日本人は、アジアやヨーロッパにも目を向けています。もうアメリカだけじゃありません。一九六〇年代、僕が十代だった頃は、アメリカはものすごく大きい存在だった。何もかもがぴかぴかに輝いていました。十五歳のとき、神戸でアート・ブレイキーとジャズ・メッセンジャーズのコンサートを見たんです。それがジャズとの出会いでした。ものすごく感銘を受けました。あの頃のアメリカ文化は本当によかった。

――じゃあ当時は、ほかの日本人もアメリカ文化に惹かれていた？

村上　圧倒的でしたね。誰にも止めようがなかった。一九六二年、六三年あたりまでは、グレープフルーツって何なのか、日本では誰も知らなかったと思う。このあいだアメリカ小説の古い翻訳を読んでいたら、グレープフルーツに註がついていました。当時はピザもなければハンバーガーもなかった。僕が大学生のとき、一九七〇年頃、マクドナルドが日本にやって来て、みんなハンバーガーってどういうものかと行ってみたんです。

――そういうのは、肯定的な経験でしたか？

村上 もちろん。我々はフランス人とは違うからね（笑）。僕たちにとって、とても刺激的な体験でした。一九七〇年にキューブリックの『２００１年宇宙の旅』を観に行ったことを覚えています。あれはすごい体験だったな。あれがアメリカ文化のピークだと思う。

――そういうアメリカのイメージはもう、変わったんですね。

村上 当時から、アメリカには二つの側面がありました。権力的な面と、若いカウンターカルチャー的な面と。僕たちはベトナム戦争を批判しましたが、それでもジミ・ヘンドリックスやドアーズを聴いていました。当時のアメリカにはバランス感覚があって、僕たちはそれが素晴らしいと思いました。

――で、今は？

村上 なぜかバランスが失われた気がしますね。日本人の大半がそう思ってるんじゃないかな。もうみんな、コカ・コーラとか飲みませんからね。最近では一番ポピュラーな飲み物はお茶です。

――日本人が日本をより誇りに思うようになったんでしょうか。

村上　日本人が日本を誇りに思ってるかどうかはわからないけど、アメリカからの輸入品を文句なしに素晴らしいとは思ってないですよね。今日のアメリカのロックはおおむね退屈だし――コマーシャルすぎて、心に届くものが少ない。ハリウッド映画と同じです。若者はJ-POPを聴いてるし、日本の映画にも興味を持ちはじめています。個人的には、J-POPの大半はガラクタだと思う。アニメもそうだし。でも中にはいいのもあって、いいのに関しては、日本のものだということでより身近に感じます。

――アメリカの小説は？

村上　うん、今は人気ありますよ。アメリカの作家は、ここ二十年くらい、すごくよかったと思う。僕が二十代の頃は、二つの派がありました。バーセルミとかのポストモダン作家たちと、アップダイクみたいなリアリズム作家たち。でも八〇年代から、三つめの流れが出てきました。ジョン・アーヴィング、レイモンド・カーヴァー、ティム・オブライエン。カーヴァーの短編を読んだときは衝撃だったな。

――カーヴァーのどういうところが衝撃だったんですか？

村上　あんなふうな短編は誰も書いたことがなかった。常識を越えていました。カーヴァーの使う言葉はいつだってシンプルです。率直にストーリーを語って、ユーモアもあるし、切れ味がよくて、物語は予測不能で、すごく暗い結末に至ったりする。話自体は、日常生活についての話だった。短編の書き方については、カーヴァーから何かを教わりましたね。

――何を教わったと思います？

村上　彼が短編を通して言っていたのは、小説を書くには知的でないといけないけれど、書く素材は知的である必要はないということだと思う。

――翻訳された他の作家はどうですか。たとえばアーヴィング。彼からは何を学びましたか？

村上　アーヴィングからは長編の書き方について教わるところがありましたね。ああいうパワフルなストーリーテリングの声を。翻訳から何かを学んだと僕が言うのは、小さな、現実的なことじゃないんです。大きなことです。作者の息づかいとか、パースペ

クティヴ、知覚とか。翻訳すると、そういうものが感じられるんです。

昔はね、よい本を書き写したんです。たとえば日本人は、『源氏物語』を一ページ一ページ書き写しました。そうすることですごいろんなことを学べます。他人の身に自分を置くようなものですね。翻訳も同じです。

――他の翻訳者からも学びますか。柴田元幸さんの翻訳は読みますか。

村上　ええもちろん。彼の翻訳は大好きです。でも僕たちは趣味が違います。ポール・オースター、スティーヴ・エリクソン、スチュアート・ダイベック、スティーヴン・ミルハウザー、みんないい作家だけど、僕は訳さないと思う。それでいいんです。衝突せずに済むから（笑）。

柴田さんはバランスのとれた小説が好みだと思う。うまく言えないけど。彼の翻訳を読むと、すごくバランスのいい文学世界が見えるんです。シンメトリカルというか。オースターがいい例ですね。バッハの音楽に似ています。どこか数学的で。同じことがエリクソンやミルハウザーにも言えると思う。すごく不思議に満ちた世界を生み出しているけど、とても理性的です。時にはクレイジーで混沌とすることもあるけど、離れたところから見ればすべて理性的で、禁欲的ですらある。これはもちろん褒め言葉ですが。でもカーヴァーやオブライエンの場合、時に非理性的になります。僕はどうも、物事

がぐちゃぐちゃの方が居心地がいいみたいです。そういう世界の方が好きなんです。ティム・オブライエンの『ニュークリア・エイジ』を訳したときなんかね、会うアメリカ人みんな、あれは彼の最悪の一冊だって言うんですよ。でも僕は大好きです。オブライエンに会ったときそう言ったら、すごく疑り深い顔をされた。「ほんとか？　ほんとうにそう思うか？」って（笑）。

——誰にもそう言われたことないんですね。

村上　うん。でも日本では、気に入ってくれた人多かったですよ。ときどき思うんだけど、アメリカの読者は何かを見逃してるんじゃないかな。

——『ニュークリア・エイジ』についていえば、何を見逃したんでしょう？

村上　あの本はね、効率のいい本じゃありません。バランスも欠いています。まとまりがない、不完全な本です。それでも、何かとても大事なことを語っているんです。ああいう不完全な本というのは、なかなかよさをわかってもらえないと思う。でも僕には、あの本の熱さが感じられたんです。

——アメリカ人の方が、望むものが保守的だと思いますか。

村上　アメリカの読者って、これはちょっとなあって思うことがありますよね。『ニューヨーク・タイムズ・ブックレビュー』とか。読んでいると、いささか頭が固いんじゃないかと。

——もっと若手で、翻訳したいと思う作家はいますか。

村上　さっき言った、カーヴァー、オブライエン、アーヴィングのあとは、これは訳したいと思う本に出遇っていませんね。自分が歳を取ったからかなとも思います。僕はプロの翻訳家じゃありません。作家であって、翻訳という仕事から何かを学びたいんです。人はある地点に達すると、他人の作品から学ぶのは難しくなってきます。このごろは古典から学びたいという気持ちの方が強いですね。『グレート・ギャツビー』とか『キャッチャー・イン・ザ・ライ』とか。

——『キャッチャー・イン・ザ・ライ』を訳すという話を初めて伺ったとき、あの本を貫くテンションということをおっしゃっていましたね。開かれた、民主的で自由で多元主義的な世界と、閉じた、管理され操作された抑圧的な世界とのあいだのテンション

ということを。

村上　ええ。今日、多くの場所で、閉じた世界がだんだん強くなってきています。原理主義、カルト、軍国主義。でも閉じた世界は武力では壊せません。壊してもシステム自体は残ります。たとえば、アルカイダの兵士全員を殺すことはできても、閉じたシステム自体は、理念は、残ります。どこかよそへ場所を移すだけの話です。

なしうるベストのことは、ただ語ってみせることとです。開かれた世界のよい面を見せること。時間はかかりますが、長い目で見れば、開かれた世界のそういう開いた回路は、閉じた世界がなくなっても残ると思う。

――どうして今日、閉じた世界が力を得ているんだと思いますか。

村上　その答えは簡単です。今日、世界はひどく混沌としています。人はすごくいろんなことを考えなくちゃいけません。ストックオプションとか、ＩＴ産業とか、どのコンピュータを買ったらいいかとか。ケーブルテレビには五十四のチャンネルがあって、インターネットを使えば知りたいことは何でも知ることができる。すごく複雑で、下手をすると迷子になってしまいます。

でも、小さな、閉じた世界に入れば、何も考えなくて済みます。導師（グル）や独裁者が、何

をしたらいいか、何を考えたらいいか、教えてくれるんです。すごく簡単で、楽で、誘惑的です。オウム真理教に入った人たちのように、知的な人たちにとっても。でもそれは罠（わな）です。いったん閉じた世界に入ったら、逃げられません。ドアは閉じてしまうんです。

――別の場所でも、そういう二つの場所のあいだのテンションが、『キャッチャー・イン・ザ・ライ』を訳す気になった一因だとおっしゃっていましたね。

村上　そうです。あの本を最後に読んだのは高校生のときで、三十九年前のことです。ストーリー自体はすっかり忘れてしまっていたけど、翻訳してみると、実はこの本は、心の病についての、一種の病めるアメリカ精神についての本だとわかりました。アメリカ社会の病理というか。作者の心を通っていく、すごく短い旅ですが、作者一人だけの話じゃありません。『キャッチャー』は何人かの暗殺者にインスピレーションを与えていますよね。ジョン・レノンを殺した男や、ロナルド・レーガンを殺そうとした男に。あの本は人の心のなかの闇につながっているんです。そしてそれはとても大事なことです。『キャッチャー』はすごい本だけれど、サリンジャーは自分のなかのそういう閉じた世界のすごく近くに迫っていたんです。もちろん小説家としては開かれた世界にいるんだけど、彼の精

神は、閉じた世界に接近していたんだと思う。出来上がった作品は、二つの世界についての、最終的にはアンビヴァレントなものになっている。日本でも外国でも、たいていの人はあの本のことを、社会に反抗する子供の本だと考えています。でもそんな簡単な話じゃないんです。サリンジャーは生の価値観そのものを裁いているのであって、それらの価値観を両手に載せて量っているんです。そして彼の裁きはつねに変わっています。だからこそあの本はあんなにもスリリングなんです。

――翻訳したあとも、そう感じますか。

村上　ええ。サリンジャーは暗いオブセッションの底に降り立っていたんです。

――井戸に降りるみたいに？

村上　そう。あの本を訳すときは、僕も彼と一緒にその闇に降りて行かなくちゃいけなかったんです。時として息の詰まる思いもしました。でもいまは、よい体験だったと思います。

――『ギャツビー』の翻訳はどうですか。フィッツジェラルドからは何を教わりまし

たか。

村上　あの本の翻訳はね、二十五年待ったんですよ。八〇年代初頭、ヘミングウェイは日本ですごく人気があったけど、フィッツジェラルドを読む人はほとんどいなかった。不公平だと思いましたよ。とにかく『ギャツビー』を訳したかったけど、まだ自分にはその力がないと思ったんです。

――いまは『ギャツビー』をどう思いますか。

村上　訳しはじめる前は、これは完璧な小説だと思っていたんです。でも一行一行じっくり見ていくと、この本の魔法の力は、その不完全さにあるのだと思うようになりました。前後の脈絡のずれた長いセンテンス、設定のある種の過剰さ、登場人物のふるまいに時おり見られる一貫性の欠如。この小説が持っている美しさは、そういうもろもろの不完全さの積み重ねに支えられているんです。あえて言えば、そこにあるのは、不完全であることによってのみ表現しうる、特別な種類の美しさだとさえ言えるかもしれない。これはたぶん、実際に日本語に訳してみなければ絶対にわからなかったでしょうね。

――何年か前、ご自分が一九九五年、阪神大震災と地下鉄サリン事件のあとに日本に

戻ることに決めたことを、フィッツジェラルドが一九三〇年にパリからアメリカに戻ることにしたことになぞらえていましたよね。

村上　日本のバブル経済は一九二〇年代のアメリカに似ていると思うんですよ。その意味で、日本の「失われた十年間」（訳註・フィッツジェラルドの一九三九年刊の短編の題名でもある）、一九九五年から二〇〇五年は、この国にとって非常に重要な時期だったと思う。その十年が僕たちにとってどういう意味を持ったのかは、まだ見えてきていませんが、個人的には、自分がその時期に、日本の小説家として僕なりにベストを尽くしたと思っています。あの十年間でも、僕の大きなテーマは、そしてそれはおそらくみんなのテーマでもあったと思うけど、日々のカオスと共存していくための土台を築くことでした。その土台にどんなものを築いていくのか、それが僕にとってのこれからの大きなテーマになっていくと思います。

短編小説はどんな風に書けばいいのか

聞き手 「考える人」編集部

考える人 2007年春号／日本

――かつて、「短編小説の師」をあげるとするならば、それはフィッツジェラルド、カポーティ、カーヴァーの三人である、と書いていらっしゃったことがありましたが、それぞれ作風の異なる作家から、村上さんは何を学ばれたのでしょうか？

村上　カポーティから学んだのは、短編小説においては文章というものが「妖しくなくてはならない」ということです。ちょっと下品な言葉で言えば読者を「こます」文章でなくてはならないということですね。頭で考えたような文章では読者はこませない。身体の奥の方からじわっと出てくる何かがないとだめだということです。それがカポーティから学んだいちばん大事なことじゃないかな。フェロモンが適当に出てないと、短編小説の世界にはなかなか人をひきずりこめない。短編って一発勝負だから、その世界にすっと人を引きずりこめなかったら、どうしようもないです。

フィッツジェラルドから学んだことは、フェロモンは出ていなくてはならないんだけど、それが下品なかたちであってはならないということです。「とにかくフェロモンが

出てりゃいいんだろう」みたいなことになってはいけない。そこには優しさと哀しみのようなものがなくてはならないし、書き手の視線は基本的にできるだけ遠くを見ていなければならないということです。姿勢の問題です。短編小説というと「細部、細部」みたいなことになりがちで、読む方も「ここがうまい！」みたいなこだわりを持つことが多いんだけど、フィッツジェラルドの優れた短編を読むと、そういうところももちろんいっぱいあるんだけど、読み終えて目を上げると、遠くの風景がふっと前に浮かび上がってくるんです。そういう小説の志が感じられる作品は、読んだ人の心に長く残ります。

カーヴァーから僕が強く感じたのは、「偉そうじゃない」こと。立派なこと、偉そうなことを書かなくても、書くべきことをきちんと書いていれば、それで立派な小説になるんだということ。もちろんそのためにはうまく書かなくてはならないし、普通の人とは違う視線を持たなくてはならない。でも「そんなもの、プロの小説家なら当たり前のことじゃないか」と前提をつけてしまえば、あとは「当たり前のことを、当たり前にちゃんとやってりゃいいんじゃない」ということになります。そのへんの捨て去り方が、カーヴァーはとてもうまい。うまいというか、ものすごいです。ある人は彼のスタイルをミニマリズムと呼ぶけれど、そんな段階のものじゃないです。人としての生きる節度みたいなものが、彼の場合凜（りん）としている。そしてそれはみんな、きっちり身銭を切って獲得されたものです。しかしまったく偉ぶるところはない。彼の短編小説はぜんぶそっくり訳したけれど、学ぶところは多かったです。

――フィッツジェラルドの場合、短編と長編の違いはどこにあるのでしょうか？

村上　いちばん大きな違いは、彼は基本的に短編小説は生活のために、雑誌に依頼されて書いたけれど、長編小説はあくまで自分のために自発的に書いたということです。依頼されて書いたのではない。一行一行、身を削って書いています。だから短編小説のほとんどは、営業政策上ハッピーエンドにしなくてはならなかったけれど（モーツァルトが長調の作品ばかり作らされたのと同じです）、長編小説の場合はその必要がなかったわけです。それはひとつのすごく大きな違いになります。彼は何の留保もなく、自分というものを長編作品の中に詰め込むことができました。しかし彼が残した長編小説の中で、今日でも広く読まれているのは『グレート・ギャツビー』と『夜はやさし』の二編くらいです。もちろんその二編があればいいじゃないか、といえばまったくそのとおりです。どちらも心に長く、ずっしりと残る作品です。忘れようと思っても忘れられない。その二つがあれば十分です。

でも営業のために、身過ぎ世過ぎのために短時間で書かれた短編小説がいけないかっていうと、そんなことはなくて、長編小説に劣らずいいですよね。「これはちょっとなあ」という作品も少なからずあるけれど、いいものはやたらいい。文句なしに見事です。息を呑むほど美しい。そう考えると、フィッツジェラルドって不思議な作家ですよね。

たいしたことないものも、けっこう書いているんだけど、いいものはやたらいい。じゃあ、回り道しないでいいものばかり書いていたら、どうなったんだろうと、読み手の方はつい考えてしまうんだけど、「たいしたことのないもの」を書くことも、この人にとっては大切なことだったのかもしれないなという気もします。そういうものをある程度書き散らすことによって、それで初めて、文句なく見事なものが出るべくして出てきたのではないかと。人の才能というか、人生というか、巡り合わせというか、病理というか、そのへんのことはよくわからないですね。結果オーライにならざるを得ないところがあります。

——カポーティにはノンフィクションノベルの長編『冷血』がありますが、本来の意味での長編小説は書かなかった、と言えるのではないかと思います。それはなぜだと思われますか？

村上　この人が書く文章は、天才的というか、生まれつきの素晴らしい散文ですが、長編小説のような息の長いものにはあまり向かない、というのが僕の個人的な意見です。陸上競技にたとえるなら、一万メートルまでの呼吸法の文章です。トラックランナーの美しいフォームです。刃物にたとえれば、鋭い切れ味を持っているが、太い樹木を切り倒すのには向かない。

『冷血』の場合、カポーティはそのような自分のオリジナルの文章をいったん棚上げしたからこそ、これだけの長い領域がしっかりカバーできたわけです。しかしそれはあくまで例外的なものであり、単発的なものであった。そしてこの『冷血』という本を書いたあと、彼は自分のそれまでのオリジナル文体に復帰することができなくなってしまった。『冷血』自体は見事な本なんだけど、それを書くことで、彼の文体家としての流れは大きく変えられてしまったと、僕は考えています。もちろんカポーティとしては、好むと好まざるとにかかわらず、そういう方向を選択しなくてはならなかったわけです。彼は自分を変更しようとした。彼はその変更を自ら求めていた。そして実際に変更した。その変更は結果的に、彼にとってはあまり幸福な結果をもたらさなかった。彼はそのあと、有効な新しい小説文体を確立することができなかった。初期の魔法は残念ながらもう失われてしまっていた。しかしながら創作家は、べつに幸福な状況がもたらされることを第一義として人生の方向を選び、前に進んでいくわけではない。要するにそういうことだと思います。

——カーヴァーが長編小説を書かなかったのはなぜでしょう?

村上　本人は「長いものを書くための時間がなかったから」と言っていますが、僕はそれは時間の余裕の問題というよりは、むしろ「体質的なもの」だったのではないかと

考えています。ある光と、ある空気と、ある響きを組み合わせて、そこに特別な物語空間をさっと作り上げることが、この人にはできました。そういう何かしら特別な資質と才能を持っていた。しかしそれらの物語空間をいくつか組み合わせて、より大きな広い流れを作っていく方には向かわなかった。ひとつひとつの物語がそこで生まれて消えて、そのまま終わっていってしまった。長編小説には発展していかなかった。どうしてかと言われても、脳がそういう方向にしか動かなかったと言うしかないんじゃないのかな。たとえばガブリエル・フォーレや、クロード・ドビュッシーが交響曲を作曲しなかったのと同じように。リヒャルト・ワグナーが弦楽四重奏曲を作曲しなかったのと同じように。誰にでも創造的傾向というものがあります。むしろ、ベートーヴェンやらモーツァルトみたいに、何もかもできるという人の方が珍しいかもしれない。

でもカーヴァーが長編小説を一冊も書かなかったから、それで彼の作家としての評価がいくらかでも下がるかというと、そんなことはまったくありません。彼はたしかにまとまったかたちとしての長編小説をひとつも書き残さなかったけれど、彼の書き残した短編小説群は、読者の頭の中でひとつになって、「カーヴァーの総合世界」みたいなものを作り上げています。それは言うなれば、彼にとっての仮説的な長編小説として、空に浮かんだくっきりとした雲のように成立しています。それはそれで、まことに素晴らしい達成だと僕は思います。そんなことができる人はほとんどいないのだから。

すか?

――短編小説がうまい作家と、長編小説がうまい作家の違いはどこにあるとお考えですか?

村上 うーん、僕は思うんだけど、短編小説のうまい下手はあっても、長編小説のうまい下手というのはないですね。極端な言い方をすれば、長編小説はべつに下手だっていい。とにかく心に食い込めばいいんです。ひだに爪を立てて、どっかに位置を定めて残っちゃえばいいんです。それさえできれば、あとの細かいところはなんとでもなる。逆に言えば長編小説っていうのは、あんまりうまく書きすぎると息が詰まっちゃうんです。下手なところが残ってないと作品がうまく動かない。だからもし批評家が長編小説のある部分を抜粋して、「ほら見ろ、この作家はこんなに下手だ」と言ったとしたら、それはいささかフェアじゃないということになるかもしれません。洋服の着こなしと同じで、どっかひとつぽっと抜けてないと、隙がなくて冷たくなりすぎる。

ところが短編小説はまずうまく書けてないことにはお話になりません。うまく書けてない短編小説なんて、ストライク・ゾーンでの細かいボールの出し入れができない中継ぎのピッチャーみたいなものです。ストライクが思うように入らないことには、ピッチングの組み立てができない。そうなるとゲームにもならない。でも長編小説の場合は、先発完投だから、全体を貫く勢いが問題になってきます。多少コントロールが定まらなくても、相手のバッターを呑んで、びゅんびゅんバットを振らせればいいわけです。そ

うすれば三振がとれる。そうすればゲームになる。

長編小説を書くには、長編小説を書くための特別な資質が必要になります。フル・マラソンを走るために特別な資質が必要であるのと同じように。長い深い暗闇を通り抜けていくためには、そのための特別な呼吸法があり、特別な足の運び方があります。特別なカンも必要になります。我慢強さももちろん必要です。そういうあれこれをただ苦しいと感じるか、あるいはそういう作業に習熟し、自らの体質を段階的に変革していくことに、しんどくはあっても、他では得られない喜びを感じるか、そのへんは人格の傾向の問題になると思います。僕はどっちかというと、そういうことに不思議に喜びを感じる性格です。たぶん生まれつきのものが大きいと思いますが、僕はふと思うんだけど、あんまり頭の回転の速い人って、そういうことに向かないかもしれない。頭が悪いからできるってものでは決してないですが。

――サリンジャーは本質的には短編小説の作家なのでしょうか？　しかし、短編小説には収まりきらない何かを見出してしまったために、必然のようにして「ある長編小説的なもの」へと向かおうとし、ついに暗礁にのりあげてしまったのではないか、と思わないでもないのですが……。

村上　僕の個人的意見なので、あるいは異議を唱える人もいるかもしれないけど、サ

リンジャーは基本的には長編小説には向かない作家ではないかという気がします。というか、もともとは「マイナー・ポエト」というタイプの作家ではなかったかと思います。『ナイン・ストーリーズ』なんかを読んでいると、そのへんがよくわかりますよね。大きく門を構える人ではない。小さな空間をとても上手に利用していく人です。スマートで機敏な作家です。都会的というか。

代表作『キャッチャー・イン・ザ・ライ』もかたちとしてはいちおう長編小説にはなっていますが、よく読み込んでいくと、正確な意味での長編小説とは言えないような気がだんだんしてくる。ひとつのヴォイスによるものごとのさまざまな「言い換え」を、時間順に、並列的にならべているだけではないのかと。どっちかっていうと、むしろ短編連作のような雰囲気ですね。『フラニーとズーイ』だって考えてみれば、あるひとつの観点をあっちこっちから知的に、カラフルにパラフレーズしているに過ぎない、みたいなところはあります。それはそれでもちろん面白いんだけど、より大柄ないわゆる「長編小説」として発展していくための広い余地は、そこには見出しがたい。かといって、初期の短編小説のような、「ニューヨーカー」向けの「よくできた世界」を書き続けるには、サリンジャーの意識はどんどん前に進んでいってしまっている。文学的にも深化している。世間的にも既に「サリンジャー・ブランド」みたいなものができあがってしまっている。ところが受け皿が揃っていない。そのへんのジレンマで「暗礁にのりあげる」ような格好になってしまったのではないかという気がします。作家にとって、

料理とお皿の関係というのはとても大事です。両方の案配をしっかりしないといけない。

——アメリカ人の読者にとって、長編と短編に対する意識のありようは、どのように違うのでしょうか？　そして、「ニューヨーカー」や「エスクァイア」のような雑誌における短編小説の役割というものは、どのようなものだとお考えですか？　また、日本の文芸誌に短編小説が掲載されていることとの最大の違いは何でしょうか？

村上　アメリカの小説は基本的に長編小説が主流です。分厚くて長い長編小説が、文学の流れを支配しています。長ければ長いほどいい——というのはもちろん冗談だけど、出来のいい短編小説くらいじゃもの足りない。それはもうわかったから、もっとでかいものを持ってこい、もっと重いものを持ってこい、というのが良くも悪くもアメリカ人のおおよその国民性です。a great American novelという表現があるけど、それこそがまさにアメリカの一般的読書人の求めているものだと思います。ボクシングの世界で、なんのかんの言っても結局はヘビーウェイトの動向が話題になってしまうのと同じです。だから多くの小説家は柄の大きな小説を書きたがる。

しかし作家にしてみれば、現実的には、長編小説を書いているだけではリスクが大きくて、生活がなかなか成り立たない。基本は書き下ろしだから、書き上げるのに時間がかかるし、当たれば大きいけれど、はずれればダメージは大きい。だから雑誌にちょく

ちょく短編小説を書きます。長編はアドバンスをもらってじっくりと書き、あとの細かい生活費は雑誌のために短編小説を（あるいは長めのエッセーを）書いて稼ぐというのが、多くのアメリカの作家のやり方です。そしてアメリカの雑誌は昔から、名のある作家の短編作品にはかなり高い稿料を払います。日本の雑誌の稿料とはちょっと比べものになりません。またそのようなクォリティー・マガジンに作品を掲載することで、作家の値打ちも上がっていきます。日本の場合は、雑誌の流通などの問題もあって、そのような大部数を誇る「クォリティー・マガジン」が生まれる土壌がないし、かといって文芸誌では稿料があまりに安く、生活の足しにはならない。そのへんの文芸世界事情がぜんぜん違います。まあアメリカも今ではだんだんせちがらくなってきてはいるけど、それでもまだ。

日本の場合は書き下ろしよりは、雑誌に連載したものが長編小説として本になるということが多いですね。どちらがいい悪いではなくて、そういうそれぞれの傾向があるということです。僕は気合い一発、長編書き下ろしというのを好みますが。

――『若い読者のための短編小説案内』は、書き手がその作家生活のなかで、どのように短編を書き始めているのかを見定めて、書かれた短編が書き手の資質や手法、ヴィジョンをどのように明らかにしているかを、ひとつひとつ丹念に読み解いた力作だと思います。

もし、たった今、同じ趣旨で日本人作家の短編について考えるとしたら、吉行淳之介、小島信夫、安岡章太郎、庄野潤三、丸谷才一、長谷川四郎、という選択に特に変更はありませんか？

村上　僕はいわゆる「第三の新人」前後の作家の作品が昔から個人的に好きだったので、その人たちを中心に『若い読者のための短編小説案内』を書きました。その続編みたいなものもやりたいという気持ちはじゅうじゅうあるのですが、そうするとたぶんもっと若い世代の作家が中心になってきますし、それは「ちょっと生々しいなあ」ということで、二の足を踏んでいます。たぶんこのまま踏み続けることでしょう。僕としては同時代の同業者のことはあまり偉そうに、とやかく言いたくないので。

――素晴らしい短編小説というものは、磨き上げられた完成度の高いもの、というイメージが世の中にはあります（「珠玉の短編」などという言い方を聞きます）。しかし、『若い読者のための短編小説案内』を読んでいると、語るに足る、興味深い、再読に耐える短編小説というものは、ぎこちなかったり、不器用であったりすることもあるのだ、と知らされたことが大変面白かったのですが、村上さんは、実作者として、短編小説に要求される「完成度」をどのようにお考えでしょうか？

村上　これはさっきも言ったけど、短編小説というのは「うまくて当たり前」の世界です。それが前提です。その上で何を提供できるか、ということが主題になります。「はい、よく書けました」だけではどこにもいかない。うまくは書けてるけど、どっかで前に読んだことのあるような話だよな、みたいなものでは、書く方には意味があるかもしれないけど、読む方にとってはほとんど意味はない。他の人には書けない、その人でなくては書けない「実のある何か」がそこにくっきりと浮かび上がってきて、今まで見たことのないような情景がそこに見えて、不思議な声が聞こえて、懐かしい匂いがして、はっとする手触りがあって、そこで初めて「うん、こいつは素晴らしい短編小説だ」ということになります。たとえば。

でもそんなことって、口で言うのは簡単だけど、なかなか起こらないものです。定評のある優れた短編作家だって、せいぜい十編書いて、その中にひとつかふたつかそういうものがあれば上出来だと僕は思います。そしてその少数の素晴らしいものは、最初の定義とはぜんぜん矛盾するんだけど、べつにそんなにうまくなくてもいいんです。うまくなくてはならないけど、その中ではとくべつうまくなくてもいい、というのが優れた短編小説の定義かもしれない。変な定義だけど。僕の個人的な好みは「ばらけかけているんだけど、あやういところでばらけてなくて、その危うさがなんともいえずいい」という感じの作品です。カーヴァーはそういうところはすごいです、やっぱり。どこまで行ってよくて、どのへんで止まるべきかをちゃんと心得ている。

――短編小説は、ふとアイディアを思いついて書き始め、それほど時間をかけずに書き終えてしまう、と『村上春樹全作品』でお書きになっています。たとえば、「中国行きのスロウ・ボート」の場合は、まず表題があり、ファーストシーンが浮かんでそのまま展開していった作品であり、また、「土の中の彼女の小さな犬」の場合もいくつかの情景があって、そこから作品を書き始めていった、と説明されています。つまり、短編の全体像が見えたところから書き始める、ということはほとんどないのでしょうか？　ラストシーンに向けて書いていくようなケースはありませんか？　そして村上さんにとって、長編小説の書き方と、短編小説の書き方の違いは、おおよそこの「ふと思いついて」「それほど時間をかけずに」書く、というあたりにある、と言ってもいいのでしょうか？

村上　短編というのは、簡単に言えば「一筆書き」です。もちろんあとで手を入れて、時間をかけて丁寧な推敲はするけれど、原型はあくまで一筆書きです。頭であれこれ考えてできることじゃない。いくつかの簡単な目じるしだけつけておいてから、さらさらさらとほとんどブレスなしで書いてしまう。森の中で蝶々を追うのと同じです。蝶々が進路を選ぶのであって、こちらが進路を選ぶわけではない。頭でものを考えようとすると、つい目が離れるし、目が離れたら蝶々はどこかにすっと消えてしまいます。長編の

場合もまあ同じようなことなんだけど、長丁場だから、ロジスティックスみたいなものが必要になってくる。戦略ももっとずっと複雑になります。ブレスの案配もしっかり設定しておく必要がある。でも短編小説の場合はそんなことをいちいち考えている暇はない。一発勝負です。取り逃したらもうおしまい。全身を耳にし、目にしなくてはならない。それが短編小説を書く楽しみでもあるわけですが。考えなくていいこと。それが短編小説のいちばんのエッセンスかもしれない。考えるのはあとにまわせばいい。

――同じく「僕は自分のことを生まれつきの長編小説作家だと思っている」と『村上春樹全作品』の中で書いています。だとしたら、村上さんにとっての短編小説は、どのような内的欲求によって書かれているのでしょうか？

村上　英語で簡単に言えば just for fun ということになります。二日か三日、せいぜい一週間で終わってしまう仕事というのは、書く方にとってはけっこう楽しいものです。長編小説の場合は、取りかかってから書き終わるまでに、下手すれば一年も二年もかかるわけだから、楽しいなんてそんな簡単には言ってられない。

多くの場合、短編小説のワンセット（五、六編）を一カ月から二カ月かけて集中的に仕上げます。そこにはトレーニングの意味合いもあります。僕はもともとは長距離ランナーですが、長距離をしっかり走るためには、ただスタミナをつけるだけではなく、イ

ンナーマッスルを組織的に鍛えなくてはならない。ストップウォッチを使ったトラック練習も必要になります。瞬発力と持続力の有効な組み合わせによって、深みのある仕事がはじめて可能になるはずだというのが、僕の考え方です。

――短編小説における人称の問題についてうかがいたいのですが、ほとんどが一人称で書かれている『レキシントンの幽霊』があるかと思えば、三人称で書かれている『神の子どもたちはみな踊る』もあり、長編小説の場合よりも、人称の設定について変幻自在であるという印象があります。それは短編小説ならではのことなのでしょうか？

村上　人称による書き分けというのはとても大事なので（少なくとも僕にとっては大事なことなので）、短編小説でいろいろと試してみます。そして長編小説で何をすればいいのか、どんなことができるのか、と考えます。いわば実験台のようなものです。ヴォイスのあり方や、視点の動きを、あれこれと実地に試験してみます。喩えは物騒だけど、軍隊が局地戦で兵隊の性能や、戦略の有効性を実地に試してみるのと同じように。僕の場合は、短編小説でまず何かを試し、中編小説でそれをさらに進展させ、最後に万全のかたちで長編小説に持ち込みます。はっきり言ってしまえば、長編小説が僕にとっての主戦場なのです。だから短編小説を書くときには、そのたびにテーマを決めて、いろんな新しいことをやってみます。短編小説で失敗しても傷は小さいけれど、長編小説

で失敗すると命取りになります。

これはさっき言った「短編を書くときには何も考えない」というテーゼとは一見矛盾するみたいだけど、慣れてくると、頭では何も考えずにいながら、手を動かすことでそこに戦略のようなものを立ち上げていくことが可能になってきます。頭と手をとりあえず分離させちゃうわけだけど、これは慣れないとなかなかできないです。楽器で言うと、頭で考えずに手が自動的に動いてしまうくらいにならないとできない。

――「ニューヨーカー」には「TVピープル」「眠り」「飛行機」「氷男」「トニー滝谷」「UFOが釧路に降りる」「蜂蜜パイ」などの作品が過去に何編も掲載されています。「ニューヨーカー」の編集者とのやりとり、掲載後の反応などで、何か強く印象に残っていることはありますか？

村上　「ニューヨーカー」はなにしろ伝統のある雑誌で、ほかの雑誌にはない独特の「自社基準」みたいなものがあります。だから「ここは書き直してほしい」というところがときどき出てきます。僕は雑誌掲載というのは基本的に「かりそめのもの」だと思っているから、「いいですよ」とだいたい希望に添うかたちで書き直しています。本にするときにもとに戻せばいいわけだから。でも「ニューヨーカー」は僕の作品を気に入ってくれて、最近ではそんなうるさいことは言いません。経営が変わって、それにつれ

て「ニューヨーカー」カラーもいくぶん薄れたのか、自社基準みたいなものもだんだんゆるくなってきたようですね。以前は露骨な性的な描写がひっかかることもあったけれど、それもなくなってきたみたい。そういうのが歓迎すべきことなのか、そうではないのか、僕にはもうひとつよくわからないけれど。

――村上さんは短編小説を書いているときと長編小説を書いているときでは、どちらが楽しいですか？

村上　長編小説を書いているときは、書きながら身体の組成そのものが刻々と変化していくようなところがあって、それは何ものにもかえがたい興奮であり、充実感です。でも「楽しいか？」と質問されると、そんな単純な言葉ではとても形容できないというしかないんですね。見通しの悪い未知の大地をどんどん前に進んでいくようなものだから、そりゃしんどいし、きついし、不安がないといえば嘘になります。

短編小説を書くのは、前にも言ったけど、基本的には楽しい作業です。短ければ短いほど楽しい。でもたまにしか書きません。どうしてか？　たまに書いている方が、書く方にとっては楽しいからです。さあ、そろそろやりたくなってきたな、というときにやるととても楽しい。だから普段は畑仕事やるみたいにこつこつと翻訳の仕事をしていて、「自前のもの」は書きたいと思ったときだけに書くようにしています。そういう仕事の

サイクルがしっかりできあがってきて、それは僕にとってありがたいことだと思います。
長編だろうが短編だろうが、まずだいいちに、書くことが楽しくなければ小説なんて書けません。だから僕がまずいちばんに考えるのは、書くのが楽しいという状況に、できるだけ自分を置き続けるということですね。長編には長編の楽しみがあるし、短編には短編の楽しみがある。楽しみ方の種類が違うだけです。楽しいことに変わりはない。小説を書く苦しみについてはよく語られるけど、苦しいのは当たり前のことでしょう。僕はそう思う。ゼロから何かを生み出して立ち上げることが、苦しくないわけがないんです。そんなことといちいちことわるまでもない。僕にとって大事なのは、それがいかに楽しいかということです。

――最後に――。初めて村上さんの小説を読む人のために長編をひとつ、短編をひとつ、それぞれ自薦してください、と言われたら（あるいは、長編と短編を一つずつ選んでボイジャーに載せて宇宙の果てまで運んでゆくことになったとしたら）、どの作品を選ばれますか？

村上　選べないですね。どう転んでも。宇宙の果てまで持って行くのなら、僕自身を連れて行ってもらうしかない。僕がこれまでに書いたものは、どれもこれも今のところ、僕のただの不完全な一部に過ぎないから。僕が死んで、この世にいなくなってしまった

ら、あとはもう適当に選んでもらってけっこうだけど。

ある高名な詩人は「人々が想像の中でしか見ないものを、実際に私は目にしてきた」と書いています。僕はそこまで明確に断言できないけれど、少なくとも僕が目にしたものを、まだ十全には書ききっていない。まだまだそこには語るべきものがある。それは確かです。というわけで、自分がすでに書き終えて発表してしまったものに対しては、ほとんど興味が持てないのです。

「走っているときに僕のいる場所は、稳やかな場所です」

聞き手　マイク・グロッセカトヘーファー

DER SPIEGEL　2008年2月18日号 ／ドイツ

日本の作家、村上春樹氏（59）は、マラソン・ランナーでもある。走ることについて彼が書いたメモワールが、ドイツ語に翻訳されることになった。そして今回彼は『シュピーゲル』に、作家そしてランナーの孤独について話をしてくれた。

――村上さんにとって、小説を書くこととマラソンを走ることとの、どちらの方がタフでしょうか。

村上　書くことは楽しいです――少なくともたいていの場合は。僕は毎日四時間から五時間は書きます。それが終わると走りに出ます。普通は10キロ（6・3マイル）ですね。それぐらいだと楽に走れます。ただレースで42・195キロ（26マイル）を一度に走るとなると、それはタフです。でもそのタフさは、むしろ僕の求めているものです。

その避けようのない苦痛は、僕が自らに課し、引き受けるものです。僕にとっては、それがマラソンを走ることの一番大切な要素です。

——では、本を書き終えるのとマラソンで完走するのとでは、どちらの方が気分がいいですか。

村上 一つの物語を完全に終わりにするのは、子どもを産むようなもので、他のなにかと比べることのできない経験です。幸運な作家なら、生涯でたぶん十二冊ぐらいの長い小説を書くことができるでしょう。僕は自分の中にあとどれくらいの良い作品があるのかわかりませんが、あと四、五作品あるといいと思っています。走っているときは、今のところそうした限界のようなものを感じることはありません。僕が分厚い小説を出版するのは四年ごとですが、10キロのレースや、ハーフ・マラソンや、フル・マラソンを走るのは毎年のことです。これまでに二十七回レースに参加し、この一月にも走りましたが、もちろん年齢を重ねるにつれてタイムは落ちていますが、タイムとは関係なく今後もごく自然に、二十八回、二十九回、三十回と回を重ねていくだろうと思います。

——いちばん最近出された本『走ることについて語るときに僕の語ること』が、ドイツ語に翻訳されて来週の月曜日に出版されます。そこではランナーとしてのキャリアや、

作家の仕事にとって走ることの重要性について書かれていますね。こういった自伝的なものを書かれたのはなぜでしょうか。

村上　走り始めて以来、それは二十六年前の一九八二年の秋のことでしたが、僕は自分に問い続けてきました。なぜ他でもないこの競技を選んだのだろう。なぜサッカーじゃないのだろう。なぜ真剣に専業作家としての人生を始めたその日に、初めてジョギングに出たのだろう。僕には、考えていることを文章にして初めてものごとを理解できるという傾向があります。この本を書きながら、走ることについて書くという行為を通して、僕は自分自身について書いているのだということに気づきました。

――走り始めたきっかけはなんですか。

村上　そのときはただ単純に体重を落としたかったのです。それまで僕はかなりたくさんタバコを吸っていました。一日にだいたい六十本を、気持ちを集中するのに吸いました。歯も指先も黄色くなっていました。禁煙することに決めたのは三十三歳のころでしたが、そうすると腰のあたりに急に脂肪がついてきました。だから走りました。体重を落として体を軽くするために。いろんなスポーツの中で走ることが僕にとっていちばん実際的に思えたので。

――どうしてですか。

村上 僕はチームでやる競技には向いていません。自分一人のペースでできることの方が性に合っているのです。走るのには相手もいりませんし、テニスみたいに専用の場所もいりません。いるのはジョギング・シューズだけです。柔道にも向いていませんね。相手を負かしたいというタイプではないのです。プロではないので長距離を走るときには、他の人に勝つということは問題ではありません。自分の競争相手は自分だけで、他人はまったく関わってこないのですが、自分の内部では闘いがあります。前回よりもうまく走れているかどうかということです。繰り返し繰り返し自分の限界に挑戦すること、それが走ることの本質です。走ることは時として苦痛ですが、苦痛をくぐり抜けることによって得られる喜びがあります。そういうのが僕のメンタリティーに合っているのでしょう。

――当初はどれくらい走れましたか。

村上 二十分もすると息が切れて、心臓がドキドキして、脚がふらつきました。初めのころは、走っているところを人に見られるのも少し恥ずかしかったです。でも僕は走

ることを、歯みがきと同じように、自分の日課に組み込みました。そうすると急速に調子が上がりました。一年もしないうちに、僕は初めての、正式のレースではなかったけれど、マラソンを走りました。

——アテネからマラトンまでを、単独で走ったのですよね。どのような興味を持たれていたのですか。

村上 そうですね、なにしろオリジナルのマラソン・コースで、歴史的なルートですから——といっても、ラッシュの時間帯にアテネに着くのを避けて、逆方向に走ったのですが。僕はそれ以前には、35キロ以上を走ったことがありませんでした。脚も上半身も、まだそれほど強くはありませんでしたから、なにが起きるかわからない状態でした。まさに「未踏の大地」を走るような感じでしたね。

——そのときは、どんな様子でしたか。

村上 七月で、とても暑かったです。朝の早いうちに走り始めたのですが、それでもすごく暑かったですね。僕はそれ以前にギリシャに行ったことがなかったので、驚きました。夏のギリシャはこんなにも暑くなるんだと。走り始めて三十分もするとシャツを

脱ぎました。そのあとは氷のように冷えたビールのことを夢見つつ、道端に横たわる犬や猫の死骸を数えながら走りました。太陽にも腹を立てましたね、なにしろ凶暴に照りつけてきて、肌に小さな水ぶくれがいくつもできたくらいですから。かかった時間は3時間51分。暑さを思えばまずまずのタイムです。ゴールに着くと、ガソリン・スタンドにあったホースで水をかぶり、夢見ていたビールを飲みました。ガソリン・スタンドの人は僕のしたことを聞くと、花束をくれました。

——フル・マラソンの最高記録はどれくらいですか。

村上 手元の時計で計ったタイムで3時間27分、一九九一年のニューヨークでの記録です。1キロ5分というペースです。三時間半を切れたということでこの記録には少なからず誇りを持っています。セントラル・パークに入ってからの最後のストレッチは、本当に厳しいものですから。そのときのタイムを超えようと挑戦してきましたが駄目でした。今はもうベスト・タイムには興味はありません。僕にとっては、自分がどれだけ満足して走り終えられるかが大切なのです。

——走っているときに唱えるマントラはありますか。

村上　いいえ。ときどき自分に「ハルキ、きっと大丈夫だ」と言い聞かせるぐらいです。でも実際のところ、走っている間は何も考えていません。

――何も考えない、なんていうことができるのですか。

村上　走っていると、頭の中が空っぽになっていきます。走っているあいだに僕が考えることはどれも、その空白に従属しています。走っているときに頭に入り込んでくる考えは、一陣の風みたいなもので――不意に吹いてきては、過ぎ去り、何も変えたりはしません。

――走りながら音楽は聴きますか。

村上　トレーニングで走るときには聴きます。たいていはロック・ミュージックですね。いま気に入っているのは、マニック・ストリート・プリーチャーズです。クリーデンス・クリアウォーター・リバイバルみたいなアメリカの古いロックを聴くことも多いですね。シンプルなリズムのものがいい。

――どのようにして毎日のモチベーションを引き出していますか。

村上 走るのに今日は暑すぎるとか、寒すぎるとか思うときもあります。あるいは、天気が良くないとか。でも、それでも僕は走るようにしています。少しでもいいから走ろうと。もし今日走らなかったら、その翌日も走らないだろうと思うのです。自らに必要以上の負荷をかけることは、人間にそもそも具わっている性質ではありませんから、肉体に学ばせた習慣は、すぐに解かれてしまうものです。それは書くことにも当てはまります。僕は毎日規則正しく書くことで、精神を鈍らせないようにしているのです。そうすると少しずつ、小説を書く際の達成基準を上げていくことができます。ちょうど規則的に走ることで、筋肉が少しずつ強化されていくように。

——村上さんは一人っ子ですね。そして書くというのは孤独な仕事で、走るときもいつもお一人です。こうしたことの間に、なにか関係はあるのでしょうか。

村上 間違いなくあると思います。僕は一人でいることに慣れています。それに一人でいることを楽しんでもいます。僕は人と一緒に何かをすることがあまり得意ではありません。結婚して三十七年になるので、まったくの一人というわけではありませんが。でも生まれつきの性格というのは変わらないものですね。

——作家兼ランナーになる前には、東京でジャズ・クラブを経営していたそうですね。生活の変化は本当に大きなものだったでしょうね。

村上　クラブをやっていた頃は、バーカウンターの向こう側に立って、会話に勤しむことは僕の仕事でした。それを七年間続けましたが、今でも僕は喋るのが好きな人間ではありません。当時からその仕事をやめたら、その後は本当に喋りたい人としか話さないようにしよう、と心に決めていました。あまり人づきあいのいい方ではありません。

——新しいスタートを切る時期だとわかったのはいつですか。

村上　一九七八年の四月のことでした。僕は東京にある神宮球場で野球の試合を見ていました。太陽が照っていて、僕はビールを飲んでいました。ヤクルト・スワローズのデイブ・ヒルトンが完璧なヒットを打って、その瞬間に小説を書こうと思ったのです。気持ちの良い高揚感で、今でも胸にそれを感じることができます。そしていま僕は、かつては得られなかった環境でパーソナルな目的を追求できるようになりました。テレビに出ることも、ラジオで話すこともなく、人前で自作を読むこともめったにしませんし、写真に撮られることもできるだけ避けていて、インタビューを受けるのもまれです。書くのが僕の仕事であり、それに集中したいので。

――アラン・シリトーの『長距離走者の孤独』はご存じですか。

村上 僕はそれほど感銘を受けなかったように記憶しています。シリトー自身がランナーじゃなかったことが読んでいてわかりますから。でも着想としては適切だと思います。主人公が走ることで自分が何ものであるかの認識に至るという。走りながら、彼は自分が自由だと感じられる唯一の状態を発見します。それには僕も共感します。

――では、走ることが村上さんに教えたことはなんでしょうか。

村上 確実性ですね。いったん走り始めたら、必ず最後まで走り通す。自分の力で必ず目標地点に到達する。走ることで僕は、作家としての自分の技術に信頼を持つようになりました。僕が学んだのは、どれくらいのものを自分に求めることができるか、いつ休息が必要なのか、休みすぎになる境目はどこか、といったことです。つまり、どれだけ厳しく、どこまで自分を追い込めるのかがわかったのです。

――走ることで、よりよい作家になっているということでしょうか。

村上　そうだと思います。筋肉が強くなるほど、僕の考えもクリアになりました。僕が思うに、不健康な生活を送る芸術家は燃え尽きるのが早いようです。ジミ・ヘンドリックス、ジム・モリソン、ジャニス・ジョプリンは僕の若いころのヒーローたちですが、みな若くして死にました。残念なことですね。夭逝（ようせい）にふさわしいのはモーツァルトやプーシキンといった、完結に向けて疾走するように生まれついた天才だけでしょう。でも僕らのほとんどはそうじゃない。芸術的な仕事をするのは基本的に不健康なことです。だから芸術家はそれを補完するために、健康的な生活を送るべきだというのが僕の意見です。物語を自分の中に見出し、それを引きずり出してかたちにすることは、作家にとっては時として危険です。走ることは、僕がその危険を避ける助けになっています。

——それについて話してもらえますか。

村上　作家が物語を立ち上げるときには、自分の内部にある毒と向き合わなくてはなりません。そうした毒を持っていなければ、できあがる物語は退屈で凡庸なものになるでしょう。ちょうど河豚（ふぐ）のようなものです。河豚の身はとてもおいしいのですが、卵巣、肝臓などの部位には致死量の毒を含んでいることもあります。僕の物語は、僕の意識の暗くて危険な場所にあり、心の奥に毒があるのも感じますが、僕はかなりの量の毒を処理することができます。それは僕に強い肉体があるからです。若いときには、誰もが強

い。だからトレーニングを積まなくても、たいていは毒に打ち勝つことができます。でも四十歳を過ぎてくると、その強さは自然に衰えてきます。もし不健康な生活を送っていれば、毒をもう処理することができなくなるかもしれません。

――J・D・サリンジャーが唯一の長編『キャッチャー・イン・ザ・ライ』を出版したのは三十二歳のときでした。彼は毒に対する耐性がなさ過ぎたのでしょうか。

村上 僕はその作品を日本語に翻訳しました。とても優れた作品ですが、不完全なところもあります。物語はどんどん暗い方へ進み、主人公のホールデン・コールフィールドは暗い世界から抜け出す道を見つけることがありません。サリンジャー自身がそれを見つけていなかったからだろうと僕は思います。スポーツをしていたら彼は救われたかって？ そればかりは僕にもわかりません。

――走ることで物語のインスピレーションを得ることはありますか。

村上 いいえ。走っているときには考えらしい考えは浮かんできません。物語を得るためには、僕はその源を探して掘り進めなくてはなりません。僕の心の暗い場所に物語が潜んでいて、そのすごく深いところまで掘って行かなくてはならないのです。そのた

めにも、肉体的に強くあることが必要になります。少なくとも強くないよりは強くあった方が作業が円滑になります。走り始めてからは、それ以前よりも長く集中できるようになりました。暗いところまで行き着くためには、何時間も集中しなくてはなりません。その途中で僕はさまざまなものごとに遭遇します。もし肉体的に弱ければ、そうしたものを時として得そびれてしまうでしょう。

――走っているときに村上さんは、同じような暗い場所にいるのでしょうか。

村上 走ることは僕にとって何かとても身近なものです。走っているときに僕のいる場所は、穏やかな場所です。

――アメリカで何年か暮らしていらっしゃいましたね。アメリカのランナーと日本のランナーに違いはあるでしょうか。

村上 ないですね。でも（ハーヴァード大学の客員作家として）ケンブリッジにいたときに気づいたのですが、エリートの人たちの走りというのは、一般人の走りとは違いますね。

――どういうことでしょうか。

村上 僕はチャールズ河沿いのルートを走っていたのですが、きまって若い女子学生たち、つまりハーヴァードの新入生たちを見かけました。長いストライドで、ｉＰｏｄを聴き、ブロンドのポニーテールを背中で揺らしながら、彼女たちは走っていました。全身が輝いていました。彼女たちは、自分たちが凡庸ではないことを意識しているように見えました。その自己認識に何かしら感銘のようなものを受けました。彼女たちにはどこか、はっとするほどポジティブなところがありました。僕とはあまりにも異なっていました。僕はエリートだったことはありませんから。

――初心者ランナーとベテラン・ランナーの区別はつきますか。

村上 初心者は速く走りすぎますし、呼吸も浅いです。ベテランは悠然としています。ベテラン同士はお互いがわかるものです。ちょうど作家同士がスタイルや言葉づかいによってお互いを理解するのに似ています。

――村上さんの作品はマジック・リアリズムの形式、つまり現実と幻想が入り交じったスタイルで書かれています。走ることには超現実的な、あるいは形而上学的な側面が

あるでしょうか。純粋に肉体的に達成することとは別に、ということですが。

村上　どのような行為であれ、長く続けていればなにかしら観照的なものが含まれてきます。一九九五年に、僕は100キロを走るレースに参加しました。11時間42分かかったのですが、終わりがけに宗教的な体験をしました。

――そうなんですか。

村上　55キロを過ぎると、僕は使いものにならなくなっていました。脚が言うことを聞かないのです。まるで二頭の馬に体を引きちぎられていくみたいな感じでした。でも75キロあたりを過ぎたところで、突然ちゃんとまた走れるようになったのです。なぜか痛みはさっぱり消えていました。自分が何かを突き抜けて新しいフェーズに入ったんだということがわかりました。幸せな気持ちがこみ上げてきました。もう苦しくはありません。ゴールを通過したときには、強烈に嬉しかったです。そのまま走り続けられそうなくらいでした。ですが、僕はもうウルトラ・マラソンを走ることはないと思います。

――それはどうしてでしょうか。

村上 その強烈な体験のあと、僕は自分で「ランナーズ・ブルー」と呼んでいる状態に入ってしまいました。

――それはどのようなものですか。

村上 ある種の虚脱感のようなものです。たぶん僕はそのとき走ることに飽きたのです。100キロを走ることはおそろしく退屈な作業です。11時間以上も一人で持ちこたえなくてはなりません。きっとそのとき、僕の中で何かが燃え尽きてしまったんでしょうね、一時的にではあれ。しばらくは走ることが嫌いにもなりました。何週間にもわたって。たまたまそういう時期を迎えていたのかもしれませんが。

――そこからどうやって再び楽しみを見出していったのでしょうか。

村上 無理にでも走ろうとしたのですが、うまくいきませんでした。楽しさがなくなっていました。そこで別のスポーツに挑戦することにしました。新しい刺激を欲していたので、トライアスロンを始めたのです。水泳と自転車に打ち込みました。しばらくすると、走りたいという気持ちがまた自然に戻ってきました。

――今五十九歳ですが、マラソンにはあとどれくらい参加しようと考えていらっしゃいますか。

村上　歩ける限りは、ずっと走るつもりです。僕が墓碑銘に刻んでもらいたいと思っている文句をご存じでしょうか。

――教えてください。

村上　「少なくとも最後まで歩かなかった」、墓石にそう刻んでもらいたい。

――インタビューを受けて下さって、ありがとうございました。

ハルキ・ムラカミ
あるいは、どうやって不可思議な
井戸から抜け出すか

聞き手　アントニオ・ロサーノ

Qué Leer　2008年11月号／スペイン

東京の上品な地区である表参道の、近未来的な店を構えるプラダやカルティエからすぐのところにハルキ・ムラカミのオフィスがあらわれる。スペイン語版『アフターダーク』の出版に際して、彼の作家活動のなかでも長いものに数えられるだろうインタビューの機会が私たちに与えられた。

作法に従って靴を脱いだ私たちは、村上春樹のオフィスでは彼のアシスタントと三人の事務スタッフが働いていることを知った。「ときどき僕の中に工場があるような気がする。生産をやめない機械、他の人たちが管理している機械が」と後に語ることになる作家は、もう三十年も前、ある野球の試合の観戦中に天啓を受けて小説を書き始め、経営していたジャズクラブ「ピーター・キャット」を閉めて執筆に従事することになった。

まだ朝の十一時だったにもかかわらず、彼は一時間前にはその日の仕事を終えていた。午前四時に起き、近くのスポーツクラブへ泳ぎに行き、次に出る長編小説の部分を見直し、それからここでレイモンド・チャンドラーの『さよなら、愛しい人』の翻訳の続き

にとりかかった。彼が「仕事とは思っていません、これは暇つぶし、楽しみです」という この活動は、猫（彼の小説に繰り返しあらわれる霊媒の特性がある形象）の顔がついた時計がよこたわり、サイン入りの野球ボールが置かれた机で行われる。三日前に二週間のカリフォルニア旅行から帰ったばかりの彼は、一種のジェットラグに苦しんでいた。それでも六十歳代を目前にしながら、最近ではトライアスロンを走りぬいた。アスリートとしての彼の情報は、近刊『走ることについて語るときに僕の語ること』が教えてくれる。

インタビューを行った部屋は、小さいが光に満ちた子ども部屋のようだった。村上春樹は注意深く考えられた返答をし、余計な愛想は無しに丁寧で、訳知りな解釈理論を避けて自身の書く動機や物語の本質について説明する。これが彼の物語を包む魅力を保たせている要因なのだろう。彼は作品が熱狂的に受け入れられたことに応じて、次の春にスペインを訪れる考えを示した。

――二十九歳のときに執筆を始めたというのは、作家になるには比較的遅いスタートだと思うのですが、そこに至るまでに、あなたの人生においてどのような経緯があったのでしょうか？

村上　とくに問題もない穏やかな子ども時代でした。書き始めたのは、書きたくなったからです。その他に動機はありません。なにかしらの経験を正すとか埋め合わせるとか浄化する、という必要性も、何の変哲もないこの世界とコミュニケートする必要性も感じなかった。ある気持ちのいい日に物語を語りたくなった、その時が来たことを知ったという、とても単純な何かが起こったんです。

――今までのところで明らかなのは、あなたは九時〜十七時というサラリーマンの仕事には向いていないということです。

村上　僕は普通の学生でした。けれどもたまたま僕が生きたのは大荒れの六〇年代、安保闘争やベトナム反戦運動、政府や既成の枠組みに対する若者の闘争があった……そんな時代だったのです。そういったすべてのことが影響して、システムの一部になることもスーツに身を包んで会社のために働くことも、嫌だった。僕のやりかたで、自立したかったんです。だから小さなジャズクラブを開いた。その当時は、自分が何をしたいのかさえ知らなかったし、ものを書く才能があろうとは思いもしなかった。ただ読むことは大好きでした。あの一歩を踏み出していなかったら、クラブを続けていたかもしれないですね。毎日好きな音楽を聴いて、バンドを呼んで、そういうことはとても楽しか

ったから。

——世界中の何百万という読者たちにこれほど受け入れられていることを、どのように説明しますか?

村上　正直に言って、その理由はわかりません。あえて理屈をつければ、こんなところでしょう。つまり、優れた物語、力に満ちた物語をもっていれば、いずれそれにふさわしい読者と出会うということです。美しい文体や知的な筋に価値はあるけれど、最終的に重要なのは、次々に起こる何かを読者に期待させることなのです。次の展開がどうなるのか読者が想像せずにはいられない。それが優れた物語です。言語や国境を越えて。

——最初にあなたにそう感じさせたのはどんな作家ですか?

村上　十四歳か十五歳のときは一晩中、ロシアの古典文学を読んで過ごしました。今でも『戦争と平和』をむさぼり読んだときの幸福感を覚えています。今までに『カラマーゾフの兄弟』は四回読みました。僕は大長編が好きです。長大な物語は嫌でも長いことその世界に浸らせてくれる。そういうわくわくさせてくれる小説が何より好きなのです。ページを繰るのがもどかしいような。

――村上春樹の小説はどのようにしてつくられるのでしょうか？

村上　アイディアは僕の頭の中で温められます。そして物語となって僕という存在の奥底から出てくるんです。創作の壁に突き当たったことはありません。すでにそのレベルまで技術が磨かれているから、最適な言葉が見つかるんです。ほとんど三十年の間これを繰り返してきました。つまり、僕は作家であり、僕の本能が言わねばならないことを見つける、ということです。数学者が方程式にあてはめなくてはならない公式を知っていたり、チェスの指し手が盤上で続く動きを瞬時に考えつくしているのと同じです。それ以上僕には論理的な説明をすることはできない。たとえば、僕は泳ぐのが好きで、心地よいと思うけれど、クロールを泳いでいるときに僕の腕や足が何をしているのかを順序よく説明することはできない。書くことについても同じことが起こる。やり方を知っているけれども実際にどうやっているのかというのを言い表すことはできない。僕は泳ぐのと同じように書くのです。

座って仕事にとりかかる時が来たと感じる必要があります。そう感じないのなら、待っていた方がいい。これは精神的安定とか新たな視点の発見とは全く関係ない、単なる直観です。その時がきたら、規則正しく仕事をします。一日に三時間か四時間、物語ることに没頭し、毎日ほとんど同じ枚数を創作します。どんな物語になるかは僕自身にも

わかりません。つまり僕が最初の読者となるので、これから起こることは知らないでいる必要があります。そうでなければ僕は「既に知っていることを書く」という作業に大いに退屈することになるでしょう。

――映像から着想を得るのですか？　それとも場面から？

村上　そうですね、例えば『アフターダーク』は、一人の青年が夜のレストランに入り、テーブルで本を読んでいる女の子に出会う、そして彼女と仲良くなるだろうと考える、という光景から生まれました。彼は誰なのか？　彼女は誰なのか？　彼らの間に何が起こるのか？　僕はこういった疑問にとても興味を抱き、それらを明らかにするためには書かなければならなかった。

――書いている間はその本にばかり集中しているのですか？

村上　そんなことはありません。執筆時間が終わると、その物語は脇に置いて、身近な単純作業をやります。アイロンがけとか料理とか水まきとか。

――この数年の歩みの中で、どのように執筆活動を発展させてきたのですか？

村上　書き始めた頃は、同世代の人たちを描くことに興味がありました。大都会で一人で生きている二十代か三十代の若者、情報の海の中で何か意味のあるものごとを探し求めている若者です。歳をとるにしたがって、自分の人格に対して距離を置けるようになってきた。『海辺のカフカ』の主人公は十五歳で『アフターダーク』は十九歳、『スプートニクの恋人』はレズビアンの大人です。自分の実生活からこんなにもかけ離れた人について何が言えるというのか、とも思います。ですが不思議なことに、彼らが何を考えて何を感じるのか、どのように振る舞うか、彼らの夢は何か、何が彼らを喜ばせ悲しませるのかを、書き始める瞬間には知っているんです。外側からはほんの漠然とした観念的知識しか持っていないけれど、内側からは彼らのすべてを理解できるんです。

——最新の二作『海辺のカフカ』と『アフターダーク』には、それまでの作品と比べて暗さと攪乱（かくらん）の要素が加わりましたね。

村上　実際のところ僕は、かなり楽観的な人間です。小説の登場人物たちは決まって彼らの抱える問題を乗り越える方法を見つける。ただそこに至るまでには、苦しんだり、暗闇や、悪や、奇妙なことにも、暴力も含むような出来事にも、立ち向かわなければならない。僕の物語はだいたいこの考えでまとめられるでしょう。

――そこから作品内で再起する井戸のイメージがやってくるのですか？

村上　井戸が示しているのは、たとえとても深い穴の中に落ちてしまったとしても、全力を振り絞って臨めば堅い壁を通り抜け、再び光のもとに帰れるということです。語っている物語が力を備えさえすれば、主人公と書き手と読者は共に「ここではない世界」へと到達できる。そこは元の世界でありながら、旧来とは何かが違う世界です。

――あなたは感情や感覚を紙に注ぎ込む天性を持っていると思いますか？『ノルウェイの森』や『国境の南、太陽の西』には鋭敏な感覚が現れていると感じます。

村上　さあどうでしょう。フィクションを書くときには、僕はなにか特別な人間になり、ある種の変身を経験します。そこでは何か特殊なことが行われているかもしれません。でも仕事机を離れれば、なんの変哲もない人です。僕に何か特別なところがあるのか？それは、あるともないとも言える。書いているときにはたぶん、あるんでしょう。けれども他の状況においては、普通の人と同じように行動し、話します。書くときには、他の部屋への扉を開けてその中に閉じこもるようなもので、僕はあちら側に行ってしまうんです。

――インタビューを受けたり、人前に出るのを嫌うのはなぜですか？

村上　多くの人は僕の実物を知ってがっかりします。というのも彼らは、僕がなにか特別な人だと思っているからで、僕はその期待に応えることができない。いったん机の前から離れると、僕はいたって普通の人間だから。僕が内気だということではありません。このあいだも、カリフォルニア大学バークレー校で二千人を前に朗読と講演をしてきたところです。みなさんと楽しい時を過ごしました。みんなずいぶん笑ってくれたし。それでも、僕の小説を読んだ人々が僕に期待しているものになろうとすると、疲れきってしまう。僕は物書きで、仕事は書くことであって、喋ることではありません。それに、誰にも気づかれずに東京メトロで移動できるという、気楽な無名の状態であり続けたいと願っているんです。

――あなたの本の中では、超常的なものや幻想的なものが特別な存在感を持っています。そしてそれらは、現実や語られている物語と調和しています。あなたはこの世界とあちら側の世界は直接的につながっていると感じているのでしょうか？

村上　僕はリアリズムの形式で書くことはできません。フィクションが強制的に、僕

をもうひとつの部屋に連れ込むのです。そこはとても暗く静かで、僕は多くの奇妙なもの、野性的なもの、シュールリアリスティックなものの目撃者となります。そしてそれらは僕の目の前に、無理なくとても自然に姿を現すのです。書くときに、僕は自分の精神の奥底へ潜っていく。深く潜れば潜るほど、危険が生じます。そこに生起する生き物やイメージや音に対抗するためには、強くなくてはなりません。恐怖の扉をあえて開ける勇気が必要なんです。

ひとつの世界からもうひとつの世界に行くというのはとてもデリケートなことで、慎重にやらないといけない。破滅はすぐ近くにあります。幸運なことに僕は作家であって、両方の世界を行ったり来たり好きなようにできる。他方では、致命的に道に迷ってしまう人々もいる。自分自身のオブセッションに顔を向けることは誰にでもできるかもしれないけれど、それを乗り越えられる人はそれほど多くありません。

――だから肉体の鍛錬（たんれん）があなたにとっての優先事項なのですね。

村上　その通りです。日課として走り、泳ぐのは、身体に悪い多くのことを目の当たりにするにあたって、健康な状態でいることが不可欠だからなんです。

――ここ何年もの間、書き上げることが不可能なほど長大な小説を書いていると聞き

ました。

村上　それは二週間前に書き上げて、今は手直しをしている段階です（註・『1Q84』のBOOK1、2のこと）。『海辺のカフカ』の倍の広がりを持っています。まだ言えないけれど、タイトルは物語と深い関係をもっています。これは複雑な小説で、風変わりでさまざまな局面がありますが、基本的にはある愛の物語を語っています。多くの登場人物がいて、ロマンスもあれば恐怖もあればミステリーもある。

――まだこれから大作を書いていこうと考えていますか？

村上　もちろんです。ドストエフスキーが僕のアイドルで理想です。彼は六十歳近くになってから『カラマーゾフの兄弟』という最高傑作を書いています。僕もそのようになりたいと思っています。

――今までにフィッツジェラルドやカポーティ、カーヴァーなどの翻訳をされました。彼らには何かあなたを惹きつけるところがあったり、彼らの読者に伝えたいと思うものがあるのですか？

村上　若い頃からカート・ヴォネガットやリチャード・ブローティガンを夢中で読んでいました。僕はそれらに親しむうちに、こういう風なフィクションなら自分にも書けるのではないかと感じました。何も偉そうな文学作品を書くことはないんだ、自分も書くことを楽しみ、読者も読むことを楽しめるようなものを書けばいいんだ、と。

——日本のいちばん好きなところはどこですか？　そしていちばん嫌いなところは？

村上　日本人は勤勉さをとても大切にしています。よく働き、とてもきちんとしている。そういうところは好きです。けれども場合によっては、あまりに堅苦しくて、息がつまりそうになる。足に合わない靴をはかされているような気持ちになります。だから若いときはコスモポリタンになりたかった。自由になりたいと思って、長年この国から離れて生活しました。だけれども、僕はやはり日本の作家だと感じています。ほとんど日本を舞台にして、日本語で小説を書いているわけですから。ナショナリストではありませんが、日本という場所についての物語を自分なりに生き生きと、そして深く書きたいと、いつも考えています。それはもちろん僕自身を理解するための作業でもあります。

——ジャズはあなたの文体に何をもたらしたのでしょうか？

村上　ジャズからは三つの教訓を学んで、小説にも応用しています。それはリズム、ハーモニー、そしてインプロヴィゼーションです。

――レコードのコレクションについて教えてください。

村上　ＬＰだけで一万枚は持っているんじゃないかな、ずいぶん場所を喰っています。ＣＤは数えたこともない。午前中にはだいたいクラシックを聴いていて、ジャズは午後です。車に乗っている間はポップスやロックをかけています。

――最近、深い感銘を受けた本はありますか？

村上　今はノンフィクションばかり読んでいます。このあいだ読んだポール・セローのアフリカ旅行記『ダーク・スター・サファリ』は面白かった。小説で最近ノックアウトされたのは、カズオ・イシグロの『わたしを離さないで』かな。彼は僕が最も高く評価する同世代の作家の一人です。上手なだけではなく魂がこもっている。

――世界的著名人となって、創造に対するなにかしらの圧力を感じますか？

村上　それはまったくありません。僕が小説を書き続けているのは、ただ書くことが楽しいからです。書くことに関してはストレスというものをほとんど知りません。本がたくさん売れても、それで僕の日常的な生活が変わることはありませんでした。走る、料理する、野球観戦をする、本を読む……これらが僕の息抜きで、生活は平穏そのものです。早寝早起きだし。

――書き続けるために、日々あなたを早起きさせるものは何ですか？

村上　もうすぐ六十歳になりますが、僕はまだ自分自身の多くの部分を知らないでいます。自分というものを知るためにこれまで書いてきたけれど、まだ先は長い。何が僕の頭の中にあるのか、そこでいったい何が行われているのか。出す本はすべて自分を知るためのひとつのステップだけれど、探索の作業は遅々として進みません。僕の内部にはいまだに多くの深い闇が存在しており、闘いは長いものになると思います。

るつぼのような小説を書きたい
（『1Q84』前夜）

聞き手　古川日出男

モンキービジネス　2009年春号／日本

——僕は以前、『中国行きのスロウ・ボートRMX』という作品[*]で、村上さんの短編「中国行きのスロウ・ボート」(一九八〇年)をリミックスというか、カバーさせていただいたんですが、あのときはやらせていただけてありがとうございました。

村上　いえ、こちらこそ。元ネタがかなり古いものなんで、僕としてもなんか「自分のもの」という実感はないんです。なにしろ生まれて初めて書いた短編小説だから、書き方もよくわからなかったし。でも、わざわざそんなものを取り上げていただけて。

——とんでもないです。僕も作家を丸十年やってきまして、この機会にあらためて自分が村上さんから受けた影響を洗い出してみたんですが、作品的な影響というよりは作家の背骨としての部分でまず、村上さんの「肉体から小説を作るんだ」という覚悟と信条ですね、それに影響されて、自分なりにひたすら実践してみるっていう感じできたなあと痛感しました。

村上　肉体から――ということについて言うと、これは本当に単純な話で、僕は二十代の間、ずっと肉体労働をやってきたわけです。ジャズ喫茶みたいなバーみたいな店を持っていて、そこで毎日立って働いて、重いものを運んだり、なんのかんのと朝から夜遅くまで、かなりきつく身体を動かしていました。贅肉なんかつく余裕もなかった。それが二十九歳のときに唐突に小説を書き始めて、そっちの仕事が忙しくなってきたんでやがて店を畳んで、それからは机の前に毎日座って書き続けるという、これまでとはがらりと正反対の暮らしに変わっちゃった。そのとき、これは身体を鍛えておかないとまずいぞ、とつくづく思ったんですよ。机の前に座って一日何時間も仕事をするって、すごく疲労しますよね？

――かなりします。

村上　だからここのところでしっかり身体を作っておかないといけないと思ったんです。若いときはなんとかなるけど、このまま十年、二十年やってたら、やがてフィジカ

＊古川日出男著『中国行きのスロウ・ボートRMX』、メディアファクトリー刊、二〇〇三年七月。文春文庫版（二〇〇六年一月）では『二〇〇二年のスロウ・ボート』に改題。

ルな意味で潰れちゃうんじゃないかと。いつも言ってることですが、僕の二十代っていうのはあらゆる意味でインテイク（取り込み）の十年間だった。あの時期、厳しい肉体労働をしていたからこそ、肉体的にもしっかり素地ができていたし、机の前に座り続ける仕事の大変さも直感的にわかったんだろうと。最初から机の前に座る仕事だけしていたら、その危険性みたいなものも感じとれなかったんじゃないかと思う。

――で、実際に身体を鍛え始めてからの村上さんの感慨っていうか実感というのは、どういうものだったんですか？

村上　ごく単純に、贅肉つくと小説家は駄目だな、と思いましたね。実感として。*

――ああ、いい言葉ですね。

村上　個人的な実感なんで、一般性がどれくらいあるかはわからないけど、でもそう思います。とにかく贅肉がつくと身体の動きはそのぶん鈍くなります。身体の動きが鈍くなると頭の回転もやはり鈍くなってきます。僕が言うのは、小説家的な頭の動きということですが。もちろん贅肉がついていても良い小説を書く人はいっぱいいますよ。僕が意味するのはもっと長期的なことです。長い歳月にわたってアクティブな小説家であ

り続けるには、ということです。身体の動きと頭の動きって直結しているんですよね。若いときは上半身だけを使ってものを書けるけど、ある時点から足腰が大事になります。上半身だけではうまく書けなくなってくるんです。そして足腰を強くしておくためには、贅肉はつけられない。とは言っても、ある年代を過ぎると、贅肉は当然についてきます。毎日走っていてもだんだん絞り切れなくなります。僕も、昔に比べるとだいたい三キロ近く増えたかなあ。

——すごいですよ、変動が三キロ程度なんていうのは。

村上　ただ走り始めたときは、長期的なプログラムを持ってというのではなくて、「このままじゃやばいぞ」っていう本当に直感的な動機からですね。とにかく贅肉をつけちゃいかん、身体を重くしちゃいかん、と。だから煙草もやめて、生活を規則正しくして、運動を日常の習慣にして、身体の改造にとりかかった。

＊こういうことを言うと、「じゃあ五体満足な人間じゃないと小説を書いちゃいけないのかよ」みたいなことを言われそうだけど、もちろんそういうことじゃないです。僕が言いたいのは、どんな立場の人であれ、身体性みたいなことを意識した方が、しないよりはいいんじゃないかということです。

で、一九八三年くらいから今に至るまでずっと走ってきました。毎年一回か二回はフル・マラソンを走ってましたね。それ以外にも短いレースをあれこれ走って。走り続けていくうちに、自分はもともといろんな意味で長距離ランナーだったんだと実感しました。瞬発力はそんなにないけど、とにかく長くやれと言われればいくらでも長くやってられる。毎日同じことを繰り返しやってても全然飽きない。筋肉の質がきっとそういう風にできているんですね。生活もだからわりに規則正しく決めてやってます。昨日も夜の八時半に寝て、今朝午前二時に起きたんですよね。で、そのまま仕事してました。

——そうすると夕食は何時頃になるんですか？

村上　だいたい夕方の六時前ですね。でも、午前二時に起きて困るのはね、起きてコーヒー飲もうか、お酒飲もうか迷うところなんですよ（笑）。午前三時過ぎぐらいに起きれば、もうそろそろ朝だからコーヒーだなって思えるけど、一時に目が覚めたら、ワイン一杯ぐらい飲もうかなという気分でしょう。二時ぐらいが一番微妙だな（笑）。

——まさに（笑）。村上さんはお酒はずっと大丈夫なんでしょうか。つまり年齢とともに弱くなったっていうのはないんですか？

村上　いや、それはないですね。僕は昔はそんなに飲まなかったんです。肝臓って若いときに無理して飲んだりしないと、手付かずで残ってるから、歳取ってからけっこうお酒が飲めるようになるんですよ。僕の友だちでも、若いときガンガン飲んだ奴って、歳取るとあまり飲めなくなりますね。僕は無理せずにきたから。

――お店をやってらしたときは、ご自分では飲まれなかったんですか？

村上　その頃は毎日くたくたに疲れているから、飲んでもすぐに眠くなって寝ちゃってました。古川さんは？

――今は飲んで、やっぱり残っちゃう方ですね。だから長い作品に取り組んでる時期は、なるべく翌朝に残らないよう、あまり飲まないようにしています。

村上　僕は生まれてからね、二日酔いとか頭痛とか肩こりとかに、一度もなったことがないんですよ。みんな苦しいっていうけど、どれも実感としてよくわからないな。

――僕はそれ、全部あります（笑）。村上さんを見ていると、作家でいちばん大事なのは、やっぱり健全な肉体だなと思いますね。

村上　そうですね。健全な肉体に宿る不健全な魂（笑）。

――ええ（笑）。それも重要ですね。魂の不健全さを見ないと、やっぱり小説って深くなりませんものね。

村上　そうなんです。自分の魂の不健全さというか、歪んだところ、暗いところ、狂気を孕んだところ、小説を書くためにはそういうのを見ないと駄目だと思います。というか、そのたまりみたいなところまで実際に降りていかないといけない。でも、そうするためには健康じゃなくちゃいけない。肉体が健康じゃなければ、魂の不健康なところをとことん見届けることができない。僕の言う健康というのは数値的なものではなく、自分が与えられた肉体を、それがどのようなものであれどこまで前向きに扱えるかということが主眼になります。身体が健康になったから魂もクリーンになりました、なんてことはあり得ない。

――『ノルウェイの森』や『ダンス・ダンス・ダンス』の頃というのは、村上さんが日本を出られて、海外で創作活動を始められた時代でもありますよね。ただ単に身体を鍛えるだけではなくて、海外まで踏み出されていって創作に集中しようとされた、具体

的な決断のきっかけというのは何だったんでしょうか？

村上　まあ、海外に出たというのにはいくつかの理由があるんだけど、まずひとつには日本にいる必要がとくになかったということがあります。書く仕事はどこででもできたから。じゃあ、どこか好きなところに行ってのんびり仕事をしてようと。それから、あの頃はまだ文壇というものが世間的に大きな力を持っていたんです。文壇的な、なんていうのかな、仕切りの力みたいなものがけっこう大きくて、それに逆らうとね、なんのかんのと面倒くさいことがありました。今はもう、そういう状況ってあまりないんじゃないかな。よくわからないけど、どうなんだろう？

――ええ、僕の感じるかぎりではほとんどないですね。

村上　当時はね、作家と批評家と編集者がサークルみたいなものを組んで、機能してるような時代だったんですよ。だからどっかのサークルに属して、ポジションを持っていないと、もう今じゃわからないだろうけど、けっこうな切迫感というか、孤立感みたいなものを感じざるを得ないところがあった。僕は反文壇というわけじゃまったくないんだけれど、あんまりそういう付き合いが好きじゃなくて、人とはほとんど付き合わなかった。そうすると、その頃の文壇的な世界には、「友だちじゃなければ敵」っていう

ようなところがあって、僕みたいに「味方も求めず、敵も求めず」という原則でやってると、まわりにほとんど敵しかできないという状況になってくるんですね。あまり気にしないようにはしてたけど、場合によってはけっこうきつかったですね。僕としてはただ「個人業」として、一人でこつこつ仕事をしていただけなんだけど、なぜか目立つようなことになってしまって。

だからとくに何があったというわけではないんだけど、空気的にね、もう日本でうろうろしていてもしょうがないな、という気持ちになってきたんですよ。あの頃は、僕も手書きでものを書いてましたから、どこにいたって鉛筆とノートがあれば文章は書けちゃう。ちょうど『世界の終りとハードボイルド・ワンダーランド』を出したあとで、シーズン・オフの南ヨーロッパでなら倹約すればとりあえず半年ぐらいは暮らせるお金の余裕があったから、それでしばらくは外国で仕事をすればいいだろうと、そんな考えで日本を出たんですね。

——そういうフットワークの軽さ、良さっていうのは、村上さん天性のものなんでしょうか？

村上　いや、僕はどっちかといえば農耕民族型長距離ランナーというか、猫みたいというか、ひとところでずっと同じことをしてる方が好きなんです。ただあのときはうち

の奥さんが「日本にいるよりはどっかに出て行こう。その方が絶対にいいから」と言い出して、僕も「そう言うなら、じゃあ行こうか」とつられるように出て行った感じですね。まあ場所をがらっと変えて小説を書くのも悪くないかなあっていう風に思ったんですけど、実際行って暮らしてみると、そんなに気楽じゃなくて、ずいぶん大変でしたね。

——当時はまったく現在と状況が違いますものね。

村上　違いますね。アメリカなんかだと外国人を受け入れるスペースがあるからまだいいんだけど、ヨーロッパ、特に当時の南ヨーロッパというのは、もうシステム的にめちゃくちゃなところだから、そこで生活を確立すること自体が本当に大変だったですね。苦労を話し出すときりないです。今思うと、よくあんなところで長編小説をふたつ書けたと感心しちゃいますね。もちろん楽しいことは楽しかったですが。

——まわりに日本語がいっさい話されていない環境で、日本語の文章を書くことについては抵抗のような感覚はなかったんですか？

村上　うん、そのへんのことについてはヨーロッパにいても日本にいても、状況的にほとんど変わりないんです。僕は書き始めると毎日かなり深く集中するので、まわりで

何語が話されていようが、気にならないですね。日本にいるときでも、多かれ少なかれ外国にいるようなものです。そんなに神経質にはなりません。そういうところはわりに厚かましいから。

——そこで『ノルウェイの森』と『ダンス・ダンス・ダンス』を書かれて。

村上　それから短編も書きましたね。「眠り」（一九八九年）とか「TVピープル」（一九八九年）とか。

——あのへんはもう村上作品の大きな変革の萌芽みたいな時期ですよね。ああした短編群あたりから村上さんの書かれるものが大きくシフトしていくぞって気配が、僕はあったように思うんですが。

村上　『ノルウェイの森』では頭から尻尾まで、全部リアリズムで書こうと決めたし、実際それができて、これでいわゆるリアリズムの作家たちとも同じ土俵で闘えるという自信がついた。これは大きかったですね。それから「僕と鼠」四部作の締めくくりとして『ダンス・ダンス・ダンス』を書いて、これでサイクルがひとつ打ち止めという実感はありました。イタリアとギリシャに住んで、この二つの長編を書き上げて、とりあえ

ず作家として基礎的な力をつけたので、これから新しいものを見つけなきゃいけないという気持ちで四十代を始めたのだと思います。そんな感じで「眠り」とかあのへんの短編作品を書いていったのかな。

――ということは、「眠り」や「TVピープル」を書かれている段階で、もう村上さんの中で、『ねじまき鳥クロニクル』のような巨大な次のレベルの作品に踏み出していこうという意識があったんですか？

村上　そうですね。たとえば、『世界の終りとハードボイルド・ワンダーランド』というのも、今から見ればもっともっとうまく書ける話で、当時の僕としてはいくぶん背伸びして書いた作品なんですよ。もちろん背伸びして一生懸命やっているのがひとつの持ち味になってるとは思うんだけど。逆に『ダンス・ダンス・ダンス』は楽しみ過ぎたかな、という感じもちょっとあって、まあこの二つの作品については、それぞれ別の意味で作者としてはいささか心残りのところがなくはない。でも逆に言うと、若い作家が小説を書くときの良さっていうのは、文体がどこか抜けていようが、スカスカしていようが、澱(よど)んでいようが、ちょっとバランスが悪かろうが、熱意と勢いがあれば正面突破できちゃうところですよね。むしろそういうバランスが悪いところが、読者にとっては魅力になったりする。これは若い作家の――せいぜい四十歳までの――得な点だと思い

ます。

——僕はもう四十過ぎちゃいましたが(笑)、それは面白い意見ですね。

村上　四十まではそれでうまくいくんです。だからって、四十過ぎても同じようなことをしていると、人はてきめんに読んでくれなくなります。もっと大きなもの深いものを書きたいという気持ちと、それを書くためのテクニックが並行して向上していかないと、だんだん読者ってついてこなくなっちゃう。それは正直なものですよね。僕の場合は、最初がひどすぎたということもあるんだけど、四十歳を超えてものを書くテクニックもそれなりに身についていったという実感がありました。そしてもっと野心的な小説を書きたいという気持ちも充実していました。身体も健康そのものだった。あとは具体的な物語を見つけるだけです。そのために時間をかけて短編小説や中編小説をいくつか書きました。そういう作品を「探り針」みたいに使っていったわけです。短編集『TVピープル』とか、あるいは中編に近い長編『国境の南、太陽の西』とかね。そこで得られたものが最終的に『ねじまき鳥クロニクル』に流れ込んでいったということになると思います。そういう個々の作品については、それぞれの評価があると思うんだけど、僕にとってはまとまってひとつの流れになっているというところはあります。

――短編、中編、長編、そして大長編とさまざまなボリュームの小説を積み重ねて書いていくことでネクスト・レベルに進む、というのも、僕が村上さんから指南されるように受けた大きな影響のひとつです。ところで『ねじまき鳥クロニクル』は、アメリカでお書きになった長編ですよね。あの作品に、執筆当時、アメリカにいらしたという経験は反映されているのでしょうか？

村上 アメリカに行ったのは九一年の一月で、僕らが日本を発つときにバグダッドの爆撃があって、父親ブッシュが湾岸戦争を始めたんですよ。

――それ、なんか象徴的な気がしますね。

村上 戦争してる国に行くのはいやだなあと思いながら出かけたのを覚えていますよ。兵員輸送の関係ということでフライトは何度かキャンセルされたし。また行った先のプリンストン大学というのがけっこう保守的な学校でね、キャンパスで学生がプロ-ウォー（戦争賛成）のデモンストレーションやってたりするんですよ。近所のラトガーズ大学なんかは、みんなでアンチ-ウォーのデモを続けているのにね。すごいところに来たなあと思った。

でも仕事をするには最高の環境だったですね。プリンストンって本当に何もないニュ

ージャージーの田舎町で、そこの教職員宿舎の狭くて質素な、古い家に住んで、ひたすら小説を書きまくる生活でした。走って、大学のプールで泳いで、仕事して、図書館で調べものをしたり。エアコンもなくて、眠れないくらい暑い夏の夜には、車に乗って一晩ぐるぐるドライブしていました。十万キロ走ったホンダ・アコードの中古だったけど、なんとかエアコンは効いたから。そこに全部で二年半いました。大学としてはすごく優秀なところで、興味深い人たちがたくさんいたから、今ではとても良い印象を持っていますが。素晴らしい中古レコード屋もあったし。

――言ってみれば、プリンストンってところが井戸の底みたいな感じで、『ねじまき鳥』を書かれたと。

村上　本当に井戸の底でしたね。自分からドツボに入っていった感じですね。当時はほとんど誰も僕のことなんか知らないから、ずっと放っておいてくれた。今はけっこう名前が知られたのか、このあいだプリンストン大学が名誉博士号を僕にくれましたけど、当時は全然そんなじゃなかった。その頃プリンストン大学生協のブックストアでサイン会をやったら、一時間やって十五人ぐらいしか来なかったもの（笑）。

――四分間に一人（笑）。

村上　退屈でね、隣でやっぱりサイン会をしてる作家がいて、その人と二人でずっと話をしてたんだけど、どっちにもあまり人は来なかったね(笑)。

ただ一学期、一セメスターだけは、プリンストンでもクラスを持たなくちゃいけなくて、そこでぼくは「第三の新人」を読む授業をしました。それをやるときは授業のための調べものがいっぱいあるから、自分の小説の方はほとんどできなくて。でも気分転換にはよかったですね。ぽこっと一学期ぶん、授業のために小説を書かない時期があって、それからまた書き始めてという流れで、それはそれで悪くはなかったな。若い人たちと話をすることはそれなりに刺激になったし。

――アメリカに渡った村上さんが『ねじまき鳥』を自らの持てる技量のすべてで、それこそ力技で書き上げる。この体験のさなかにはどんなことを考えておられたんですか？

村上　書いているときには何も考えなかったけど、あとになってみると、あの小説にはプリンストンの風景や空気が染み付いています。第3部はマサチューセッツで書いたんだけど、思い出すのはなんといってもプリンストンですね。だからもしあの話を日本で書いていたらちょっと違ったものになっていたかもしれない。どう違うかはわからな

いんだけど。

書き上げたときは、正直言ってもうすべてを出し尽くした感じで、空っぽでしたね。なんだか百キロ・マラソンを走ったあとみたいで。ただ『ねじまき鳥クロニクル』まで来ると、書いているときにも、ある程度自分がやりたいと想定していたところまではたどり着けたという確かな実感がありました。なんていうかな、とりあえず目指していたステージにやっと立てたという。

でも、『ねじまき鳥』を出した当初は、日本では相当あたりがきつかったですね。その前に『ノルウェイの森』がものすごく売れちゃったもので、それ以降の反発がずいぶん強かった。村上が出すものは全部叩いてやろうという人もいるみたいでした。とにかく気に入らない、と。まあ今はさすがにそういう逆風もある程度落ち着いて、『ねじまき鳥クロニクル』もそれなりに安定した評価を受けているようですが、当時は僕としてもただ首をすくめて、口を閉ざして、いろんなものをやり過ごしているような感じだったですね。作品については自分なりの手応えはあったし、時間がそのうちにいろんなことを解決してくれるはずだと信じて、つまらないことはあまり言わないようにしていた。

——今現在はもう、『ねじまき鳥』の評価は絶対的に揺るぎないですね。本当に骨太で素晴らしい作品なんですけど、その素晴らしさの中には、それ以前の村上作品の流れから大胆にはみ出して次に行こう、という意志なり予感なりに満ち満ちている要素・感

覚が多々あって。『ねじまき鳥』叩きの人たちには「何かここからすごいものが発現してくるんじゃないか」という恐怖というか、予兆込みのフラストレーションがあったのかも。

村上　というか、そこまではわからないけど、全体的に苛立ちがすごく強かったような気がしますね。それはやっぱり、日本の既成の文学システムが徐々に、しかし確実に壊れていきつつあることへの苛立ちだったんじゃないかな。そして、その戦犯の主要な一人が村上春樹であると。だから、リアリズムとか私小説を求めてた保守的な人は当然のこととして僕を非難するし、その一方で前衛的といわれていた人たちも、彼らが考える先鋭的でアバンギャルドな方向性とは違うことをやっているという理由で、やはり僕を非難することになる。どっちにも属さない僕は、なんだか挟み撃ちに遭っていたような感じだったかもしれないですね。

——保守と前衛、お互い相手がいないと実は成り立たないような既成の構造から、村上さんは完璧にはずれていたんでしょうね。

ただ、村上さんが戦犯だっていうのは、ある意味では正しいと思うんですよ（笑）。いや、というのも当時もう日本文学がどん詰まりまで来てて、誰かが壊さなくちゃいけなくて、それを村上さんはけっこう無自覚に（笑）壊してしまうかたちになったわけだ

から。それで、ああ、壊してくれて本当によかったなっていうのが、今の自分とか僕より下の世代とかの感覚だと思うんですね。村上さんが壊してくれたおかげで、やっとそういうくびきから解き放たれて、自由な「小説」や「作家」のあり方っていうのを模索できるようになったんですから。

村上　だけど僕としては、ただ自分の好きなことを、自分のやりやすい、好きなやり方でやってただけなんであって、そういう戦略的な考えは特にないんですよね。なのにそんな風に、ことさら僕だけ風当たりが強くて、袋叩きにあってきたというのは、なんかやっぱり釈然としないな。

――いやいや（笑）。それに村上さんが叩かれる側にいて下さったから、小説を読む人間たちも存在することができたっていう気はするんです。

村上　そう、読者はね。やっぱり読者は支えてくれましたね。それについてはとても感謝しているんです。ありがたいと思う。ただ読者以外の人っていうのはほとんど――そういう意味ではあの時期は本当に孤独だったなって思いますね。孤立無援っていうのか。まあ、僕は一人であることはそんなに気にならない性格ですけど、でも控えめに言って、決して楽しいものではなかったですね。

――『ねじまき鳥クロニクル』を書き上げた後、村上さんは日本に戻ってこられて、その前後に阪神大震災とオウム真理教による地下鉄サリン事件という大きな出来事が起こります。そして村上さんが次に取り組まれたのは『アンダーグラウンド』という、フィクションではない領域のお仕事でした。振り返ってみると、この辺の時期はとりわけ村上さん個人の創作の軌跡と時代とが、まるでシンクロすべく仕向けられたかのように見えます。

僕が気付いた村上さんの顕著な変化でいうと、『ねじまき鳥』の後は、それまでずっと書いてこられた「井戸」っていうモチーフが消えまして。あれは井戸については書き尽くしたというお気持ちからですか？

村上　いや、同じことばっかりやってるとみっともないから（笑）。確かに井戸については いっぱい書いたしね。これ以上書いても、井戸ってそんなに変わるもんじゃないでしょう。

――それと、井戸ってものが暮らしの中から消えていって、普通の若い子たちに通じない時代に変わってきたこともありますね。

村上 そうですね。それはあるかもしれない。映画『リング』は怖かったけど（笑）。

——あの刷り込みは若い子にもあります（笑）。で、そういうふうに井戸というものがリアリティーを失っていった時勢に、村上さんの中で今度は「地下」というものがリアルに立ち上がってくる。現代日本に生きている老若男女問わぬ人たちに、リアルな感覚として、まさに「アンダーグラウンド」、地下っていうものが差し迫ってきたと思うんですね。

村上 うん。なんか個人的に地下というものには心惹かれますね。ついつい地下の話になってしまう。「かえるくん、東京を救う」（一九九九年）にしても地下の話だし。

——「かえるくん」、大好きな作品です。

村上 子どもの頃から、「地底探検」ものの話を愛好しています。鍾乳洞が好きでね、世界を旅行してて、鍾乳洞があるところに行くとすぐ入っちゃうしね（笑）。

——『ねじまき鳥』の後でノンフィクションの方向に進むっていうのは、プランとして最初からあったんですか？

村上　全然、日本に帰ってくるまで思いつきもしませんでした。日本に帰ってきて、何しようという計画はなかったんです。とにかく『ねじまき鳥』で出し尽くして、頭が空っぽみたいな状態になっていたし、小説はしばらく書きたくなかった。そこでいろんな人に会って、いろんな話を聞いてみたいという思いが自然に出てきたんだと思います。日本に戻ってきて、一服したあとで。それからもちろん、サリン事件については、自分なりに突っ込んで調べてみたいという気持ちも強くあったし。そこでいったい何が起こったんだろうと。

永井荷風にしても江藤淳にしてもある程度そうですが、外国に行ってしばらくすると愛国的というか、「非グローバル」になって帰国するタイプの人がいますよね。ところが僕は、まったくそういうことがなくて、心情的にはごく普通に、ほぼ前のまんまですんなり帰ってきた。ですから、日本のアイデンティティーがどうこうというようなややこしいことにはとくに興味が持てなかった。国家としても、あるいは文化的にも。ただ日本という国について言えば、うまく言えないんだけど、あえて英語で言えばmy peopleみたいな観念が自分の中に生まれたかもしれないという感触はありました。「マイ・ネーション」じゃなくて、「マイ・ピープル」。そういう中に帰還してきたのだと。僕がここから生じて、またここに戻ってきたのだ、と。それは観念的というよりは、無観念的というか、ごく自然発生的なものですね。

そういう意識があったからこそ、オウム事件についても何よりまず、被害者の生の声を聞きたい、電車に乗っていた側の人たちの話こそを聞きたい、という方向に向かったんだろうなと思います。普通の人々の声を僕は聞きたかった。それもいっぱい聞きたかった。とにかく一人でも多くの人の話を聞きたかった。

最初は版元の講談社も、僕が何をやりたいのか、なんで一般被害者の人たちの声ばかりをそんなに集めなくちゃいけないのか、そんな本を読む人が果たしているのか、あまりぴんとこなかったみたいで、首を傾げられました。世間の関心はむしろ教団側に向かっていましたから。ニュース的には教団を取り上げている方が面白いんですよ。でもとにかくこういうことをやらせて下さい、と頭を下げてお願いしたわけです。それで普通なら考えられないことだけど、講談社の方で二人の優秀なリサーチャーを付けて、一年間好きにやってよろしいと言ってくれた。『ノルウェイの森』が売れた御利益というか、そのご褒美のようなものだったかもしれない。まあなんとか認めてもらった。それでリサーチャーが被害者の人たちを見つけ出してきてくれて、インタビューの申し込みをして、僕が面談しました。それはすごくありがたかったですね。人と現実的に関わり合うことがあまり得意ではないし、僕一人ではとてもできなかった作業です。

一年間それに集中して、六十人以上の人から詳しく話を聞くことができました。時間はかかりましたよ。手間もかかった。でも今振り返ってみると、あれはやって良かったなと思いますね。小説家の僕としてはほとんど何も仕事をしなかった一年だけど、人間

としての僕にとってはものすごく貴重な、得難い一年だったですね。*

——それもまた、村上さんにとってインテイクの一年間だったということですね。

村上 そうですね。作業としては、被害を受けた方たちの声を集めていったわけですが、その方々の声が、響きとして、こちらにひじょうに沁みてくるんですね。『アンダーグラウンド』には六十二人のみなさんの声が入っているわけですが、その六十二人のボイスを、ひとつひとつ違うボイスとして、文章に起こしていった。そういう集積から自然に湧きあがってくる、なんというかな、場の力みたいなものが、一種地霊にも似たものが、ものすごく身に沁み込むように感じられたんです。だからこの仕事をした一年で、僕は確実に変わったと思います。世の中に対する見方も、人に対する見方も変わったし、僕の中にある意識みたいなものが少し深くなった。

---

*『アンダーグラウンド』で心残りだったのは、多くの被害者のみなさんに証言していただけなかったことです。日本でノンフィクションを書くというのはずいぶんむずかしいことなんだなと実感しました。そのぶん取材に応じていただいた方には、今でも深く感謝しています。ひとつの読み物であるのと同時に、第一次資料として後世の人に役立ててもらえれば、僕としてはとても嬉しいです。

インテイクというのはその通りだと思います。でもそれは素材を取り入れるというようなこととは違うんです。感覚的に言えば、いろんなものが筋肉の中に浸みていくというのに近いです。

――『アンダーグラウンド』の作業をなさったときに、カポーティの『冷血』のような作品作りは意識されたのでしょうか？

村上　『冷血』があることはもちろんわかっていましたが、ほとんど意識はしませんでしたね。つまり、カポーティの場合は、彼がリサーチャーとしてあるシチュエーションを歴訪していく作業過程自体が本になっているわけですよね。そこには常にカポーティという人の影がある。でも、僕の場合は、『アンダーグラウンド』の中では、自分をできるだけ殺そうと心がけたんです。村上春樹という人間の影を消してしまおうと。とにかく自分を殺して相手の話を聞いて、それを自分の中でいったん沈めて、そこからあらためて、その人が実際に目の前で話しているように文章として浮かび上がらせていこうと。これは簡単そうに聞こえるかもしれませんが……。

――いやいや、絶対に最高レベルの難易度ですよ。

村上　人の話聞くだけで本にしちゃって楽じゃないかって、よく言われるんだけどね、そんなことないです（笑）。自慢に聞こえてはいけないからあまり言いたくないんだけど、普通の人の語りだけで、ワンテーマで一冊の厚い本を作って、それを一般の読者に読ませるというのは、それなりに特殊技術を必要とする作業なんです。「これは、きっと僕にしかできないことなんだ」と自分に言い聞かせながら、自分を励ましながら一年間こつこつやっていました。正直言って、そういう作業は僕にわりと向いているかもしれない。

僕は小説を書いていても、会話、ダイアローグのところであまり苦労したことがないんですよ――地の文章はすごく苦労するんだけど。『アンダーグラウンド』の語りも、一般読者がすらすらと興味を持って読める文章にするために、徹底的に手を入れました。語られた内容は寸分も変更することなく文章を入れ替えたり、これを削って、ここは別のところから持ってきて膨らませて、という緻密なモンタージュの作業です。そうやって徹底的に手を入れて出来上がった原稿を、確認のために「これでいいでしょうか？」と、話してくれた当の相手に見せると、だいたいみんな「ああ、全部わたしが喋った通りです。これでかまいません」とすぐに言ってくれました。もちろん活字になると具合の悪い箇所は削られましたが。

――実際には村上さんがエディティングの包丁さばきも鮮やかに、ガリガリやってい

るのだけど、話した本人は自分が喋った通り、そのままだと。

村上　それは僕にとっても貴重な勉強になりました。丸一年かけてコロキアルな文章をぎりぎりのところまで追求し続けたわけですから。

そうした作業を一年かけて行って、いざ講談社に持っていったら、やはり多くの人がまず戸惑いを感じていたようでした。この『アンダーグラウンド』という本からは、僕という存在がそっくり消えてしまっていて、他の人の語りばかりがあるわけで、みんなが期待しているものとはずいぶん違っている。でも僕自身は、この本はこの形しかあり得ない、これこそ僕が目指したものなんだという確信がありました。そして読めば読者はきっと理解してくれるに違いないと。僕は自分の本を読んで泣くことなんてないけど、『アンダーグラウンド』だけは今読み返しても泣きます。まあこれは、自分の文章がどうこうというのではなく、そこにある人々のボイスの集積みたいなものに共感するわけですけど、涙がとまらなくなる。読んでいて、そのボイスがもう一度僕の中に浮かび上がってくるんです。泣けばいいというものではないけれど、それは少なくともひとつの到達であるはずだと考えています。

――到達であり、しかもそれらのボイスは、あの時期にあのかたちでまとめておかないと、消えてしまうようなデリケートな声かつ言葉だったわけですよね。あの五年後、

十年後に語ったら、もうすべてのトーンが変わってしまうような。その『アンダーグラウンド』の作業の過程で、自分を殺す、消すということについては、村上さんご自身の辛さっていうのはなかったんですか？

村上　まったくないです。反対に、消すことに対して、楽しいっていうと変だけど、ある種の充実感がありました。

――さっき引き合いに出したカポーティの『冷血』なんかでいうと、あそこでもカポーティは彼なりに、かなり強烈な個性である自分を消していますよね。消すというか、透明にしようとしているというか。無理に自分を消しちゃったことで、『冷血』の後、カポーティは何か見えない深い傷を負ってしまって、書けなくなっちゃったのかなとも思えるんですが。

村上　そのへんは、『アンダーグラウンド』とは全然違いますね。というか、やっぱり『冷血』という本は、実はカポーティの目で、カポーティの文体で書かれているんじゃないかと、僕は考えます。高校時代に読んだきりだから、細かいところはよく覚えてないんだけど。カポーティの場合、自分を消してしまったらまったく書けないタイプの作家なんじゃないかな。

──自分を消すというお話につながるのかもしれませんが、『スプートニクの恋人』が出たときに、僕は作品冒頭の箇所を読んで、うわ村上さん、とうとう三人称で書き出したぞ！　って思ったんですよ。実は『スプートニクの恋人』という小説は、冒頭の数ページこそ「22歳の春にすみれは生まれて初めて恋に落ちた。……」と三人称で始まりますが、その後は全て一人称で語られていく作品であったわけなんですが、あの冒頭部には、村上春樹はいずれ三人称のみで書かれた作品に進んでいくに違いないっていう文章的なオーラが満ち満ちていて。

村上　これは前にもどこかで言ったことだけど、『スプートニクの恋人』は、あの冒頭だけをぱっと書いて、そのまま何年も抽斗(ひきだし)の中に放り込んでおいたんですよ。それをふとあるとき、引っ張り出してきて、続きを書こうと思って書き上げた小説なんです。

でも最初に三人称で、数ページにしろ、まとまりのある文章を書いてみたというのは、どこかで三人称のスタイルで書いてみたかったという気持ちがあったんでしょうね。ただまだ、その頃はその数ページ分を書いてしまったら気持ちがスッとして、あとはもう放り出していたということなんでしょうね……全編、三人称で書くのは、まだ恥ずかしかったってことなのかな。

——恥ずかしいっていうのは……。

村上　三人称で押し切っていくと、なんかいかにも作家みたいというか、神様が上から見て、こいつがこっち行って、あいつはそっちに行かせてというふうに、作中人物たちの行動を動かしていくって、上からの目線という感じがすごくしたわけ。一人称だと自分目線で動けるから、わりと地面に近い感覚でいられる。だから僕はデビューの時からずっと一人称で書いていたわけだけど、それはすごく自分にとって自然なものだったんですよ。自分の視点をちょっと変えるだけで、物語のパースペクティブも次々に移していける。

考えてみると、僕がこのところ訳している新訳のアメリカ小説は、『グレート・ギャツビー』にしても『キャッチャー・イン・ザ・ライ』にしても『ロング・グッドバイ』にしても、それから『ティファニーで朝食を』にしても、全部一人称なんですよね。僕はそういう「一人称小説」から、自分の小説の書き方を学んできたんです。だから一人称で書くのは、僕にとって、すごく自然で楽で自由なことだった。映画監督がカメラを移動するように、主人公がこちらを向いたらこういうパースペクティブ、そちらを向いたらそういうパースペクティブと思うように移動できたし、そういう手法は僕の書く物語に合っていたと思うんだけど、だんだんそれだけでは足りないんじゃないか、という

気持ちが生まれてきたようです。僕の書きたいものは、そういうパースペクティブ、割り付けだけでは足りなくなってきたということが、自分でもわかってきたんじゃないかな。

それは、登場人物にずっと名前を付けなかったことも同じ話だと思う。というのも、登場人物に名前を付けないと、単純に、たとえば三人の会話って書けないわけですよ。

——ええ、そうですね。

村上 一人称で登場人物に名前がないと、主人公と相手という二人の会話まではできても、三人寄ると会話ができなくなっちゃう。それは明らかに小説の限界になりかねないわけで、そのへんからやはり名前を付けなくちゃなと考え始めた。登場人物に名前を付け始めたのが、『ノルウェイの森』のあたりからですね。

——その前に、短編集『パン屋再襲撃』のとき、ちょっとふざけている感じで、収録作のあちこちに「ワタナベ・ノボル」が名前として召喚されますね。それが『ノルウェイの森』の大きな伏線だったような。

村上 「ワタナベ・ノボル」が、なんというかうまく踏み台になってくれましたね。

踏み台って言っちゃ、水丸さん（註・安西水丸氏。本名がワタナベ・ノボル）に悪いけど（笑）。

――いやすごく、「ワタナベ・ノボル」の功績は大きいんじゃないですか。それでボーンと小説的に飛躍するスプリングボードが用意された感じがするんですよ。

村上　『ノルウェイの森』を書いたときに僕が自分に課した課題は、三人で話すシーンをなるべくたくさん入れることでした。「僕」と「永沢さん」と「ハツミさん」が三人で話すシーンがわりと長めにあるでしょう？　なにしろ三人で会話できることが、書いてて嬉しくてしょうがなかったですね。

――あの三人で食事をするシーンは、三人の会話だからこそ決まった、というところがありますものね。

村上　登場人物に名前を付けなかったら、あの場面はあり得なかったですよね。あそこは書いていて、まるで子どもが新しいオモチャを手に入れたときのように楽しかった。こんなこともできちゃうんだ、みたいな。ギター少年が新しいテクを覚えた、みたいな。僕は新しい小説を書くたびに「今回はこういうことを新しくやってみよう」っていう手

法上の具体的な課題を自分でいくつか設けるんですが、『ノルウェイの森』での課題はそういうことでしたね。

——名前を付けるという行為が、いずれは三人称のツールにつながっていくと。

村上 そのとおりです。ひとつひとつ順序立てて障壁をクリアしていくわけです。他の人にとってはそんなのたいした障壁でもないんだろうけど、僕にとってはかなり高い壁だったんです。個人的に。

——しかしながら『スプートニクの恋人』の時期はまだ、全面的に三人称、神の視点で展開させるには恥ずかしさがあったということですね。

村上 まだ、ちょっとね。その頃はまだ一人称の方が楽だった。そこから離れることができなかった。『ねじまき鳥クロニクル』について言えば、あれも基本的にはもちろん一人称で書いているけど、ずいぶん長い小説ですから、話が狭くならないように、一本調子にならないように、間宮中尉の語りとか、長い手紙とか、いろんな視点や手法を総動員して、一人称のパースペクティブとは違うものを片端から嵌(は)め込んでいきました。あれはそういう意味ではずいぶん苦労して書いているんです。ほとんど一人称の限界に

近づいていますが。

――『ねじまき鳥』の第3部「鳥刺し男編」なんか、本当にそのあたりが際立っていますよね。週刊誌の記事なり、笠原メイの手紙なりがダーッと入ってきて。

村上　完全な三人称にたどり着くのは、二〇〇〇年に出版された短編集『神の子どもたちはみな踊る』ですね。『ねじまき鳥』から五年間が必要だった。何ごとにも時間がかかる性格なんです。

――『神の子どもたちはみな踊る』で三人称にいっきに踏み込まれたのは、短編連作で、それぞれの作品が短いからやれそうだ、という見込みがあったんでしょうか？

村上　というか、短編連作の場合は、主人公が全部違うわけですから、これはもう名前を付けて三人称にせざるを得ないんです。そういう場所に自分を強制的に追い込んでいったところがあるんですね。とにかくこの連作では、三人称で、人物にみんな名前を付けて、各編違う登場人物で、地震という統一テーマで、一週間か二週間で一本書いてやろうと最初に決めてとりかかった。

——すさまじい挑戦ですね。その辺の設定の仕方も、最初に僕が口にした、村上さんのアスリート的な資質だと思うんですよね。設定して、ハードル越えて、また設定して、越えて、と。

村上　うん、そういうことをきっちり決めてやるのがわりと好きだから。新潮社の「新潮クラブ」ってありますよね。あそこにこもって集中して書きました。だいたい一週間に一本っていうペースで書いていって、すぐできちゃったですね。

——あそこって幽霊が出るところじゃなかったですか。

村上　あそこはずいぶん何度も泊まっているけれど、幽霊は見たことないな。僕は早寝早起きだから（笑）。

——幽霊が出るときはもう寝ちゃってる（笑）。

村上　ときどき暗い顔した編集者が現れるけど。まあだから速いも何も、最初に決めたことを守って書いたということですね。

——三人称を主軸に書き出されたことの気持ちよさっていうのはありましたか?

村上　ありましたね。『神の子どもたちはみな踊る』ではいろんな登場人物を——老若男女、さまざまな人間をどんどん設定していってるんで、それはなにしろ面白かったですね。文章がどんどん出てきて。

——本当に各編、年齢もみんな違いますものね。

村上　まずその人になり切るというか。『神の子どもたちはみな踊る』でいちばん覚えているのは「タイランド」っていう短編の女医さんで、ある程度歳がいって、更年期のホットフラッシュが始まっている人なんだけど、僕はホットフラッシュがどういうものかなんてもちろんわからない。想像するしかない。まあ頑張れば、だいたい想像はつきますけど。

——ある年齢を過ぎると肉は落ちないっていう、「タイランド」のあそこの描写のリアリティー。あの圧倒的なリアルさが、僕はけっこう好きなんです。

村上　そういう感じで、これまでに書いたことのない人たちや、これまでに書いたこ

とのないものごとを書けるのが、すごく楽しかったですね。これは『アンダーグラウンド』で自分というものを殺して一年間、人々の声に耳を澄ませていたことの結果かもしれません。とにかく『神の子どもたちはみな踊る』を書き終えた時点で、書きたいことは書いたぞという気持ちがすごく強かったですね。あれを書き終えてすぐにシドニー・オリンピックに取材に出かけた。それで『シドニー！』っていうオリンピックの観戦記を書きました。

——あれも本当に素晴らしい本だと思います。大好きです。パワフルで濃やかで。

村上　いやあ、そう言われると恥ずかしいです。ほとんどまんまで書いてたから。その取材で四週間、本を書くためにシドニーに滞在してオリンピックを見ていたんですが、僕はその間、毎日その日のうちに完成稿を三十枚ずつ書いていこうって決めたんですよ。これも課題ですね。完成稿を毎日三十枚書くのって、けっこう大変なんですが、それを一日も欠かさず四週間ほどやりました。

——それはもう絶対に大変だ。ありえない、信じられないことですよ。

村上　四週間、毎日三十枚——それ以上の日もありましたね——書いては、Eメール

で出版社に送って。全部で九百枚ぐらいになったかな。途中でホテルの部屋からパソコンが盗まれちゃって、それはもう大変でしたけど。で、そのときに思ったのは、テクニック的に言って、書きたいと思うことはもうだいたい全部書けるようになったな、ということでした。それは僕にとってすごく大きな発見でしたね。もちろん苦手なもの、書きづらいものはあるんだけど、そういうものも努力すればなんとか書けちゃうだろうという感触が摑めたんですよ。ちょうど二〇〇〇年で、僕が書き始めて二十年目。十年目の『ノルウェイの森』で登場人物に名前を付けて、二十年目の『シドニー!』で、とにかく書きたいことはだいたい書けるという手応えを得ることができた。

――なんかそのあたりも村上さんのアスリート的なところが出てますね。まさに走る行為と書く行為の一致というか。『神の子どもたちはみな踊る』での、新潮クラブにこもって一、二週間で一本書き上げる作業と、『シドニー!』で、現地に滞在して毎日三十枚書き送る営みは、どちらも村上さんの「走りながら作家として書く」アスリートとしての二十年間が、見事に一体化した場面のような気がします。

村上　そのかわり書かないときにはまったく何も書かない。そのメリハリみたいなのが、僕にとっては大事なんです。だらだらずるずるするのがあまり好きじゃない。

オリンピックの記者席、ブースみたいのがあるでしょう？　あそこでずっと座っていiBookに向かってぱたぱた書いてた。シドニーにいるあいだ、本当にただただ書いていましたね。考える速度で文章を書いていた。そのときにとにかく、自分には文章が書けるんだという確信みたいなものを得ました。具体的に言えば小説を書いていて、自分の頭の中に浮かんだ情景や設定で、これまでのように、「こういうところをこういう風に書きたいけど、まだちょっと技術的に書けないな」というのがなくなってきたということですね。だから現実の自分とまったく縁のないもの、たとえば十八歳の女の子がレズビアンでという状況だって、だいたいの目測を立てて、それを書ける文章力が付いたということです。それは僕にとってはとても大きい発見でしたね。それまでは自分の文章力に対してそんな自信が持てなかったから。それで日本に戻って、『海辺のカフカ』に入っていくんです。

だから『海辺のカフカ』では、自分が書きたいことはだいたい全部書くことができたし、そういう意味では心残りなく書き上げた作品でしたね。

『海辺のカフカ』の主人公である田村カフカくんについていえば、十五歳という年齢が僕にとっての新しいシチュエーションといえます。そういう年代の人を主人公にしたことは一度もなかったですから。でも彼のパートは基本的には一人称の「僕」で、あっちへ行っていろんな経験を重ねていくという、まあ、だいたい僕がこれまでやってきたことを敷衍(ふえん)しているキャラクターです。それに対して、ナカタさんと星野くんという、三

人称で書かれたパートについては、これまでそういうものを書いたことがなかったし、書いていてとても新鮮でした。僕自身「あ、こういうことをここまで書けるんだ」という新しい自分の発見みたいな感じがけっこうありました。あの小説については、なんといってもそれが嬉しかった。

――『海辺のカフカ』という大長編は、「僕」という一人称と、ナカタさんたちの三人称の語りが、何というか面白い感じでバランスが崩れていて、でも本の全体がいい手触りで完成していて。

村上　かわりばんこに、一人称の「僕」のカフカくんの視点と、三人称のナカタさんと星野くんの視点が出てきて、そのバランスが一人称と三人称の間でぐらぐら揺れている感じがあって、それが面白かったと僕も思いますね。

いま振り返ると、とくに意識してやってきたわけじゃないけれど、僕の小説はこの三十年という時間をかけて、一人称から三人称に少しずつ確実に、段階的にシフトしていっているようですね。なんか自然に身体がそっちの方に向いている。『海辺のカフカ』も、その移行のさなかに、段階のひとつとして書かれた作品だということになると思います。

――あと、ここで村上作品の「土地の力」というものが極まってきたような気がするんですよ。四国はもちろんそうだし、ナカタさんの出発点の中野区も、ただ中野区と書いてあるだけなのに、中野区のパワーがガーッと出てくるような。

村上　あの舞台の四国も、僕は四国に行かずに書いたんです。それでほぼ書き終えた頃に、あんまり間違ってると困るよなと思って、実際に夜行バスに乗って行ってみたら、だいたい同じなんですよね。こういう海岸というふうに描写して書いたところに、実際、それと同じような海岸がちゃんとあったりして。それはシンクロニシティというか、不思議だったな。『ねじまき鳥クロニクル』のときも似たような経験があって、ノモンハンなんてところは行ったこともないし、全部自分の想像で書いたんですが、書いた後、実際にそこに行ってみたら、だいたい僕が書いた通りなんですよ。あれ、前に見たことあるよなって感じで。それは自分でも驚きました。

とにかく『シドニー!』の後、五十代の十年間で、自分がだいたい書きたいように書けるようになったというのが、僕の新しい武器になったと思いますね。『海辺のカフカ』は、だからなにかと達成感のある小説でした。

――そうだからこそ、次の『アフターダーク』という中編あるいは長編小説での新しい試みへと進んでいけたのでしょうね。

村上　そうですね。『海辺のカフカ』をやって、『アフターダーク』に行って。そう、あれは三人称ですよね。それにちょっと一人称複数も……。

――ええ、「私たち」という複数の一人称視点と、三人称の語りがスリリングに斬新にブレンドされていて……。

村上　あれはちょっと特別な書き方をしてるんですよ。僕は常に地の文も会話文も、頭から順番にずっと最後まで書いていくんだけど、『アフターダーク』だけは、最初に会話だけをすらっと書いたんですよ。会話の部分だけ、いってみればスクリプトみたいな感じで。

――確かにシナリオ感はすごく際立ってましたね。

村上　会話のところをまずざあっと書いて、そのあとで地の文章を当てはめていくというか、書き込んでいったんです。そういうことを一度やってみたかったので。

――いや、それはちょっとすごい挑戦だ！　書き方がそうなってて、読者として感じ

る内容も、読むデイヴィッド・リンチっていうか、グォーンとじかにテレビに入っていく、引きずり込まれるような……。

村上　うん、『アフターダーク』は、映画を作っていくような感じで書いたんです。というかむしろ、ハンディカムの感覚に近いかな。画像の粒子も少し粗くて、手ぶれもあってみたいな感じ。そういう書き方はすごく面白かったんだけど、でも一度きりかなという気もしました。いつもの全部頭から順番に書いていくという、僕の長編の書き方とはやはり質感が違いますからね。そういうやり方は『アフターダーク』のような規模の中編小説では面白く機能するけど、長いものではとても機能はしそうにない。もちろん部分的にはありですが。そしてそういうふうなちょっと違った書き方をすることによって、三人称の導入が楽になったということはあると思います。なにしろ僕にとっては初めて全部三人称で書いた、小型とはいえ、長編小説ですから。だからいろんな意味で『アフターダーク』という作品は、実験的なものなんです。

——村上さんの中で「実験」とはっきり意識されて書かれた、唯一の作品になるということですね。

その『アフターダーク』の実験を完成された一年後に、再び連作短編集である『東京

奇譚集』が書かれています。先行する連作短編集『神の子どもたちはみな踊る』と『東京奇譚集』の違いというのは、村上さんご自身、意識された部分はありますか？

村上　なんでしょうね。『東京奇譚集』もいわゆる都市奇譚というか、そういうものを緩い縛りにして、あとはある程度自由に書いていこうと思って、また新潮クラブにこもって、わりと短い期間でサーッと書いたというところは『神の子どもたちはみな踊る』と同じです。違いってなんだろうな。よくわかんないですね。

――『神の子どもたちはみな踊る』のように、ある明確な挑戦というか、設定はなさらなかったんですか？

村上　とくにこれという具体的な設定はなかったですね。あったっけなあ。うまく思い出せない。スタイルとしては『神の子どもたちはみな踊る』をほぼ踏襲しています。三人称、違う主人公、いろんなシチュエーション……。長編小説、中編小説という執筆のローテーションでやっていると、次第に短編のマテリアルが、具体的なマテリアルというんではないんだけど、気持ちとして溜まってくるんです。いろんなアプローチをもった短編を、わあっと集中して書いてみたいという気持ちになってくるんです。そういう自然な力をうまく奔出しようというのがいちばん大きな動機だと思い

ます。*

僕は一つ短編を書いてどこかの雑誌に発表し、しばらくしてからまた書いて出して、というのが、あんまり好きじゃないんですよ。昔はそういうことをしていたけど、今はやりたくない。なぜだか一挙にまとめてやらないと意味がないという気がすごくする。まとめて書くことでそれぞれの短編の位置関係が定まってくるというのもあるし、できることなら五、六編全部、まとめてやりたいですね。

――もしかすると『東京奇譚集』に限らず、村上さんにとっての連作短編っていうのは、未来に書かれる完璧な三人称長編に向けてのエクササイズ、という意味合いもあるんでしょうか？

村上 ええ、そうですね、三人称の書き方をもう一度いろんな角度からチェックしてみたい、おさらいしてみたい、という気持ちはあったかもしれません。僕の場合、短編小説が実際的なエクササイズの役目を果たしている部分は大きいです。短編は書いていて楽しいことは楽しいんですけど、でもそれと同時に、物理的なエクササイズという面が強くあって、身体のいろんな筋肉を召喚してチェックして鍛えるというか、新しい武器の試験場みたいな感じになることがあります。

――ところで『東京奇譚集』に収録の「日々移動する腎臓のかたちをした石」という作品は、『神の子どもたちはみな踊る』収録の「蜂蜜パイ」に出てくる淳平という主人公の前日譚ともいうべき短編ですね。あれはどういうところから……。

村上　えーと、それどういう話だったっけ。僕は一度書き上げて、本になっちゃうとまず読み返さないんで、すぐ忘れちゃうんですよね（笑）。昔の作品について誰かに質問されると、思い出せなくて苦労する。「蜂蜜パイ」の方はわりによく覚えています。小さな女の子が出てくるんですよね。あれは僕が昔書いてた小説に近い世界で、そういうところにときどきちょっと戻ってみたいという気持ちがあったんじゃないかな。よく思い出せないけど。

――そう言われると、「蜂蜜パイ」のエンディングで淳平が「これまでとは違う小説を書こう」と決意するところが、たとえば『ダンス・ダンス・ダンス』で、「僕」が、

＊話したあとで思い出したんだけど、『東京奇譚集』はいくつかのキーワードをざあっと紙に書き並べて、そこから三つずつ選んで、それをもとにひとつの短編を書くという作業をやっていたと思います。そのことをすっかり忘れていました。すぐにいろんなことを忘れてしまう。すみません。

いるかホテルで、そうだ小説を書こうって思うラストの場面とシンクロしてますね。ただ『ダンス・ダンス・ダンス』の頃とは違って、村上さんがもう一段柔らかく、市民というか生活のにおいがする場所に下りてきた感触が、「蜂蜜パイ」や「日々移動する腎臓のかたちをした石」にはあります。それはこれらの短編が三人称で書かれることで達成されたって気がするんです。

村上 そう、おそらく「蜂蜜パイ」のような小説は、昔の僕だったら、それこそ一人称で書いているでしょうね。そういう風に書かなくなってきたのは、僕がそれだけ歳をとって、たぶんもうこういう考え方はしない、たぶんもうこういうものの見方はしない、というところが出てきたからかもしれないですね。それが自分の中で嘘になっちゃわないように、一人称で書かなくなったという部分もあると思います。

最近、僕は漱石を読み直していて、あの人は本当に小説を、短い間に書いていて、『三四郎』と遺作の『明暗』の間だって八年ぐらいですよね。よくもまあ、これだけの短い期間でこんなに違うものが書けるなあって感心するんだけど、あえてそれに即していえば、僕自身、もう僕においての『三四郎』みたいなものの書き方はできないよなという気持ちはあります。作家としては当然のことと思いますが。

――漱石のそういうものすごい変化というのも、当時の日本の社会・国家自体がどん

どん変容し、成熟していく時代背景とパラレルだったんでしょうけどね。

村上　時代背景まではよくわからないけれど、漱石が非常に凝縮された時間を生きていたから、進化のスピードも速かったということはあるでしょうね。生き急いだというか、普通とは違う時間性の中を生きていたというか。これじゃ胃も悪くなるだろうと（笑）。僕の場合はもう三十年も書いているし、もっと長期間でのゆるやかな変化になっているんでしょうが。

――漱石の時代ほどのスピードではなくても、世界や日本の動きや事件に、村上さんの作品に対する取り組み方、アウトプットの軌跡を照らすと、この二十年に限って見ただけでも、僕にはやはり時代背景と大きくリンクしているように思えるんですよ。歴史的「現代」のすごく凝縮された展開の内側で、村上さんの作品もどんどん変容して。

村上　リンクしているかどうかはわからないけど、僕の小説が外国で比較的広く受け入れられるようになったのは、冷戦が完全に終わってからなんですよね。つまり、それまであった世界の体制というものが崩れて、一種のカオスのような状態が現れてきた。そこで、僕の小説が、なんだかそういう世界のカオスと呼応し合うところがあるからじゃないかな、とは思います。逆にきちっとした体制の下では、うまく入っていかないと

いうか。

——冷戦構造が崩れた後で、日本ではオウムの事件や阪神大震災が起こり、アメリカで9・11の事件が起きた。まさしくカオスが現実化しちゃったような、時代を象徴する出来事ですが……。

村上 ここ数年、アメリカに行ってそのたびに感じるのは、一種のリアリティーというものが、この現実世界からどんどん希薄になっていきつつあるということですね。9・11という事件を考えてみると、少人数のテロリストが大型ジェットをダブル・ハイジャックして、ワールド・トレード・センターを二つともきれいに壊しちゃったわけです。でもあれくらいすぱっと決まってしまうことって、どう考えても現実にはあり得ないですよね。信じがたいことです。でもそれが実際に起こった。そういう意味ではなんというか、表現の良し悪しはともかく、奇跡に近いものがある。ニューヨークの真ん中で、人々の注視の中であいう事件が起こり、何千人という人が現実に一度に死んで、そのせいで世界の仕組みや流れががらりと変わってしまった。でもね、やっぱりみんな、9・11の事件が本当にああいう形で起こったということを、まだうまく呑み込めてはいない。つまり腹の底までその実感が達していない。そういう気がしてならないんです。それがあまりに唐突に、あまりに見事に起きてしまったから。

――また、あの映像がきれいすぎましたからね。

村上　そうなんです。こういう言い方はまずいとは思うけど、ごく率直に言えば、超現実的なまでにクリアできれいです。僕が今のアメリカに行って、人々と話して感じるのは、我々が生きている今の世界というのは、実は本当の世界ではないんじゃないかという、一種の喪失感――自分の立っている地面が前のように十分にソリッドではないんじゃないかという、リアリティーの欠損なんですね。

もし9・11が起こっていなかったら、今あるものとはまったく違う世界が進行しているはずですよね。おそらくはもう少しましな、正気な世界が。そしてほとんどの人々にとってはそちらの世界の方がずっと自然なんですよ。ところが現実には9・11が起こって、世界はこんなふうになってしまって、そこで僕らは実際にこうして生きているわけです。生きていかざるを得ないんです。言い換えれば、この今ある実際の世界の方が、架空の世界より、仮説の世界よりリアリティーがないんですよ。言うならば、僕らは間違った世界の中で生きている。それはね、僕らの精神にとってすごく大きい意味を持つことだと思う。

僕の小説を、とくに若い人たちが今、アメリカでもわりと熱心に読んでくれているわけなんだけど、さっきも話したように、九一年頃にはブックストアでサイン会やっても一時間で十五人がせいぜいだったのに、いま開けば、千人を超える数の人たちが来てく

れるわけです。それはもちろん嬉しいことではあるんだけど、じゃあ、そこでいったい何が変わったんだろうと考えてみると、そういうリアリティーの喪失というものに、人々が慣れてきたといったらおかしいけど、そういう状況ときちんと正面から向き合い、自分のものとして受け入れようとする雰囲気が、全体に生まれてきたからじゃないか。そういう気がしてならないんです。それは、マジックリアリズムとかポストモダニズムといったような「イズム」の範疇の問題じゃない。もっともっと自然発生的、皮膚感覚的なものだと僕は思いますね。

そういう状況は、ヨーロッパでもだいたい同じですね。ヨーロッパも冷戦が終わって、ドイツでベルリンの壁が壊されて、ソ連も体制が崩れた。それでね、一時期僕の本がアジア以外でいちばんよく売れたのは、ロシアとドイツだったんです。それはわりに象徴的なことかなあという気はしますね。長期的に見れば、冷戦の終結と原理主義の台頭、系統的な思想性の崩壊とリージョナリズムの勃興、グローバリズムと反グローバリズムの拮抗、メガ資本主義の登場と環境運動の盛り上がり。そういう至るところで生じる多面的なぶつかり合いみたいなものが、ある種の混沌とした場を作り出して、それらが僕の書く小説みたいなものをある程度受け入れやすくしていく土壌になっているんじゃないかと。そういう新しいカオスの場みたいなものが、逆に言うと、これまであった既成の文学体系のようなものをぶち壊しているのかなとも思いますが。

――その意味では、日本の方が、そういうリアリティー喪失の到来が早かったような気がしますね。

村上　そのとおりだと思います。日本は、そういう面では崩壊の進行がいちばん先を行っていたかもしれない。

――崩壊先進国っていうか（笑）。オウム事件と阪神大震災でさらにそれが加速して。

村上　そうですね。そういう意味では一九九五年は象徴的な年でした。バブルの崩壊と重なって、そのあと規範みたいなものが急速に失われていった。そして旧来のものに代わる新しい価値体系がまだ見つけられていない。

――この世界全体がカオスと呼応するような、そういう特殊なリアリティーを持ち始めた中で、しかし村上さんご自身は変わらず、作品では日本を舞台にするなり、日本人が主人公の視点にするなりというかたちで書かれています。

村上　そうですね。そういう物語を書いていくのが僕にとってはいちばん自然だから。言い換えれば、日本というのは今のところカオスを描きやすい文化の場ということにな

るのかもしれません。

あと最近強く感じるのは、今、韓国、中国、台湾、日本、それにタイなど東南アジアの方の国も含めていいと思うけど、大きなイースト・エイジアン・マーケットのようなものができつつあるということですね。経済的なことだけじゃなく、文学、音楽、マンガといったジャンルでも、「東アジア文化圏」というべきものを形成しつつあるようです。もちろんまだヨーロッパの文化圏ほど確立されたものではないけれども、これからもっと大きくなって、さらに確立されたものになっていくと思うんです。その東アジア文化圏と、アメリカ文化圏、ヨーロッパ文化圏、その三つがこれからの世界でしばらく文化的な力を発信し、発揮することになるのではないかと。

それで、それらの文化圏での僕の小説の読まれ方を比較して面白いのは、東アジア文化圏では傾向として「イズム」がないんですよ。ポストモダニズム、マジックリアリズムといった理論的な受容ではなく、ただ物語として受け止めるんですよ。僕の小説を、物語として面白いじゃないか、カッコいいじゃないかという感じでぐいぐい読んでいく。今読んでいるこの小説がリアリズムか非リアリズムかなんてことはたいした問題ではない。そういう文化的な土壌があるんでしょうね。ところがヨーロッパやアメリカ文化圏に行くとそうじゃなくて、マジックリアリズムとかと関連付けて、物語のシステムとか構造とかを分析的に読んでいく場合がまだ多い。まあ彼らだって結局のところ、皮膚感覚的に直感的に読んで受け入れてくれているとは思うんです。なんのかんの言っても、

物語として面白いから手にとって読むわけです。でも、どこが新しいのか、どこが面白いのか、どこに中毒的になるような要素があるのか、彼らはまずそういうことを考える。どうしてだろう、と。東アジアの人は多くの場合、そういう回路には行かずに、ただそのまま読むだけです。そのまま受け止める。

そうすると、今、日本人作家としての僕が立っている場所っていうのは、東アジアと、ヨーロッパ＝アメリカ両文化圏の、二つを結びつける連結点みたいなものなんじゃないのかなという風に、思わなくもないですね、位置的に。

——非常に興味深いですね。話はやや逸れますが、そういう風に翻訳されて、いろいろな文化圏で必ずしも村上さんが実際に書かれた順番でなくて出版され、最新作として読まれてリアクションが返ってくる——。執筆の時系列を踏み越えたかたちでさまざまな地域からフィードバックがもたらされることで、やっぱり作り手としての村上さんご自身が変わってゆくこともあります？

村上　そこはやはり混乱しますよね。『ねじまき鳥クロニクル』が出た後で『羊をめぐる冒険』が出たりすると、ああ、ちょっとなあ、とか思いますけど、これはばかりはしようがないですね。でも、外国でひとつありがたいところは、たとえば『ノルウェイの森』ばかりが突出して売れたりしないことですね。日本の場合は、もうあれが数的に突

出して売れてしまったもので、なんだか『ノルウェイの森』の村上春樹、みたいになっちゃってるけど、外国ではそれがなくて、だいたいみんな同じぐらいの売れ行きです。ほっとします。まあそれでも『ノルウェイの森』は、中国や韓国ではずいぶん売れたみたいですが。

——さっきも少し話しましたけれど、僕が作家として村上さんに学んだことの核のひとつに、短編から長編までさまざまなボリュームの作品を書いて進んでいく姿勢、というものがあります。長編だけでも駄目だし、短編だけでも駄目だ、と。それでとにかく原稿用紙で一枚に満たない掌編から二千枚の大長編まで、まんべんなく書くように心がけてこの十年間やってきて、そこのところはなんとかやれたかなと思っているんですけど。

村上　いろんなサイズの小説を書いて試してみるというのは、もしそうすることができるならということだけど、作家にとって大事ですよね。総合的な筋力をつけていくことができるから。

——本当に本当に、それがいちばん大切なことだと思うんですね。なんていうか長編専門だったり、短編専門だったりで行くと、作家って成熟してしまう。村上さんはずっ

と、そういう「成熟」じゃなくて、「成長」を目指してこられたような気がするんですね。「成熟」でなく「成長」、たった一字の違いなんだけど、ここに大きな違いがあると。それって実は日本の作家で誰もやってこなかったことなんじゃないかって思うんです。

村上　いつも僕が考えるのは、ドストエフスキーが五十歳を過ぎてから、『悪霊』と『カラマーゾフの兄弟』を書いたことです。『カラマーゾフの兄弟』がたしか五十九歳ですね。そこで亡くなっている。五十を過ぎて、ほとんど六十に近くなって、これまで自分が書いてきた作品のいずれよりも質量ともに大きな小説を書く人って、なかなかいませんよね。

——いや、まずあり得ない感じですよね。

村上　たいがいの作家ってね、五十を過ぎると成熟のポイントを迎えて、あとはだんだん枯れてくるんです。少数の例外を別として、圧倒的なパワーを失っていく。でも僕はできることならそうなりたくない、ドストエフスキーみたいに五十を過ぎてから、あるいはさらに六十を過ぎてから、ますます大きな意欲的なものを書いて成長していきたいという気持ちが強いですね。

僕が愛読して訳してもきたアメリカの作家たち、たとえばフィッツジェラルドにして

も、カポーティにしても、チャンドラーにしても、なぜかみんな歳をとっていくにつれ、書かなくなっていった、あるいはかつての輝きや力を失っていった。サリンジャーだって閉じこもったきり、全然書かなくなってしまいましたよね。あれほど才能を持った人たちが、老境を迎える前に思うように現実に書けなくなってしまうというのは、本当に惜しいことだし、切ないことだと思うんです。反面教師といったらそれまでだけど、僕はどこまでやれるか挑戦してみたいです。

レイモンド・カーヴァーも大好きな作家ですが、彼は五十歳で亡くなった。僕はカーヴァーとは十歳違いで、彼が亡くなったときちょうど四十歳で、訃報を聞いたときはね、もちろんショックではあったけれど、一人の作家としてみてみれば、まあ五十までにあれだけのものが書けたんだから……とも思ったりしたんだけど、いざ自分が五十になるとね、そんなもんじゃないよなあ、と実感しました。かつてそういうことをちらりとでも思ったことが、自分でも恥ずかしかった。カーヴァーだってもっと長生きして書き続けたら、これまでのものとは違う見事な作品が数多く書けたはずだと、今では思います。間近に迫った自分の死を前にして、さぞや悔しかったに違いない。もっと生きたかったに違いない。そういう作家たちの人生を見るにつけ、無駄に時間を送りたくないという気持ちがますます強くなりますね。

だから小説を書くたびに、今ここでできることは全部やっちゃおうという思いがあります。とにかく全力を尽くそうと。だってここまでせっかくやってきたんだもの、今さ

ら中途半端なことをしたくない。

――村上さんが、ドストエフスキーのことを考えるというのは、ロールモデルとしてではなくて……。

村上 いや、あの人の人生そのものは、僕のロールモデルというのには程遠いものです（笑）。作家として創作する上に限ってのモデルですね。これまで好きな作家はいっぱいいたけど、見渡してみると彼ほど力強く、死ぬ間際まで小説に深くのめり込んでいけた人って他になかなか見当たりませんよね。ディケンズもすごいけど、作品のタイプがちょっと違うし。だからこういろいろあって、いろんな本に影響を受けて、いろんな作家に惹かれて、でも結局はドストエフスキーひとりが孤峰みたいにして残った、というのが実情に近いかもしれないな。『白痴』や『罪と罰』なんかは作品にまだ、ちょっと書き残しているところはありますけど、『悪霊』とか『カラマーゾフ』になると、もうそんな範疇（はんちゅう）じゃないですもんね。もともと連載小説として書かれたものだから、ところどころバランスは悪いところはあるし、完璧な作品とは言えないかもしれないけど、作品総体としては、もう言うことないですよね。

――作品の大きさがすべてを凌駕（りょうが）してしまってるというか。

村上　うん、やっぱりそういうものが書きたいなあ。なんのかんの言っても総体としてはすごいというものが。

それで、僕はそういう小説に、仮の名前として「総合小説」という呼び名を付けてみたんです。総合小説って言葉は、人それぞれずいぶん違うコンセプトで使っているので、あるいは誤解されるかもしれないけど、僕の考える「総合小説」っていうのは、とにかく長いこと、とにかく重いこと（笑）。そしていろんな人物が、特異な人から普通の人まで次々に登場してきて、いろんな異なったパースペクティブが有機的に重ね合わされていく小説であること。そういう感じになります。そうするとこれは当然ながら、一人称ではとても書ききれません。だからさっき、長期的に見れば、僕の小説は一人称から三人称へのシフトの過程だって言ったのは、そういう意味合いもあるんです。結局僕としては、どうしてもそういう場所に行きたかったんでしょうね。

いろんな話が出てきて、絡み合い一つになって、そこにある種の猥雑さがあり、おかしさがあり、シリアスさがあり、ひとつには括れないカオス的状況があり、同時にまた背骨をなす世界観がある。そんないろんな相反するファクターが詰まっている、るつぼみたいなものが、ぼくの考える総合小説なんですよ。だからもうすぐ、僕も六十を過ぎるわけだけど、ドストエフスキーとまではいかないとしても、僕なりのそういう総合小説を徐々にこしらえていきたいと思っているんです。

でもそれは本当に大変なことで、僕は今、新しい長編をこれでもう二年以上書き続けて、ちょうど二年前のクリスマスから始めたんですが、毎日朝二時から四時ぐらいに起きては、四、五時間書くというのを続けているんです。その間、旅行とかで書くのを休むことはありましたが、それもたぶん十〜二十日ぐらいしかないと思う。毎日ずうっと机の前に座って、四、五時間書くというのは、けっこう大変なんですよ。

——いやいやもうそれは一種、宗教的な修行に近いですね。

村上　というか、この歳になると、だんだんカウントダウンに入っちゃうんですよね。古川さんぐらいの歳だと、長編小説これから先まだ何本だって書けるよって感じでしょうけど、僕ぐらいの歳になると、逆算してあとどれくらいというのがだいたいわかってくるんです。僕だって『世界の終りとハードボイルド・ワンダーランド』の頃は、長編なんていくらでも書けるさって感じで、そんなことといちいち気にもしなかった。でももうそうじゃないし。だから今ここで長編小説をひとつ書くからには、そこにとにかく全力を傾注しなくちゃいけない。余計なことをしている暇は現実的にないんです。宗教性とはあまり関係なく。

——まったく全力を尽くさない時期って、村上さんにはないみたいですよね。

村上　いや、そんなこともないです。さっきも言ったけど、何もしてない時期も多いんです。僕は小説を、注文を受けて書くわけじゃないから。よく、いわゆる「ライターズ・ブロック」というか、書けない時期というのがあるかって聞かれるんですけど、それはないですよね。書きたくないときは、書かないから、書けないということは原理的にないんですよ。単純な話で、机に向かうときは必ず書ける。そのときには書くための態勢ができているから。

——いい話だな。

村上　締め切りがあって書かなくちゃいけないのに、何も出てこないというくらい苦しいことはないだろうと思います。そういうのは僕にもだいたい想像できます。だから締め切りをなくしてしまえば問題ないんです。じゃあ小説を書きたくない時期に何をしているかというと、だいたい翻訳をしています。これはビール会社が副業にウーロン茶を作ってるようなものなんだけど（笑）。でもね、僕にとって翻訳をやれるというのはとてもありがたいことです。というのは、生活のためにエッセイを書かなくていいわけだから。

まあ、こういうのは人によって事情が違うから、一概には断定できないけど、小説家

にとって、エッセイをたくさん書くというのは、あまりいいことではないと僕は思うんですよ。それだけ抽斗が少なくなっちゃうわけだから。小説家にはいろんな思ったこと、考えていること、感じたことを片端から放り込んでいくタンスのようなものがあって、ひとつ長編を書くときには、そういう抽斗をひとつひとつ引っ張り出して、使えるものを総動員して書くわけだけど、連載エッセイとか書いちゃうと、抽斗に入れてしまっておくべきものを、つい小出しにしちゃうことになります。そういうことがあるんで、もっと若いときは僕もちょくちょくエッセイみたいなものを書いていたけど、最近はあんまり書きません。なんでもいいから、とにかく溜めておきたい。いざというときに何が役に立つかわからないから。長い小説が終わったら、余ったぶんを小出しにして書くことはありますけど。

翻訳だと、エッセイのように自分のものは何も持ち出さなくていいのでありがたいです。言語を移し換える作業に専念していればいいわけです。しかもたいへん文章の勉強になるし、頭の体操にもなるし、いいことずくめで、大好きですね。それに翻訳は音楽を聴きながらできるし。

――ああ、小説を書くときは、音楽は聴かれないんですか？

村上　基本的には聴かないです。かけてるときがあっても聴いてはいないですね。で

すが翻訳をやっているときはガンガンかけて、聴きながらやってます。翻訳も三十年近くやってきて、以前は下手だったけど、だんだんそれなりに力をつけてきたという気がします。石の上にも、みたいな感じで。

――やはりそれも成長の実感ですね。「成長」、やっぱり村上世界のキーワードですね。

村上　翻訳というのは、基本的に間違ってるか合ってるかのどちらかしかないから、自分の成長の度合いがよくわかるんですよ。誤訳があれば、確実にそこは誤訳なわけです。そういう面ではシビアというか、言い訳がきかない。でもわかりやすくて気持ちがいいですね。

――総合小説の話に戻りますと、この二年書かれている新作長編は、村上さんのおっしゃる「総合小説」の定義に当てはまっているものなのでしょうか?

村上　まったく当てはまってるとは言えないけれど、ある意味ではそれに近いものになりつつあるのではないかと思います。さっきも言いましたが、「総合小説」という言葉自体が、人によっていろんな定義、考え方をされているので、ある人にとっては、これは総合小説ではないという風に言われるかもしれない。それはわからないし、僕にと

ってはべつにどっちでもいいことなんだけど。自分のプログラムの中で、収まるべき場所に収まってくれればそれでいいです。

僕にとっての総合小説というのは、たとえば、ティム・オブライエンの『ニュークリア・エイジ』がそういうものですね。あの小説のばらけ方と、ばらけることによって出てくる広がり。それからテーマがやたらと大きいことね。総合小説っていうのは、細部の出来よりは、全体のモーメントがものを言います。とにかくテーマがでかくないと面白くないですね。

——うーん、今回の長編もたいへん期待できますね、そうすると。

村上 そう言われるとプレッシャーが大きくて汗が出てきちゃうんだけど、でもやっぱり長編小説というのは、自分の身体をできるだけ大きく広げたいという気持ちがないと書けないですね。あと、単純なようだけど、分厚い小説が好きっていうのもあります。物理的に重いことってそれなりに意味があるような気がする。でもみんな電車で読めないとか文句言うんだけど。古川さんは言われませんか？

——僕、この間『聖家族』というすごい分厚い小説を出したんですが、ある人から満員電車で読んでるときに、降りようとして、こう、分厚い本を掲げると、みんな怖がっ

てささっと避けてくれて、道がおのずと開かれるという別の効用があると褒められました（笑）。

村上　でも女の人とかには重すぎるとか言われないですか？

——ああ、それはあるかも。紙を工夫するとけっこう軽くなるんですが。

村上　そうですね。『海辺のカフカ』のときは、だから紙を薄くしたんですね。そしたら今度は通勤電車で読んでると扇風機でパラパラめくれちゃうって苦情が来ました（笑）。いろんな文句がやっぱりあるもんでね。なかなかすべての人を満足させることはできない。

——僕の場合、今のご時勢にわざと分厚いのを出したいなと思いまして。なんかそういう時代に変わってきている気もしてるので。

村上　でも、アメリカでも最近は、すごく分厚い本って減ってきてるように感じるんですよ。まあピンチョンなんかは別だけど。

――ピンチョンは基本、どれも長いですからね。彼ももう七十歳過ぎてるわけだけど。

村上　僕がすごく不思議に思うのは、ピンチョンのようなタイプの書き手って、それこそだんだん成長していって、大柄な総合的な小説に向かうものだと思うんだけど、あの人はもう、第一作の『V．』でいきなり完全にできあがっちゃってますね。それが信じられないですよね。

――そうなんですよ。ピンチョンの場合、『重力の虹』の刊行後、十何年ぐらい作品を発表してない時期があったから、それもよかったんじゃないですかね。

村上さんは毎日どれぐらいの枚数のペースで小説を書かれるんですか？

村上　たとえば『海辺のカフカ』だったら一日十枚ぐらいですね。あれも規則正しくきちっと決めて書いていって、半年で仕上げてそのときは千八百枚、それに手を入れながら削っていって千六百枚にしたから、全部で九カ月で完成したのかな。とにかく毎日十枚と決めたら、三カ月、半年と非常に規則正しくやります。昔そんなことを言ったら、すごくバカにされました。それじゃ勤め人みたいじゃないかって。「原稿なんて締め切りがきてから書くもんだよ」みたいなことを言う人もいた。最近は逆に偉いって言われることがあります。

――やっぱりそれって誰にもできないからですよ。できないことを続けるってことが最もアヴァンギャルドなんだって、ちゃんとみんなにも理解されてきたから。

村上　昔だったら小説家はもっと野放図に生きて、規則正しさなんかくそ食らえというタイプが多かったんだけど、最近はそういうのはだんだんなくなってきたみたいですね。

――そうした執筆のスタイルも、健康じゃないと不健全なものは扱えないという、村上さんのお話につながりますね。それがいちばんの教訓かな、やっぱり。

村上　うん。人の精神というのは、地表の部分を高くしようとすればするほど、地下の部分も同じだけ呼応して深くなるわけです。つまり人が善を目指そうとすれば、悪というのは補償作用として必ずその人の中で、同じぶん伸びていきます。同じように人が健康になろうと思えば思うほど、地下にあるその人の不健全な部分は深くなっていくはずなんです。そしてそれが行き過ぎると、分裂的な傾向が出てくると思うんですね。僕もどちらかというとそういう傾向が強いんじゃないかと思うことがあります。

でもいったん机を離れると、僕はすごく普通な人間です。自分で言うのもなんだけど、

ごく普通の考え方をして、ごく普通に生活して。だからたとえば道を歩いていてたまに、あ、村上さんですねって声をかけられて、いつも読んでますとか言われると、今でもとても不思議な気がします。もう三十年作家をやっているけど、「なんでまたこの僕に？」という気がしますね。というのは、道を歩いているときは、僕は本当に普通の人だから。たぶん机の前に座っているときは普通じゃないところがいくらか出てくると思うんだけど、そうじゃないときはどこにでもいる当たり前の人ですよね。だから、握手して下さいとか言われると、なんで握手するんだろうって真剣に不思議に思います。サインなんかしても、なんかまるで「こども銀行」のお札を刷っているみたいで。

日本じゃやらないんだけど、外国で講演する機会なんかがあると、みんな話聞きに来るじゃないですか。なんでこの人たち、僕の話なんか聞きに来るんだろうってすごく不思議に思うものね。僕はものを書く人間であって、話をする人間じゃないし、僕の話すことなんて聞いたって意味ないじゃないと。だから必要以上に一生懸命サービスして、笑わせたりするんだけど。僕はほんとにごく普通な人間だと思いますよ、いろんな意味で。

日本にいれば僕はほとんど人前に出ません。テレビに出たりラジオに出たりしないし、講演もしないし、サイン会もしない。というのは、もちろん苦手だからだし、それにそんなことしてもしょうがないかなと思うからです。書いたものは多くの人に読んでほしいと、ものすごくそれは強く思うんだけど、それ以外のことっていうのは関係ないんで

すよね、本当に。

ただ外国においては、一種の責務だと思うから、そういうことはある程度がんばってやります。決して好きでやってるんじゃないです。でも例えば賞をくれるっていったら、そこに行って挨拶したり、あるいは講演をしたり、朗読したり、サイン会をしたりします。それはたぶんやらなくてはいけないことだから。どうしてそう思うかっていうと、僕自身が外国に長く住んだときに、日本の文化発信力の弱さみたいなのをひしひしと感じたからです。僕が九一、二年にアメリカにいた頃は、日本はものすごいお金持ちだったんですよね。ところがその頃、経済的な豊かさの中で、「ジャパン・アズ・ナンバーワン」とか言われながら、日本が文化的に同時代的に何を世界に提供していたかというと、ほとんどゼロに近かった。ソニー、トヨタで話が終わってしまう。それでずいぶん肩身の狭い思いをしました。外に出て生活してみるとわかるけど、文化力ってすごく大事なんです。そういうきつい体験があるから、一人の日本人の作家として、場を与えられたら、逃げずにできるだけのことをやらなくちゃという気持ちがあります。それは愛国的とかそういうんじゃなく、かつて外国に住んでいた一人の人間という立場に立ってのことです。今外国に出ている人のためにも、僕にできる範囲のことはできるだけやらなくちゃいけない。そう思います。

——英語で喋る方が三人称的な存在になれるということもあるんじゃないんでしょう

か。

村上　日本語だと、たしかにうまく話せないですね。僕は英語を話すのは読み書きに比べて不得意だけど、英語だと、言葉自体が借り物だからなのかな、気持ちの上では楽ですよね。ひとごとみたいで。ユーモアの感覚なんかも、英語だとわりに楽に出てきます。みんなよく笑ってくれるし。笑ってもらえるとお互いに楽になれるし。日本語だとなぜだか難しいな。……何の話だったっけ。そう、机を離れると普通の人、という話からでしたね。

――そのバランスが、やっぱり絶妙なんだと思いますね。村上さんが書かれているときと書かれていないときの、あるいは健全さと不健全さの。圧倒的に見事なバランスというもので成り立っているなあという感じがします。

村上　そう、バランスってすごく大事ですね。あと、やっぱり、ものを創る人間として欲深なことかな。

何度も繰り返すようだけど、僕には小説家になるというつもりはもともとなかったし、そんな才能もないと思っていたんです。本を読むのはものすごく好きだったし、浴びるほど読んでいたけど、自分に小説を書く能力があるとは思えなかった。一九六八年前後

のどたばたがあって、学生結婚して、生活費を稼がなくちゃならなくて、それでずっと肉体労働をやってきたのが、ある日突然ポコッと小説を書いちゃって、それが『風の歌を聴け』という作品なんですが、思いもよらず新人賞を取ってしまった。そしてそれが本になってある程度売れて、そのまま作家みたいなことになっちゃった。僕はそのときものすごく不思議な気がしたんです。ほとんど流されるがままに、自分が小説家と呼ばれるものになったということが。でも「じゃあそうなったのなら、よしここはひとつ徹底的にやってみよう」と思ったんです。どうせ流されるのなら、流されていく先を最後まで見届けてやろうと。何かの実験みたいに。

『風の歌を聴け』で新人賞を取ったときに「群像」に受賞の挨拶を書いたのを、たまたまこのあいだ見ていたら、「四十歳になるまでにはまともなものを書けるようになりたい」って書いてたんです。よく覚えていないんだけど、そのときにも僕は、こんなんじゃいけない、せっかくものを書けるようになったんだから、もっと立派なもっとちゃんとしたものを書かなくちゃいけないと切実に思ってたみたいですね。そういう意味では生まれつき欲深なのかな。十年計画みたいなのを、もうその頃から立てていたことになりますね（笑）。

——村上さんはリスペクトの精神がすごく強いと思うんですよ。自分が作家になれたとか、小説とか、憧れの作家とか作品とか、そういう敬意が全然消えないまま、この三

十年間、続けてこられたっていうことがいちばん大きいんじゃないかな、と思います。みんな、書いていくうちにその手のリスペクトをどんどんなくしていくような気がするんですね、自分が表現していって、ある満足を得ちゃうと。

村上　満足するんですかね。そういうの、よくわからないな。

――満足する人たちはかなりいると思います。

村上　そうなのかな。僕の場合はほとんど不満しか残らないけど。たとえ一時的に満足することはあっても、そういうのは酒の酔いと同じで、そんなに長くは続かないですよね。こと小説に関しては、僕はかなり欲深だから。

――欲があってもいいっていうのは素晴らしいですね。

村上　欲はあるべきなんです。恥ずかしいことじゃない。せっかくここまで来たんだから、もっと突っ込んでやりたいという気持ちは持って当然です。だって、普通の人がなりたいと思っても、そうそう簡単に小説家になれるわけじゃないんだもの。せっかくプロとしてものを書ける状況にあるんだから、あらゆる力を振り絞って書かないと、そ

れは人生に対する冒瀆だろうと僕は思う。

――僕も、なんでこの自分が物語なんてものを産めるんだろうとか考えると、やっぱりそれは一種の「ギフト」として与えられているのかな、と感じる瞬間はありますね。だからこそ、そのために全力を尽くさなかったら何かに失礼にあたるんだ、と思うときがありまして。

村上　そのとおりだと思いますよ。何かを産み出せる資格というのは、多かれ少なかれとくべつなものです。いったんそれを摑んだら、摑み続けるしかない。

いつも言うことだけど、僕が経験した神宮球場の一件ですね、二十九歳の四月の初めに、神宮球場の外野席で野球を見てるときに、唐突に小説を書きたくなったという体験。天から何かが降ってきたあの感覚は、今でも手の中にはっきりと残ってます。それまで、そんなこと考えもしなかったのに、ある日の午後、ヤクルト＝広島戦を見ているうちに、本当に空から羽根が降ってくるみたいに、「書きたい」と強く思ったんです。たしか安田と外木場の投げ合いだったと思うけど。そういう啓示というのかな、エピファニーみたいなものが、今でも触感としてありありと僕の中に残っているんですね。僕みたいなのはあるいは特殊な例かもしれません。だからこそやっぱりそれだけ、書くことについての畏敬の念みたいなものが僕の中にあります。絶対的なものに対する畏敬の念です。

ただ思うんだけど、エピファニーというか啓示というか、そういうのは、誰の人生にも一回ぐらい起こるんじゃないかな、よくわからないけど。ただ場合によって、人によっては見過ごしちゃうのかもしれない。

――受け止める心持ちになってないと、いざ起こっても見過ごしたり、受け止められなかったりしてしまう。そういうものってドーンって来るんじゃなくて、もしかしたらピカッと光るぐらいで来るものですもんね。

村上　僕の場合はそれがちょうどうまい具合に、野球場で一人で何もしないで、ビールを飲んでボーッとしているときに来たから、うまくすっと受け止められたのかもしれない。でもそれは何はともあれ、僕の人生に起こったことの中ではいちばん素晴らしいできごとですよね。祝福すべきできごとというか、英語でいうblessingですよね。だからそれは大事に、失わないように、損なわないように、なくさないようにしないといけないなと思っています。

まあ確かに人生には、楽しいことと面白いことがいろいろあるとは思うんです。たとえば女の人と遊んだり、賭け事をしたり。ただ僕はたまたま他の何よりも、うまく小説が書けるわけ。女の人もべつに口説けなくはないけど、それでもやはり女の人を口説くよりは小説を書く方が得意ですね、どちらかといえば（笑）。そしたらやっぱりそのいち

ばん得意なことを、少しでもいいからもっと奥まで突き詰めていきたいじゃないですか。小説以外で、翻訳はやってますけど、それ以外のことはあまりやりたいと思わないんですね。小説書くか翻訳するか。小説はいつも書いてられないから、小説を書いてないときは翻訳をするし、小説を書きたくなったら小説を書く。「注文を受けては小説を書かない」というのは、ほとんど最初から通していることです。何月何日までにという締め切りができちゃうと、ものを書く喜びがなくなっちゃうから。自発性も消えてしまうし。

——お仕事っていう感じになりますね。

村上　そうなんですね。ただ世の中には、締め切りがないと書けないという人って少なからずいるわけでしょう？

——ああ、いますね、確かに。

村上　僕は、そういうのうまく信じられないんです。だって、わざわざ苦労して小説家になるくらいだもの、好きで書いてるわけじゃないですか。締め切りがないと書けないというのは、筋が違うような気がする。でもまあ僕が間違っているのかもしれない。偉そうに断言はできない。たとえばスコット・フィッツジェラルドみたいに金がほしく

て、とにかく次から次へと締め切りに追われて、商業雑誌向けに短編小説を量産した結果、立派な作品が数多くあとに残されたという稀有な例はあります。もちろん忘れられた作品の数は、名作の何倍もありますが。でも彼だって、長編に関しては一切注文をとっていません。自分が書きたいものをじっくり、締め切りもなく書いている。その期間を確保するために「お仕事」でお金を作っていたということはありますね。入ったぶんだけお金を使っちゃう浪費家の奥さんがいたから、残念ながら彼の計画通りにうまくはいかなかったけど。

ところで、フィッツジェラルドの場合もカーヴァーの場合もそうだけど、実際に自分が人生で体験したことをマテリアルとして、そのままというのではないけど、かなり直接的なかたちで使って書いてますよね。僕はそういう書き方はまったくしない。それこそたとえば、ガルシア゠マルケスとかピンチョンとか、そういう完全なフィクションを作っていく作家たちの方に距離としては近いです。それでも僕が個人的には、カーヴァーやフィッツジェラルドがとりわけ好きだというのは、逆に自分の資質に近くないものの方に惹かれるところがあるかもしれないですね。

――よくわかります。僕も、自分の著作群の傾向というのは、村上さんと全然違うんですよね。ただ、村上さんの作品が大好きで、村上さんのおっしゃられたことに多大な影響を受けながらずっと作家を続けてきたんで、結果的に違うかたちのアウトプットに

なっているのも、まず村上さんの作品があって、それが好きだから、これこれこういうかたちで自分は出していけるっていう、なんかその「いい距離感」っていうのはよくわかるんですよね。

村上　でも僕は、まわりのみんなに嫌われていると思ってずっとやってきたから、なんか急にそんなふうに褒められるとけっこう居心地悪いんだけど（笑）。

――いやいや。僕がデビューした頃からみると、ずいぶん風向きっていうか、雰囲気は変わったと思いますよ。最初は本当に、僕がインタビューで問われて「好きな作家は村上春樹です」って言うと、みんなは「えっ」っていう顔をしてたけど。

村上　なんか禁忌語みたいですよね。文学的フォーレター・ワード（笑）。

――なんでこの人は公言しているんだ、みたいな雰囲気だったんだけども、今はもう、まったく変わりましたね。状況は素晴らしく真っ当になってる、と思います。

村上　そうですか。それはよかった。なによりです（笑）。たまに僕を褒めてくれる人がいると、どこかで迷惑をかけているんじゃないかと、つい心配になるんです。心配

感じはなくはないですね。不平を言うのは好きじゃないけど、まあ、これまで嫌なことがけっこう多かったから。*

僕は自分の本の書評ってまず読まないです。そういうありがたい習慣がいつの間にかついたんです。精神衛生のためにはいいですね。今の若い人は新聞とか雑誌の書評って読むのかな？　僕はそんなに書評って気にしない。僕としては、とにかく出版社が新聞に新刊広告を出してくれればそれでいいんです。僕の新作が出たとわかれば、とりあえずそれを買いに行ってくれる人がある一定数いてくれる。それは本当にありがたいことです。作家と読者の関係は、そういうのがいちばん理想的なかたちだと思うんですよ。そういう意味では著者というものは、あんまり表に出ない方がいいと個人的には考えています。というか、そんな必要もないだろうと。やっぱり本だけ、文章だけで勝負するのが王道です。僕自身もしチャンドラーが生きてたら、次の新作がいつ出るんだろう

＊九〇年代前半か半ばのことだけど、ある新聞の書評委員をつとめていた人が（その人とはいちおう交際みたいなものがあったんだけど）、ほかの委員や新聞記者なんかのあいだでの僕の評判があまりにも悪いので、心配して連絡してきてくれたことがありました。「ちょっと聞くに耐えないようなことが言われているから」とその人は言っていました。いったいどんなことを言われていたんだろう？

って楽しみにして待ってると思うもの。今だって、カズオ・イシグロの新作が出たらすぐ買いに行って読みます。でもそういう人は数としては、残念ながらだんだん少なくなっています。エンターテインメント系では、腐れ縁みたいに関係が続いている人たちはまだ何人かいるけどね（笑）。ロバート・B・パーカー、エルモア・レナードなんか、さすがにもうハードカバーでは買わないけど、ペーパーバックは空港なんかでつい買っちゃいます。

——いずれにせよ、村上さんの次の新刊発売がアナウンスされるのを楽しみに待ってます（笑）。みんな、もうかなり飢えてると思うんで。

村上　でも僕は、翻訳の本を出すときは、これ読んで下さい、すごくいいよって言いたくなるし、実際言えるんだけど、それが自分の小説となるとそこまで言えないですね。気に入らない人もきっとたくさんいるだろうなあ、とかすぐ考えちゃう。

——本当にそう思われるんですか？

村上　本当に真剣にそう思います。小説に関しては、「今度こういう小説を出しましたから、読んで下さい。面白いですから」とは言えないですね。というのは、長編小説

は僕にとってはあまりにも個人的なものごとだから。で、そんなあまりにも個人的なものを、他の人がすんなり気に入ってくれるとは、書き手としてはなかなか思えないんです。長編小説を書くのは、こういう形でしかできないというところで、個人的なギリギリのところで、長時間かけてやっている作業です。そういう僕のギリギリのところと、それを読む人のギリギリのところが、うまくすっとつながるものかどうか、そんなことわからないじゃないですか。「何これ?」に終わってしまうかもしれないよな、としか思えない。もちろんプロの小説家だから、長期的な時間性をとれば、作品は生き残っていくだろうという自負のようなものは、いちおうあります。なきゃやっていけないですよね。でも個々のケースとして、たとえばたった今、古川さんに面と向かって「絶対面白いからこれ読んで下さいよね」とはとても言えない。作品が大きいものであればあるほど、そんなこと言えないですね。だから誰かに贈呈本を送るのもあまり好きじゃないんです。なんか読むことを強制しているみたいで。長編小説を出してしばらくのあいだは、どこかにこっそり隠れていたいです。批評が怖いとかそういうんじゃなくて、とにかく、僕の書いた本が人なかに出て行くということ自体がね、なんというのかな、ありかたとしておっかないんですね。身体と心が馴染まなくて、ばらばらになってしまうような感覚があります。たとえ褒められてもすぐには信用できない。

――じゃあ、カフカが、死んだらもう自分の作品を全部燃やしてくれとか、ああいう

のってわかります？

村上　いや、燃やしてほしくはない。いちおうとっておいてほしい（笑）。やっぱり読み続けてほしいとは思いますよ。だってカフカの場合は、だいたいにおいて未完成のものが多すぎるんですよ。未完成のものを放っておいては別のものをやって、また未完成にして、っていう風にやっているでしょう。あれじゃあ、本人もちょっと納得できなかったんじゃないかな。僕の場合とは状況がずいぶん違いますよね。

――いやあ、今日は心底いろんな意味で参考になりました。非常にありがたく面白かったです、ほとんどトータルで伺えたんで。それではこの辺で……。

村上　なんだか、半年分ぐらいいっぺんに喋ったような気がするなあ（笑）。

「これからの十年は、再び理想主義の十年となるべきです」

聞き手　マリア・フェルナンデス・ノゲラ

The Catalan News Agency　2011年6月／スペイン

ハルキ・ムラカミは、第二十三回カタルーニャ国際賞を受賞し、その式典が木曜の晩にカタルーニャ自治州政府庁舎でおこなわれた。日本人作家であるムラカミは受賞スピーチのなかで、痛切な思いをこめて原子力を批判した。とりわけ、彼の母国が過去何十年にわたって原子力に携わってきたその姿勢について、次のように述べた。「我々日本人は核に対する『ノー』を叫び続けるべきだった。それが僕の意見です」そしてさらに続けた。「我々は技術力を結集し、持てる叡智を結集し、社会資本を注ぎ込み、原子力発電に代わる有効なエネルギー開発を、国家レベルで追求すべきだったのです」「それは広島と長崎で亡くなった多くの犠牲者に対する、我々の集合的責任の取り方となったはずです」。ムラカミは、賞で授与される八万ユーロを、日本で地震や津波の被害にあった人々と、福島の原子力発電所の事故で被害にあった人々に、寄付することにしている。授賞式の翌日に、CNAはインタビューを行った。

——選考委員によれば、第二十三回カタルーニャ国際賞の受賞理由のひとつは、あな

たの作品が西洋と東洋の架け橋となるものだからだそうです。しかしながら日本では、あなたの作品が西洋的であることを快く思っていない批評家もいるそうですね。日本で疎外感を感じることはありますか。

村上 僕が文学作品を書き始めた当初は、西洋的すぎると僕を批判する批評家もいました。でも最近はそうでもないと思います。というのも、僕はずいぶんスタイルを変えましたから。いま書いているような小説は、初期のころには書かなかったものです。近ごろは、僕は自分の小説が西洋的か東洋的かということは考えません。ただ僕の物語、僕の個人的な物語だというだけです。このごろでは、僕の小説が東洋的だとか西洋的だとか言う人はいなくなり、作品をそのまま受け入れてくれています。ヨーロッパやアメリカに行ったときには、僕の小説は非常に西洋的だとよく言われました。でもどうだろう。書き始めたころでしたら確かにそうだったかもしれませんが、最近は違ってきているると思っています。僕が書いているのは僕自身の物語であって、東洋とか、西洋とか、そういう分け方のできるものではないと思っています。

——ご自分では東洋と西洋、どちら寄りだと思いますか。

村上 どちらでもない。自分のやり方をしているだけです。

——東洋と西洋の架け橋はもっと多く必要だと思いますか。

村上 実のところそんなふうに考えたりはしません（笑）。ものごとは既に、とても自然なかたちで、交じりあっていますし、橋を架ける必要もないでしょう。（東洋と西洋の）それぞれの文化がとても異なっているというのは、確かにそのとおりです。でももしその物語が良いものであれば、そんなことは気になりません。それが東洋か西洋かというのは、あるポイントを越えてしまえば、それほど関係のないことなのです。僕は良い物語の力というものを信じています。

——つまり、良い物語というのは普遍的なものだと？

村上 そうです。僕の本は、中国、日本、アメリカ、ヨーロッパの数多くの国で出版されています。僕はよくみんなから、世界中のさまざまな地域で僕の本が受け入れられる理由を尋ねられます。なぜなのか僕にはわかりません。ただ言えることは、もしそれが良い物語であれば、多くの人がその本を読むということです。そうとしか答えられません。人はみんな多かれ少なかれ、物語の流れに身を浸したがっているのです。

――読者を驚かすことは、あなたの作品の強みのひとつだと考えますか。

村上 僕自身、驚かされるのが好きですね。小説を書いているとき、次に何が起きるのか僕にはわかりません。先に何が起きるか、角を曲がってみるまではわからない。そういうのは、とてもわくわくします。僕は毎朝小説を書いています。次はどうなるのかと期待しながら、わくわくして、スリルを感じています。自分でも驚かされるのは楽しいですし、もし僕が驚かされるなら、きっと読者も驚かされるでしょう。僕は何も考え出したりはしないで、ただ何かが起きるのを待っているだけなのです。僕は作家になれてとても幸せです。だって小説を書いていると、日々驚きの連続であるわけですから。

――作品の登場人物の造形には、あなたの自伝的な要素がふんだんに含まれていますね。

村上 そんなことはありません。僕は現実の自分自身から少しでも離れたいと思って物語を書いています。ただ登場人物が、可能性としての僕である、と言うことはできるかもしれませんが。作品の登場人物について、僕はときどき、あるいは彼は僕だったかもしれない、と考えてみたりします。でも彼は僕じゃない。僕はこんなふうに考えるのです。「確かに、僕が彼である可能性はあったかもしれないけれど、やっぱり僕は彼じ

ゃない。僕と彼はあまりにも違いすぎるじゃないか」と。そして同じことは、女性の登場人物についても言えます。あるいは彼女は僕だったかもしれないけれど、やはり彼女は僕じゃない。あたりまえですが。僕の登場人物のある部分は僕の一部でしょうが、全体的に見れば、彼や彼女は僕ではありません。だいたい、もし僕が自分のことを書いても、退屈な話になりますよ（笑）。それで僕は、（僕自身の）今とは異なる可能性のほうを追うようにしているのです。それは僕自身にとっても良い刺激になります。自分ではない自分を体験できるわけですから。

——あなたのインスピレーションの源は、リアリティーにありますか。それともフィクションにありますか。

村上　リアリスティックなスタイルは、まったく好きではありません。たとえば『ノルウェイの森』は、僕の作品のなかでは例外的です。僕には、ファンタジーや非現実的な物語に惹かれる傾向があります。そちらのほうがスリリングですから。非現実的な物語を書いている時のほうが、わくわくするのです。たとえば、あなたは暗闇に座っていて、壁があなたを取り囲んでいる。石の壁です。でも集中力を高めれば、あなたはその石の壁を通り抜けることができる、といったようなことです。現実にはありえない話ですが、比喩的にはリアルです。僕はそういった物語が好きなのです。

――そうしたアイディアは、どのように考え出すのですか。

村上 実のところ、自分では何も考え出していないようなものです。そうしたイメージはごく自然にやってくるのです。もしあなたがそういう状態を望むのなら、まずは集中しなくちゃならない。準備が必要なのです。あなたは一人きりで、孤独になる必要がありますｌ。もしあなたが作家で、何かを書くとすれば、あなたは孤独を感じるでしょう。ひとりぼっちで暗闇に囲まれているような感覚です。ときとしてそれはとてもハードですが、もしあなたがそれに耐えて、孤独を受け入れれば、物語は自然にやってきます。待つことは必要ですが、考え出したりする必要はないのです。

――物語のほうがやってくる、というのはとても面白いですね。ではカタルーニャは、良いインスピレーションの源になりそうでしょうか。

村上 ええ、そう思います。特にバルセロナは。すごい街ですね。ヨーロッパの街はかなりたくさん訪れましたが、バルセロナはユニークです。建物も、人も、海も。僕はプラハが好きなんです。どこかしら変わった街ですよね。独特の雰囲気があって。バルセロナはちょうどそれに似ていて、すごく特別な感じがします。ガウディの建築物もそ

うですし、何もかもが。歩いてまわるのが楽しい街ですね。

――作品にカタルーニャやバルセロナのことを書くということはありそうでしょうか。

村上 僕の場合、バルセロナの何かを書くとしても、それはそのままバルセロナじゃないんです。僕はその何かを、別の何かに変えます。それは東京かもしれない。東京の風景のどこかが、バルセロナの風景のどこかであってもおかしくはありません。僕はその何かを、別のどこかの街に移したりします。登場人物についても同じです。もし僕があなたの中に何かユニークなところを見出したとして、それを別の登場人物に与えることもあります。つまり、僕はあなたのことをそのままでは書かないけれども、あなたの中の何かを、別のいろいろなところに置きかえたり、合成したりして書く、ということです。だから、たった一人の登場人物にも、僕が会った人たちのあれこれが組み合わさっているのです。だから僕は誰かに会うたびに、使えそうなところはないかと探しているんですよ（笑）。人を観察したり、風景を観察したりするのは、小説家の仕事です。観察することは、価値判断を下すのとは違います。「彼女は狂っている」とか、「彼女は美しい」とか、「彼女は愉快な人だ」とか、そういう判断はしません。ただ観察するだけです。観察眼を持っているだけで、人生は面白くなります。

――場所についても同様でしょうね。

村上　ええ、その通りです。僕はあらゆるものをいつも見ています。

――二年前にもバルセロナを訪れたそうですね。それが初めてでしたか？

村上　ええ、そのときに初めてスペインを訪れました。ガリシア地方、サンティアゴ・デ・コンポステラ、そしてバルセロナに行きました。サンティアゴ・デ・コンポステラはすごく面白い街でした。バルセロナとはずいぶん違いましたね。

――私たちが今後あなたの作品を読んでいて、バルセロナの何かがそこにあることに不意に気づく、といったことはありそうでしょうか。バルセロナのことだと書かれてはいないとしても。

村上　あるかもしれません。僕の中には、抽斗（ひきだし）のたくさんある机みたいなものがあります。抽斗のひとつはバルセロナ用です。ここで見つけたものは、その抽斗にしまいます。既にたくさんのものがしまってあるんですよ。

――バルセロナではランニングはしましたか？

村上　いいえ、まだです。ここ何日かは雨でしたし、泊まっているホテルが街の中心地にあるので、なかなかランニングに出掛けるのが難しくて。でも前回来たときには、海岸沿いを走りました。走るのにとても良い場所でしたね。でも今回は走っていません。

――走ることと書くことは、どう関係していますか？

村上　大きな作品を書きたければ、肉体的に強くなくてはなりません。『1Q84』を書くのには三年かかりました。僕は毎日六時間、午前中に執筆をしました。これはかなりきついものです。一日に五時間から六時間、集中し続けなくてはなりません。それを毎日、三年間です。疲れるに決まっています。疲労困憊して当然です。それをやり通すには、肉体的に強くなくてはなりません。そして肉体を鍛えたいのであれば、運動をする必要があります。それはまったく自然なことです。それで僕は走ったり泳いだりするのです。ちょうどコインの裏表のように、精神的な強さと肉体的な強さというものがあります。ある人が精神的にだけ強いとか、肉体的にだけ強いとか、そういう場合もあるかもしれません。でももし作家になりたいのであれば、どちらも必要なのです。僕はこれまで三十年以上走り続けてきて、三十年以上書き続けています。これまでは運動な

んかしない作家の方が大半だったでしょう。ドストエフスキーもそんなに運動しなかったでしょうし（笑）。でもそれは十九世紀のことです。今は二十一世紀で、そのころとは違いますからね。

――走っているときに、執筆のことは考えますか？

村上　いいえ、まったく考えません。ただｉＰｏｄで音楽を聴いているだけです。何も考えないんですよ。書いているときは、あらゆることを考えますが。でも走っているときは、ただ音楽を聴いています。

――どんな音楽ですか？　ジャズ？

村上　いいえ。ロックですね。僕はｉＰｏｄを三つか四つ持っていて、いろんな曲を入れてあります。ドアーズからジミ・ヘンドリックス、レディー・ガガまで。何でもあります。走るときに聴く曲を選ぶのも楽しいです。

――音楽がお好きなんですよね。

村上　ええ、とても。

——以前にはレコード屋で働いてたことがあるとか。『ノルウェイの森』に出てくる人物のように。

村上　そうですね。僕は古い音楽を集めています。ＬＰアルバム収集ですね。ジャズが大半です。でも走るときには、ロックを聴くことが多いですね。クラシック音楽も好きですよ。

——書くことと音楽にはどんな関係がありますか？

村上　僕は二十九歳になるまでまとまった文章を書いたことがありませんでした。ただ音楽を聴いて、本を読んでいました。自分で何か書きたいとは思っていませんでした。でも二十九歳になって突然に、何かを書きたくなったのです。書き方なんて分かりませんでした。どうやって小説を書けばいいのか分からなかったのです。それで考えたのが、音楽を演奏するみたいに書けるのではないか、ということでした。僕はピアノを弾きましたから。僕に必要だったのは、リズムとハーモニーと即興性でした。即興性ということから僕は多くを学んだと思います。ちょうどメロディーを即興で演奏するように、僕

は物語を書きます。僕はジャズが大好きですが、ジャズというのは即興の音楽です。僕にとっては、書くことも即興の一種です。自分が自由でなくてはなりませんから。だから、もしあなたが僕の本を読みながらそこに音楽を聴きとってくれるとしたら、僕はとてもうれしいです。多くの人から音楽について、僕の作品のテーマであるとか作品の意味を表しているとか言われますが、僕はテーマにせよ意味にせよ、何かの目的を持って音楽のことを書いているわけではありません。テーマや意味はそんなに重要な問題ではありません。僕にとって大切なのは、僕の物語を通じてあなたが音楽を聴きとってくれることなのです。

――では、あなたの作品にはいつも音楽があるというわけですね。

村上 そうです。音楽がなくてはいけません！　もしその文章にリズムがあれば、人はそれを読み続けるでしょう。でももしリズムがなければ、そうはいかないでしょう。二、三ページ読んだところで飽きてしまいますよ。リズムというのはすごく大切なのです。

――あなたはいわゆる「主義」とか大きなイデオロギーについて話されましたね。今世紀においては「資本主義」や「共産主義」は有効ではないと。私たちの社会が間違っ

ているとお考えですか。大きなイデオロギーなしで、私たちはこれから、どこへ向かえば良いのでしょうか。

村上 それは大きな問いですね。小説家として、フィクションを書く人間として、僕は良い物語の力を信じています。良い物語を読むとき、あなたはその中に入り込みます。そのときあなたは、物語における真実に身を置いているわけです。フロベールの『ボヴァリー夫人』を読むとき、あなたがボヴァリー夫人であることはときに可能なのです。あなたが読むことに集中しさえすれば。誰か別の人の靴に足を突っ込んでみるのは素晴らしいことです。自分がまるでその人であるかのような気持ちが味わえるわけですから。それは感情移入や共感といった感覚です。良い物語は、あなたを別の場所に連れて行き、そこであなたは別人になったように感じることができます。僕はいわゆる「主義」といったものは一つも信じていません。「共産主義」にせよ、ほかの「主義」にせよ。でも僕は、感情移入や共感の力を信じています。すごくシンプルなことですが、僕は想像力というものの力を信じているのです。想像力は素晴らしいものです。

――それは誰にでも共有されうるものですよね。

村上 その通りです。あなたが良い物語を読み、誰かも同じ物語を読むとします。そ

してもし二人とも同じように感じたとしたら、その二人は想像力を共有しているということです。共有するという感覚は素晴らしいものです。僕はそういったものを信じているのです。定まった型を持つ「主義」ではなく、気持ちを共有するという基本的な感覚です。それを大きく広げていけるかもしれない。僕は楽観的なんですよ。

――今世紀の世界の未来についても楽観視していますか？

村上 小説家としては楽観的です。どういうわけか僕は、良い物語を読んだり書いたりすることで、世界を変えられると信じているのです。でも物語を書くことから離れると、それほど楽観的にはなれません。世界にはあまりにも多くの問題がありますから。とは言え、書いているときの僕は、やはり楽観的です。そして僕の物語を読んでいるあいだは、読者にもそれなりに楽観的であって欲しいと思っています。誰しも悲観的にならざるを得ないこともあるでしょう。でも僕の物語を読んでいるときには、基本として楽観的であって欲しいわけです。それで僕は、ユーモアがあることはとても大切だと考えるのです。

――次の物語の主人公はどのような人物でしょうか。彼、または彼女は、楽観的な人物でしょうか。とりわけ、それが津波を扱う作品になるとしたら。

村上 僕はとても暗い物語を書くことがあります。とても血なまぐさくて残忍な物語です。でも僕の登場人物たちに共通しているのは、愛を信じているということです。すごくシンプルなことですが。彼らは愛を信じています。彼らはどこかで、愛が問題を解決すると信じているのです。そういうところは楽観的ですよね。あなたは愛を信じていなくちゃならない。それは良い物語のコアにあるものです。やっぱり照れますね。こういうことを言うのは（笑）。

——言わなくても構いませんよ。

村上 そうですね。でも、たとえそれが恥ずかしくても、やはりあなたは愛を信じなくてはならない。歌のタイトルみたいに。

——そうですね。愛は世界を動かす大きなエンジンですからね。

村上 その通りですね。物語がハッピー・エンディングであろうとなかろうと、主人公が愛を信じていれば、それは楽観的な物語です。それが暗いものであるかどうかは関係ありません。

――そうすると、たとえ日本が甚大な被害に見舞われているとしても、もし私たちが愛を信じていれば、私たちは前に進むことができる、と言えそうでしょうか。

村上 そうですね。それは重要なことです。楽観的でいることは、ときにとても難しいことです。でも良い物語は、誰のなかにも前向きな思いを呼び起こすはずです。良い物語というのは、人の心を鼓舞し、喚起し、揺さぶり、そして愛がとても重要なものであることを信じさせるはずです。『1Q84』は僕の最新作で、とても長く、ものごとが複雑に絡み合った、暗くて残酷な物語ですが、中心にあるのは愛です。もしあなたが誰かを愛していれば、あなたが暗闇を抜ける助けになります。シンプルすぎることですが。

――古典作品でも、愛は常に重要な役割を果たしていましたね。

村上 僕にはこれまでずっと好きな本があります。たとえば、ドストエフスキーの『カラマーゾフの兄弟』は大好きな作品です。これは愛についての物語ですね。スコット・フィッツジェラルドの『グレート・ギャツビー』も好きですが、これも愛についての物語です。僕はこれまで良い物語をたくさん読んできました。たくさんの愛の物語を。

――次の作品を書き始める計画をたてるのは、いつごろになりそうでしょうか。

村上 今はちょうど一休みしているところです。『1Q84』を書き終えて、ちょっと疲れていますし、なんというか、からっぽになっている感じです。それで今は、東京だったりバルセロナだったりで、いろいろと集めています。情報だとか、あらゆるものをため込んでいます。それで僕のタンスの抽斗がいっぱいになったら、『よし、書き始めるときが来た』と思うわけです。そのときには準備ができています。一年かかるか、二年かかるか、僕にはわかりません。でもそのときが来るということはわかっています。道かなんかを歩いていると、いつか僕の夢の番人が現れるというわけです。僕はただ待っているだけです。

――でもいったん書き始めると、途中で止めることはできないんですよね。

村上 そうですね。一度書き始めると、中断はできません。ひたすら最後まで書き続けます。僕にはっきりとわかっているのは、自分がその物語を書き終えられるだろうということと、どれくらいの時間がかかるかということです。不思議なことですが、どれくらいの時間がかかるのかわかるんですよ。『1Q84』を書き始めたときには、一年で、つまり十二カ月で書き終えるだろうと感じていました。ただいったん書き終えてか

ら、「これでは足りない」と思って更に書き続けていったので、長くかかってしまいましたが。

――次に書くのも長編小説になりそうでしょうか。

村上 わかりません。何か短いものを書こうかと考えていますが。ここ何年かは大きな作品を書いてきましたので、そろそろ短編を書く時期だという気がしています。短編の良いところは、一つの作品を書くのに、一週間から十日ほどしかかからず、比較的に楽に書けることです。これからまずは五つか六つ短編を書くと思います。それから少し休んで、その後にまた大きな作品を書くのだろうと思っています。

――昨日のスピーチでは、安全性より効率を優先しているということで、原子力発電を進めてきた会社を批判しました。先ほど、愛こそ世界を動かすエンジンだという話になりましたね。こうした会社も、もっと愛のことを考えるべきかもしれませんね。

村上 僕は一九六八年に東京にある大学に入りました。当時は革命の時代でした。若い人たちはたいへん理想主義的で政治的でした。でもそうした時代は過ぎ去りました。もはや人々は理想主義に対する興味を失い、利益を得ることに熱心です。日本の原子力

発電所の問題は、理想主義の欠如の問題です。これからの十年は、再び理想主義の十年となるべきだと僕は思います。僕たちは新しい価値体系を築きあげる必要があります。一九六八年や一九六九年には、人々は「平和と愛」を謳っていました。僕たちは再び「平和と愛」の時代を迎えるべきなのかもしれません。そうすれば楽観的であることも少し容易になるでしょう。今現在の状況では簡単なことではないでしょうが、乗り切るためには必要なことです。資本主義は今ターニング・ポイントにさしかかっています。僕たちはヒューマニズムの復興を模索しなくてはなりません。効率や利便性を追求することは容易ですが、ときに僕たちは険しい道を進まなければなりません。僕が今感じているのはそんなことで、僕たちはもう一度このことを考えるべきだと思います。こんなことを言うと照れますね！（笑）でも僕はこれからも、とても暗く、奇妙で、残酷で、ある時には血なまぐさい物語を書いていくと思います。僕は理想主義的で楽観的で、愛を信じてはいますが。

このインタビューは二〇一一年六月十日にバルセロナで、当地の通信社のためにおこなわれた。質問と回答は英語でやりとりされた。つまりお互い外国語で話をしているわけで、ところどころぎこちない部分はあるが、僕は通訳を介する会話があまり好きではないので、こちらから希望してそのようにしてもらった。インタビュアーの若い女性は僕の作品を熱心に読み込んでくれている人で、お互い心を割って気持ちよく正直に話をすることができ

た。

（村上）

あとがき

インタビューの困った点のひとつは、しょっちゅう同じ質問をされることである。人が興味を持つポイントはだいたい決まっているものだから、それはまあ仕方ないといえば仕方ない。それに対してこちらがそのたびに、目先を変えたカラフルな回答をできればいいのだろうが、普通の人間にはそんな器用な真似はなかなかできない。僕はそういう面ではただでさえ器用な方ではないし、僕の考えていることはもともとよりひとつしかないのだから、洋服を着替えるように、あるいは壁の色を塗り替えるように、次々に回答を取り替えるわけにはいかない。だからいくらか表現に変化を持たせたとしても、同じ質問にはだいたい同じような回答が返されることになる。これは答える方としても飽きてくるものだが、読まされる方はなおさらだろう。

だからそういう「同じような質問と同じような回答」は、本書に収録するにあたって、

できるだけ削除するように努めた。しかしその部分を削ってしまうと話の流れが不自然になるという場合も中にはあり、そういうときには重複するやりとりもある程度そのまま残すことになった。とくに海外のインタビューの場合、重複したQ&Aはつまり各々の国のインタビュアーが共通して興味を抱いていたポイントであるということでもあり、それをいちおう事実として示しておいた方がいいようにも思った。

しかしいつも同じ質問をされ、それに対していつも同じ回答をしていると、だんだん自分が自分ではないように思えてくる。ひとつしか芸のできない馬になったみたいな気もしてくる。まあ実際にそのあたりなのかもしれないけど。

小説家になってから三十年以上経つが、これは僕にとっての最初のインタビュー集になる。

もともとインタビューを好んでやる方ではない。自分が誰かにインタビューするのは好きなのだが（もちろん相手にもよるけれど）、インタビューをされるのはあまり気が進まない。ひとつには基本的に「作家はあまり自作について語るべきではない」と思っているからだし、ひとつには最初にも言ったように、何度インタビューを受けたところで、僕が言わんとするものごとはかなり限られたものだからだ。もともと僕はしゃべりの得意な人間ではない。日常的にはかなり無口な方だと思う。自分が何かを語るより、人の話をじっくり聞くのが好きだ。だから年に一度くらい長いまとまったインタビュー

をすれば、その時点で言うべきことはおおかた言い尽くせてしまう。それ以上語れば語りすぎになってしまう。あるいはまた同じことの繰り返しになる。

だからだいたい年に一回長いインタビューをして、そのほかに短いものを二度か三度やって、それでおしまいということになってしまう。インタビューの申し込みは少なくはないから、その大半はお断りせざるを得ない。引き受けるのは原則として活字メディアに限られており、テレビ・ラジオのインタビューはまだやったことがない。愛想がなくて申し訳ないとは思うのだが、書くことが僕の本来の仕事であり、語ることではないので、あきらめていただくしかない。

それから、新刊が出てから数カ月は、その本については何も語らないということも、僕のひとつの基本方針になっている。本が出て、すぐに著者がその内容について何かを語れば、読者は多かれ少なかれ、その意見なり情報なりに影響を受けるだろう。僕はできることなら、白紙の状態で読者に本を読んでいただきたいと思っている。そして自由にそれぞれの意見や感想を抱いてもらいたい。読者は基本的にそういう権利を持つべきだと僕は考えている。だから刊行後しばらくはいっさい表には出ず、パブリシティーみたいなこともまったくやらないで、できるだけ後ろに下がって、沈黙を守るようにしている。本書に収録された、各々の本について語ったインタビューは、刊行後おおよそ半年ばかり（あるいはそれ以上）を経た段階でなされたものである。その頃には読者はだいたい本を読み終えて、各自の感想を持っているだろうし、批評・評論もひととおり発

表されているだろうし、僕が自分の意見を公表してもまあそれほど害はあるまいという状況になっている。

逆に僕がいくつかのインタビューに応じる能動的な理由は何かというと、ある時点で僕の方にも「そろそろ言うべきことを、ここらで言っておいた方がいいだろう」という気持ちが生まれてくるからだ。ここら、というタイミングがけっこう難しいのだが、要するに小説をひとつ書き終えたという当初の高ぶりが一段落し、それでもまだ波動はしっかり胸に残っている、というくらいの時期がいちばん望ましい。それよりあとになると、いろんな細かいことをどんどん忘れていってしまう。

事実と事実ではないことをとりあえず腑分けして、それを記録に残しておくという目的もある。本が出た後には、読者からのいろんな反応があるし、新聞や雑誌にいろいろと批評が出る。僕は批評をほとんど読まないようにしているし、またとくに気にしないのだが（いや、本当に）、それでも中には明らかに事実誤認と思える意見や、悪意のある曲解みたいなものもある。そういうものが避けがたく、自然に耳に入ってくることもある。そういう正当な根拠のない言説が一人歩きをして、ひとつの流れを世間に設定してしまうケースもなくはない。たとえば——あくまでこれはひとつの例にすぎないが——僕の小説の中のある登場人物が、ある現実の人をモデルにしていると強く声高に主張する人がいて、それがまったく事実ではないとしたら、僕は「それは違う」と世間に向けて明らかにしておかなくてはならない。そうしないと、結果的に第三者に迷惑がか

かる場合も出てくるからだ。

英語に「泥も手当たり次第に投げれば、そのうちのいくつかはくっつく」という言葉があるが、こちらとしてはそんなに簡単にくっつかれては困る泥もある。そういうときにはブラシを持ち出して、ごしごしと泥落としをする。うまく落ちることもあるし、あまり落ちないこともある。落ちないことの方がたぶん多いだろう。そういう場合は、歳月がたって干からびるのをのんびり待つしかない。いずれの場合にせよ、僕の側の言い分は活字にして残しておきたい。そのようにして干からびるのを待っている泥は、今でもまだいくつかある。

あるいはまたその物語が生まれた事情や経緯に、多くの読者は興味を抱かれるかもしれない。執筆に関わるちょっとしたエピソードを披露して、それなりに楽しんでいただけるかもしれない。しかるべき時期に、そのような付随的なことがら、あるいは周辺事情を著者が気軽に語ることも、作家と読者との関係の中で、ある程度必要であるかもしれない、とも思う。それも僕がインタビュー依頼に応じる理由のひとつだ。僕は創作のプロセスや、執筆の技法のようなものを秘密にしようというようなつもりはないので、そういうテクニカルなものごとについて語ることには、まったく抵抗はない。尋ねられれば、そしてもしそれがうまく言語化できるものごとであるなら、なんでも正直にありのまま答える。

僕が答えたくないのは、あるいは正確に言うなら「答える資格がない」と考えるのは、

もっと大きい綜合的なことがら、つまり作品のテーマとか、その物語の意味性とか、文学的位置とか、メタファーの解析とか、そういう種類のトピックである。そういういわば観念的なイシューについては、僕としては基本的に、読者の判断に大きく委ねてしまいたいと考えている。それが僕の一貫した希望だ。もちろんインタビューの中で、僕がそのようなものごとについてある程度考察する部分はあるけれど（尋ねられれば、できる限りのことは答えたいと思っているので）、そこで述べられているのはあくまで僕個人のパーソナルな意見であり、考察であり、推測である。その意見や考察や推測が、一般読者のそれらより正しいという根拠はとくにない。無視し、黙殺していただいてまったくかまわない。

ここにあるインタビューはすべて、その時点で雑誌なり新聞なりに掲載されたかたちのものであるが、本書に収録するにあたって、細かい文章の調整を多少受けている。雑誌なり新聞なりの文章の流れと、単行本の文章の流れは多少異なっているので、ある種の統一性をはかる必要があったからだ。また前にも述べたように、ほかのインタビューと内容的に重複する部分はできるだけ省き、現在の時点であまり重要ではないと思える話題についてのやりとりも削除した。逆にこちらの説明が不十分、不親切だと思える箇所には、話の流れが損なわれない程度に筆を加えた。

とくに海外でのインタビューは、おおかたの場合英語で行われている。英語を母国語

としないインタビュアーと、やはり英語を母国語としないインタビュイー（つまり僕だ）が話をしている場合も少なからずあり、そういう場合、やはり意思の疎通がうまくいかないところが散見される。明らかに発言趣旨を誤解されている部分、あるいは「ええ？　そんなこと言った覚えはないんだけどな」と首をひねるような部分は削除するか、あるいは適切な訂正を加えた。それからもちろん外国語で語るわけなので、表現がぎこちなく、一本調子になる部分もあり、そういうところはいくぶん日本語的に読みやすく補った。本当は通訳を入れて会話した方が正確なのかもしれないが、僕は通訳が入る会話があまり好きではないので（会話の自然なリズムが損なわれてしまう）、できるだけじかに話をするように心がけた。インタビューで大事なのは、趣旨を伝えることではなく、気持ちを伝えることなのだから。

本書に収められたインタビューは、副題にもあるように、一九九七年から二〇〇九年にかけて行われたものである。作品でいえば、『アンダーグラウンド』刊行（1997／3）直後から、『1Q84』のBOOK1、2を書き終えた（しかしまだ刊行されていない）時期（2009／3）にあたっている。そのあいだに刊行された主な僕の本は

（1）若い読者のための短編小説案内（評論）1997／10
（2）約束された場所で（ノンフィクション）1998／11

（3）スプートニクの恋人（中編小説）1999／4
（4）神の子どもたちはみな踊る（短編連作）2000／2
（5）シドニー！（旅行記）2001／1
（6）海辺のカフカ（長編小説）2002／9
（7）アフターダーク（中編小説）2004／9
（8）東京奇譚集（短編連作）2005／9
（9）走ることについて語るときに僕の語ること（メモワール）2007／10

ということになる。そのあいだに翻訳書も十冊以上を出しているが、リストが長くなるので省く。

考えてみれば、『アンダーグラウンド』から『1Q84』に至る十二年間は長いといえば長かったし、短いといえば短かった。長いというのは、僕が『アンダーグラウンド』から『1Q84』に移行するために、それだけの歳月が——言うなれば物理的な重みとして——どうしても必要だったのだということを意味しているし、短いというのは、考えてみれば結局、そこで行われた「移行」はあまりにも明白であり、そして必然的な種類のものだったということを意味している。ゲラ刷りになったこれらのインタビューを年代順に読み返してみて、あらためてその両方の意味合いを認識した。

今にして思えば、僕の前にははっきりとしたひとつの道筋ができていたのだ。よく目

を凝らせば、『オズの魔法使い』に出てくる黄色い煉瓦の道のようなものが、そこに見えたはずなのだ。でも実際にその渦中にいるときには、そんな道なんてほとんど僕の目には入らなかった。方向が混乱することもあれば、歩みが停滞することもあった。めげることもあれば、失望しうんざりすることもあった。いつも確信をもって前に進み続けていたというわけではなかった、ということだ。自分の目指している方向はおおむね間違っていないはずだという手応えは常にあったのだが、それでもやはり厳しい時期は数多くあった。

そんなに簡単にあっさり括ってしまっていいのかどうかよくわからないが、人生とはたぶんそういうものなのだろう。あとになってみれば「ああ、そうか、そういうことだったのか」と腑に落ちるのだが、その時点では何がなんだかよくわからない。でもよくわからないからこそ、人生にはきっと意味があるのだろう。よくわけがわからないからこそ、これからどうなるのか先が見えないからこそ、人は必死になってそこから何かを吸収していくのだ。

僕は息苦しさを感じ、身体中の筋肉を緊張させながら、それでも不思議に胸をときめかせながら、エルサレムの乾いた丘の上からその謎に満ちた旧都市を眺めていたときのことを覚えている。東京地裁の傍聴席に座って、地下鉄サリン事件の実行犯たちに対する死刑判決に耳を澄ませ、人の死がもたらすものをしんしんと心に染み込ませていたときのことを覚えている。そのような体験が僕をこれからどこに連れて行こうとしている

のか、その時点ではほとんど何もわからなかった。僕はただ必死にその場所を、その時間をくぐり抜けているだけだった。何かを保留しておく余裕なんてなかった。結果的にはたぶん、それでよかったのだと思う。もし先がどうなっているか前もってわかっていたら、僕はきっと今ここに、こういう人間としてはいなかったはずだ。そしてこういう作品は書いていなかったはずだ。

　そうしてみれば、このように定期的に雑誌や新聞のインタビューを受けることは、僕にとって何かしら意味があったことなのだろう。その時点その時点で自分が何を考えていたのか、何を目指していたのか、あとになってから読み返して辿ることができる。もちろんつまらないことも少なからず言っているし、いろんな多くのことを――おそらくはものごとの本質を――まだはっきりと捉え切れてはいない。しかしそれでも僕はなんとか手探りで前に進もうとしている。両手と両脚を使って足場の悪い崖をよじ登っている。読者の皆さんにそういう感触を感じ取っていただければ、僕としてはそれにまさる喜びはない。

　言い訳するのではないが、あちこちの神様がご存じのように、僕は決して聡明な人間ではない。また聡明になりたいととくに強く望んでいるわけでもない。もちろん聡明でないよりは、聡明である方がずっといいわけだが(何かと便利だ)、それほど聡明ではないからこそ、あるいはぜんぜん聡明ではないからこそ、小説なんていうものをこのように長年にわたって、飽きもせずにこつこつ書き続けてこられたのだ、とも考えている。

昔やったインタビューを読み返していると、自分の「聡明でなさ」が実感としてよくわかる。「けっこうつまらないことを言ってるなあ」とか「もっとうまく言えただろう」みたいなところがよくある。でも僕は読者のみなさんに、できることならわかっていただきたいのだ。だから本当はこんな本は衆目にさらすべきではないのかもしれない。でも僕は読者のみなさんに、できることならわかっていただきたいのだ。僕は決して発展しながら小説を書いてきたのではなく、あくまで小説を書くことによって、かろうじて発展してきたのだということを。プランを作り、それに沿って前進してきたのではなく、手探りで進んでいきながら、「なるほど、そういう成り立ちだったのか」とあとになって認識し、納得してきたのだということを。

僕はなんといえばいいのだろう、早い話、しゃべるのが得意な人間ではない。しゃべることは僕をほとんどどこにも運んでいかない。にもかかわらず、僕はたまにはしっかりしゃべらなくてはならないのだ。そういう気がする。自分が聡明な人間ではないことを知り、なればこそ僕はこうして小説を書いているのだということを、あらためて認識するために。

少し個人的なことを書かせていただきたい。

本書を出版することを強くすすめてくれたのは、文藝春秋出版局の岡みどりさんだった。僕が「インタビュー集なんてべつに出したくないよ」と言っても、彼女は「そんなことをおっしゃらないで。きっと面白い本になりますから」と熱心に主張した。そこま

で言うならということで、この本を出版するための作業が始まった。それがもう五年以上前の話になる。

岡さんと知り合ったのは、僕が作家デビューをして間もなくのことで、当時彼女は平凡社の「太陽」という雑誌の編集者だった。まだ二十代で、ほっそりとした、長い黒髪の聡明な女性だった。以来、作家と編集者として、会社が替わっても長く一緒に仕事をしてきた。お互い年齢を重ね、それぞれいろいろと人生の紆余曲折を経た（のだろう）が、それなりに楽しく何冊も本をつくってきた。細かい実務をいとわず、こちらの要求を受けてこまめに動いてくれる有能な編集者だった。ときどきひどく頑固になり、言い合いみたいなことをすることもあったが（僕もけっこう頑固なので）、大声で笑うことと洋服を買うことがなにより好きな人だった。本書が彼女と共につくる最後の本になってしまったこと、そしてまた本書の編集作業を彼女がまっとうできなかったことが、僕にとって心残りになっている。『1Q84』の書き下ろしに何年も没頭していたおかげで、このインタビュー集の編集作業が長らく中断してしまったからだ。そのあいだに彼女は病に倒れ、もうこれ以上編集に携わることができなくなった。彼女と机を並べていた大川繁樹さんが、急遽ピンチヒッターとなり、その後の作業を引き継いでくれた。大川さんはたまたまというか、かつて「文學界」の編集者として、本書に収録された「カーヴァー」と「アフターダーク」のインタビュアーをつとめてくれた人だ。

この本を岡みどりさんに捧げたいと思う。彼女はあとがきに自分の名前を書かれるこ

とを常に固辞してきたが（その理由はわからない）、今回に限ってはそれを許してもらいたいと思う。

最後になったが、それぞれのインタビューのインタビュアーの皆さんにも感謝したい。もっとうまく話せるとよかったんだけど。

二〇一〇年七月　　村上春樹

追記

文庫化にあたり、二〇一一年六月に受けたバルセロナの通信社のインタビューを追加することにした。それによって、副題の「村上春樹インタビュー集1997-2009」を「村上春樹インタビュー集1997-2011」と変更した。

二〇一二年六月

村上春樹

〈初出一覧〉

アウトサイダー
"the outsider"
Interviewed by Laura Miller.
Originally published in English in *Salon.com*, Dec. 16, 1997,
at http://www.salon.com/books/int/1997/12/16/int.

翻訳協力・藤井　光

現実の力・現実を超える力
"遇見100％的村上春樹"
Interviewed by 洪金珠.
Originally published in Complex Chinese in *時報周刊* 1998年 8 月 9 日-15日号.

翻訳協力・納村公子

『スプートニクの恋人』を中心に
「物語はいつも自発的でなければならない」
広告批評, 231号, 1999年10月号（マドラ出版）

心を飾らない人
""村上春樹訪問記—" 爲了靈魂的自由"
Interviewed by 林少華.
Originally published in Simplified Chinese in *亞洲週刊* 2003年 3 月31日- 4 月 6 日号.

翻訳協力・納村公子

『海辺のカフカ』を中心に
「『海辺のカフカ』を語る」
文學界, 2003年4月号, 第57巻第4号（文藝春秋）

「書くことは、ちょうど、目覚めながら夢見るようなもの」
"Haruki Murakami : écrire, c'est comme rêver éveillé"
Interviewed by Minh Tran Huy.
Originally published in French in *Magazine Littéraire*, N°421, Juin 2003.

翻訳協力・堀　千晶

お金で買うことのできるもっとも素晴らしいもの
Харуки Мураками ответил вам
Originally published in Russian in *BBCRussian.com* in October 2003,
at http://news.bbc.co.uk/hi/russian/talking_point/newsid_3136000/3136358. stm.

世界でいちばん気に入った三つの都市
「心の旅／Nomadic spirit」
Interviewed by Roland Kelts.
Originally published in Japanese and English in *PAPERSKY*, no. 10, July 2004 by Knee High Media Japan（ニーハイメディア・ジャパン).

翻訳・「PAPERSKY」編集部

「何かを人に呑み込ませようとするとき、
あなたはとびっきり親切にならなくてはならない」
"Haruki Murakami : The Art of Fiction CLXXXII"
Interviewed by John Wray.
Originally published in English in *The Paris Review*, Number 170, Summer 2004.

イントロダクション翻訳・編集部

「せっかくこうして作家になれたんだもの」 レイモンド・カーヴァーについて語る
「レイモンド・カーヴァーについて語る」
文學界, 2004年９月号, 第58巻第９号（文藝春秋）

「恐怖をくぐり抜けなければ本当の成長はありません」『アフターダーク』をめぐって
「『アフターダーク』をめぐって」
文學界, 2005年４月号, 第59巻第４号（文藝春秋）

夢の中から責任は始まる
"In Dreams Begins Responsibility : An Interview with Haruki Murakami"
Interviewed by Jonathan Ellis and Mitoko Hirabayashi.
Originally published in English in *The Georgia Review*, Volume LIX, Number 3, Fall 2005.

翻訳協力・藤井　光

「小説家にとって必要なものは個別の意見ではなく、
その意見がしっかり拠って立つことのできる、個人的作話システムなのです」
"Sean Wilsey Talks with Haruki Murakami"
Interviewed by Sean Wilsey.
Originally published in English in *THE BELIEVER BOOK OF WRITERS TALKING TO WRITERS*, Believer Books, a division of McSweeney's, October, 2005.

イントロダクション及び質問翻訳・編集部

サリンジャー、『グレート・ギャツビー』、なぜアメリカの読者は時としてポイントを見逃すか
"Haruki Murakami on Salinger, *The Great Gatsby*, and Why American Readers Sometimes Miss the Point"
Interviewed by Roland Kelts.
Originally published in English in *A Public Space*, Issue 1, Spring 2006.

翻訳・柴田元幸

短編小説はどんな風に書けばいいのか
「村上春樹氏への15の質問」
考える人, No. 20, 2007年春号（新潮社）

「走っているときに僕のいる場所は、穏やかな場所です」
"Der Traum vom eiskalten Bier"
Interviewed by Maik Großekathöfer.
Originally published in German in *Der Spiegel*, Nr. 8, 18. Februar 2008.
The Japanese text was translated from its English version, "When I Run I Am in a Peaceful Place" on *Spiegel Online*, February 20, 2008,
at http://www.spiegel.de/international/world/0,1518,536608,00.html.

翻訳協力・久保尚美

ハルキ・ムラカミ
あるいは、どうやって不可思議な井戸から抜け出すか
"Haruki Murakami : O cómo salir de un pozo extraño"
Interviewed by Antonio Lozano.
Originally published in Spanish in *Qué Leer*, N°137, Noviembre 2008.

翻訳協力・見田悠子

るつぼのような小説を書きたい（『1Q84』前夜）
「『成長』を目指して、成しつづけて」
モンキービジネス, vol. 5, 2009年春号（ヴィレッジブックス）

「これからの十年は、再び理想主義の十年となるべきです」
“The problem with Japan’s nuclear plant is the absence of idealism. The next ten years should be the years of idealism once again”
Interviewed by Maria Fernández Noguera
Originally published in English in *CNA*, 1st August, 2011

翻訳協力・久保尚美

※Where necessary, editorial revisions have been made to the titles and contents of the interviews.

文春文庫

夢を見るために毎朝僕は目覚めるのです
村上春樹インタビュー集1997-2011

定価はカバーに表示してあります

2012年9月10日　第1刷

著　者　村上春樹
発行者　羽鳥好之
発行所　株式会社 文藝春秋

東京都千代田区紀尾井町 3-23　〒102-8008
TEL 03・3265・1211
文藝春秋ホームページ　http://www.bunshun.co.jp

落丁、乱丁本は、お手数ですが小社製作部宛お送り下さい。送料小社負担でお取替致します。

印刷・凸版印刷　製本・加藤製本

Printed in Japan
ISBN978-4-16-750212-6

（　）内は解説者。品切の節はご容赦下さい。

村上春樹
TVピープル

「TVピープルが僕の部屋にやってきたのは日曜日の夕方だった」。得体の知れないものが迫る恐怖を現実と非現実の間に見事に描く。他に「加納クレタ」「ゾンビ」「眠り」など全六篇を収録。

む-5-2

村上春樹
レキシントンの幽霊

古い館で「僕」が見たもの、いや、見なかったものは何だったのか？　表題作の他「氷男」「緑色の獣」「七番目の男」など全七篇を収録。不思議で楽しく、底無しの怖さを感じさせる短篇集。

む-5-3

村上春樹
約束された場所で
underground 2

癒しを求めた彼らが、なぜ救いのない無差別殺人に行き着いたのか。オウム信者、元信者へのインタビューと河合隼雄氏との対話によって、現代の心の闇を明らかにするノンフィクション。

む-5-4

村上春樹
シドニー！
①コアラ純情篇
②ワラビー熱血篇

走る作家の極私的オリンピック体験記。二〇〇〇年九月、興奮と熱狂のダウンアンダー（南半球）で、アスリートたちとともに過ごした二十三日間——そのあれこれがぎっしり詰まった二冊。

む-5-5

村上春樹
若い読者のための短編小説案内

戦後日本の代表的な六短編を、村上春樹さんが全く新しい視点から読み解く。自らの創作の秘訣も明かしながら論じる刺激いっぱいの読書案内。「小説って、こんなに面白く読めるんだ！」

む-5-7

村上春樹・吉本由美・都築響一
東京するめクラブ　**地球のはぐれ方**

村上隊長を先頭に、好奇心の赴くまま「ちょっと変な」所を見てまわった、トラベルエッセイ。挑んだのは魔都・名古屋、誰も知らない江の島、ゆる〜いハワイ、最果てのサハリン……。

む-5-8

村上春樹
意味がなければスイングはない

待望の、著者初の本格的音楽エッセイ。シューベルトのピアノ・ソナタからジャズの巨星にJポップまで、磨き抜かれた達意の文章で、しかもあふれるばかりの愛情をもって語り尽くされる。

む-5-9

（　）内は解説者。品切の節はご容赦下さい。

村上春樹
走ることについて語るときに僕の語ること

八二年に専業作家になったとき、心を決めて路上を走り始めた。走ることは彼の生き方・小説をどのように変えてきたか？　村上春樹が自身について真正面から綴った必読のメモワール。

む-5-10

村上春樹
パン屋再襲撃

彼女は断言した、「もう一度パン屋を襲うのよ」。学生時代にパン屋を襲撃したあの夜以来、かけられた呪いをとくために。〝ねじまき鳥〟の原型となった作品を含む、初期の傑作短篇集。

む-5-11

ティム・オブライエン
村上春樹 訳
本当の戦争の話をしよう

人を殺すということ、失った戦友、帰還の後の日々——ヴェトナム戦争で若者が見たものとは？　胸の内に「戦争」を抱えたすべての人に贈る真実の物語。鮮烈な短篇作品二十二篇収録。

む-5-31

マイケル・ギルモア
村上春樹 訳
心臓を貫かれて　（上下）

みずから望んで銃殺刑に処せられた殺人犯の実弟が、兄と父、母の血ぬられた歴史、残酷な秘密を探り、哀しくも濃密な血の絆を語り尽くす。衝撃と鮮烈な感動を呼ぶノンフィクション。

む-5-32

グレイス・ペイリー
村上春樹 訳
最後の瞬間のすごく大きな変化

村上春樹訳で贈る、アメリカ文学の「伝説」、NY・ブロンクス生れ、白髪豊かなグレイスおばあちゃんの傑作短篇集。タフでシャープで温かい、「びりびりと病みつきになる」十七篇。

む-5-34

ティム・オブライエン
村上春樹 訳
世界のすべての七月

村上春樹が訳す「我らの時代」。三十年ぶりの同窓会に集う'69年卒業の男女。ラブ&ピースは遠い日のこと、挫折と幻滅を経、なおハッピーエンドを求め苦闘する同時代人を描く傑作長篇。

む-5-36

トルーマン・カポーティ
村上春樹 訳
誕生日の子どもたち

悪意の存在を知らず、傷つけ傷つくことから遠く隔たっていた世界。イノセント・ストーリーズ——カポーティの零した宝石のような逸品六篇を村上春樹が選り、心をこめて訳出しました。

む-5-37

（　）内は解説者。品切の節はご容赦下さい。

池田晶子
メタフィジカル・パンチ
形而上より愛をこめて

昨今の哲学ブームに異議を唱える著者が、ソクラテス、福田恆存、医者といった多様な人々に形而上学から愛の一撃をお見舞い！　ずばり核心をついた哲学的辛口人物批評。（木田　元）

い-56-1

岩下尚史（ひさふみ）
芸者論
花柳界の記憶

新橋演舞場に身を置き、名妓たちと親交のあった著者が、芸者の成り立ちから戦前、戦後の花柳界全盛の時代までを細やかに描写。和辻哲郎文化賞を受賞した、画期的日本文化論。（平岩弓枝）

い-75-1

内田　樹
街場の現代思想

「バカ組・利口組」に二極化した新しい階層社会が形成されつつある日本で求められる文化資本戦略とは何か？　結婚・お金・転職の悩み……著者初の人生相談も必読！（橋本麻里）

う-19-3

内田　樹
こんな日本でよかったね
構造主義的日本論

少子化問題は存在しない。格差社会とは金の全能性に対する過大な信憑がもたらしたもの。労働から遁走する若者にどう対処するか。内田センセと一緒に考える現代日本の病理。（江　弘毅）

う-19-5

内田　樹・平川克美
東京ファイティングキッズ・リターーン
悪い兄たちが帰ってきた

「若いやつらにばあんと説教」、そんな依頼に応えた論壇の異端児が往復メールでファイトするのは、「詩と反復」「ブリコラージュ的知性について」ほか。対談も併録。（鷲田清一）

う-19-6

内田　樹
街場のアメリカ論

大学院の演習での講義と聴講生たちとの対話をベースに、日米関係、ファースト・フード、戦争経験、児童虐待、キリスト教などからアメリカを読み解く画期的な論考。（町山智浩）

う-19-7

甲野善紀・内田　樹
身体を通して時代を読む
武術的立場

日本が抱える喫緊の課題を、介護・教育の現場からも注目を浴びる武術研究者の甲野氏と、フランス現代思想の研究者にして合気道家の内田氏が語り尽くした武術的憂国対談。（國吉康夫）

う-19-8

( )内は解説者。品切の節はご容赦下さい。

三島由紀夫
行動学入門
行動は肉体の芸術である。にもかかわらず行動を忘れ、弁舌だけが横行する風潮を憂えて、男としての爽快な生き方のモデルを示したエッセイ集。死の直前に刊行された。（虫明亜呂無）
み-4-1

三島由紀夫
若きサムライのために
青春について、信義について、肉体について……わかりやすく、そして挑発的に語る三島の肉声。死後三十余年を経ていよいよ新鮮！　若者よ、さあ奮い立て！（福田和也）
み-4-2

村上龍
村上龍対談集
存在の耐えがたきサルサ
援助交際、分子生物学、戦争、キューバ、夢……。あらゆる視点から現代をあぶりだす刺戟的な対談集。中上健次、柄谷行人、坂本龍一、浅田彰、河合隼雄、田口ランディなど十四名が登場。
む-11-1

茂木健一郎
脳のなかの文学
脳科学者として時代の最先端にいながら、文学をこよなく愛する著者が、「クオリア（質感）」という独自の概念を駆使してしなやかに切り込む、もっとも斬新な文学論、世界論。（島田雅彦）
も-23-1

茂木健一郎・松岡正剛
脳と日本人
人間とは何か？　国家とは？　二十一世紀の日本人はいったいどこに向かっていくのか？　知の巨人二人が、編集工学、脳科学からあらゆる事象にアプローチした豊穣なる時間。
も-23-2

山本七平
「空気」の研究
現代の日本では〝空気〟は絶対権威のような力をふるっている。論理や主張を超えて人々を拘束するこの怪物の正体を解明し、日本人に独特の伝統的発想と心的秩序を探る。（日下公人）
や-9-3

山田詠美
対談集
内面のノンフィクション
愛、性、異国、読書遍歴、日常生活……あらゆる視点から山田詠美の文学世界を浮き彫りにした対談集。野坂昭如、小島信夫、大島渚、谷川俊太郎、瀬戸内寂聴など九氏との対話を収録。
や-23-4

MW01634917